华夏英才基金学术文库

羊草种质资源研究

刘公社　李晓峰 等　著

本书由华夏英才出版基金、国家"973"项目、国家科技支撑项目、国家自然科学基金、中国科学院方向性项目等资助出版

科学出版社

北　京

内 容 简 介

羊草（*Leymus chinensis*）是欧亚大陆草原区东部的关键物种，研究和利用羊草，对改善这一地区的生态环境状况和促进草地畜牧业的可持续发展具有十分重要的战略意义。本书著者的研究团队已对羊草开展了十多年的研究，获得了大量的重要数据和成果，现整理成册，奉献给读者。全书共分十二章，内容包括：赖草属植物基因组的分子系统学、种质资源的大田评价和遗传多样性分析、羊草种质资源的 AFLP 分子标记评价、形态与分子标记用于羊草种质鉴定、羊草种质资源中维生素 E 含量的评价、羊草结实率低下的细胞学和分子基础、羊草无性繁殖的生物学评估、羊草对刈割的响应规律、羊草耐牧机制、羊草 cDNA 文库的构建及果聚糖水解酶的分离与鉴定、DREB 转录因子的克隆与功能验证、生物技术在羊草中的应用。

本书对从事牧草种质资源（特别是乡土草基因资源）、遗传育种、保护和利用的科研工作者具有重要参考价值，对草原植被和生态研究、草地生态环境管理和草业科学的从业人员也具有一定的实用价值。

图书在版编目（CIP）数据

羊草种质资源研究/刘公社，李晓峰等著. —北京：科学出版社，2011
（华夏英才基金学术文库）

ISBN 978-7-03-030365-3

Ⅰ.①羊… Ⅱ.①刘…②李… Ⅲ.①羊草-种质资源-研究 Ⅳ.①S545.024

中国版本图书馆 CIP 数据核字（2011）第 027967 号

责任编辑：莫结胜 刘 晶/责任校对：林青梅
责任印制：钱玉芬/封面设计：陈 敬

科 学 出 版 社 出版
北京东黄城根北街 16 号
邮政编码：100717
http://www.sciencep.com

中国科学院印刷厂 印刷
科学出版社发行 各地新华书店经销

*

2011 年 5 月第 一 版　开本：B5（720×1000）
2011 年 5 月第一次印刷　印张：17 3/4　插页：6
印数：1—1 200　字数：352 000

定价：**70.00 元**
（如有印装质量问题，我社负责调换）

开发羊草良种

资源再现草原

牧歌美景

庚寅年冬

李振声

前　言

生物资源是国家战略性资源。重要经济植物种质资源的研究和利用是生物资源研究领域的重要组成部分，具有广阔的发展前景。

羊草（*Leymus chinensis*）又称碱草，是禾本科"牧草之王"，分布于欧亚大陆草原区的东部，是草原的主要建群种。羊草是我国有较好优势的植物资源，主要分布于吉林、黑龙江、内蒙古和河北北部地区。羊草草场是优良的天然放牧场和割草场，在发展草原畜牧业和北方生态环境保护方面具有举足轻重的地位。

长期以来，羊草草原缺乏科学管理，草地超载放牧，造成草地退化、土壤沙化和盐渍化，导致草地生产力衰退、生物多样性降低、草原生态环境恶化。北方草原大面积的退化和荒漠化不仅制约当地牧民的生存和发展，而且也严重影响下游的水资源和空气质量（如导致沙尘暴）。针对这些问题，有必要采取各种措施，遏止草地退化和荒漠化的扩大。采用草原乡土物种恢复和改良草地被认为是安全有效的根本措施。羊草就是我国北方草原有代表性的乡土物种。目前国内外在羊草种质资源和基因资源方面尚缺乏系统研究，严重影响了羊草优良种质的开发和利用。因此，亟须收集、保存和评价羊草种质资源，深入研究羊草高产、优质、抗逆（如抗旱、抗寒、耐盐碱及耐牧）的分子机理，加快培育出用于建设人工草地和改良天然草原的优良品种。

我们团队开展羊草资源研究始于 20 世纪 90 年代中期。时任中国科学院副院长的李振声院士基于对我国粮食安全现状的深入分析，提出中国的食物生产要在保护利用 18 亿亩①耕地的基础上，从 60 亿亩草地和广阔的海洋中发掘利用新的资源。在李振声院士的积极倡导和大力支持下，羊草资源的系统研究工作开始启动。在科技部"973"项目、中国科学院知识创新项目、科技部攻关项目、国家人事部、国家自然科学基金项目等的相继资助下，这项研究得以不断延续和深入。

经过多年的工作积累，我们团队已经收集了中国、蒙古国及其他地区分布的几百份羊草种质资源。我们建立了北京和塞北两个种质资源圃，对大部分种质进行了多年种植研究，发现和培育了一批高产抗逆资源。我们采用叶绿体基因和核基因序列对羊草所属的赖草属植物进行了分子系统学分析。通过生殖生物学研究我们发现，羊草属于配子体型自交不亲和性植物，实验证明羊草自交

---

① 1 亩≈666.67m².

结实率低下而杂交结实率较高。我们采用了 454 测序技术开展了羊草转录组的研究，建立了羊草抗逆相关的基因数据库，克隆了数个耐盐碱、耐寒及与品质相关的重要基因。

我们团队的研究特色在于从微观角度利用现代实验手段和方法逐步把羊草研究从宏观描述推进到种质资源和基因资源的发掘及关键问题的机理研究上。这些研究成果为羊草的遗传育种提供了理论指导，并对加速我国北方草原生态环境治理和人工栽培草地建设、推动畜牧业的可持续发展具有现实意义。我们很高兴把已经取得的研究成果与大家共同分享，同时也欢迎各位同仁批评指正和提出宝贵建议。

刘公社

2011 年 2 月 28 日

目　　录

第一章　赖草属植物基因组的分子系统学

摘　要　羊草（*Leymus chinensis*）隶属于禾本科（Gramineae）小麦族（Triticeae Dumort.）赖草属（*Leymus* Hochst.），该属是一个异源多倍体属，有 34个物种。赖草属未知基因组的起源一直争论不休，其倍性范围从四倍体（$2n=4x=28$）、八倍体（$2n=8x=56$）直到十二倍体（$2n=12x=84$）。新麦草属（*Psathyrostachys* Nevski）只含有 N_s 一个基因组，有 9 个物种。这 2 个属都是多年生牧草，具有抗旱、抗病和耐盐碱等生物学特性。应用核糖体转录间隔区（internal transcribed spacer，ITS）序列和叶绿体 *trnL-F* 序列，作者对 13 个赖草属物种、小麦族 18 个属（40 份二倍体材料）及 *Elymus californicus* 和 *Bromus catharticus* 共计 57 份材料进行了系统发育分析。ITS 序列分析表明，赖草属分别与新麦草属和小麦族中一个未知属在进化上具有密切关系。ITS 谱系树表明，赖草属内部存在大量分化，该属物种具有多次起源的特征。*trnL-F* 序列分析表明，赖草属植物的母本，部分来自 N_s 基因组，部分来自 X_m 基因组。这可能与赖草属植物的地理分布有关，分布于欧亚大陆的物种其母本是新麦草属，而分布于北美洲的大部分物种其母本是 X_m 基因组。*trnL-F* 序列分析还表明，*E. californicus* 和赖草属未知的基因组具有密切关系。以上研究结果表明：①从分子层面证明，赖草属的未知基因组并非来自薄冰草属（*Thinopyrum* Löve），或是一个修正的新麦草基因组，其基因组组成应是 $N_sN_sX_mX_m$；②赖草属物种的母本，部分来自 N_s 基因组，部分来自 X_m 基因组，这可能与赖草属物种的地理分布有关；③*E. californicus* 的母本是 X_m 基因组，父本是 N_s 基因组，该物种应从披碱草属转移至赖草属。

关键词　赖草属；基因组；ITS；*trnL-F*；异源多倍体；分子系统发育

引　言

　　自赖草属（*Leymus* Hochst.）从披碱草属（*Elymus* Linn.）独立出来以后，由于赖草属植物具有的重要经济价值和生态价值，以及作为普通小麦（*Triticum aestivum*）的三级基因库，人们广泛认识到赖草属植物的重要性。用于研究赖草属系统发育的主要方法包括：核型分析、属间杂交、属内杂交、FISH、GISH 和染色体配对等。但是迄今为止，赖草属的基因组组成仍没有定论，不同物种之间的进化关系和倍性加倍问题也未有研究报道。此外，赖草属植物起源于新麦草属（*Psathyrostachys* Nevski）的具体什么物种也仍不清楚（Dewey，1976；Peterson *et al.*，

2004；Wang *et al*.，2006；Fan *et al*.，2009）。

一、赖草属植物的系统发育和进化

（一）赖草属植物的分布与分类

赖草属在我国又称滨麦属，是禾本科早熟禾亚科（Pooideae）小麦族（Triticeae）大麦亚族（Hordeinae）中的多年生植物类群。赖草属在全世界约有38个种，它们在全球的分布非常广泛，从北海海岸［如沙生赖草（*L. arenarius*）］、中亚［如窄颖赖草（*L. angustus*）］到东亚（如羊草）、阿拉斯加［如滨麦（*L. mollis*）］和北美洲的西部［如灰色赖草（*L. cinereus*）和无芒赖草（*L. triticoides*）］都有（Jensen *et al*.，1990）。中国的赖草属植物约有20种，2变种，它们被划分为3个组，即多穗组、少穗组和单穗组，主要分布于新疆、甘肃、宁夏、内蒙古、吉林、辽宁、黑龙江、四川、陕西、河北、山西（中国科学院中国植物志编委会，1987）。

根据形态学和遗传学证据，赖草属从小麦族中分离出来的观点得到了国内外很多国家分类学家的承认（Pilger，1954；Keng，1965；Tzvelev，1976；Melderis，1980；Barkworth and Atkins，1984；Dewey，1984；Löve，1984；Dubcovsky *et al*.，1997）。赖草属植物绝大部分具有如下形态特征：发达的根茎，叶片常内卷且质地较硬，小穗常以1～5枚簇生，小穗轴多、少扭转，致使颖与秆体的位置改变而不在一个平面上，颖从披针形至窄披针形或锥刺状变化；小穗含有2个以上小花，颖具3～5脉，为锥刺状者仅具1脉；外稃披针形，无芒或具小尖头，内稃的脊上具有细刺毛或无毛，子房被毛；颖果扁长圆形（Barkworth and Atkins，1984；智丽和滕中华，2005），其模式种是沙生赖草，$2n=8x=56$，产于欧洲。

根据 Tzvelev（1976）和 Löve（1984）的观点，赖草属包含4个组，即：①*Leymus* Hochst. 组，代表物种是北美洲的 *L. mollis* 和 *L. arenarius*，以及欧洲的大赖草（*L. racemosus*）；②*Aphanoneuron*（Nevski）Tzvelev 组，代表物种是欧亚大陆的 *L. angustus* 和赖草（*L. secalinus*）；③*Anisopyrum*（Griseb.）Tzvelev 组，代表物种是欧亚大陆的羊草、分枝赖草（*L. ramosus*）、多枝赖草（*L. multicaulis*），以及北美洲的含糊赖草（*L. ambiguus*）、盐生赖草（*L. salinus*）、*L. condenstatus*、*L. triticoides*、灰赖草（*L. cinereus*）、新生赖草（*L. innovatus*）和 *L. flavescens*；④*Malacurus*（Nevski）Tzvelev 组，代表物种是欧亚大陆的 *L. lanatus*。其中，*Leymus* 组和 *Anisopyrum* 组在北美洲和欧亚大陆均有分布，而 *Aphanoneuron* 组和 *Malacurus* 组只分布于欧亚大陆（Hole *et al*.，1999）。

（二）赖草属植物的基因组组成

到目前为止，人们普遍认为赖草属物种的基因组公式是 $N_sN_sX_mX_m$，其中

N_s 来自新麦草属。新麦草属可能有 9 个多年生物种，为二倍体或同源四倍体（Vogel et al.，1999；Peterson et al.，2004）。根据形态学、属间杂种减数分裂时的染色体配对、DNA 杂交模式及重复序列变异等方面的证据，人们普遍认为赖草属物种起源于新麦草属（Dewey，1976；Wang and Hsiao，1984；Löve，1984；Zhang and Dvorak，1991；Wang and Jensen，1994；Orgaard and Heslop-Harrison 1994a，1994b；Sun et al.，1995a；Dubcovsky et al.，1997；Bödvarsdóttir and Ana-mthawat-Jónsson，2003；Wang et al.，2006）。

凡星等（2009）对禾本科小麦族猬草属（Hystrix Moench）及其近缘属赖草属、新麦草属、Thinopyrum、Lophopyrum、拟鹅观草属（Roegneria Koch）、大麦属（Hordeum Linn.）和披碱草属的植物谱系共 23 个类群的单拷贝核 Pgk1 基因序列进行了系统发育分析。结果发现，Pgk1 基因序列在 L. arenarius 和 P. juncea 中有 81 bp 的 Stowaway 家族 DNA 转座元件插入，而在 Hy. duthiei、Hy. duthiei ssp. longearistata 和 L. akmolinensis 中有 29 bp Co-pia 家族的反转录转座元件插入。利用最大似然法和贝叶斯法进行的系统发育分析表明：猬草属模式种 Hy. patula 与披碱草属、拟鹅观草属和大麦属具有密切的亲缘关系；猬草属的其他物种 Hy. duthiei、Hy. duthiei ssp. longearistata、Hy. coreana 和 Hy. komarovii 与新麦草属和赖草属植物亲缘关系密切。研究结果支持将 Hy. patula 从猬草属转移到披碱草属中，而 Hy. duthiei、Hy. duthiei ssp. longearistata、Hy. coreana 和 Hy. komarovii 应转移到赖草属中。一些研究者对此进行了验证，他们选用 5 个禾本科染色体组特异的 RAPD 引物（S_t、H、N_s、E^e、E^b），对东北猬草（Hy. komarovii）等 5 个猬草属及其 8 个近缘属物种进行 PCR 扩增，结果发现，Hy. komarovii 具有 N_s 染色体组特异的 RAPD 标记，而没有 S_t、H、E^e 和 E^b 特异的 RAPD 标记，表明 Hy. komarovii 含有 N_s 染色体组，而不含 S_t 和 H 染色体组，其染色体组组成可能与 Hy. duthiei、Hy. coreana 和 L. arenarius 一样，具有 N_sX_m 染色体组。根据染色体组分类原理，支持将东北猬草划分到赖草属中（黄燕等，2009）。

Fan 等（2009）从赖草属多个物种，以及相关禾本科的 35 个二倍体谱系中分离了单拷贝核基因 Acc1，发现几乎所有被检测的赖草属植物都存在 2 个不同的 Acc1 类型，由此推断赖草属与新麦草属、冰草属（Agropyron Gaertn.）和旱麦草属（Eremopyrum Jaub. et. Spach）这 3 个属的亲缘关系较近，P. juncea 是赖草属 N_s 基因组的提供者，X_m 基因组可能起源于冰草属和旱麦草属的远古区系；赖草属植物在 0.11 亿～0.12 亿年前起源于欧亚大陆，北美洲的赖草属物种可能是通过白令海峡转移过去的。沙莉娜等（2009）基于 21 个形态特征，对 34 个赖草属类群进行了表型分支分析，结果显示，赖草属在形态上表现高水平的分化，在组间及种间均存在着广泛变异，不支持现有的赖草属分组；北美洲的赖草属植物与欧亚大陆的赖草属植物亲缘关系较远；L. duthiei 和 L. coreanus 与其他赖草植物的亲缘关系较近，支持将其从猬草属划分到赖草属。钟珉菡等（2008）对小麦族的赖草属、冰草属、偃麦草属（*Elytrigia* Desv.）、澳冰草属[*Australopyrum*（Tzvelev）Löve]、拟鹅观草属、新麦草属和大麦属7个属24个物种的酯酶同工酶和超氧化物歧化酶同工酶进行比较分析发现，*L. chinensis* 与 *Leymus* 的其他13个种的亲缘关系较远，与 *H. bogdanii* 的亲缘关系较近，*P. juncea* 与 *Leymus* 的亲缘关系很近，两种同工酶的分析结果与细胞学、形态学及分子标记的研究结果基本一致。Sha等（2010）利用2个单拷贝核基因（*Acc1* 和 *DMC1*）及1个叶绿体基因 *trnL-F*，研究了6个猬草属物种、9个赖草属物种、4个披碱草属物种和13个来自于7个单倍型属的物种。结果发现，*Hy. coreana*、*Hy. duthiei*、*Hy. duthiei* ssp. *longearistata*、*Hy. komarovii* 和 *Hy. californica* 应当归属于赖草属，而 *Hy. patula* 应归属于披碱草属。

尽管数十年来人们进行了广泛的系统发育关系研究，但是赖草属物种的第2个基因组仍不清楚。开始人们猜测这个未知的基因组是薄冰草属的E基因组（Löve，1984），但是随后的细胞学数据和分子数据否定了这一假说（Zhang and Dvorak，1991；Dvorak and Zhang，1992；Wang and Jensen，1994；Hole *et al.*，1999）。除此之外，还有人认为这个未知的基因组可能来源于新麦草属，即赖草属物种是部分同源多倍体，其基因组公式为 $N_1N_1N_2N_2$（Zhang and Dvorak，1991；Bödvarsdóttir and Anamthawat-Jónsson，2003；周新成，2006）。依据二倍体新麦草物种和四倍体赖草属物种杂种的低三价体频率（0.15～0.40），以及新麦草属（16.7 pg/2C）比未知基因组（2.7～7.7 pg/2C）的DNA含量高，人们推断赖草属物种不可能是部分同源多倍体（Dewey，1976；Wang and Hsiao，1984；Sun *et al.*，1995a；Vogel *et al.*，1999）。因此，按照Wang等（1994）的提议，人们依然将赖草属物种的基因组公式定义为 $N_sN_sX_mX_m$，其中 X_m 的起源有待进一步研究。

（三）赖草属植物的细胞学研究

赖草属是一个多倍体属，其核型特征和变异特点是研究该属植物系统学的一个重要部分。我国学者对该属不同倍性物种的核型进行了数次报道，为赖草属的系统分类，以及利用该属植物进行麦类作物与牧草育种积累了重要的细胞学资料（段晓刚，1984；段晓刚等，1991，1993；阎贵兴，1991；孙义凯等，1992；智丽和蔡联炳，2000；杨瑞武等，2004a，2004b）。智丽和蔡联炳（2000）报道了赖草属5个物种的核型，并依据Tzvelev的赖草属分类系统，认为穗轴每节具4枚至多枚小穗的粗穗赖草（*L. crassiuculus*）应同 *L. racemosus* 一起归属于 *Leymus* 组，穗轴每节仅1枚小穗的若羌赖草（*L. ruoqiangensis*）应同羊草一起归属于 *Anisopyrum*（Griseb.）Tzvel. 组，而穗轴每节具2～3枚小穗的 *L. angustus* 属于 *Aphanoneuron*（Nevski）Tzvel. 组。在组的系统发育上，*Leymus* 组可能是该属较原始的组，*Anisopyrum* (Griseb.) Tzvel. 组较为进化，而 *Apha-noneuron* (Nevski) Tzvel. 组居于两者之间。*L. angustus* 可以表现出六倍体、十倍体和十二倍体 3 种类型（孙根楼等，1990）。杨瑞武等（2004a）研究的十二倍体 *L. angustus* 的核型与智丽和蔡联炳（2000）报道的四倍体核型具有较大的相似性，在核型类型、染色体长度比、平均臂比和不对称系数方面十分类似，差异极小，表明 *L. angustus* 在由四倍体转变为十二倍体的进化过程中，其染色体结构没有发生显著变化。

Zhang 等（2006）分析了 *Hy. duthiei* ssp. *longearistata* 与 *L. multicaulis* 杂种在减数分裂中染色体的配对情况，发现每个细胞中平均有 10.47 个二价体，加上 GISH 上的证据，他们认为 *Hy. duthiei* ssp. *longearistata* 和 *Hy. duthiei* ssp. *duthiei* 应当归入赖草属。同时，Wang 等（2006）利用 FISH 方法研究了 2 个来自于 *L. racemosus* 的串联重复序列 *pLrTaiI-1* 和 *pLrPstI-1* 在新麦草属和赖草属中的分布情况，结果表明，新麦草属植物中不存在 *pLrPstI-1* 序列，绝大部分新麦草属植物存在 *pLrTaiI-1* 序列，但种间和种内的杂交信号数目都有差异。此外，Anamthawat-Jónsson 和 Bödvarsdóttir（2001）采用 FISH 方法研究了 18S-28S 核糖体基因在 *L. arenarius*（$2n = 8x = 56$）、*L. racemosus*（$2n = 4x = 28$）和 *L. mollis*（$2n = 4x = 28$）3 个物种中的分布，发现每个物种都有 3 个主要的 rDNA 位点，但 *L. arenarius* 还有另外 3 个次要位点，其中，*L. arenarius* 和 *L. racemosus* 的 3 个主要位点是一致的，暗示前者由后者通过杂交或多倍体化进化而来。Orgaard 和 Heslop-Harrison（1994a）发现在 *P. stoloniformis* 上共有 14 个 rDNA 位点，而 *L. arenarius*、*L. paboanus* 和 *L. angustus* 分别有 8、16 和 12 个主要的 rDNA 位点，从而指出 rDNA 位点的数目和倍性水平之间没有关系。

（四）赖草属植物与小麦的远缘杂交

赖草属植物普遍具有广泛的适应性和较强的抗逆性。自 20 世纪 40 年代初苏联首次尝试将赖草属与小麦杂交以来，国内外学者一直致力于将赖草属优良性状的控制基因导入小麦中。至今已有 10 个物种与小麦杂交成功，它们分别是 *L. racemosus*（Qi *et al.*，1997；Kishii *et al.*，2001，2004；Liu，2002；Chen *et al.*，2005；Oliver *et al.*，2005）、*L. triticoides*、*L. cinereus*、*L. angustus*（Plourde *et al.*，1992）、*L. arenarius*（Anamthawat-Jónsson and Bödvarsdóttir，2003）、*L. chinensis*（Xia and Chen，1996）、*L. mollis*（Koebner *et al.*，1995；Anamthawat-Jónsson and Bödvarsdóttir，2001；Forsstrom and Merker，2001；Li *et al.*，2005）、*L. multicaulis*（Plourde *et al.*，1989a）、*L. secalinus* 和 *L. innovatus*（Plourde *et al.*，1989b）。杂交成功的 10 个种中，研究较为系统和深入的是 *L. racemosus* 和 *L. mollis*。

总之，自 1848 年 Hochstetter 首次提出赖草属概念至今，人们在研究与利用赖草属植物方面取得了很大成就，但是也存在一些亟须解决的问题，其中包括：①赖草属未知基因组的确定，不同物种母本和父本的起源；②赖草属不同物种之间的系统发育关系，不同倍性物种之间的进化关系；③赖草属不同物种的遗传多样性和地理分布特征，不同倍性水平与地理分布的关系；④赖草属植物优异特性的利用及其与小麦杂交后代育性恢复的关系；⑤赖草属部分物种的有性生殖能力低（结实率低和发芽率低）；⑥赖草属物种基因组加倍的分子机制、不同基因组之间的相互作用和对基因组冲击的适应等。

二、nrDNA 的特性及其注意问题

（一）nrDNA 的协同进化

从整体而言，协同进化（concerted evolution，也称趋同进化）机制能删除旁系同源序列，因而有利于重建精确的植物系统发育树。在没有完全匀质化的条件下，会同时存在多个旁系同源和直系同源 nrDNA（核糖体 DNA）拷贝，这将导致重建系统发育变得更加复杂。多个 rDNA 排列在植物基因组中十分常见，它们可能起源于杂交、多倍体化、基因和染色体部分复制及各种形式的同源和非同源重组。事实上，协同进化机制产生的序列匀质化不可能与物种水平和基因组水平产生的变异同步，所以在任何一个系统中都不可能只存在一种类型的 ITS 序列，即使在非杂交起源的二倍体和多倍体植物中也如此（Baker et al.，2000；Buckler et al.，1997；Campbell et al.，1997；Denduangboripant and Cronk，2000；Fuertes et al.，1999；Gaut et al.，2000；Gernandt and Liston，1999；Hartmann et al.，2001；Hughes et al.，2002；Kita and Ito，2000；Kuzoff et al.，1999；Linder et al.，2000；Mayol and Rossello，2001；Muir et al.，2001；Widmer and Baltisberger，1999）。甚至在协同进化已完成或几乎完成的植物谱系中，也不能认为只存在严格的直系同源序列，其中一个原因是存在网状进化、种质渐渗或多倍体事件，它们的发生会导致进化中共存一些短命的 ITS 类型，随后不同后代植物谱系的匀质化方向可能不同。在植物进化历史中，被删除的序列类型可能已无法判断，被保留下来的 ITS 类型可能是旁系同源和直系同源序列的混合体。

（二）nrDNA 的进化方向

自不同 rDNA 拷贝出现在同一基因组中后，它们可能会经历不同命运。第一种可能性是不同的拷贝共存，相互独立，没有重组和位点间的接触。在这种条件下，ITS 序列数据能反映植物历史上发生的杂交和多倍体化，为植物的父本和母本祖先的推断提供了有力证据。异源多倍体 *Tragopogon mirus* 和 *T. miscellus*

的二倍体祖先分别是 *T. dubius/T. porrifolius* 和 *T. dubius/T. pratensis*。Soltis 和 Soltis（1991）、Soltis 等（1995）发现两个亲本的 rDNA 可以共存。Baumel 等（2001）在异源多倍体 *Spartina anglica*（起源于 *S. maritima/S. alterniflora.*）中用 RFLP 也观察到同样的现象。异源多倍体 *Tragopogon* 和 *Spartina* 的形成历史比较短暂，但是在一些具有上百万年进化历史的物种中也观察到了这种现象。在林仙科（Winteraceae）中，古老的旁系同源序列被维持至今（Suh *et al.*，1993），它与时间没有关系。在这种情况下，两种或更多的重复类型没有参与匀质化过程，所以不同的核糖体类型得以保存，不同的 ITS 序列可以为植物的谱系发生研究提供重要信息。例如，Ritland 等（1993）在 *Mimulus guttatus*，Sang 等（1995）在 *Paeonia*，Ainouche 和 Bayer（1997）在 *Bromus lanceolatus* 和 *B. secalinus*，Campbell 等（1997）在 *Amelanchier*，Vargas 等（1999）在 *Hedera*，Wissemann（2002）在 *Rosa* 中的相关研究都证实了这些。

　　第二种可能性是不同 ITS 类型经历不同程度的重组后共存，这会产生不规则的 ITS 类型，在系统发育树中位于双亲的基部（McDade，1995）。在杂种中，基因重组被认为是很普遍的现象（Barkman and Simpson，2002；Buckler *et al.*，1997；Campbell *et al.*，1997），这也为无规律 ITS 类型的出现提供了一种解释。例如，在杂种 *Dendrochilum acuiferum* 的单株中，Barkman 和 Simpson（2002）对 14 个 ITS 克隆序列进行了分析，发现有 2 个序列的 ITS1 与亲本 *D. stachyodes* 一致，而它们的 ITS2 序列却与另一个推测亲本 *D. grandiflorum* 一致，这表明双亲的核糖体基因之间发生了重组。Ko 和 Jung（2002）在 *Trichaptum* 中也发现了类似现象，同时发现这些不规则的 ITS 序列在不同染色体的不同位点上。此外，重组不但发生在具有功能的重复类型之间，还发生在具有功能和不具有功能的假基因之间。这一过程无疑将掩盖植物发生史的真相，特别是当我们考虑到假基因化、网状进化和基因重组时。

　　第三种可能性是在基因组中一种 rDNA 类型占据优势。这种 rDNA 或者是未受污染的一个亲本的重复类型，或是因基因组间重组产生的不规则 ITS 类型。Wendel 等（1995）在棉属（*Gossypium* Linn.）中发现二倍体祖先和多倍体后代都完成（或接近完成）了匀质化过程，并发现匀质化过程具有双向性，棉属中的多倍体与其现存的二倍体 ITS 一致。类似现象也在其他植物系统中得到证明（Brochmann *et al.*，1996；Ferguson *et al.*，1999；Franzke and Hurka，2000；Fuertes *et al.*，1999；Roelofs *et al.*，1997）。通过分析 ITS 序列，Brochmann 等（1996）发现异源多倍体 *Saxifraga osloensis* 的 ITS 类型与母本 *S. adscendens* 一致，与父本 *S. tridactylites* 不同。结合植物地理学，Fuertes 等（1999）发现新生杂种 *Armeria villosa* subsp. *longiaristata* 在种质渐渗后也发生了偏向性协同进化。

通过协同进化，ITS 存在三种可能的进化命运，即维持两种类型、产生新的类型和删除一种类型，应该强调的是，这三种命运并不相互排斥。在 *Bromus* 中，Ainouche 和 Bayer（1997）发现异源多倍体 *B. hordeaceus* 只表现一种 ITS 类型，而异源多倍体 *B. lanceolatus* 和 *B. secalinus* 表现出不止一种 ITS 类型。Sang 等（1995）发现 *Paeonia* 的 5 个杂种维持了亲本不同类型的 ITS 序列，而在另外 10 个杂种中，ITS1 序列来自两个亲本，所有 ITS2 则来自一个亲本。他们认为在这 10 个杂种中，ITS2 已经完成了协同进化，而 ITS1 则仍然保持了其多样性。Wissemann（2002）发现 *Rosa jundzillii* 的 ITS1 序列分别来自 *R. gallica* 和 *R. canina*，证明了 *R. jundzillii* 的杂种起源。

现在我们对能在数量和质量上影响协同进化（不均等交换和基因转换）的生命史和基因组特征知之甚少，但是毫无疑问，rDNA 的基因组位置和数量具有重要意义。与 rDNA 多重序列靠近染色体中间相比，当序列靠近端粒时，位点间的重组事件升高。在前一种情况下，位点间的重组对染色体可能是有害的（Arnheim，1983；Fulnecek *et al.*，2002；Wendel *et al.*，1995）。

协同进化的程度受到物种年代间隔和网状进化发生时间的影响。前者很容易理解，对后者人们做了较多的研究。相对较年轻的异源多倍体 *Tragopogon*（Soltis and Soltis，1991；Soltis *et al.*，1995）和 *Spartina*（Baumel *et al.*，2001）维持了双亲的 ITS 类型。在人工 *Armeria* 杂种中，F_1 代中出现了预期的新的 ITS 类型，但是令人吃惊的是，在 F_2 代中 ITS 就完成了 ITS 的协同进化（Fuertes *et al.*，1999），因此，协同进化发生在杂种形成的早期阶段。

总之，协同进化导致基因组内的 rDNA 匀质化不可能是一个瞬时的、完全的过程，而应该是发生在位点间和位点内水平上的、不完全的、具有不均等进化速率的特征。植物基因组维持了不同的 rDNA，这不但能反映生物重组的历史，也能反映不同 ITS 出现后基因组间的相互作用。

（三）nrDNA 中的假基因

自 Buckler 和 Holtsford（1996a，1996b）在玉米（*Zea mays*）中发现假基因后，人们也陆续在其他被子植物中发现了假基因（Buckler *et al.*，1997；Hartmann *et al.*，2001；Kita and Ito，2000；Mayol and Rossello，2001；Muir *et al.*，2001）。假基因的一些特征包括大的缺失、预测的二级结构、GC 含量、序列分化度和甲基化模式（Buckler and Holtsford，1996a，1996b；Buckler *et al.*，1997）。与具有正常功能的 ITS 相比，ITS 假基因二级结构的稳定性低，由于去氨基作用，AT 含量较高，在保守区域相对替换速率较高。同样是研究 *Quercus* 植物谱系，但 Samuel 等（1998）和 Manos 等（1999）的结果不同，Mayol 和 Rossello（2001）指出 Samuel 等的 ITS 序列存在假基因。Buckler 和 Holtsford（1996a，1996b）在对玉米的研究中发现，PCR 反应中添加二甲基亚

砜（DMSO）可以减少 ITS 假基因。除此之外，还在 *Quercus*（Muir *et al.*，2001）和 *Leucaena*（Hughes *et al.*，2002）中发现有大量 ITS 假基因的存在。

这里的假基因与我们通常提及的"假基因"是两个不完全相同的概念。对于 nrDNA 而言，所谓"功能性序列"并不是指这个序列没有沉默，可以被转录，因为 ITS1 和 ITS2 本身就不能被翻译。由于同步进化的作用，有的序列即便与功能性 nrDNA 的序列完全相同，它们仍然不能被转录，而且这还与时间相关联，相同的序列在某一时刻可以被转录，但之后可能会丧失转录活性，这可能与 nrDNA 序列的甲基化和 nrDNA 多重位点上染色体的构型有关（Lim *et al.*，2000）。在这种情况下，依据是否被转录鉴别为假基因几乎没有任何意义。有文献报道，假基因也可以被表达（Choi *et al.*，2001；Hirotsune *et al.*，2003；Hartmann *et al.*，2001）。因此，以是否表达作为鉴定假基因的标准是片面的。Bailey 等（2003）为 nrDNA 假基因做出了一个权威的解释，即 nrDNA 假基因是指与表达模式无关，但由于丧失了功能性限制而产生了核苷酸替换模式的序列。

多数情况下，我们不能通过序列是否具有功能来区分直系同源基因和旁系同源基因。对假基因而言，人们很容易将其视作功能性拷贝的种间旁系同源基因，但这种假设也并非在所有条件下都成立。在某一物种的同一个体内，功能性序列和非功能性序列在某种程度上可以看作是种内旁系同源基因。但是，不能通过是否具有功能这个特征来区分直系同源基因和旁系同源基因。在研究中，轻易地舍弃假基因可能会导致基因树的不完全取样，还会极大地降低我们区分直系同源和旁系同源序列的能力，进而影响物种树的精确推断。

发掘假基因有以下三种方法。①核苷酸替换法。核苷酸序列的分化模式为区分假基因和功能性基因提供了一个有效并可信的方法。一个方法是将一个序列与设定的功能性序列的保守区或整个序列进行比较。这个方法很简单，但是在执行过程中缺乏一个量化的标准，即什么程度的分化可被看作是假基因。另一个方法比较精确，它是将两个序列的保守区和相对少受限制区域（即内含子）分别进行比较。如果一个序列整体的替换速率得到增加，相对于 ITS1 和 ITS2，5.8S 区的速率得以维持，而另一个序列的 5.8S、ITS1 和 ITS2 都得到增加（后者很可能是假基因），就能成功地将它们区分。对于功能性序列而言，5.8S 区的替换速率小于 ITS1 和 ITS2；而对于假基因而言，由于 5.8S 区没有受到功能性限制，其替换速率与 ITS1 和 ITS2 可能相等。②长度的变异。nrDNA 序列的高度保守区如果存在缺失，那么这很可能就是潜在的假基因。③二级结构和自由能。二级结构和自由能的估计取决于某一物种序列的折叠模型，因此能否将这两个指标用于不同类群之间进行比较值得商榷。与 ITS1 和 ITS2 相比，对保守性较高的 5.8S 区域，二级结构和自由能的估计可能更可信。

（四）nrDNA 的二级结构和缺失

以 DNA 序列为基础进行系统发育分析，其基本假设是不同位置的核苷酸之间相互独立，从严格意义上讲，这个假说并不能得到满足，但大多数情况下它仍然成立。rRNA 二级结构组成茎环和茎柄的碱基在进化中受到的约束不同（Liu and Schardl，1994；Mai and Coleman，1997；Schlötterer et al.，1994；Torres et al.，1990）。ITS 的保守区域，高的 CG 含量被认为是一种补偿性碱基变换（Mai and Coleman，1997）。不同物种 ITS 二级结构中的茎环形状和数量也存在差异。在缺失的积累和单核苷酸替换上，ITS 序列的进化较快（Baldwin et al.，1995；Cronn et al.，2002；Small et al.，1998）。因此，经常会出现的情况是，外类群和分析序列之间会出现较大的分化（Álvarez et al.，2001；Ashworth，2000；Kim and Jansen，1996；Möller and Cronk，1997；Ray，1995；Suh et al.，1993）。

ITS 的同源性较其他基因多，所以使用 ITS 会增加不合理推测的机会。多个 ITS 类型可能起源于古代的或现代的复制事件、不同衰退阶段的假基因或是不完整的排列间和排列内的匀质化。

第一节 研究材料、关键技术和方法

一、研究材料

本研究收集了禾本科赖草属 15 份材料，共代表赖草属 13 个物种及新麦草属的 1 个物种。将这些材料与禾本科中的 18 个相关属，包括 40 个二倍体物种一起进行系统发育分析（Zhang and Dvorak，1991；Dubcovsky et al.，1997；Mason-Gamer，2002；Peterson et al.，2006）。根据以前的研究结果，我们选择 Bromus catharticus 为外类群（Peterson and Seberg，1997；Gaut，2002；Liu et al.，2006，2008；Peterson et al.，2006）。本研究的植物种子由美国西部植物引种站（WRPIS）和中国农业科学院作物所（ICSCAAS）提供。Elymus californicus 叶片由加利福尼亚大学植物园 Berkeley 教授提供。植物材料的物种学名、采集地、基因组代号和 GenBank 登录号等详细资料见表 1.1。

表 1.1 实验所用的赖草属相关物种和小麦族其他相关属

Table 1.1 *Leymus* species and other related genera in Triticeae used in this study

编号[a]	物种学名	材料编号	基因组代号（倍性）	采集地	GenBank 登录号 ITS	GenBank 登录号 *trnL-F*
Aegilops Linn.						
1	*Aegilops bicornis*	ND[b]	S[b](2x)	Israel	AF149192*	ND
2	*Aegilops comosa*	ND	M(2x)	Turkey	AY775266*	ND

编号[a]	物种学名	材料编号	基因组代号（倍性）	采集地	GenBank 登录号	
					ITS	*trnL-F*
3	*Aegilops markgrafii*	ND	C(2x)	ND	AY775262*	AF519111*
4	*Aegilops mutica*	ND	T(2x)	Turkey	AY775268*	ND
5	*Aegilops searsii*	ND	Sˢ(2x)	Israel	AF149194*	ND
6	*Aegilops sharonensis*	ND	Sˢʰ(2x)	Israel	AF149195*	ND
7	*Aegilops speltoides*	ND	S(2x)	Turkey	AY450267*	AF519112*
8	*Aegilops tauschii*	ND	D(2x)	Azerbaijan	AY775280*	AF519113*
9	*Aegilops uniaristata*	ND	N(2x)	ND	AY775274*	AY519114*
Agropyron Gaertn.						
10	*Agropyron cristatum*	H10154	P(2x)	Altai, Xinjiang, China	AY740890*	AY740791*
11	*Agropyron mongolicum*	ND	P(2x)	ND	L36482*	AF519117*
Australopyrum(Tzvel.)Löve						
12	*Australopyrum pectinatum*	ND	W(2x)	Australia	L36483*, L36484*	ND
13	*Australopyrum retrofractum*	Crane 86146	W(2x)	Australia	ND	AF519118*
14	*Australopyrum velutinum*	ND	W(2x)	Australia	ND	AF519119*
Crithopsis (Schult.)Roshev.						
15	*Crithopsis delileana*	ND	K(2x)	ND	L36487*	ND
Dasypyrum (L.)Candargy						
16	*Dasypyrum villosum*	Pop. 88	V(2x)	Italy	AJ608150*, L36489*	AF519129* AF519128*
Elymus Linn.		ND				
17	*Elymus californicus*	ND	ND	California, USA	EU098106-EU098114	AF519130*
Eremopyrum Jaub. et Spach.						
18	*Eremopyrum bonaepartis*	ND	F(2x)	ND	L36490*	AF519148* AF519149*
19	*Eremopyrum distans*	ND	F(2x)	ND	ND	AF519150*
20	*Eremopyrum orientale*	ND	F(2x)	ND	ND	AF519151*
Henrardia Hubb.						
21	*Henrardia persica*	ND	O(2x)	ND	L36491*	AF519152*
Heteranthelium Hochst.						
22	*Heteranthelium piliferum*	ND	Q(2x)	Iran	L36492*	AF519153*
Hordeum Linn.						
23	*Hordeum bogdanii*	ND	H(2x)	China	AY740876*	AY740789*

编号[a]	物种学名	材料编号	基因组代号（倍性）	采集地	GenBank 登录号	
					ITS	*trnL-F*
24	*Hordeum brevisubulatum* ssp. *violaceum*	ND	H(2x)	ND	L36488*	ND
25	*Hordeum californicum*	ND	H(2x)	ND	L36486*	ND
26	*Hordeum marinum*	ND	X_a(2x)	ND	AJ607966*	AJ969290*
27	*Hordeum muticum*	ND	H(2x)	ND	AJ608024*	AJ969332*
28	*Hordeum murinum*	ND	X_u(2x)	ND	AJ607997*	AJ969280*
Lophopyrum (Host) Löve						
29	*Lophopyrum elongatum*	ND	E^e(2x)	ND	L36495*	AF519166*
Peridictyon Seberg, Frederiksen and Baden						
30	*Peridictyon sanctum*	ND	G(2x)	ND	L36497*	AF519154*
Psathyrostachys Nevski						
31	*Psathyrostachys fragilis*	ND	N_s(2x)	China	L36498*	AF519169*
32	*Psathyrostachys huashanica*	ND	N_s(2x)	Huashan, Shaanxi, China	L36499*	ND
33	*Psathyrostachys juncea*	PI 001163	N_s(2x)	China	EF581976-EF581984	AF519170*, EF581911
Pseudoroegneria (Nevski) Löve						
34	*Pseudoroegneria spicata*	PI 547161	St(2x)	Oregon, USA	AY740793*	AF519159*
Secale Linn.						
35	*Secale cereale*	ND	R(2x)	ND	AJ409200*	AF478501* AF519162*
36	*Secale strictum*	ND	R(2x)	ND	AJ409213*	ND
37	*Secale sylvestre*	ND	R(2x)	ND	AJ409212*	ND
38	*Secale vavilovii*	ND	R(2x)	ND	AJ409204*	ND
Taeniatherum (L.) Nevski						
39	*Taeniatherum caput-medusae*	ND	T(2x)	ND	AJ608153*	AF519164*
Thinopyrum (Saÿvul. and Rayss) Löve						
40	*Thinopyrum bessarabicum*	ND	E^b(2x)	Russia	L36506*	AF519165*
Triticum Linn.						
41	*Triticum urartu*	ND	A(2x)	ND	AJ301803*, X66108*	ND
Leymus Hochst.		$N_s X_m$				
42	*Leymus akmolinensis*	PI 531794	4x	Germany	EF581913-EF581915 EF581985	EF581897
43	*Leymus chinensis*	PI 499516	4x	China (yellow-green type)	EF581936, EF581937	EF581896

编号[a]	物种学名	材料编号	基因组代号（倍性）	采集地	GenBank 登录号	
					ITS	*trnL-F*
44	*Leymus chinensis*	PI 499516	4*x*	China (grey-green type)	EF581938-EF581944	EF581898
45	*Leymus cinereus*	PI 537354	4*x*	USA	EF581945-EF581949	EF581899
46	*Leymus* hybrid	PI 547121	4*x*	USA	EF581950-EF581954	EF581900
47	*Leymus innovatus*	PI 236818	4*x*	Canada	EF581955-EF581957	EF581901
48	*Leymus mollis*	PI 371727	4*x*	USA	EF581961-EF581965	EF581902
49	*Leymus racemosus*	PI 598752	4*x*	Kazakhastan	EF581966-EF581968	EF581903
50	*Leymus secalinus*	PI 598754	4*x*	Kazakhastan	EF581973-EF581975	EF581904
51	*Leymus ambiguus*	PI 547331	8*x*	USA	EF581912, EF581916-EF581919	EF581905
52	*Leymus arenarius*	PI 272126	8*x*	Kazakhastan	EF581929-EF581935	EF581906
53	*Leymus karelinii*	PI 598551	8*x*	China	EF581958-EF581960	EF581907
54	*Leymus salinus*	PI 531817	8*x*	USA	EF581969-EF581972	EF581908
55	*Leymus angustus*	PI 547354	12*x*	China	EF581920-EF581923	EF581909
56	*Leymus angustus*	PI 565025	12*x*	China	EF581924-EF581928	EF581910
Bromus **Linn.**						
57	*Bromus catharticus*	ND	ND	ND	AF521898*	AY829228*

a. 物种前的数字与图 1.5 和图 1.6 中的数字相对应。＊表示该序列已经在 NCBI 核酸数据库中公布。ND 表示未鉴定。

a. The codes before species name are identifiers of specific accessions that correspond to the numbers in Figures 1.5 and 1.6. ＊ The GenBank accession numbers with an asterisk represent previously published sequences in the NCBI nucleotide database. ND, not determined.

二、关键技术和方法

（一）植物总 DNA 提取

DNA 提取方法为修改后的 CTAB 法（Doyle and Doyle，1990）。

（二）PCR 扩增条件和引物序列

核糖体 ITS 使用引物 ITS1（Bao and Ge，2003）和 ITS4（White *et al.*，1990）扩增获得，引物序列见表 1.2。为了避免 PCR 漂移（PCR drift）和 PCR 选择（PCR selection）（Wagner *et al.*，1994），75 μL 的反应体系被分装在 5 个扩增管中，扩增完毕后再将它们转移至一个扩增管备用。15 μL 的 ITS 反应体系包含 0.3 U 的 Ex *Taq* 酶（TaKaRa Inc.，中国辽宁大连），此外还加入 8% 的二甲基亚砜（DMSO）和其他常规的反应组分。ITS 片段的 PCR 扩增程序为：95℃变性 5 min；94℃ 45 s、56℃ 45 s 和 72 ℃ 1 min，33 个循环；72℃延伸 5 min。

表 1.2　PCR 扩增引物

Table 1.2　Primers used in PCR amplification

片段名称	引物名称	引物序列（5′→3′）
ITS	ITS5	GGA AGT AAA AGT CGT AAC AAG G
	ITS1	AGA AGT CGT AAC AAG GTT TCC GTA GG
	ITS4	TCC TCC GCT TAT TGA TAT GC
	5.8-1	TTC GCT ACG TTC TTC ATC GAT
	5.8-2	CTT TGA ACG CAA GTT GCG C
trnL-F	C	CGA AAT CGG TAG ACG CTA CG
	F	ATT TGA ACT GGT GAC ACG AG

叶绿体 tRNA 基因 *trnL*-5′和 *trnF*，包括 *trnL*-3′基因、*trnT-trnL*-3′和 *trnL*-3′-*trnF* 的基因间隔区，扩增引物使用 C 和 F（Taberlet *et al.*，1991）。PCR 扩增程序为：95℃变性 5 min；94℃ 45 s、57℃ 45 s 和 72 ℃ 1 min，33 个循环；72℃延伸 5 min。反应体系与 ITS 的扩增体系类似，但未加入 DMSO。

（三）目的片段的克隆和测序

扩增产物经 1.2% 琼脂糖凝胶电泳后，切下目的片段并使用 DNA 片段回收试剂盒纯化（TaKaRa 公司，纯化步骤见说明书）。纯化产物经电泳检测，确定浓度，然后使用 pMD-18T（TaKaRa）进行连接。

连接体系 10 μL：pMD-18T Vector 1 μL，PCR Product 4 μL，2×Ligase Buffer 5 μL。混匀后，16℃连接过夜，−20℃保存。

大肠杆菌超级感受态细胞的制备（CaCl$_2$ 法），参见《分子克隆实验指南》，菌株为 DH5α。

连接产物的转化：①在超净台内将 5 μL 连接产物加入到 200 μL 的 DH5α 感受态细胞中，混匀，置冰上 30 min；②42℃ 热激 90 s，立即冰浴 2～3 min；③加入 800 μL 无抗生素的 LB 液体培养基，37℃ 轻柔振荡培养 45 min；④5000 r/min 离心 1 min，收集菌体，弃去上清，加入 40 μL 2％ X-gal（5-溴-4 氯-3-吲哚-β-D-半乳糖苷）、10 μL 20 mmol/L IPTG（异丙基硫代-β-D-半乳糖苷）混匀，涂于含有 Ampicillin（100 μg/mL）的 LB 固体培养基平板上；⑤培养皿倒置，37℃ 避光过夜培养，12～16 h 后观察菌落生长情况，进行蓝白斑筛选。

菌体 PCR：PCR 引物为 ITS1 和 ITS4（或引物 C 和 F），用 PCR 的方法进一步鉴定白色的阳性克隆。

采用 ITS1/5.8-1 和 ITS2/5.8-2 引物组合分别扩增 nrDNA 的 ITS1 和 ITS2 片段，并用于 SSCP 类型判断。由于 trnL-F 内部的变异极少，克隆后直接用于测序，不经过 SSCP 分析。

ITS 片段的 SSCP 分析：①取 6 μL PCR 产物和 10 μL 上样缓冲液〔98％甲酰胺、0.025％溴酚蓝、0.025％二甲苯氰、10 mmol/L EDTA（pH 8.0）、10％甘油〕置于 PCR 管中，离心混匀；②98℃ 变性 10 min，迅速插入冰中，放置 5 min，使之保持变性状态；③样品用最佳胶浓度为 39：1（丙烯酰胺：甲叉双丙烯酰胺）的 12％非变性聚丙烯酰胺凝胶电泳进行检测；④上样前，将电泳槽于 175 V，4℃ 预电泳 30 min。上样后，先用高压 300 V 进行 5 min 电泳，之后将电压调至正常值。4℃ 电泳 8～10 h 后，进行银染显带，用凝胶成像分析系统拍照。

银染：银染之前必须先准备好搪瓷盘、蒸馏水、固定液（10％乙醇和 1％硝酸）、染色液、显色液、停显液。银染每一步操作都必须戴洁净的手套，避免在胶上印上指纹。同时在每一步操作中动作要轻柔，避免将凝胶弄碎。具体步骤如下。①175 V 稳压电泳约 10 h 后，切断电源，从电泳槽中倒出缓冲液，取下胶板，将凝胶从玻板中取出，放入装有蒸馏水的搪瓷盘中，用去离子水漂洗 2 次，倒去蒸馏水。②固定凝胶：向盘中加入固定液（10％乙醇）浸没凝胶，放在摇床上轻摇 15 min，倒去液体，用蒸馏水漂洗 2 次，倒去蒸馏水，并将水尽量倒干；③凝胶氧化：加入 1％的硝酸氧化，硝酸回收，用蒸馏水漂洗 2 次；④银染凝胶：向搪瓷盘中加入染色液（0.1％硝酸银）浸没凝胶，放在摇床上避光轻轻摇 30 min，硝酸银回收，用蒸馏水漂洗 2 次；⑤凝胶显影：向盘中加入显色液（2％碳酸钠溶液 300 mL 加 500 μL 甲醛）浸没凝胶，边摇边观察，直到凝胶上显现电泳带；⑥终止显影：倒出显色液，尽快加入终止液（4％乙酸）浸没凝胶，停止显影反应并固定影相，回收终止液；⑦凝胶摄影：将停显的凝胶放在摄像平台上，用计算机成像系统拍照，保存胶片和凝胶，并做好记录。凝胶可用适当大小的塑料自封袋 4℃ 长期保存。

测序：对 ITS 片段而言，将挑取的克隆送往公司测序，测序仪为 ABI 3730；对 *trnL-F* 片段而言，每个物种随机选取 2 个阳性克隆用于测序。

（四）数 据 分 析

得到的双向序列利用 DNAMAN 组装和校对，再利用 ClustalX 1.81 对序列进行对位排列（Thompson *et al.*，1999），然后利用 BioEdit 7.0.1 进行手工编辑和修正（Hall，1999），最后将序列以 FASTA 格式输出。用 DAMBE 4.1.19（Xia and Xie，2001）计算核苷酸多样性的相关基本参数，包括核苷酸频率、转变率及序列不同区域的变异大小，分析时将 GAP 处理为缺失。

对 ITS 和 *trnL-F* 而言，从多个一致序列中选取 1 个序列用于系统发育分析，根据 Bailey 等（2003）的方法，对所有序列进行检测，从数据组中排除假基因和重组基因。ITS 和 *trnL-F* 的边界根据 NCBI（http://www.ncbi.nlm.nih.gov/）中已经公布的新麦草属和披碱草属的序列确定。DNA 的二级结构预测应用 Mfold program（http://www.bioinfo.rpi.edu/applications/mfold/）。

系统发育分析应用 PAUP 4.0（Swofford，2002）启发式搜索法，100 个随机增加的序列重复，TBR（tree-bisection-reconnection）分枝，MULPARS 选项，ACCTRAN 优化。衡量最大简约树上分枝的相对支持率，使用简单分类加法，500 次重复。此外，对于同一组序列数据，我们还使用了 MrBayes 2.0（Huelsenbeck and Ronquist，2001）进行了 Bayesian 分析，对系统发育树的拓扑结构进行估计。用 Modeltest 3.06（Posada and Crandall，1998）寻找合适的序列进化模型。用 Markov Chain Monte Carlo（mcmc）链中的一次降温和三次快速升温，运行 1 100 000 代，在 HKY+I+G 模型下，每 1000 代取一棵树。在所有分析中，为了使链保持平稳，前 50 个样本被舍弃，依据 50 000 代后的树进行系统发育推论。此外，采用 TCSv1.21 对叶绿体单倍型进行分析。

第二节　研究取得的重要进展

一、ITS 和 *trnL-F* 扩增

利用引物 ITS1 和 ITS4 对各物种的基因组 DNA 进行扩增，PCR 产物用 1.2% 琼脂糖凝胶电泳检测，结果发现特异性扩增良好（图 1.1A），片段长度约为 720 bp，与预期的相符。用引物 C 和 F 对不同物种的叶绿体 DNA 进行扩增，*trnL-F* 片段长度与预期大小相符（图 1.1B）。

克隆目的片段，在含有 Amp、X-gal、IPIG 的 LB 平板上挑选呈白色的转化菌落，培养过夜，以菌液为模板扩增 ITS 和 *trnL-F*，结果如图 1.2 所示，排除假阳性克隆。

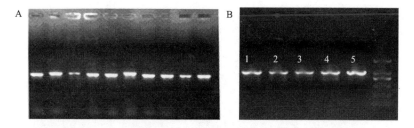

图 1.1 赖草属不同物种 ITS（A）和 *trnL-F*（B）的扩增结果。

Fig. 1.1 The amplified results of ITS（A）and *trnL-F*（B）in *Leymus* species.

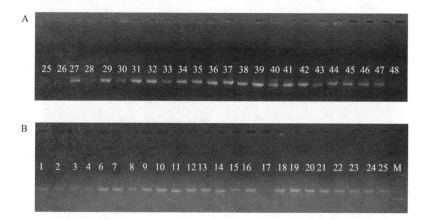

图 1.2 PCR 电泳检测结果。A. *L. hybrid* 中不同 ITS 克隆的检测结果；B. *L. ambiguus* 中不同 *trnL-F* 克隆的检测结果。

Fig. 1.2 The PCR results of ITS in *L. hybrid*（A）and *trnL-F* in *L. ambiguus*（B）.

二、SSCP 分析

参照 3.3.2.4.8 ITS 片段的 SSCP 分析的描述，本实验中，PCR-SSCP 胶得到了非常好的重复（图 1.3）。片段 ITS1 使用引物 ITS1 和 5.8-1 扩增，大小为 322 bp 左右；ITS2 使用引物 ITS4 和 5.8-2 扩增，大小为 337 bp 左右。实验发现，经 PCR 鉴定的有些阳性克隆仍不能扩增出 ITS1 或 ITS2，我们将这种无效的扩增解释为：这些克隆是假基因或是重组基因。由于这些克隆的引物结合区（序列保守区）发生了变异，从而使扩增失败，因而我们断定这些克隆为假基因，继而在 SSCP 类型判断中排除这些克隆。后来，我们还对这些克隆进行了部分测序，测序结果支持以上结论。

在每个材料 30 个左右的阳性克隆中，少数的无效克隆被发现（mean＝0.94±1.05）。在所有 *Leymus* 和 *Psathyrostachys* 材料中，我们发现 ITS1 和 SSCP 单倍型大于 ITS2（$P=0.006<0.01$）。

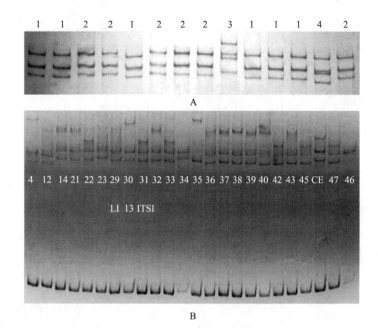

图 1.3　PCR 电泳检测结果。A. *L. mollis* 中 14 个克隆的 ITS1（322 bp）的 SSCP 银染结果，8%非变性聚丙烯酰胺凝胶，数字 1、2、3、4 分别表示不同的 SSCP 单倍型；B. *L. innovatus* 中 24 个克隆的 ITS1 SSCP 银染结果的整体图。

Fig. 1.3　The electrophoresis results of PAGE. A. Separation of allelic variants of the ITS1（322 bp）in 14 clones of *Leymus mollis* carried out by SSCP analysis on 8% polyacrylamide gels which was visualized silver staining, numbers 1，2，3，and 4 meant four types of SSCP haplotype. B. The whole SSCP picture of ITS1 in *Leymus innovatus*.

三、ITS 和 *trnL-F* 序列变异

ITS1 和 ITS2 未排列的长度为 201～226 bp 和 214～225 bp，它们的平均值分别为 217.6 bp 和 216.5 bp。ITS1 和 ITS2 的 GC 含量变化范围分别为 56.7%～65.1%和 59.9%～65.8%，平均值为 62.5%和 63.2%。122 个排列好的 ITS 序列共有 435 个变异位点，其中 181 个具有简约性信息。

对 *trnL-F* 而言，序列长度的变化范围为 827～917 bp（*trnL* 内含子为 421～454 bp，*trnL-F* 内含子为 314～404 bp），GC 含量的最小值和最大值分别为 29.4%和 31.0%。47 个排列好的序列共含有 58 个变异位点，其中 48 个具有系统发育信息。

四、ITS 数据组的系统发育分析

为了推测 *Leymus* 属物种基因组的提供者，我们的 ITS 发育树中包含了禾本科 18 个相关的具有不同二倍体基因组的属，如 S、P、W、H、K、V、F、O、Q、H_1、E^e、E^b、G、N_s、S_t、R 和 T 等（表 1.1）。为了获得异源多倍体 *Leymus* 属中尽可能多的 ITS 类型，根据 SSCP 的结果，每份材料中我们选取了 6～10 个克隆进行测序。通过 ITS 和 5.8S RNA 序列的二级结构预测，我们排除了推测的假基因（图 1.4），在排除了推测的假基因和重组序列之后，共计 122 个独特的 ITS 序列用于系统发育分析。

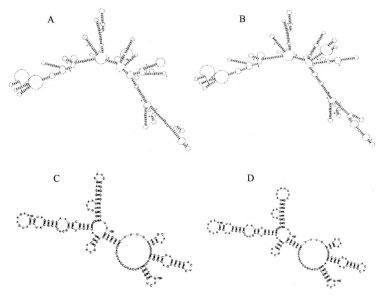

图 1.4　ITS 和 5.8S RNA 序列的二级结构预测。A. *Psathyrostachys juncea*-10 ITS，能值＝－136.6；B. *P. juncea*-16，能值＝－139.9；C. *P. juncea*-10 5.8S RNA，能值＝－50.5；D. *P. juncea*-16 5.8S RNA，能值＝－48.1。

Fig. 1.4　The stem-loop structure ITS and 5.8S RNA sequences was generated using M-fold. A. Energy ＝ － 136.6, *P. juncea*-10 ITS; B. Energy ＝ － 139.9, *P. juncea*-16 ITS; C. Energy＝－50.5, *P. juncea*-10 5.8S RNA; D. Energy＝－48.1, *P. juncea*-16 5.8S RNA.

对 ITS 矩阵进行启发式搜索，产生了 500 个最简约树（MP），CI（consistency index）值为 0.5782，RI（retention index）值为 0.7843。其中一个最简约树中（图 1.5），*Leymus* 材料的大部分 ITS 序列与它们的二倍体祖先 *Psathyrostachys* 聚在一起，这与以前的细胞学研究结果一致。除了 *Hordeum* 和 *Critesion* 两个属聚成一枝外，其他属于同一个属的物种都各自聚在一起，形成了支持率较高的单枝（如 *Aegilops*、*Agropyron*、*Australopyrum*、*Dasypyrum*、*Pseudoroegneria*、*Secale* 和 *Triticum*），表明这 7 个基因组之间产生了良好的分化，这与它们在形态学上存

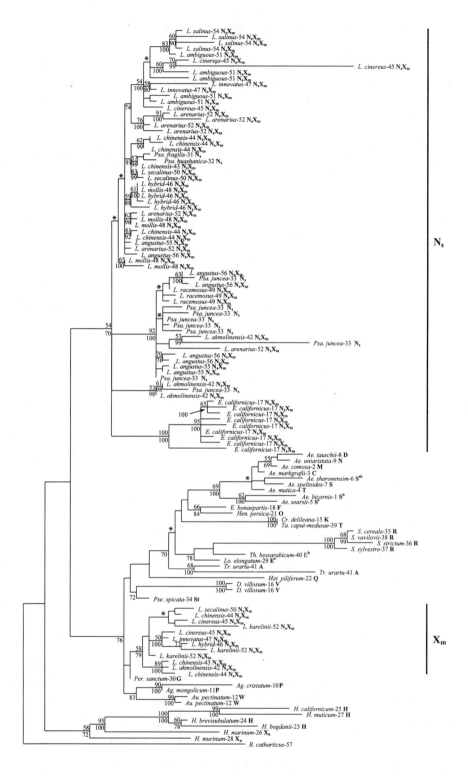

图 1.5 本研究利用植物的 ITS 系统发育树，该树是从 500 个最大简约树中选出的，树长为 697，CI 值和 RI 值分别为 0.5782 和 0.7843。主要拓扑结构由贝叶斯方法计算获得（算法为 HKY+I+G），图中标明了核苷酸发生替换的标尺。当数值大于 50%（最大简约算法）或大于 75%（贝叶斯算法）时，进化枝上面和下面分别进行了标注。星号表示该节点在严格一致树上塌陷，物种名后的数值与表 1.1 中的材料名称相对应。黑色的大写字母表示物种的基因组组成。

Fig. 1.5 One of the 500 most parsimonious(MP) trees generated from the internal transcribed spacer (ITS) sequences of all the accessions used in this study[Tree length＝697, consistency index (CI)＝0.5782, retention index(RI)＝0.7843]. The main topologies obtained by Bayesian (using HKY＋I＋G model)are the same except for some nodes having different bootstrap values. The scale bar indicates the number of substitutions sites for the tree. Numbers above and below the branches indicate bootstrap values ＞ 50% by MP analysis and ＞ 75% by Bayesian analysis, respectively. Asterisks denote clades that collapse in the strict consensus tree. Numbers after species names refer to the accession numbers shown in Table 1.1. The capital letters in boldface indicate the genome type of the species.

在差异是一致的。另外的 8 个属，即 *Crithopsis*、*Eremopyrum*、*Henrardia*、*Heteranthelium*、*Lophopyrum*、*Taeniatherum*、*Peridictyon* 和 *Thinopyrum* 都没有形成明显的单枝，可能是由于 NCBI 公共数据库中公布的 ITS 序列有限，使得我们只能在每个属中发现为数不多的 ITS 序列。

除上述以外，其余的亚分枝包括另外 7 个基因组和 N_s 基因组，其基部是 S_t 基因组（*Pseudoroegneria*）和 V 基因组（*Dasypyrum*）。值得一提的是，我们发现了一个明显的 X_m 基因组亚枝，这与和 *Psathyrostachys* 聚在一起的其他 *Leymus* ITS 序列类型具有明显不同。最大的亚枝由 *Psathyrostachys*（N_s）物种和 15 个 *Leymus* 材料组成。在 ITS 进化树中，所有 *Leymus* 多倍体材料都呈现出一种能与 *Psathyrostachys*（N_s）聚在一起的 ITS 类型，同时，大多数 *Leymus* 多倍体材料还呈现出一种可能源于未知二倍体基因组（X_m）的 ITS 类型。*Elymus californicus* 的 9 个序列独自形成一个进化枝，并且具有很高的支持率（100%）（见图 1.5，为了更加直观，我们分别在每个亚枝的旁边标出了它们的二倍体基因组代号）。

五、*trnL-F* 数据组的系统发育分析

在 *trnL-F* 序列数据组中，包含 13 个 *Leymus* 属的多倍体物种、18 个禾本科二倍体属，以及 1 个 *Elymus* 属的多倍体物种。最大简约性分析产生了 500 个同等的最简约树，其中 CI 为 0.7687，RI 为 0.8707。与 ITS 系统发育树类似，除了 *Psathyrostachys* 之外，其他二倍体属材料都分别形成了独立的亚进化枝（图 1.6）。我们发现了一个最大的 N_s 进化枝，其支持率为 51%。在另一个较大的进

化枝上，存在 4 个 *Leymus* 物种（*L. ambiguus*、*L. cinereus*、*L. innovatus* 和 *L. salinus*）和 1 个 *Elymus* 属多倍体物种（*E. californicus*），支持率为 69%，该进化枝与禾本科中的其他二倍体为姐妹进化枝。*Pseudoroegneria*（S_t 基因组）与 *E. californicus* 在系统发育树的位置较远。其他所有 *Leymus* 材料和所有 *Psathyrostachys* 材料聚在一起，支持率为 51%，内部部分进化枝的支持率达到 90% 以上，这暗示它们在叶绿体基因组上有密切关系。

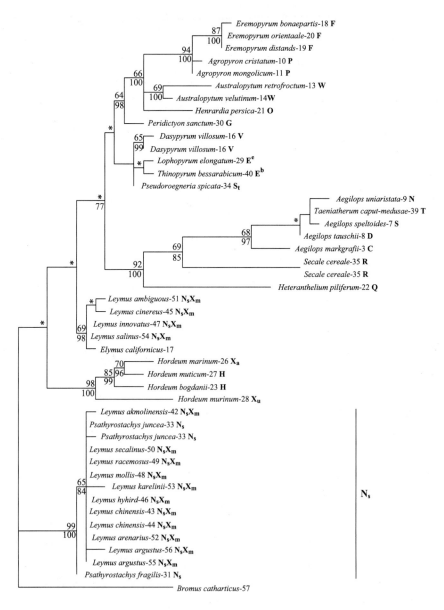

图 1.6 本研究利用植物的 *trnL-F* 系统发育树。该树从 500 个最大简约树中选出，树长为 147，CI 值和 RI 值分别为 0.7687 和 0.8707。主要拓扑结构由贝叶斯方法计算获得（算法为 HKY＋I＋G），图中标明了核苷酸发生替换的标尺。当数值大于 50％（最大简约算法）或大于 75％（贝叶斯算法）时，进化枝上面和下面分别进行了标注。星号表示该节点在严格一致树上塌陷，物种名后的数值与表 1.1 中的材料名称相对应。黑色的大写字母表示物种的基因组组成。

Fig. 1.6 One of the 500 most parsimonious (MP) trees generated from the *trnL-F* sequences of all the accessions used in this study [Tree length＝147, consistency index (CI)＝0.7687, retention index (RI)＝0.8707]. The topologies obtained by Bayesian (using HKY＋I＋G model) are the same except for some nodes having different bootstrap values. Scale bar indicates the number of substitutions sites for the tree. Numbers above and below the branches indicate bootstrap values ＞ 50％ by MP analysis and ＞ 75％ by Bayesian analysis, respectively. Asterisks denote clades that collapse in the strict consensus tree. Numbers after species names refer to the accession numbers shown in Table 1.1. The capital letters in boldface indicate the genome type of the species.

第三节　研究结论与讨论

一、SSCP 分析和 nrDNA 的取样

如果 nrDNA 重复之间的变异位点恰好位于酶切位点内部，那么 RFLP 就能鉴定 nrDNA 重复之间是否存在变异。但是上述情况通常不会发生，特别是当两个植物类群之间具有较近的亲缘关系时。由于 nrDNA 重复可能会经历完整的或不完整的匀质化过程（Rauscher *et al.*，2002），用 RFLP 区分重复片段之间的变异难度更大。与 RFLP 相比，SSCP 提供了一种简单、廉价且灵敏度高的方法去筛选重复片段之间的变异，以减少测序的工作量（Sunnucks *et al.*，2000）。通常来讲，这种技术的灵敏度与目的片段的大小成反比，对 100～300 bp 的片段而言，可以检测出 99％的单碱基变异；对于 400 bp 的片段而言，可以检测出大于 80％的单碱基变异（Girman，1996）。在优化 PCR 条件和电泳条件之后，我们得到了清楚的、重复性高的、明显的银染片段（图 1.3）。结合测序结果，本实验中 SSCP 可以发掘 ITS1 和 ITS2 上存在的绝大多数变异。尽管在相同的 ITS1 和 ITS2 单倍型内部存在少数的核苷酸变异，但是，这与在 nrDNA 排列内部或 nrDNA 排列之间所观察到的多样性水平相比是微不足道的（Kita and Ito，2000）。此外，这与本实验中 ITS1 和 ITS2 的大小也存在一定关系，ITS1 为 322 bp，ITS2 为 337 bp。

本研究中，通过引物 ITS1 和 ITS2 鉴定的阳性克隆用于后续的 SSCP 分析。与赖草属植物中存在的数以万计的 nrDNA 重复相比，这些数目是微不足道的。研究

人员发现，不完整的 nrDNA 取样会对植物谱系发生的推论产生误导（Álvarez and Wendel，2003）。本实验成功地扩增出 *Leymus* 和 *Psathyrostachys* 物种中的 ITS 片段。实验所采用的 PCR 条件和引物组合与 Bao 和 Ge（2003）的条件一致，他们用相同的条件也成功地从稻属中扩增出了 ITS 片段。上述结果表明，应用我们 PCR 条件和引物组合所获取的样品，可以覆盖不同 nrDNA 类型中的大部分直系同源序列，因此，本项研究结果可以有效地评估赖草属中存在的非一致性匀质化。

直接的 PCR 测序可能产生不正确的结果，因为不同的重复类型具有不均等的数目，而且某一类型 ITS 的优先扩增可能会掩盖其他 ITS 类型（Wagner *et al.*，1994）。二甲基亚砜（DMSO）有助于扩增过程中二级结构的舒展，从而增加 PCR 产物中序列的多样性。

在异源六倍体 *Glycine tomentella* 中，Rauscher 等（2002）使用特异性 PCR 引物进行扩增，成功地获得了通过直接测序和克隆都无法得到的低拷贝 ITS 类型。

此外，nrDNA 序列在植物基因组中以多个序列的形式呈现，在每个序列中，又存在数以千计的 nrDNA 串联重复序列。多个 nrDNA 类型可能产生于古代或近代的序列之间的复制事件、植物基因组对不同退化状态的 nrDNA 假基因的"收容"（preservation）作用，或是不完整的序列内部和序列之间的匀质化进程（Álvarez and Wendel，2003；Bailey *et al.*，2003）。因此，有不同方法用于非功能序列（推测的假基因）的去除，如序列不同区域的核苷酸多样性、保守区域的序列长度、整个序列或保守序列的二级结构和自由能的测定。本试验中，我们应用了上述 3 种方法，从 SSCP 的鉴定结果中排除了推测的假基因（图 1.4）。

二、*Leymus* 物种的系统发育关系

Leymus 属是一个异源多倍体属，所包含的物种有四倍体、八倍体和十二倍体，该属的自然分布区域从欧亚大陆至北美洲。已有的研究只报道了有限的 *Leymus* 物种的遗传多样性和它们之间的遗传关系（Anamthawat-Jónsson and Bödvarsdóttir，2001；Yang *et al.*，2006），在分子水平对 *Leymus* 属的 N_sX_m 基因组的系统发育知之甚少。本研究广泛收集 *Leymus* 属的不同倍性物种，并结合对禾本科的 18 个二倍体属 ITS 序列的研究，有利于深入理解 *Leymus* 属植物的系统发育关系，也可为鉴定未知基因组的提供者和研究物种形成中的多倍体事件等提供重要线索。

从 ITS 系统树中可以发现，*Leymus* 属物种仍旧保留了源于二倍体祖先 N_s 和 X_m 基因组的两种类型的 ITS 序列。这种现象具体表现为：在所有 *Leymus* 属物种中都至少有一个 ITS 序列包含在 N_s 进化枝中，同时，绝大多数物种的 ITS 序列存在于 X_m 分枝，这个分枝中没有发现任何一个禾本科属，尽管本实验包括了 18 个二倍体属。显而易见，除了少数几个物种（*L. mollis*、*L. arenarius*、*L. racemosus*、*L. ambiguus*、*L. salinus* 和 *L. angustus*），其余的 *Leymus* 多倍体

物种均表现出不显著的匀质化进程。因此有理由推测，*Leymus* 属物种是通过 *Psathyrostachys* 属和 1 个未知的二倍体属杂交后经多倍体化形成的，这一结论也得到了以前大量研究的支持（Wang and Jenson，1994；Peterson and Seberg，1997；Wang et al.，2006）。

nrDNA 序列通过协同进化经历了快速的匀质化，尽管这一观点是不争的事实，但是越来越多的证据表明，异源多倍体物种经常保留了来自双亲的 2 种不同类型的 ITS 序列。在 *L. mollis*、*L. arenarius*、*L. racemosus*、*L. ambiguus*、*L. salinus* 和 *L. angustus* 6 个物种中，尽管对 30 个阳性克隆进行了 SSCP 分析，并对 5～8 个克隆进行了测序，但我们仍没有在这些材料中发现来自于 X_m 基因组的 ITS 序列。以下两个原因可能与这一现象有关。第一个可能的解释是 ITS 类型的不完全取样，可能是 N_s 类型的 ITS 序列在这 6 个物种的基因组总 ITS 中占据了绝对的优势，而 X_m 型 ITS 序列的拷贝数目极低，这表明在以后的研究中，应该筛选更大数量的 ITS 克隆；第二个解释是，在 *L. mollis*、*L. arenarius* 和 *L. racemosus* 3 个物种中，N_s 型 ITS 在基因组总 ITS 中占据了绝对的优势，可能与这 3 个物种较为原始有关（智丽和蔡联炳，2000；杨瑞武等，2004a，2004b；智丽和滕中华，2005），较长的进化时间为更高程度的匀质化进程提供了充足的时间（Álvarez and Wendel，2003）。

在 ITS 树和 *trnL-F* 树中，我们都发现了 1 个明显的亚进化枝，包含有 *L. ambiguous*、*L. cinereus*、*L. innovatus* 和 *L. salinus*，其支持率分别为 54％和 69％。这 4 个物种都分布于北美洲的 Rocky 山脉周围（Barkworth and Atkins，1984），而且都属于 *Anisopyrum*（Griseb.）Tzvelev 组（Tzvelev，1976；Löve，1984）（图 1.7）。根据 18S-26S 核糖体基因的 RFLP 和 FISH 分析结果，Anamthawat-Jónsson 和 Bödvarsdóttir（2001）认为，分布于欧洲的八倍体物种 *L. arenarius* 可能起源于分布于欧亚大陆的四倍体 *L. racemosus*，前者通过种间杂交方式产生。然而，Yang 等（2006）的 RAMP 分析研究却显示，*L. arenarius* 和 *L. racemosus* 位于不同的进化分枝。本研究中，ITS 序列和 *trnL-F* 序列的系统发育分析没有为解决这一分歧提供强有力的证据。因此，正如在引言中论述的那样，我们认为采用 1 个或者多个低拷贝核基因为 *Leymus* 属物种建立一个高分辨率的系统发育树，有望成功解决属内的系统发育关系。

三、*Leymus* 和 *Psathyrostachys* 的系统发育关系

与前人的研究，如 Anamthawat-Jónsson 和 Bödvarsdóttir（2001），Wu 等（2003），Bödvarsdóttir 和 Anamthawat-Jónsson（2003）结果一致，本研究发现 *Leymus* 和 *Psathyrostachys* 形成姐妹类群。在 ITS 进化树上，我们发现 *L. chinensis* 和 2 个 *Psathyrostachys* 属物种（*P. fragilis* 和 *P. huashanica*）形成一个分枝，支持率为 57％（图 1.5），表明这两个 *Psathyrostachys* 属物种可能与

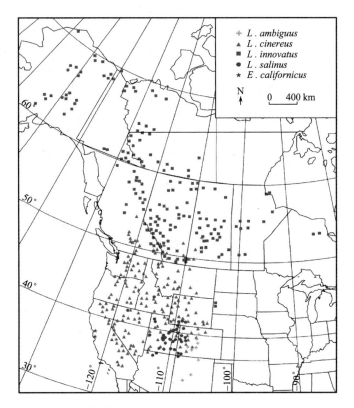

图1.7 *Leymus* 属5个物种 *L. ambiguus*，*L. cinereus*，*L. innovatus*，*L. salinus* 和 *Elymus californicus* 在北美洲的分布图，参照 Barkworth 和 Atkins（1984）及 Hitchcock（1951）。

Fig. 1.7 North American distribution of *L. ambiguus*，*L. cinereus*，*L. innovatus*，*L. salinus* and *Elymus californicus* based on Barkworth and Atkins（1984）and Hitchcock（1951）.

L. chinensis 的物种形成有关，这与 Bödvarsdóttir 和 Anamthawat-Jónsson（2003）的观点一致。此外，上述现象可能与这些物种的分布区重叠有关。*P. fragilis* 分布于伊朗的北部和南部地区；*P. huashanica* 仅分布于我国陕西省的华山地区；*L. chinensis* 则贯穿分布于欧亚大陆草原区的东部地区。在另一个亚分枝中，*P. juncea* 与 *L. arenarius*、*L. racemosus*、*L. angustus* 和 *L. akmolinensis* 聚在一起，表明在 nrDNA 上 *P. juncea* 与这4个 *Leymus* 属物种有紧密关系。在 *trnL-F* 树中，*P. juncea* 和 *P. fragilis* 与9个 *Leymus* 属植物形成一个单独的进化枝（69％的支持率），表明 *Psathyrostachys* 是这9个 *Leymus* 属植物的母本基因组提供者，这可能与这些物种都分布于欧亚大陆有关。而 *L. hybird* 也聚在这个进化分枝中，这可能与它由欧亚大陆物种培育而来有关（Jensen *et al*.，2002）。

多次起源已在很多多倍体被子植物中发现，表明多倍体物种的形成可以多次在独立的祖先群体中形成（Soltis and Soltis，1999）。从 ITS 树中，我们也可以看到 *L. chinensis* Nₛ 基因组的多次起源，这一现象在 *L. chinensis* 的两种生态型（灰绿型和黄绿型）中都可以观察到。这两种生态型分布于 Nₛ 进化枝的不同亚枝上，这有助于解释这个物种内部丰富的遗传多样性（Liu *et al.*，2007）。结合以前有关 *Psathyrostachys* 和 *Leymus* 的研究结果（Bödvarsdóttir and Anamthawat-Jónsson，2003；Wang *et al.*，2006），我们推测，不止一个 *Psathyrostachys* 属物种参与了 *Leymus* 属的物种形成。若要证实这个推测，需要广泛研究 *Leymus* 属和 *Psathyrostachys* 属植物。

四、*Leymus* 属未知二倍体祖先

在 ITS 树和 *trnL-F* 树上，*Leymus* 属未知起源的序列都聚在禾本科分枝里面，但是并没有和本实验所涉及的任何二倍体属聚在一起。这证实了以前的结论，即 *Leymus* 属的未知基因组并非来自于 Eᵉ 基因组（*Lophopyrum elongatum*）(Wang and Jensen，1994；Sun *et al.*，1995b；Vogel *et al.*，1999），以及 *Leymus* 属并非片段异源多倍体（N₁N₁N₂N₂）(Dewey，1976；Wang and Hsiao，1984；Wang and Jensen，1994；Sun *et al.*，1995a）。尽管 Xₘ 进化枝上所有的 ITS 序列都含有一个 4 bp 的插入，但是这一插入在禾本科绝大多数二倍体属中并不存在。此外，值得一提的是，4 个 *Leymus* 属物种（*L. ambiguus*、*L. cinereus*、*L. innovatus* 和 *L. salinus*）在 *trnL-F* 树上形成了一个独立的进化枝，而且它们都起源于北美洲（Barkworth and Atkins，1984），表明这 4 个物种的母本并非来自 *Psathyrostachys* 属，而是来自未知的 Xₘ 基因组。这一结果同样得到了 *ndh*F（NADH 脱氢酶亚基 F）谱系树的支持（作者未发表数据，该树中包含有 *L. cinereus* 和 *L. salinus* 两个物种），从而可以排除这 5 个物种之间存在叶绿体捕获的可能（Tsitrone *et al.*，2003）。

Elymus 属物种包含有 Sₜ、H、P、W 和一个未知的 Y 基因组。根据 ITS 序列和 *trnL-F* 序列，Liu 等（2006）证实 Y 和 Sₜ 基因组可能存在同一个祖先。从 *P. spicata*（Sₜ）在 ITS 树和 *trnL-F* 树上的位置我们可以发现，它并没有和任何 *Leymus* 属物种的序列聚在一起。这表明，*Leymus* 属的 Xₘ 基因组与 *Elymus* 属中的 Y 基因组可能没有任何关系，尽管它们都是禾本科中的未知基因组（作者未发表数据）。

五、*Elymus californicus* 的基因组组成

E. californicus（$2n=8x=56$）的分布区非常狭窄，仅发现于美国加利福尼亚州的 Marin 县和 Santa Cruz 县之间海岸的林区或荫蔽处（Hitchcock，1951），把它归属于 *Elymus* 的分类学处理，长期以来一直受到很多研究者质疑（Jensen and Wang，1997；Mason-Gamer，2001，2002），因此是一个悬而未解的问题。基因组特异性的 RAPD 标记片段和分子系统学分析也未能成功解决这一问题。Jensen 和 Wang（1997）在 *E. californicus* 中发现了一个 N_s 基因组特异的 RAPD 标记片段，而没有发现 St 基因组特异性片段（St 是 *Elymus* 属物种的必备基因组），于是他们初步认为应该将 *E. californicus* 划分到 *Leymus* 属。根据两个叶绿体 DNA 序列和一个核基因序列的研究，*E. californicus* 在禾本科中的系统位置仍然不能确定（Mason-Gamer，2001；2002）。从本实验的 *trnL-F* 树中，我们可以发现，*E. californicus* 和 4 个赖草属物种（*L. ambiguus*、*L. cinereus*、*L. innovatus* 和 *L. salinus*）聚在一起，支持率是 69%，这表明 *E. californicus* 与这 4 个物种具有相同的母本起源（*ropA* 基因谱系树，作者未发表数据）。同时，这 5 个物种具有相同的地理分布（图 1.7），表明 *E. californicus* 的物种形成和这 4 个物种有密切关系。从 ITS 树中，我们可以看出 *E. californicus* 与赖草属物种同样具有 N_s 型的 ITS，可以与新麦草属聚成一枝（图 1.5）。此外，在我们重建的核基因 *ropA* 系统发育树中（作者未发表结果），由于缺乏相关数据（即 *L. ambiguus*、*L. cinereus*、*L. innovatus* 和 *L. salinus* 的 *ropA* 序列），*E. californicus* 独自形成一枝，与其他的 *Leymus* 物种分开。结合以前的研究结果，我们认为 *E. californicus* 的基因组组成应该是 N_sX_m，因而它应该从 *Elymus* 属转移至 *Leymus* 属。

第四节　小结与展望

本文应用核糖体 ITS 序列和叶绿体 *trnL-F* 序列，对 13 个赖草属物种、小麦族 18 个属（40 份二倍体材料），以及 *E. californicus* 和 *B. catharticus*，共计 57 份材料进行了系统发育分析，得出以下主要结论。

（1）从分子层面证明，赖草属的未知基因组并非来自薄冰草属，也并非来自一个修正的新麦草基因组（$N_1N_1N_2N_2$），其基因组组成应是 $N_sN_sX_mX_m$。

（2）赖草属物种的母本，部分来自 N_s 基因组，部分来自 X_m 基因组，这可能与赖草属物种的地理分布有关。

（3）*E. californicus* 的母本是 X_m 基因组，父本是 N_s 基因组，该物种可能从披碱草属转移至赖草属。

根据以上研究，作者认为以下工作值得进一步关注。

（1）赖草属内部的杂交事件。结合本研究结果，可以肯定，物种之间的杂交事件和它们的分布有关，如分布于欧亚大陆的物种其母本是新麦草属，而北美洲的大部分物种其母本是 X_m 基因组。未来工作应该通过种间杂交，观察杂种的成活率、杂种小配子减数分裂中染色体的配对行为、FISH 杂交，以及选取系统发育信息量高的低拷贝核基因建树等手段来研究物种之间的杂交事件，同时结合物种的地理分布、形态学特征、核型公式等进行综合分析。

（2）赖草属内的多倍体化事件。本研究建议将赖草属作为植物倍性进化的模式属。赖草属的物种从四倍体一直到十二倍体，低倍性的物种怎样加倍、如何进化为高倍性物种等问题均值得深入研究。在基因组的加倍过程中，肯定存在大量的甲基化、反转座子插入等表观遗传学问题，同时还存在基因的不均等表达、基因的沉默和基因的激活，即基因的非功能化（nonfunctionalization）、新功能化（neofunctionalization）和亚功能化（subfunctionalization）。

（3）赖草属 N_s 基因组的提供者和未知基因组的鉴定。研究赖草属 N_s 基因组的提供者，需要广泛搜集新麦草属种质，选择合适的序列建树；赖草属的未知基因组在小麦族内部，鉴定赖草属的未知基因组应该从禾本科更多的基因组类型中寻找线索。此外，赖草属物种的多次起源和不同物种之间的种质渐渗问题也值得关注，这需要针对少数几个物种进行详细研究。

（4）*E. californicus* 的进化关系。通过该物种与 *L. ambiguus*、*L. cinereus*、*L. innovatus* 和 *L. salinus* 的杂种减数分裂染色体的配对和 GISH 杂交，证实 *E. californicus* 的基因组组成。在上述 4 个物种中，*L. cinereus* 和 *L. innovatus* 是异源四倍体，*E. californicus* 是异源八倍体，所以 *E. californicus* 的物种形成与 *L. cinereus* 和 *L. innovatus* 肯定有重要关系。

（5）*L. mollis* 的进化关系。与其他赖草属物种相比，该物种具有非常独特的分布特点，它横跨白令海峡，在欧亚大陆和北美洲大陆都有分布，具有 2 个亚种 *L. mollis*（Trin.）*Pilger* ssp. *mollis* 和 *L. mollis* ssp. *villosissimus*。研究该物种的扩散和多次起源对解决整个赖草属的形成和扩散具有指导意义。

（6）随着研究资料的不断积累，更多的物种被看成是多倍体植物谱系。与农业生产紧密联系的多倍体物种有普通小麦（*T. aestivum*）、燕麦（*Avena nuda*）、棉花（*Gossypium hirsutum*）、咖啡（*Coffea arabica*）、紫花苜蓿（*Medicago sativa*）、马铃薯（*Solanum tuberosum*）、大豆（*Glycine max*）和烟草（*Nicotiana tabacum*）等。一般认为，基因组染色体数目的阈值是 $n=12$，超过这个值的植物被认为是多倍体。假如某些多倍体植物可以通过染色体重组，如染色体分裂、融合和非整倍体等形式来减小染色体数目，那么多倍体则会更加普遍。因而，只有极少数的被子植物在它们的进化历程中没有受到多倍体化事件的影响。

近十几年来，在异源多倍体植物谱系的分子进化方面，研究者们进行了大量的研究，属水平上的研究系统主要包括芸苔属（*Brassica* Linn.）、小麦属（*Triticum* Linn.）、拟南芥属〔*Aarabidopsis*（DC.）Heynh.〕、稻属（*Oryza* Linn.）和棉属（*Gossypium* Linn.）。在这些属中，人们指出了低拷贝核基因在系统发育重建中的一些优势和相关的限制性因素，同时，研究表明这类基因在多倍体化过程中存在失活、激活和不均等表达等现象。发生在多倍体中的基因重复事件会产生冗余的同源基因，由于选择压力的松弛，同源基因各自积累不同的遗传变异，进而改变基因的结构和功能。前人研究发现，低拷贝核基因主要有三种不同的进化命运：①由于随机突变的积累，导致基因沉默或失活，即非功能化（nonfunctionalization）；②由于突变而获得新的功能，并经选择后被保留，即新功能化（neofunctionalization）；③亚功能化（subfunctionalization）。

随着芯片技术的日趋完善和普及，人们已经成功地将其用于研究酵母不同倍性对基因表达的影响（Galitski *et al.*，1999），这为我们研究异源多倍体植物谱系的基因表达提供了一种有力的工具。另外，以甲基化和未甲基化的片段作为杂交探针，与基因组芯片进行杂交，可以快速地获得甲基化状态发生变化的 DNA 序列。在同一属内，不同倍性的物种（同一倍性的不同物种或同一物种的不同亚种）基因的表达变化具有不同的特点。因为不同谱系中可能存在不同机制，基因表达的变化应当在多个模式多倍体谱系中进行系统研究（Osborn *et al.*，2003）。现在大多数的研究集中在拟南芥、油菜、棉花、玉米和小麦上，若将研究范围转移到其他植物谱系可能会有新的发现。此外，通过人工合成多倍体手段，研究人工异源多倍体对基因组冲击的快速响应和基因表达调控网络的变化，以及人工合成多倍体和天然多倍体基因表达变化的异同及其具体机制具有重要的理论意义。

参 考 文 献

段晓刚. 1984. 羊草染色体组型分析. 中国草原，1：63-65.

段晓刚，王丽，卜秀玲. 1991. 大赖草染色体组型分析. 中国草地，13：45-47.

段晓刚，卜秀玲，山蓝. 1993. 赖草属 5 个物种的核型分析. 中国草地，15：44-47.

凡星，廖莎，沙莉娜，等. 2009. 猬草及其近缘属植物单拷贝核 *Pgk*1 基因序列的系统发育分析. 遗传，31：1049-1058.

黄燕，张海琴，刘静，等. 2009. 利用 RAPD 特异标记分析东北猬草染色体组成. 西北植物学报，8：1538-1543.

萨姆·布鲁克. 2002. 分子克隆实验指南. 第三版. 黄培堂等译. 北京：科学出版社

沙莉娜，凡星，杨瑞武，等. 2009. 赖草属植物的表型分支系统学分析. 四川农业大学学报，27：6-13.

孙根楼，颜济，杨俊良. 1990. 新疆多年生小麦族植物染色体数的观察. 广西植物，10：143-148.

孙义凯，赵毓棠，董玉琛. 1992. 东北地区小麦族 11 中植物的核型报道. 植物分类学报，30：342-345.

阎贵兴，张素贞，云锦凤，等. 1991. 33 种禾本科饲用植物的染色体核型研究. 中国草地，13：1-13.

杨瑞武，周永红，郑有良，等. 2004b. 11 个四倍体赖草属物种的核型研究. 植物分类学报，42：154-161.

杨瑞武，周永红，郑有良，等. 2004a. 赖草属三个八倍体和两个十二倍体物种的核型研究. 草业学报，24：99-105.

智丽，蔡联炳. 2000. 赖草属 5 个种的核型与进化. 西北植物学报，20：876-881.

智丽，滕中华. 2005. 中国赖草属植物的分类、分布的初步研究. 植物研究，25：22-25.

中国科学院中国植物志编委会. 1987. 中国植物志（第 9 卷，第 3 分册）. 北京：科学出版社：16-22.

钟珉菡，苟琳，刘静，等. 2008. 小麦族赖草属植物与近缘二倍体物种的同工酶分析. 四川农业大学学报，26：125-130.

周新成. 2006. 我国西北地区赖草的遗传多样性及 8 个赖草属物种基因组来源的分子进化. 北京：中国农

业科学院博士学位论文.

Ainouche M L, Bayer R J. 1997. On the origins of the tetraploid *Bromus* species (section *Bromus*, Poaceae): Insights from the internal transcribed spacer sequences of nuclear ribosomal DNA. Genome, 40: 730-743.

Álvarez F I, Fuertes A J, Panero J L, *et al*. 2001. A phylogenetic analysis of *Doronicum* (Asteraceae, Senecioneae) based on morphological, nuclear ribosomal (ITS), and chloroplast (*trnL-F*) evidence. Mol Phylogenet Evol, 20: 41-64.

Álvarez I, Wendel J F. 2003. Ribosomal ITS sequences and plant phylogenetic inference. Mol Phylogenet Evol, 29: 417-434.

Anamthawat-Jónsson K, Bödvarsdóttir S K. 2001. Genomic and genetic relationships among species of *Leymus* (Poaceae: Triticeae) inferred from 18S-26S ribosomal genes. Amer J Bot, 88: 553-559.

Anamthawat-Jónsson K, Bödvarsdóttir S K. 2003. Wide hybridization between wheat (*Triticum* L.) and lymegrass (*Leymus* Hochst.). Euphytica, 93: 293-300.

Arnheim N. 1983. Concerted evolution of multigene families. *In*: Nei M, Koehn R. Evolution of Genes and Proteins. New York: Sinauer: 38-61.

Ashworth V E. 2000. Phylogenetic relationships in Phoradendreae (Viscaceae) inferred from three regions of the nuclear ribosomal cistron. I. Major lineages and paraphyly of *Phoradendron*. Syst Bot, 25: 349-370.

Bailey C D, Carr T G, Harris S A, *et al*. 2003. Characterization of angiosperm nrDNA polymorphism, paralogy, and pseudogenes. Mol Phylogenet Evol, 29: 435-455

Baker W J, Hedderson T A, Dransfield J. 2000. Molecular phylogenetics of subfamily Calamoideae (Palmae) based on nrDNA ITS and cpDNA rps16 intron sequence data. Mol Phylog Evol, 14: 195-217.

Baldwin B G, Sanderson M J, Porter J M, *et al*. 1995. The ITS region of nuclear ribosomal DNA: A valuable source of evidence on angiosperm phylogeny. Ann Missouri Bot Gard, 82: 247-277.

Bao Y, Ge S. 2003. Identification of Oryza species with the CD genome based on RFLP analysis of nuclear ribosomal its sequences. J Integr Plant Biol, 45: 762-765

Barkman T J, Simpson B B. 2002. Hybrid origin and parentage of *Dendrochilum acuiferum* (Orchidaceae) inferred in a phylogenetic context using nuclear and plastid DNA sequence data. Syst Bot, 27: 209-220.

Barkworth M E, Atkins R J. 1984. *Leymus* Hochst. (Gramineae: Triticeae) in North America: taxonomy and distribution. Amer J Bot, 71: 609-625.

Baumel A, Ainouche M L, Levasseur J E. 2001. Molecular investigations in populations of *Spartina anglica* C. E. Hubbard (Poaceae) invading coastal Brittany (France). Mol Ecol, 10: 1689-1701.

Bödvarsdóttir S K, Anamthawat-Jónsson K. 2003. Isolation, characterization, and analysis of *Leymus*-specific DNA sequences. Genome, 46: 673-682.

Brochmann C, Nilsson T, Gabrielsen T M. 1996. A classic example of postglacial allopolyploid speciation re-examined using RAPD markers and nucleotide sequences: *Saxifraga osloensis* (Saxifragaceae). Symb Bot Ups, 31: 75-89.

Buckler E S, Holtsford T P. 1996a. *Zea* ribosomal repeat evolution and substitution patterns. Mol Biol Evol, 13: 623-632.

Buckler E S, Holtsford T P. 1996b. *Zea* systematics: Ribosomal ITS evidence. Mol Biol Evol, 13: 612-622.

Buckler E S, Ippolito A, Holtsford T P. 1997. The evolution of ribosomal DNA: divergent paralogous and phylogenetic implications. Genetics, 145: 821-832.

Campbell C S, Wojciechowski M F, Baldwin B G, *et al.* 1997. Persistent nuclear ribosomal DNA sequence polymorphism in the *Amelanchier agamic* complex (Rosaceae). Mol Biol Evol, 14: 81-90.

Chen P, Liu W, Yuan J, *et al.* 2005. Development and characterization of wheat-*Leymus racemosus* translocation lines with resistance to Fusarium Head light. Theor Appl Genet, 111: 941-948.

Choi D, Yoon S, Lee E, *et al.* 2001. The expression of pseudogene cyclin D2 mRNA in the human ovary may be a novel marker for decreased ovarian function associated with the aging process. J Assist Reprod Gen, 18: 110-113.

Cronn R C, Small R L, Haselkorn T, *et al.* 2002. Rapid diversification of the cotton genus (*Gossypium*: Malvaceae) revealed by analysis of sixteen nuclear and chloroplast genes. Amer J Bot, 89: 707-725.

Denduangboripant J, Cronk Q C B. 2000. High intraindividual variation in internal transcribed spacer sequences in *Aeschynanthus* (Gesneriaceae) implications for phylogenetics. Proc R Soc Lond B, 267: 1407-1415.

Dewey D R. 1976. The Genome constitution and phylogeny of *Elymus ambiguous*. Amer J Bot, 63: 626-634.

Dewey D R. 1984. The genomic system of classification as a guide to intergeneric hybridization with the perennial Triticeae. *In*: Gustafson J P. Gene Manipulation in Plant Improvement. New York: Plenum: 209-279.

Doyle J J, Doyle J L. 1990. Isolation of plant DNA from fresh tissue. Focus, 12: 13-15

Dubcovsky J, Schlatter A R, Echaide M. 1997. Genome analysis of south American *Elymus* (Triticeae) and *Leymus* (Triticeae) species based on variation in repeated nucleotide sequences. Genome, 40: 505-520.

Dvorak J, Zhang H B. 1992. Application of molecular tools for study of phylogeny of diploid and polyploidy taxa in Triticeae. Hereditas, 116: 37-42.

Fan X, Sha L, Yang R, *et al.* 2009. Phylogeny and evolutionary history of *Leymus* (Triticeae: Poaceae) based on a single-copy nuclear gene encoding plastid acetyl-CoA carboxylase. BMC Evol Biol, 9: 247.

Ferguson C J, Krámer F, Jansen R K. 1999. Relationships of Eastern North American *Phlox* (Polemoniaceae) based on ITS sequence data. Syst Bot, 24: 616-631.

Forsstrom P O, Merker A. 2001. Sources of wheat powdery mildew resistance from wheat-rye and wheat-*Leymus* hybrids. Hereditas, 134: 115-119.

Franzke A, Hurka H. 2000. Molecular systematics and biogeography of the *Cardamine pratensis* complex (Brassicaceae). Plant Syst Evol, 224: 213-234.

Fuertes A J, Rossello J A, Nieto F G. 1999. Nuclear ribosomal DNA (nrDNA) concerted evolution in natural and artificial hybrids of *Armeria* (Plumbaginaceae). Mol Ecol, 8: 1341-1346.

Fulnecek J, Lim K Y, Leitch A R, *et al.* 2002. Evolution and structure of 5S rDNA loci in allotetraploid *Nicotiana tabacum* and its putative parental species. Heredity, 88: 19-25.

Galitski T, Saldanha A J, Styles C A, *et al.* 1999. Ploidy regulation of gene expression. Science, 285: 251-254.

Gaut B S. 2002. Evolutionary dynamics of grass genomes. New Phytol, 154: 15-28.

Gaut B S, Tredway L P, Kubik C, *et al.* 2000. Phylogenetic relationships and genetic diversity among members of the *Festuca-Lolium* complex (Poaceae) based on ITS sequence data. Plant Syst Evol, 224: 33-53.

Gernandt D S, Liston A. 1999. Internal transcribed spacer region evolution in *Larix* and *Pseudotsuga* (Pinaceae). Amer J Bot, 86: 711-723.

Girman D. 1996. The use of PCR-based single-stranded conformation polymorphism analysis (SSCP-PCR) in conservation genetics. *In*: Smith T B, Wayne R K. Molecular Genetic Approaches in Conservation. Oxford, UK: Oxford University Press: 167-182.

Hall T A. 1999. BioEdit: a user-friendly biological sequence alignment editor and analysis program for Windows 95/98/NT. Nucleic Acids Symp Ser, 41: 95-98.

Hartmann S, Nason J D, Bhattacharya D. 2001. Extensive ribosomal DNA genic variation in the columnar cactus *Lophocereus*. J Mol Evol, 53: 124-134.

Hirotsune S, Yoshida N, Chen A, *et al.* 2003. An expressed pseudogene regulates the messenger-RNA stability of its homologous coding gene. Nature, 423: 91-96.

Hitchcock A S. 1951. Manual of the grasses of the United States. New York: USDA Miscellaneous Publication: 203-280.

Hole D J, Jensen K B, Wang R R C, *et al.* 1999. Molecular marker analysis of *Leymus flavescens* and chromosome pairing in *Leymus flavescens* hybrids (Poaceae: Triticeae). Int J Plant Sci, 160: 371-376.

Huelsenbeck J P, Ronquist F. 2001. MRBAYES: inference of phylogenetic trees. Bioinformatics, 17: 754-755.

Hughes C E, Bailey C D, Harris S A. 2002. Divergent and reticulate species relationships in *Leucaena* (Fabaceae) inferred from multiple data sources: insights into polyploid origins and nrDNA polymorphism. Amer J Bot, 89: 1057-1073.

Jensen K B, Asay K H, Chatterton N J, *et al.* 2002. Registration of *Leymus hybrid* wildrye germplasm. Crop Sci, 42: 675-676.

Jensen K B, Wang R R C. 1997. Cytological and molecular evidence for transferring *Elymus coreanus* from the genus *Elymus* to *Leymus* and molecular evidence for *Elymus californicus* (Poaceae: Triticeae). Int J Plant Sci, 158: 872-877.

Jensen K B, Zhang Y F, Dewey D R. 1990. Mode of pollination of perennial species of the Triticeae in relation to genomically define genera. Can J Bot, 70: 215-225.

Keng Y L. 1965. Tribus 7, Hordeae. Flora illustrata plantarum primarum *Sinicarum*, Gramineae. Peking: Science Publishing Co: 340-346.

Kim K J, Jansen R K. 1996. Phylogenetic implications of rbcL and ITS sequence variation in the Berberidaceae. Syst Bot, 21: 381-396.

Kishii M, Nagaki K, Tsujimoto H. 2001. A tandem repetitive sequence located in the centromeric region of commonwheat (*Triticum aestivum*) chromosomes. Chromosome Res, 9: 417-428.

Kishii M, Yamada T, Sasakuma T, *et al.* 2004. Production of wheat-*Leymus racemosus* chromosome addition lines. Theor Appl Genet, 109: 255-260.

Kita Y, Ito M. 2000. Nuclear ribosomal ITS sequences and phylogeny in East Asian *Aconitum* subgenus *Aconitum* (Ranunculaceae), with special reference to extensive polymorphism in individual plants. Plant Syst Evol, 225: 1-13.

Ko K S, Jung H S. 2002. Three nonorthologous ITS1 types are present in a polypore fungus *Trichaptum abietinum*. Mol Phylogenet Evol, 23: 112-122.

Koebner R M D, Martin P K, Anamthawat-Jónsson K. 1995. Multiple branching stems in a hybrid between bread wheat (*Triticum aestivum*) and leymegrass *Leymus mollis*. Can J Bot, 73: 1504-1507.

Kuzoff R K, Soltis D E, Hufford L, *et al.* 1999. Phylogenetic relationships within *Lithophragma* (Saxifragaceae) hybridization, allopolyploidy and ovary diversification. Syst Bot, 24: 598-615.

Li X F, Liu S B, Gao J R, et al. 2005. Abnormal pollen development of bread wheat-*Leymus mollis* partial amphiploid. Euphytica, 144: 247-253.

Lim K Y, Kovarik A, Matyasek R, et al. 2000. Gene conversion of ribosomal DNA in *Nicotiana tabacum* is associated with undermethylated, decondensed and probably active gene units. Chromosoma, 109: 161-172.

Linder C R, Goertzen L R, Heuvel B V, et al. 2000. The complete external transcribed spacer of 18S-26S rDNA: amplification and phylogenetic utility at low taxonomic levels in *Asteraceae* and closely allied families. Mol Phylogenet Evol, 14: 285-303.

Liu D J. 2002. Genome analysis in wheat breeding for disease resistance. J Integr Plant Biol, 44: 1096-1104.

Liu J S, Schardl C L. 1994. A conserved sequence in internal transcribed spacer 1 of plant nuclear rRNA genes. Plant Mol Biol, 26: 775-778.

Liu Q L, Ge S, Tang H B, et al. 2006. Phylogenetic relationships in *Elymus* (Poaceae: Triticeae) based on the nuclear ribosomal internal transcribed spacer and chloroplast *trnL-F* sequences. New Phytol, 170: 411-420.

Liu Z P, Li X F, Li H J, et al. 2007. The genetic diversity of perennial *Leymus chinensis* originating from China. Grass Forage Sci, 62: 27-34.

Liu Z P, Chen Z Y, Pan J, et al. 2008. Phylogenetic relationships in *Leymus* (Poaceae: Triticeae) revealed by the nuclear ribosomal internal transcribed spacer and chloroplast *trnL-F* sequences. Mol Phylogenet Evol, 46: 278-289.

Löve A. 1984. Conspectus of the *Triticeae*. Fed Rep, 95: 425-521.

Mai J C, Coleman A W. 1997. The internal transcribed spacer 2 exhibits a common secondary structure in green algae and flowering plants. J Mol Evol, 44: 258-271.

Manos P, Doyle J J, Nixon K C. 1999. Phylogeny, biogeography and processes of molecular differentiation in *Quercus* subgenus *Quercus* (Fagaceae). Mol Phylogenet Evol, 12: 333-349.

Mason-Gamer R J. 2001. Origin of North American *Elymus* (Poaceae: Triticeae) allotetraploids based on granule-bound starch synthase gene sequences. Syst Bot, 26: 757-768.

Mason-Gamer R J. 2002. Reticulate evolution, introgression, and intertribal gene capture in an allohexaploid grass. Syst Bot, 53: 25-37.

Mayol M, Rossello J A. 2001. Why nuclear ribosomal DNA spacers (ITS) tell different stories in *Quercus*. Mol Phylogenet Evol, 19: 167-176.

McDade L A. 1995. Hybridization and phylogenetics. In: Hoch P C, Stephenson A G. Experimental and Molecular Approaches to Plant Biosystematics. Missouri Botanical Gardens, St. Louis, Missouri: 305-331.

Melderis A. 1980. *Leymus*. Flora Europea. Cambridge, UK: Cambridge University Press: 190-192.

Möller M, Cronk Q C B. 1997. Origin and relationships of *Saintpaulia* (Gesneriaceae) based on ribosomal DNA internal transcribed spacer (ITS) sequences. Amer J Bot, 84: 956-965.

Muir G, Fleming C C, Schlötterer C. 2001. Three divergent rDNA clusters predate the species divergence of *Quercus petraea* (Matt.) Liebl, *Quercus robur* L. Mol Biol Evol, 18: 112-119.

Oliver R E, Cai X, Xu S S, et al. 2005. Wheat-alien species derivatives: a novel source of resistance to Fusarium head blight in wheat. Crop Sci, 45: 1353-1360.

Orgaard M, Heslop-Harrison J S. 1994a. Investigations of genome relationships between *Leymus*, *Psathyrostachys* and *Hordeum* inferred by genomic DNA-DNA *in-situ* hybridization. Ann Bot, 73: 195-203.

Orgaard M, Heslop-Harrison J S. 1994b. Relationships between species of *Leymus*, *Psathyrostachys*, and *Hordeum* (Poaceae, Triticeae) inferred from southern hybridization of genomic and cloned DNA probes. Plant Syst Evol, 189: 217-231.

Osborn T C, Pires J C, Birchler J A, et al. 2003. Understanding mechanisms of novel gene expression in polyploids. Trends Genet, 19: 141-147.

Peterson G, Seberg O. 1997. Phylogenetic analysis of the Triticeae (Poaceae) based on rpoA sequence data. Mol Phylogenet Evol, 7: 217-230.

Peterson G, Seberg O, Baden C. 2004. A phylogenetic analysis of the genus *Psathyrostachys* (Poaceae) based on one nuclear gene, three plastid genes, and morphology. Plant Syst Evol, 249: 99-110.

Peterson G, Seberg O, Yde M, et al. 2006. Phylogenetic relationships of *Triticum* and *Aegilops* and evidence for the origin of the A, B, and D genomes of common wheat (*Triticum aestivum*). Mol Phylogenet Evol, 39: 70-82.

Pilger R. 1954. Das system der Gramineae. Bot Jahrb Syst, 76: 281-384.

Plourde A, Comeau A, Fedak G, et al. 1989a. Intergeneric hybrids of *Triticum aestivum*×*Leymus multicaulis*. Genome, 32: 282-287.

Plourde A, Comeau A, Fedak G, et al. 1989b. Production and cytogenetics of hybrids of *Triticum aestivum*×*Leymus innovatus*. Theor Appl Genet, 78: 436-444.

Plourde A, Comeau A, St-Pierre C A. 1992. Barley yellow dwarf virus resistance in *Triticum aestivum*× *Leymus angustus* hybrids. Plant Breed, 108: 97-103.

Posada D, Crandall K A. 1998. Modeltest: testing the model of DNA substitution. Bioinformatics, 14: 817-818.

Qi L L, Wang S L, Chen P D, et al. 1997. Molecular cytogenetic analysis of *Leymus racemosus* chromosomes added to wheat. Theor Appl Genet, 95: 1084-1091.

Rauscher J T, Doyle J J, Brown H D. 2002. Internal transcribed spacer repeat-specific primers and the analysis of hybridization in the *Glycine tomentella* (Leguminosae) polyploid complex. Mol Ecol, 11: 2691-2702.

Ray M F. 1995. Systematics of *Lavatera* and *Malva* (Malvaceae, Malveae) -a new perspective. Plant Syst Evol, 198: 29-53.

Ritland C E, Ritland K, Straus N A. 1993. Variation in the ribosomal internal transcribed spacers (ITS1 and ITS2) among eight taxa of the *Mimulus guttatus* species complex. Mol Biol Evol, 10: 1273-1288.

Roelofs D, van Velzen J, Kuperus P, et al. 1997. Molecular evidence for an extinct parent of the tetraploid species *Microseris acuminata* and *M. campestris* (Asteraceae, Lactuceae). Mol Ecol, 6: 641-649.

Samuel R, Bachmair A, Jobst J, et al. 1998. ITS sequences from nuclear rDNA suggest phylogenetic relationships between Euro-Mediterranean, East Asiatic and North American taxa of *Quercus* (Fagaceae). Plant Syst Evol, 211: 129-139.

Sang T, Crawford D J, Stuessy T F. 1995. Documentation of reticulate evolution in peonies (*Paeonia*) using internal transcribed spacer sequences of nuclear ribosomal DNA: implications for biogeography and concerted evolution. Proc Natl Acad Sci, 92: 6813-6817.

Schlötterer C, Hauser M T, von Haesler A, et al. 1994. Comparative evolutionary analysis of rDNA ITS regions in *Drosophila*. Mol Biol Evol, 11: 513-522.

Sha L, Fan X, Yang R, et al. 2010. Phylogenetic relationships between *Hystrix* and its closely related genera (Triticeae; Poaceae) based on nuclear Acc1, DMC1 and chloroplast trnL-F sequences. Mol Phylogenet Evol, 54: 327-335.

Small R L, Ryburn J A, Cronn R C, *et al*. 1998. The tortoise and the hare: choosing between noncoding plastome and nuclear *Adh* sequences for phylogeny reconstruction in a recently diverged plant group. Amer J Bot, 85: 1301-1315.

Soltis P S, Plunkett G M, Novak S J, *et al*. 1995. Genetic variation in *Tragopogon* species: additional origins of the allotetraploids *T. mirus* and *T. miscellus* (Compositae). Amer J Bot, 82: 1329-1341.

Soltis P S, Soltis D E. 1991. Multiple origins of the allotetraploid *Tragopogon mirus* (Compositae): rDNA evidence. Syst Bot, 16: 407-413.

Soltis D E, Soltis P S. 1999. Polyploidy: recurrent formation and genome evolution. Trends Ecol Evol, 14: 348-352.

Suh Y, Thien L B, Reeve H E, *et al*. 1993. Molecular evolution and phylogenetic implications of internal transcribed spacer sequences of ribosomal DNA in Winteraceae. Amer J Bot, 80: 1042-1055.

Sun G L, Wu B H, Liu F. 1995b. Cytogenetic and genomic relationships of *Thinopyrum elongatum* with 2 *Psathyrostachys* species and with *Leymus secalinus* (Poaceae). Plant Syst Evol, 197: 225-231.

Sun G L, Yen C, Yang J L. 1995a. Morphology and cytology of intergeneric hybrids involving *Leymus-multicaulis* (Poaceae). Plant Syst Evol, 194: 83-91.

Sunnucks P, Wilson A C C, Beheregaray L B, *et al*. 2000. SSCP is not so difficult: the application and utility of single-stranded conformation polymorphism in evolutionary biology and molecular ecology. Mol Ecol, 9: 1699-1710.

Swofford D L. 2002. PAUP□: phylogenetic analysis using parsimony (* and other methods), version 4. 0b10. Sinauer Associates, Sunderland, Massachusetts.

Taberlet P L, Gielly G P, Bouvet J. 1991. Universal primers for amplification of three non-coding regions of chloroplast DNA. Plant Mol Biol, 17: 1105-1109.

Thompson J D, Plewniak F, Poch O. 1999. A comprehensive comparison of multiple sequence alignment programs. Nucleic Acids Res, 27: 2682-2690.

Torres R A, Ganal M, Hemleben V. 1990. GC balance in the internal transcribed spacers ITS1 and ITS2 of nuclear ribosomal RNA genes. J Mol Evol, 30: 170-181.

Tsitrone A, Mark K, Donald A L. 2003. A model for chloroplast capture. Evolution, 57: 1776-1782.

Tzvelev N N. 1976. Grasses of the Soviet Union. Leningrad: Nauka Publishers.

Vargas P, McAllister H A, Morton C, *et al*. 1999. Polyploid speciation in *Hedera* (Araliaceae): phylogenetic and biogeographic insights based on chromosome counts and ITS sequences. Plant Syst Evol, 219: 165-179.

Vogel K P, Arumuganathan R, Jensen K B. 1999. Nuclear DNA content of perennial grasses of the Triticeae. Crop Sci, 39: 661-667.

Wagner A, Blackstone N, Cartwright P, *et al*. 1994. Surveys of gene families using polymerase chain reaction: PCR selection and PCR drift. Syst Biol, 43: 250-261.

Wang R R C, Hsiao C. 1984. Morphology and cytology of interspecific hybrids of *Leymus mollis*. J Hered, 75: 488-492.

Wang R R C, Jensen K B. 1994. Absence of the J-genome in *Leymus* species (Poaceae, Triticeae) evidence from DNA hybridization and meiotic pairing. Genome, 37: 231-235.

Wang R R C, von Bothmer R, Dvorak J, *et al*. 1994. Genome symbols in the Triticeae (Poaceae). *In*: Wang R R C, Jensen K B, Janssi C. Proceeding of the 2nd International Triticeae Symposium. Logan, UT, USA: The Utah State University Press: 29-34.

Wang R R C, Zhang J Y, Lee B S, *et al*. 2006. Variations in abundance of 2 repetitive sequences in *Leymus* and *Psathyrostachys* species. Genome, 49: 511-519.

Wendel J F, Schnabel A, Seelanan T. 1995. Bidirectional interlocus concerted evolution following allopolyploid speciation in cotton (*Gossypium*). Proc Natl Acad Sci, 92: 280-284.

White T J, Bruns T D, Lee S, *et al*. 1990. Amplification and direct sequencing of fungal ribosomal RNA genes for phylogenetics. *In*: Innis M A, Gelfand D H, Sninsky J J, *et al*. , PCR protocols: a guide to methods and applications. New York: Academic Press: 315-322.

Widmer A, Baltisberger M. 1999. Molecular evidence for allopolyploid speciation and a single origin of the narrow endemic *Draba ladina* (Brassicaceae). Amer J Bot, 86: 1282-1289.

Wissemann V. 2002. Molecular evidence for allopolyploid origin of the *Rosa canina* complex (Rosaceae, Rosoideae). J Appl Bot, 76: 176-178.

Wu X L, Larson S R, Hu Z M, *et al*. 2003. Molecular genetic linkage maps for allotetraploid *Leymus* wildryes (Gramineae: Triticeae). Genome, 46: 627-646.

Xia G M, Chen H M. 1996. Plant regeneration from intergeneric somatic hybridization between *Triticum aestivum* L. and *Leymus chinensis* (Trin.) Tzvel. Plant Sci, 120: 197-203.

Xia X, Xie Z. 2001. DAMBE: Data analysis in molecular biology and evolution. J Hered, 92: 371-373.

Yang W R, Zhou Y H, Zhang Y, *et al*. 2006. The genetic diversity among *Leymus* species based on random amplified microsatellite polymorphism (RAMP). Genet Resour Crop Evol, 53: 139-144.

Zhang H B, Dvorak J. 1991. The genome origin of tetraploid species of *Leymus* (Poaceae: Triticeae) inferred from variation in repeated nucleotide sequences. Amer J Bot, 78: 871-884.

Zhang H Q, Yang R W, Dou Q W, *et al*. 2006. Genome constitutions of *Hystrix patula*, *H. duthiei* ssp. *duthiei* and *H. duthiei* ssp. *longearistata* (Poaceae: Triticeae) revealed by meiotic pairing behavior and genomic *in-situ* hybridization. Chromosome Res, 14: 595-604.

第二章 种质资源的大田评价和遗传多样性分析

摘 要 羊草是一种多年生根茎型禾草，根据叶色可以划分为黄绿型和灰绿型两种生态型，其分布范围横穿欧亚大陆草原的东部，包括朝鲜和蒙古国的西部及西伯利亚的西北部，集中分布于我国的东北部。羊草是我国典型草原植物群落中的优势种，它可以在多种土壤和气候条件下正常生长。不同类型的生境造就了羊草丰富的遗传多样性。自 20 世纪 90 年代中期开始，作者陆续从我国东北部 6 个省（直辖市）收集了 293 份羊草种质，包括 205 份灰绿型和 88 份黄绿型羊草。经过连续 3 年的观测记录（2003～2005 年），利用 37 个重要农艺性状评估了 293 份羊草资源的遗传多样性。依据 10 个质量性状和 27 个数量性状，研究了羊草不同性状和不同地域羊草的 Shannon 遗传多样性指数，同时还使用主成分分析和通径分析做了相关统计。结果显示：①与黄绿型羊草相比，灰绿型羊草具有更高的遗传变异（$P < 0.05$），结合这两个趋异型羊草的分布范围，可以得出两种类型羊草之间存在稳定的遗传差异；②通径分析显示，羊草营养生长性状和遗传多样性的组合效应可以解释羊草生殖特性中 20.6％ 的遗传变异；③在东经 124°～128° 区域，羊草的遗传多样性指数最高（$H = 2.252$），表明这一地区具有最丰富的羊草种质资源。

关键词 羊草；生态型；遗传多样性；种质资源；扫描电镜

引　言

种质资源是植物新品种选育最重要的物质基础。纵观植物育种的发展历史，每一次重大突破无一不得益于关键性种质材料的发掘与利用。种质资源蕴藏丰富的遗传多样性，世界各国尽可能全面地收集和保存各种种质资源。在牧草上，苜蓿（*Medicago sativa*）(Diwan *et al.*，1994，1995；Basigalup *et al.*，1995)、多年生黑麦草（*Lolium perenne*）(Charmet *et al.*，1993)、狗牙根（*Cynodon dactylon*）(William，2005)、白三叶（*Trifolium repens*）(Bortolini *et al.*，2006)、草地早熟禾（*Poa pratensis*）(Wieners *et al.*，2006) 等物种都已经建立了种质资源库。

作为一种兼具重要经济价值和生态价值的优良牧草，羊草受到了广泛的关注（Yang *et al.*，2000；Song *et al.*，2003；Wang and Gao，2003；Huang *et al.*，2004；Zhang *et al.*，2004；Shu *et al.*，2005；Liu *et al.*，2007）。我国科学家对羊草开展了大量研究。经过长时间的积累，2004 年祝廷成教授主编出版了《羊草生物生态学》一书，该书汇总了 20 世纪我国学者在羊草方面的主要研究成果。

在品种培育方面，目前通过全国牧草品种评定委员会审定的羊草品种有'农牧一号'、'吉生1号'、'吉生2号'、'吉生3号'和'吉生4号'。然而在生产中，由于多方面原因，这些羊草品种并未得到大范围推广。关于羊草种质资源的收集、整理、保存和分析，国内外至今仍缺乏系统的研究报道。目前，由于自然生态环境日益恶化（如400 mm等雨线东移等）、人工管理严重脱节（如过度放牧等），许多优异的羊草种质面临灭绝的危险。保护羊草种质资源多样性、抢救濒临灭亡的种质资源已成为当务之急。总之，非常有必要广泛收集、保存并评价我国羊草种质资源，从中筛选农艺性状和生态性状优良的种质材料，从而为培育高产、优质、多抗的羊草新品种奠定基础。

根据叶色，羊草可以分为黄绿型和灰绿型两种生态型。关于两种生态型之间的遗传变异前人已经做了初步研究，但以前研究都存在种质资源数量有限、分布范围窄、评价指标有限等缺点。Ren 等（1999）使用13个农艺指标评价了来自于不同地理区域的5个羊草群体的遗传多样性，发现不同性状之间的遗传变异主要是由环境因素造成的；还发现如果在一致的环境条件下生长，不同群体间性状上的差异是可遗传的。Cui 等（2002）用15个RAPD引物研究了松嫩平原9个羊草群体间的遗传变异，指出与灰绿型羊草相比，黄绿型羊草具有较少的扩增片段、多态性位点比例低、遗传变异水平低的特点。Wang 等（2005）分析了40个灰绿型羊草和20个黄绿型羊草在14个同工酶位点上的遗传变异，结果表明，黄绿型羊草的基因多样性和遗传分化系数大于灰绿型羊草。刘惠芬等（2004）使用31个RAPD引物研究了5个羊草群体的遗传多样性，结果表明，羊草的遗传分化和地理距离之间存在显著正相关，个别群体间的地理距离尽管非常接近，但并没有聚在一起，其原因可能是小范围内生境的异质性造成的。

我们实验室以前的研究表明，羊草的遗传变异与生态型和地理分布有紧密关系（Liu et $al.$，2002）。祝廷成研究团队用RAPD标记研究了我国东北天然草地上16个羊草种群112个羊草单株之间的遗传变异，发现仅有2个单株具有相同的RAPD表型，16个种群间的遗传变异为21.06%（$P<0.001$），种群内为72.59%（$P<0.001$）；研究还表明，种群间纯粹的地理距离与遗传距离并没有关系，甚至在几米远的小尺度空间的种群内也有较大的遗传分化（祝廷成，2004）。近年来，ISSR和AFLP等分子标记也被用于羊草的遗传多样性研究。Liu 等（2000）用ISSR标记构建了羊草的遗传指纹图谱，发现内蒙古野生羊草与'吉生4号'羊草之间存在着明显差异。Xu 等（2006）用AFLP标记研究了53份羊草种质之间的遗传变异，发现灰绿型和黄绿型羊草之间存在明显差异。

从"九五"开始，我们研究组在吉林、辽宁、黑龙江、内蒙古、河北、北京和新疆等地收集了大量的羊草种质，建立了北京和塞北两个长期种质资源圃。羊草是多年生牧草，本研究通过多年的连续评价，分析不同羊草种质之间的遗传多样性，并对所收集的种质资源进行科学保存和评价，从中筛选重要农艺性状（包括产量、品质、抗性和繁殖等）表现优异的种质，为下一步育种工作奠定坚实基础，同时也为今后克隆与耐牧相关的关键基因提供良好的材料。

尽管在过去数十年中，针对羊草的遗传多样性问题开展了很多涉及形态、细胞、同工酶和分子标记（包括 RAPD、ISSR、AFLP 和 RFLP）等方面的研究（段晓刚，1984；段晓刚等，1991，1993；王克平，1988；阎贵兴等，1991；Ren et al.，1999；Liu et al.，2000；Cui et al.，2002；Liu et al.，2002；刘惠芬等，2004；祝廷成，2004；Wang et al.，2005；Xu et al.，2006），这些研究增进了我们对羊草分化和遗传多样性的理解，然而，上述实验均存在利用的羊草种质数目较少、评价指标不完善和取样地相对集中等不足，而且对于羊草这样一个生态型分化明显的物种，有的研究在取材时没有提及实验材料的生态型，或有可能将不同生态型相混杂。因此，很有必要开展在区分不同生态型的前提下，对大量种质进行连续多年的遗传多样性评价工作。

本实验采用大田盆栽法，通过对 293 份灰绿型羊草和黄绿型羊草进行连续 3 年农艺性状的评价，评价指标包括 37 个重要农艺性状。重点探讨以下几个问题：①灰绿型羊草和黄绿型羊草的遗传变异范围；②羊草遗传多样性、营养繁殖与有性繁殖之间的关系；③比较我国不同地域羊草的遗传多样性。这些研究将为羊草种质的保存、利用和管理提供科学的理论指导。

第一节　研究材料、关键技术和方法

一、实验地点

本研究的实验地点位于中国科学院植物研究所植物园（北纬 39°48′，东经 116°28′；黄棕色土壤，海拔约 67 m），属于典型的温带季风性气候，年平均降水量为 634.2 mm，年平均温度为 11.6℃。

二、研究材料

我们采用了自己收集的 293 份羊草种质材料，其中包括 205 份灰绿羊草和 88 份黄绿型羊草材料（图 2.1A、B），它们来自于我国的黑龙江、吉林、辽宁、内蒙古、河北和北京（图 2.2），采集工作从 1995 年开始，种子储存于 −20℃。第一个实验于 2003 年 3 月 20 日开始，将来自于不同采集地的羊草在温室营养钵中播种。同年 5 月 22 日，将幼苗移栽至大田，每份种质随机选取 10 个单株（图 2.1C），花盆直径为 50 cm。由于羊草具有发达的横走根茎，利用花盆的目的是阻隔根茎的生长，保持每份羊草种质相互独立，在 2004 年和 2005 年分别评价它们的相关农艺性状。在第二个实验中，我们于 2005 年评估了羊草第一年根茎和分蘖的生长状况，方法与第一个实验类似，采用幼苗移栽，单株单盆。参与评估的羊草种质有 100 份，每份 6 个单株，这些材料是从原有的 293 份材料中通过聚类法筛选而来的。

图 2.1　实验田 293 份羊草。A. 灰绿型羊草；B. 黄绿型羊草；C. 盆栽羊草。（另见彩图）

Fig. 2.1　The 293 accessions of *Leymus chinensis*. A. Grey-green type *L. chinensis*; B. Yellow-green type *L. chinensis*; C. general view of the experiment field of *L. chinensis*.

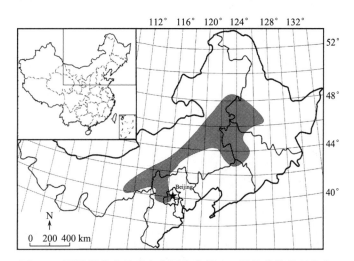

图 2.2　阴影部分表示采自我国东北部 293 份羊草的地理分布。

Fig. 2.2　Map of north-eastern China. The geographical distribution of the 293 surveyed accessions of *L. chinensis* was from the shaded region.

三、评价时间

实验评价的农艺指标包括数量性状和质量性状（表 2.1）。我们于 2004 年 6 月 10 日和 2005 年 6 月 7 日分别测量了实验一中的相关性状，于 2005 年 6 月 15 日（主要测量根茎和分蘖）、2005 年 7 月 15 日（主要测量分蘖）和 2005 年 9 月 17 日（主要测量根茎和分蘖）测量了实验二中的相关性状。叶片大小（leaf size）和形状（leaf shape）的测量方法参考 Gilliland 等（2000）的描述。

表 2.1　羊草农艺性状的描述

Table 2.1　Description of the morphological characters of *L. chinensis* accessions

编号	性状	性状描述
质量性状		
1	叶色	1. 灰绿；2. 黄绿
2[a]	单株 2 月龄分蘖	1. 无；2. 有
3[a]	单株 2 月龄根茎	1. 无；2. 有
4	根茎状况	1. 无；2. 有
5	分蘖状况	1. 很少；2. 稀疏；3. 较少；4. 丰富
6/7	叶锈发病率	1. 无；2. 中度；3. 显著
8/**9**	虫害发病率	1. 无；2. 中度；3. 显著
10[b]	顶端第 3 叶的形态	1. 直立；2. 半直立；3. 接近水平
数量性状		
11	千粒重/g	
12[a]	3 月龄单株分蘖数	
13[a]	6 月龄单株分蘖数	
14[a]	6 月龄单株根茎数	
15[a]	6 月龄单株根茎数平均长度/cm	
16/**17**[b]	顶端第 3 叶长度/cm	
18/**19**[b]	顶端第 3 叶宽度/mm	
20/**21**[b]	叶片大小	
22/**23**[b]	叶片形状	
24/**25**[b]	营养枝高度/cm	
26/**27**[b]	营养枝叶片数	
28	分蘖数/m²	
29/**30**	生殖枝数/m²	
31	抽穗率	
32/**33**	地上生物量鲜重/(g/m²)	
34	第二年地上生物量风干重（80℃）/(g/m²)	
35	两年地上生物量总鲜重/(g/m²)	
36[b]	穗长/cm	
37[b]	小穗数	

注：黑体表示该性状于第三年（2005）测定，正常字体的指标于第二年（2004）测定，千粒重于 2003 年测定。

a 表示单株的个数为 6，b 表示单株的个数为 10。

Note：The descriptors measured in the third year (2005) are in bold type. Other descriptors (in normal type) were carried out in the second year (2004) except for thousand-seed weight surveyed in the first year (2003). Descriptors，labelled a or b indicate that six or ten repeats were surveyed.

四、扫描电镜的制样与观察

取羊草新鲜成熟且无病斑的叶片，切成 0.5 cm 小段，放入 FAA 固定液中 48 h 后取出，由低向高进行不同浓度梯度的乙醇脱水（起点为 20%），每次浓度提高 10%，每梯度间隔时间为 1 h。当实验材料进入 100% 乙醇 2 h 后，取出材料移入丙酮，浸泡 30 min，再移至乙酸异戊酯内浸泡 20 min，最后进行临界点干燥，将干燥的材料用双面胶黏在样品台上，进行离子溅射镀金膜，厚度为 200 pm。镀金膜后的材料用日立 S-570 型扫描电子显微镜对叶片上表皮进行观察和摄影（刘志华等，2006）。

五、统 计 分 析

首先，我们采用了两种标准对 293 份羊草进行划分，一是根据叶色分为黄绿型和灰绿型，二是根据采集地的经度划分为 5 个区域。我们计算了 10 个质量性状和 27 个数量性状的 Shannon 遗传多样性指数（H'）（Tang，1997）和种质区域 Shannon 遗传多样性指数（H）（Dong $et\ al.$，2004）。我们使用 EXCEL（Window XP）和 SPSS13.0 计算这 37 个性状的遗传多样性指数（H'）和 5 个区域的遗传多样性指数（H）。

$$H' = -\sum_{i=1}^{s} P_i \ln(P_i) \qquad H = \frac{1}{M}\sum_{j=1}^{m} H'$$

式中，s 是组中的类型数，i 是组中第 i 个类型，P_i 是第 i 个类型在组中所占的比例；M 是组中 H' 的个数，j 是组中第 j 个 H'。

使用 MVSP（version 3.2，http://www.kovcomp.com）对这些农艺性状和遗传变异之间的关系进行主成分分析（PCO），这一方法是将分散在一组变量上的信息集中到某几个综合指标（主成分）上的探索性统计分析方法，以便利用主成分描述数据集内部结构，起着数据降维的作用。此外，我们还使用通径分析鉴别营养繁殖和遗传效应对植物繁殖性状的影响（Li，1975）。遗传多样性和营养性状都可直接和间接地影响繁殖性状。这两个变量的组合效应的评估公式为：$p_d^2 + p_s^2 + 2p_d p_s p_{d,s}$，式中，$p_d$ 表示遗传多样性；p_s 表示营养生长性状；$p_{d,s}$ 表示遗传多样性和营养生长性状的双向作用系数。

第二节　研究取得的重要进展

一、多年人工栽培羊草的遗传多样性

本实验使用 10 个质量性状和 27 个数量性状评价了 293 份多年人工栽培羊草种质资源的遗传多样性，并计算了这些性状的 Shannon 遗传多样性指数（H'）（表 2.2）。在 10 个质量性状中，根茎数（编号 4）性状的 H' 值最低（0.059），而第三叶片生长习性指标的 H' 值最高（0.887）。在所有种质中，98.9% 具有明显的根茎。对于第三叶片生长习性，即直立、半直立和接近水平的材料，各占有的比例分别是 0.491、0.444 和 0.065。材料具有很少、稀疏、较少和丰富分蘖的材料分别占有的比例是 0.018、0.040、0.069 和 0.873。在 2 月龄时，44.9% 的单株至少具有一个分蘖，在相同株龄情况下，绝大多数单株表现出至少一个横走根茎（96.8%）。在我们收集的羊草种质中，灰绿型羊草占大部分（70%），黄绿型羊草的比例较少（30%）。根据第三年的调查，黄绿型羊草更容易被锈病侵染，而灰绿型更容易遭受虫害，这一现象非常明显。

表 2.2　我国东北地区羊草的 Shannon 遗传多样性指数（H'）

Table 2.2　The Shannon genetic diversity indexes（H'）of *Leymus. chinensis* in China

性状	H'	性状	H'	性状	H'	性状	H'
4	0.059	36	1.243	22	1.850	13[a]	2.030
2[a]	0.141	30	1.482	31	1.859	16	2.038
7	0.291	19	1.575	35	1.936	11	2.050
9	0.322	34	1.671	28	1.940	24	2.056
6	0.356	18	1.709	20	1.968	15	2.060
8	0.403	26	1.789	23	1.971	21	2.110
5	0.508	29	1.795	12[a]	1.998	25	2.124
1	0.611	33	1.803	17	2.022		
3[a]	0.688	32	1.808	37	2.023		
10	0.887	27	1.841	14[a]	2.029		

注：a. 100 份种质材料，每份材料 6 个单株，其他的均为 293 份材料，性状编号见表 2.1。

Note：Descriptor numbers labelled a are when 100 accessions（six repeats in each accession）were examined, while all others refer to 293 accessions. See Table 2.1 for a full description of the descriptor numbers.

相对于质量性状，大多数数量性状表现出较大的遗传多样性。在所有 27 个数量性状中，第三年的营养枝高度表现出最大的变异（表 2.2）。千粒重指标的最大值和最小值分别是 1.619 g 和 3.328 g，平均值是 2.4 g（表 2.3）。对于 3 月龄和 6 月龄的植株而言，分蘖的平均数分别为 5.12 和 13.30。对于单株而言，6 月龄根茎的长度变化在 18.0～60.4 cm 范围的占 91.8%，在 42.2～71.5 cm 范围的占 53.0%。6 月龄单株根茎的平均数目是 3.45，最大值是 15.0。第三年营养枝高度的变异值最大，在 37.8～68.9 cm 范围的占 55.6%，低于 22.2 cm 和高于 84.5 cm 的很少，分别占 1.5% 和 3.6%。不同羊草种质第二年和第三年鲜重的总和是 1661.8 g/m²，最大值和最小值分别是 5468 g/m² 和 240 g/m²，总鲜重低于 615 g/m² 和高于 3753.7 g/m² 的分别占 11.3% 和 4.7%。大多数种质的穗长为 7.3～19.0 cm，这部分种质所占的比例是 72.0%。仅有 5.1% 的材料其小穗数超过 35.9，这个性状的平均值是 19.3。

表 2.3 我国东北地区羊草 27 个数量性状的平均值、标准差（SD）和变异范围

Table 2.3 The means and standard deviations (SD) of twenty-seven quantitative traits of *L. chinensis* in China

编号	11	12[a]	13[a]	14[a]	15[a]	16[b]	17[b]	18[b]	19[b]
平均值	2.4	5.1	13.3	3.45	52.3	20.2	21.9	5.1	5.4
标准差	0.38	1.33	3.46	0.95	12.19	4.03	3.44	0.27	0.34

编号	20[b]	21[b]	22[b]	23[b]	24[b]	25[b]	26[b]	27[b]	28
平均值	3.7	3.5	34.1	35.8	53.2	49.4	6.6	6.2	1678.1
标准差	0.37	0.53	8.15	10.58	14.1	15.58	0.71	0.85	418.42

编号	29	30	31	32	33	34	35	36[b]	37[b]
平均值	96.1	114.1	5.7	948.5	713.3	398.4	1661.8	9.34	19.3
标准差	126.64	245.90	7.07	496.11	452.50	69.35	1045.92	0.69	0.69

a 表示单株的个数为 6，b 表示单株的个数为 10，性状编号见表 2.1。

Descriptor numbers labelled a or b indicate that six or ten repeats were surveyed. See Table 2.1 for a full description of the descriptor numbers.

二、不同生态型羊草的差异

根据羊草的两种叶色，对 37 个农艺性状参数进行了主成分分析（图 2.3）。结果表明，前 4 个成分占总体变异的累计比例分别是 60.5%、71.4%、78.9% 和 85.4%。尽管成分 1 和成分 2 之间的分离不明显，但是存在一些明显的形态特征的差异能区分这两个变量，这些特征包括叶长、叶宽、营养枝高度、营养枝叶片数目、分蘖数目、生殖枝数目、叶片形状、第三年的叶锈发病率和虫害发病率（$P<0.05$）。总之，灰绿型羊草和黄绿型羊草之间的差异达到显著水平（$P=0.016$）。

三、通 径 分 析

羊草各种质不同农艺性状的 Shannon 遗传多样性指数（H）具有良好的相关性，包括营养生长性状（叶长、叶宽、营养枝高度和营养枝叶片数）及生殖生长性状（穗长和小穗数），它们的 Kendall's 相关系数的变化范围为 0.653~0.874。通径分析结果表明，对于营养生长性状和遗传多样性，两者都能对生殖生长性状产生直接的（$p_d=0.349>0.01$，$p_s=0.550>0.01$）和间接的（$0.550×0.220=0.121$，$0.349×0.220=0.077$）影响。营养生长性状和遗传多样性两者的综合效应可以解释羊草生殖特性中 20.6% 的遗传变异（图 2.4）。

四、地 理 分 布

我们用 37 个质量和数量性状计算了来自 5 个不同区域的羊草种质的 Shannon 遗传多样性指数（H）。这些地理区域包括东经 110°~116°、116°~118°、

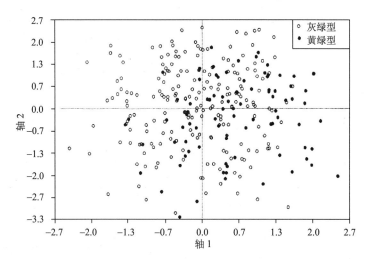

图 2.3 实验收集的 293 份羊草种质农艺性状的主成分分析 Euclidean 值。材料根据不同叶色区分，轴 1 可以解释 39.85% 的遗传变异，轴 2 可以解释 20.60% 的遗传变异，两个轴的累计变异为 60.45%。

Fig. 2.3 Principal coordinates analysis case scores (Euclidean) of morphological traits in a collection of 293 *Leymus chinensis* accessions. Accessions are labelled according to leaf colour. Axis 1 accounted for 39.85% of the total variation and axis 2 accounted for a further 20.60% of the total variation, total variation is 60.45%.

118°~122°、122°~124° 和 124°~128°（图 2.2），其遗传多样性指数分别为 1.404、1.775、1.487、1.935 和 2.252（表 2.4）。在东经 124°~128° 的区域中，羊草的遗传多样性指数最高，在东经 110°~116° 中最小。

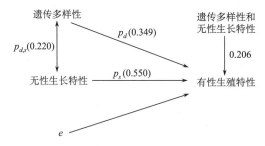

图 2.4 羊草遗传多样性和营养生长性状（叶长、叶宽、营养枝高度和营养枝叶片数）对生殖生长性状（穗长和小穗数）的通径分析结果。通径系数 "p_d" 表示遗传多样性，"p_s" 表示营养生长性状，"$p_{d,s}$" 表示遗传多样性和营养生长性状的双向作用系数，"e" 表示剩余变量。

Fig. 2.4 Path diagram showing the effect of genetic diversity and vegetative traits (leaf length, leaf width, vegetative branch height, number of leaf in a vegetative branch) on reproductive traits (spike length and number of spikelet per spike) of *Leymus chinensis*. Path coefficients are indicated with p_d for genetic diversity, p_s for vegetative traits and $p_{d,s}$ for bidirectional effect of genetic diversity and vegetative traits, and e for all the remaining sources.

表 2.4 不同地理区域的 Shannon 遗传多样性指数（*H*）

Table 2.4 Geographical distribution of the Shannon diversity index（*H*）

经度	羊草数目	Shannon 遗传多样性指数（*H*）
东经 110°～116°	59	1.404
东经 116°～118°	48	1.775
东经 118°～122°	44	1.487
东经 122°～124°	71	1.935
东经 124°～128°	61	2.252

五、羊草叶面的结构

两种生态型羊草的表皮毛都着生在上表皮的叶脉处（图 2.5）。与黄绿型羊

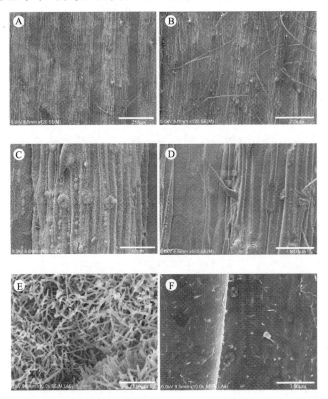

图 2.5 两种生态型羊草上表皮扫描电镜观察。A、C、E 是灰绿型羊草，B、D、F 是黄绿型羊草；图 A 和图 B 中的标尺为 250 μm，图 C 和 D 中的标尺为 60 μm，E 和 F 中的标尺为 3 μm

Fig. 2.5 Scanning electron microscope（SEM）photographs of the upper epidermal surface of two ecotype of *Leymus. chinensis*. A，C，E are grey-green type *L. chinensis*；B，D，F are yellow-green type *L. chinensis*. The scale in A and B is 250 μm，and 60 μm in C and D，3 μm in E and F.

草相比，灰绿型羊草的表皮毛虽然较少，但具有非常密集的微绒毛。微绒毛在黄绿型羊草叶的上表面只有零星分布。灰绿型羊草表皮具有较多的微绒毛，有助于减少热量和水分的丧失。因此，与黄绿型羊草相比，灰绿型羊草具有更强的抗旱和抗盐碱能力。

第三节　研究结论与讨论

一、两种生态型羊草

Zhang 等（1992）研究了我国东北部松嫩平原两种分化的羊草群体，通过比较灰绿型和黄绿型羊草的过氧化物酶及酯酶，发现两种羊草之间仅存在形态差异，而没有遗传差异。本研究根据我国羊草的自然分布，通过扩大资源收集范围和增加样品数量，较为详细地研究了我国羊草的遗传多样性。我们的研究结果与 Zhang 等不同，我们发现羊草在 37 个农艺性状上表现较大的遗传变异。我们认为，尽管在草原自然条件下羊草繁殖的主要方式偏向于营养繁殖，但因此推论羊草的种内遗传变异较低是值得商榷的。

崔继哲等（2000）和 Wang 等（2005）证实两种类型羊草之间的确存在稳定的遗传差异，他们指出，Zhang 等（1992）的不正确观点可能是由于使用的同工酶数目太少引起的。崔继哲等（2000）采用水平淀粉凝胶电泳技术和等位酶分析方法，测定了松嫩平原南部微生境条件下灰绿色和黄绿色两种生态型羊草 6 个种群的遗传多样性和遗传分化程度，发现两种生态型之间有明显的遗传多样性差异及遗传分化。Cui 等（2002）利用 RAPD 分子标记研究发现，黄绿型羊草种群的遗传多样性低于灰绿型种群。祖元刚和崔继哲（2002）注意到，在克隆特性上，灰绿型和黄绿型羊草也明显不同，黄绿型种群的克隆多样性低于灰绿型。他们的研究表明，由基株数据计算的种群遗传多样性与由分株计算的结果一致，这进一步支持了黄绿型和灰绿型羊草间存在明显遗传分化的结论。

我们把两种生态型羊草在同一栽培条件下种植和实验，发现两种类型羊草之间存在着明显的形态差异（$P<0.05$）和遗传差异，同时注意到，灰绿型羊草比黄绿型羊草具有更多的变异，如在图 2.3 的 PCO 分析中，灰绿型羊草的散点呈现出更大的分布范围。我们的实验结果与崔继哲等（2000）的结果一致，但与 Wang 等（2005）的结果有所不同，导致这种不一致情况的原因可能是由于 Wang 等（2005）的研究中使用了有限的酶系统标记位点。崔继哲等（2000）指出，黄绿型羊草之所以具有较高的多样性和每个位点具有较多的等位基因，是因为黄绿型羊草中存在较多的稀有等位基因。

除上述研究以外，前人还从其他方面的实验研究进一步证实两种类型羊草之间在遗传上存在明显分化。周婵等（2002）发现，在干旱胁迫下，灰绿型和黄绿型羊草在电解质外渗率、脯氨酸、植株含水率、植株鲜重、硫酸根离子和硝酸根离子等指标特征上，均有显著或极显著差异，从而认为灰绿型羊草的耐旱能力比黄绿型强，两种趋异类型羊草在耐旱生理上具有明显分化。周婵和杨允菲（2003）采用盆栽实验，对灰绿型和黄绿型两个生态型羊草在幼苗期分别用不同强度的 NaCl、Na_2CO_3 和混合盐碱胁迫，发现两个实验种群在叶片叶绿素含量、电解质外渗率、植株脯氨酸和 Na^+/K^+ 指标上均有显著或极显著差异，而且灰绿型的耐盐碱能力强于黄绿型。Wang 等（1999）指出，灰绿型羊草与黄绿型羊草对光强度、气温、相对湿度、叶温、气孔扩散阻力的响应等方面均有显著差异，同一生境条件下羊草两个趋异类型的光合生理特性存在明显变异。

综合以上研究结果，我们认为，灰绿型羊草比黄绿型羊草具有更大的遗传变异，而且前者的分布范围更广、抗逆性更强、多态性位点更多。

二、羊草有性繁殖

有性繁殖能力低是限制羊草大面积人工栽培的主要瓶颈。Zhang 等（2004）发现，羊草具有自交不亲和性，开放授粉的结实率较高，自交时结实率为很低，二者差异极其显著；FDA 染色法检测结果显示羊草成熟花药中有活性的花粉很高。张卫东等（2004）分离了羊草硫氧化还原蛋白 H 基因（$ThioLc$），并对其功能进行了分析。他们发现，该基因在羊草根、茎、叶和幼小的雌蕊中没有表达，在成熟雌蕊和幼小的花粉中微量表达，在成熟花粉中大量表达。Huang 等（2004）发现，羊草的花期可持续 5 天，花粉散粉在 16：00 时至 17：00 时达到高峰，约 56.1％的花粉在这段时间被释放。穗子中部花粉的密度最大，底部密度最小，62.4％的花粉具有活性（TTC 法）。花粉的活力可以保持 3 h，花粉和胚珠的比例是 79 333：1。柱头接受花粉的能力可以持续 3 h，86.7％的柱头最终可被授粉。同一穗子上，结实率中部＞底部＞上部。

为了深入探讨羊草有性繁殖能力低的原因，我们采用通径分析方法研究了遗传多样性、营养生长性状和有性繁殖性状之间的关系。与遗传多样性对有性繁殖性状的直接影响（0.349）相比，营养生长性状对其影响更大（0.550）（图 2.4）。据此，在育种过程中，选择营养生长表现好的植株将有助于提高羊草的有性繁殖能力。营养生长性状包括叶长、叶宽、营养枝高度和营养枝的叶片数。

三、羊草不同地理种群

本实验中，东经 124°～128°范围内羊草的 Shannon 遗传多样性指数（H）最大（2.252），尽管这一地区的羊草种质数量并不是最高。这一结果为建议该区域是我国羊草的遗传多样性中心的观点提供了初步证据。这一区域羊草表现丰富的遗传变异，可能与该地区生态因子（如年降水量、年均温度和土壤类型）的异质性有关。从大兴安岭的东北部到内蒙古阴山的地理梯度中，降水量是此区域内羊草遗传多样性的主要限制因子（Wang and Gao，2003）。有研究表明，羊草生境保持湿润的环境，有助于分蘖的发生和植物的生长，通过提高有性生殖而增加种质间的基因交流（崔继哲等，2000）。根据这个假设，结合东经124°~128°范围内生境的异质性，可以进一步解释此区域具有最大 H 值现象。

另外我们发现，在东经110°~116°和东经118°~122°两个区域，羊草的 H 值较小，分别为1.404和1.487。这一区域分布的羊草可以在羊草的育种研究中发挥重要作用，因为这些种质可能拥有更强的生物抗性和非生物抗性（如干旱、低温和盐碱）。但是在过去的几十年中，由于放牧压力过大，该区域的天然草原已经严重退化（Bai et al.，2004；Wang，2004）。这种情况无疑会降低羊草种质的遗传多样性。因此，尽管这两个地区羊草的 H 值较小，但是我们仍然必须加大对这一地区羊草资源的收集和保护。

四、羊草新品种培育

根据对293份羊草材料的形态学分析，我们发现某些种质可以作为羊草新品种培育的亲本材料，如地上生物量较高的种质和有性繁殖能力强的种质。同时，人们普遍认为，在育种程序中多次使用同一亲本基因型会导致该物种遗传多样性降低，如小麦（Tian et al.，2005；Yong et al.，2005）。因此，为了打破这一遗传限制，必须从其他物种中通过种质渐渗引进新基因，从而改良小麦，增强小麦对环境的适应性（Yong et al.，2005）。作为小麦品质改良的三级基因库，羊草无疑可以承担这一角色。

尽管表型是遗传和环境共同作用的结果，但是本实验中我们使用了一致的环境条件和管理措施，从而使植物的生长可塑性（growth plasticity）降到最低，继而如实反映不同材料在遗传上的差异。此外，虽然分子标记等方法可以有效补充和加强对植物遗传多样性的研究，然而终究不能替代形态学标记，特别是当研究的群体较大时（Venuto et al.，2002；Lu et al.，2005）。从这方面讲，本项研究将为我国今后羊草的整合性研究奠定基础。

第四节　小结与展望

经过连续3年对293份羊草种质的37个重要农艺性状的观察，本研究对我国羊草的遗传多样性进行了初步评估。依据10个质量性状和27个数量性状，我们研究了羊草不同性状和不同地域羊草的 Shannon 遗传多样性指数，同时还使用主成分分析和通径分析做了相关研究。主要结论如下所述。

（1）与黄绿型羊草相比，灰绿型羊草具有更高的遗传变异（$P<0.05$）；结合这两个趋异型羊草的分布范围，可以得出两种类型羊草之间存在稳定的遗传差异。

（2）通径分析显示，羊草营养生长性状和遗传多样性两者的组合效应可以解释羊草生殖特性中20.6％的遗传变异。

（3）在东经124°～128°区域，羊草的遗传多样性指数最高（$H=2.252$），表明这一地区具有最丰富的羊草种质资源。

羊草作为禾本科小麦等农作物的近缘种，不仅具有无性繁殖能力强、牧草品质优良和营养丰富等特点，同时还具有抗旱、抗寒、耐牧、耐刈割、适应性强等优良特性。小麦抗逆新品种选育是一项世界性的重大课题，也是亟须解决的难题。研究羊草将有利于解决这个问题，在研究羊草和其他赖草属植物耐受性能的生理生化机制的基础上，可以克隆羊草抗逆基因并进行功能鉴定，通过远缘杂交或转基因方法把抗逆基因导入小麦；通过对羊草和其他赖草属植物的研究，还可以加快抗逆新品种的开发，从而提高农作物产量、改良退化及沙化草地、改善西部生态环境、促进干旱地区草地畜牧业的发展。总之，赖草属植物是小麦族一个重要多年生草本植物，其丰富的遗传多样性为麦类作物育种提供了可开发利用的宝贵基因资源。

经过多年研究，作者研究组从羊草中筛选出大量在重要农艺性状上具有明显差异的单株，如根茎的数量和长度、分蘖的数目、地上生物量、抽穗率、结实率、病虫害抗性等，这为以后的羊草遗传育种工作奠定了基础。与其他模式植物相比，具有根茎是羊草的独特性状之一，建议研究羊草根茎的发生和发育特性、羊草根茎的生物学作用、根茎发生相关基因的克隆与调控机理等，这或许将为农作物或牧草及能源草类植物的育种工作开辟崭新的途径。

参 考 文 献

崔继哲，曲来叶，祖元刚. 2000. 微生境下羊草两种生态型种群的遗传多样性及遗传分化——等位酶分析. 生态学报，20：434-439.

段晓刚，王丽，卜秀玲. 1991. 大赖草染色体组型分析. 中国草地，13：45-47.

段晓刚，卜秀玲，山蓝. 1993. 赖草属5个物种的核型分析. 中国草地，15：44-47.

段晓刚. 1984. 羊草染色体组型分析. 中国草原，1：63-65.

刘惠芬，高玉葆，阮维斌，等. 2004. 内蒙古中东部不同草原地带羊草种群遗传分化. 生态学报，24：1257-1264.

刘志华，时丽冉，赵可夫. 2006. 獐茅盐腺形态结构及其泌盐性. 植物生理与分子生物学学报，32：420-426.

王克平. 1988. 羊草物种分化的研究——V. 羊草种内分化的四个生态型. 中国草地，8：51-52.

阎贵兴，张素贞，云锦凤，等. 1991. 33种禾本科饲用植物的染色体核型研究. 中国草地，13：1-13.

张卫东，刘公社，陈双燕，等. 2004. 羊草自交不亲和性相关基因 *TrxLc* 的克隆、表达和酶活性分析. 作物学报，30：1192-1198.

周婵，杨允菲，李建东. 2002. 松嫩平原两种趋异类型羊草对干旱胁迫的生理响应. 应用生态学报，13：1109-1112.

周婵，杨允菲. 2003. 松嫩平原两个生态型羊草实验种群对盐碱胁迫的生理响应. 应用生态学报，14：

1842-1846.

祝廷成. 2004. 羊草生物生态学. 长春. 吉林科学技术出版社.

祖元刚, 崔继哲. 2002. 羊草种群克隆多样性的初步研究. 植物生态学报, 26: 157-162.

Bai Y F, Han X G, Wu J G, et al. 2004. Ecosystem stability and compensatory in the Inner Mongolia grassland. Nature, 431: 181-184.

Basigalup D H, Barnes D K, Stucker R E. 1995. Development of a core collection for perennial *Medicago* plant introductions. Crop Sci, 35: 1163-1168.

Bortolini F, Agnol M D, Schifino-Wittmann M T. 2006. Molecular characterization of the USDA white clover core collection by RAPD markers. Genet Resour Crop Ev, 53: 1081-1087.

Charmet C X, Balfourier F T, Ravel C. 1993. Genotype × environment interactions in a core collection of French perennial ryegrass populations. Theor Appl Genet, 86: 731-736.

Cui J Z, Zu Y G, Nie J C. 2002. Genetic differentiation in *Leymus chinensis* populations revealed by RAPD markers II. Statistics analysis. Acta Phytoecol Sin, 22: 982-989.

Diwan M D, Bauchan R, Mcintosh M S. 1994. A core collection for the United States annual *Medicago*. Crop Sci, 34: 279-285.

Diwan M D, Mcintosh M S, Bauchan G R. 1995. Methods of developing a core collection of annual *Medicago* species. Theor Appl Genet, 90: 755-761.

Dong Y S, Zhao L M, Liu B, et al. 2004. The genetic diversity of cultivated soybean grown in China. Theor Appl Genet, 108: 931-936.

Gilliland T J, Coll R, Calsyn E, et al. 2000. Estimating genetic conformity between related ryegrass (*Lolium*) varieties. I. Morphology and biochemical characterisation. Mol Breed, 6: 569-580.

Huang Z H, Zhu J M, Mu X J, et al. 2004. Pollen dispersion, pollen viability and pistil receptivity in *Leymus chinensis*. Ann Bot, 93: 295-301.

Li C C. 1975. Path Analysis-a Primer. Pacific Grove, California, USA: Boxwood Press.

Liu J, Liu G S, Qi D M, et al. 2000. Construction of genetic fingerprints of *Aneurolepidium chinensis* using microsatellite sequences. J Integr Plant Biol, 42: 985-987.

Liu J, Zhu Z Q, Liu G S, et al. 2002. AFLP variation analysis on the germplasm resources of *Leymus chinensis*. J Integr Plant Biol, 44: 845-851.

Liu Z P, Li X F, Li H J, et al. 2007. The genetic diversity of perennial *Leymus chinensis* originating from China. Grass Forage Sci, 62: 27-34.

Lu Y Q, Waller D M, David P. 2005. Genetic variability is correlated with population size and reproductive in American wild-rice (*Zizania palustris* var. *palustris*, Poaceae) populations. Amer J Bot, 92: 990-997.

Ren W W, Qian J, Zheng S Z. 1999. A comparative study on genetic differentiation of *Leymus chinensis* in different geographic populations. Acta Phytoecol Sin, 19: 689-696.

Shu Q Y, Liu G S, Xu S X, et al. 2005. Genetic transformation of *Leymus chinensis* with the PAT gene through microprojectile bombardment to improve resistance to the herbicide Basta. Plant Cell Rep, 24: 36-44.

Song B Y, Yang J, Xu R, et al. 2003. Water use of *Leymus chinensis* community. J Integr Plant Biol, 45: 1245-1250.

Tang Q Y. 1997. Data Processing System. Beijing: Chinese Agricultural Press.

Tian Q Z, Zhou R H, Jia J Z. 2005. Genetic diversity trend of common wheat (*Triticum aestivum* L.) in China revealed with AFLP markers. Genet Resour Crop Evol, 52: 325-331.

Venuto B C, Redfearn D D, Pitman W D, *et al*. 2002. Seed variation among annual ryegrass cultivars in south-eastern USA and the relationship with seedling vigour and forage production. Grass Forage Sci, 57: 305-311.

Wang D L, Wang Z W, Zhang X J. 1999. The comparison of photosynthetic physiological characteristics between the two divergent *Aneurolepidium chinense* types. Acta Phytoecol Sin, 19: 837-843.

Wang R Z, Gao Q. 2003. Climate-driven changes in shoot density and shoot biomass in *Leymus chinensis* (Poaceae) on the North-east China Transect (NECT). Global Ecol Biogeogr, 12: 249-259.

Wang R Z. 2004. Responses of *Leymus chinensis* (Poaceae) to long-term grazing disturbance in the Songnen grasslands of north-eastern China. Grass Forage Sci, 59: 191-195.

Wang Y S, Teng X H, Huang D M, *et al*. 2005. Genetic variation and clonal diversity of the two divergent types of clonal populations of *Leymus chinensis* Tzvel on the Songliao Steppe in the west of northeastern China. J Integr Plant Biol, 47: 811-822.

Wieners R R, Fei S Z, Johnson R C. 2006. Characteriza tion of a USDA *Kentucky bluegrass* core collection for reproductive mode and DNA content by flow cytometry. Genet Resour Crop Evol, 53: 1531-1541.

William F A. 2005. Development of a forage bermudagrass (*Cynodon* spp.) core collection. Grassl Sci, 51: 305-308.

Xu S X, Shu Q Y, Liu G S. 2006. Genetic relationship in ecotypes of *Leymus chinensis* revealed by polymorphism of amplified DNA fragment lengths. Russ J Plant Physiol, 53: 678-683.

Yang Y F, Yang L M, Zhang B T, *et al*. 2000. Relationships between the fruit-bearing characters of *Leymus chinensis* population and annual climatic variations in natural meadow in north-east China. J Integr Plant Biol, 42: 293-299.

Yong B F, Gregory W P, Ken W R, *et al*. 2005. Allelic reduction and genetic shift in the Canadian hard red spring wheat germplasm released from 1845 to 2004. Theor Appl Genet, 110: 1505-1516.

Zhang L P, Chen L Y, Li J D. 1992. The study on peroxidase and esterase isozymes of *Aneurolepidium chinensis*. Prata Sci, 9: 49-51.

Zhang W D, Shen S Y, Liu G S, *et al*. 2004. Seed-set and pollen-stigma compatibility in *Leymus chinensis*. Grass Forage Sci, 59: 180-185.

第三章 羊草种质资源的 AFLP 分子标记评价

摘 要 羊草遗传资源多样性是羊草基因资源的基础，通过形态学调查并结合 AFLP 分子标记手段评价羊草遗传多样性，在此基础上建立核心种质和创造新种质，能够合理保护资源多样性并加快育种进程。本章对羊草进行的 AFLP 分析表明，羊草是一种形态变异较大而遗传变异较小的物种。两种生态型之间存在显著差异，其中灰绿型羊草比黄绿型羊草差异更大。羊草的遗传多样性与长期栽培驯化和地理分布有重要相关性。AFLP 分子标记技术在分析羊草遗传多样性方面有显著优势。

关键词 羊草；生态型；遗传多样性；AFLP

引 言

羊草（*Leymus chinensis*，$2n = 4x = 28$，$N_sN_sX_mX_m$）是赖草属中重要的牧草种之一。羊草具有很强的土壤固定能力和对环境的广泛适应能力，是农作物育种的一个潜在优良资源（Pimm，1997）。

分子标记技术具有快速、可信度高和不受环境影响等优势（Welsh and Mcclelland，1991；Ayele *et al.*，1999），能够精确地揭示和监测物种基因组水平的变异（Hayward *et al.*，1994），在评价遗传资源多样性和变异水平方面是一个非常有效的工具（Ayele *et al.*，1999；Zhang *et al.*，2004；Chessa and Nieddu，2005）。AFLP（amplified fragment length polymorphism）标记技术已经在许多物种的分类和遗传多样性研究方面得到广泛应用（Vos *et al.*，1995；Sidrim *et al.*，2010），如在玉米（*Zea mays*）（Revilla *et al.*，2005）、沙生赖草（*L. arenarius*）、滨麦（*L. mollis*）（Anamthawat-Jonsson，2001）、披碱草属（*Elymus*）（Sasanuma *et al.*，2002）及乌拉尔图小麦（*Triticum urartu*）（Mizumoto *et al.*，2002）中的应用。到目前为止，羊草遗传多样性在分子水平的研究仍然非常有限。为了充分、有效地保护和利用这一种质资源，有必要广泛深入地研究羊草种内的遗传变异（Liu *et al.*，2000；Wang *et al.*，2002）。本研究的目标是建立羊草 AFLP 方法，研究野生种和栽培种的遗传关系及变异水平，分析其遗传变异与环境等因素之间的相互关系。

AFLP 是一种十分有效的 DNA 指纹图谱技术，由荷兰科学家 Zabeau 和 Vos（1993）提出并完善。目前 AFLP 技术广泛应用于植物研究中，其基本原理是：基因组 DNA 或 cDNA 用 2 个不同识别位点的限制性内切核酸酶进行酶切后，将酶切片段和与其末端互补的已知序列的接头连接，所形成的带接头的特异性片段作为随后 PCR 的模板，PCR 的引物和两端的接头及酶切位点互补，并且在引物的 3′ 端加上 1～3 个选择性碱基，从而能够保证经变性聚丙烯酰胺凝胶电泳后有清晰的条带出现。由于接头和引物的设计不需要预先知道被研究基因组的序列信息，以及它们之间搭配上的巧妙与灵活，使得采用少数几对引物的多种组合即可获得大量遗传信息。一般每进行一次选择性扩增可得到 50～100 个 DNA 片段，其中多态性片段可达 50% 左右，因此，AFLP 的检测效率比其他分子标记更高。这些多态性源于 DNA 序列的改变，包括突变、插入、缺失导致产生新的酶切位点或 2 个酶切位点之间的倒位。用 AFLP 鉴定的多态性是典型的按孟德尔方式遗传和选择中性的。

当前生物公司有 2 套试剂盒用于 AFLP 指纹分析。系统 Ⅰ 为分析 $5 \times 10^8 \sim 6 \times 10^9$ bp 的植物基因组而设计，系统 Ⅱ 为分析 $1 \times 10^8 \sim 5 \times 10^8$ bp 的植物基因组而设计。系统 Ⅰ 中 *Eco*RI 引物具有 3 个选择性碱基，系统 Ⅱ 中 *Eco*RI 引物具有 2 个选择性碱基和 *Mse*I 引物。

1. AFLP 的优越性

与其他分子标记技术相比，AFLP 的优越性主要表现在以下几点。

（1）与 RFLP 相比，AFLP 是基于 PCR 的分子标记技术，它只需要少量的模板 DNA 即可。

（2）与 RAPD 相比，AFLP 的引物由 16～20 个核苷酸组成，而 RAPD 的引物只有 10 个核苷酸，AFLP 的可靠性和重复性更高。

（3）与 SSR 相比，AFLP 不需要预先知道模板 DNA 的序列，而 SSR 设计引物时需要构建 cDNA 文库，并进行大量测序，成本昂贵。

（4）AFLP 是一种半随机扩增，能产生更多的多态性，比 RFLP、SSR、RAPD 高 10～100 倍。

（5）AFLP 易于标准化和自动化，适合大批量样品分析。

随着检测技术的不断提高，同位素标记已经不再是 AFLP 的唯一检测方式，银染技术、荧光标记、地高辛标记相继出现，大大降低了同位素的危害性，同时荧光标记技术也由单纯标记引物转变为标记 dNTP。

2. AFLP 的应用

（1）检测遗传多样性。在重要经济作物的种质资源评估和遗传多样性的检测研究中，AFLP 是较理想的分子标记。人们可通过谱系记录与 DNA 指纹分析对收集的种质资源进行遗传多样性检测。这两条途径相辅相成，其目的是对种质资源进行分类、描述杂合的类群与杂合式样、追溯育种的历史。He 和 Prakash（1997）进行了花生（*Arachis hypogaea*）多态标记的 AFLP 鉴定。Barrett 和 Kidwell（1998）用 AFLP 评估了太平洋西北小麦品种的遗传多样性。Hongtr-akul 等（1997）用 6 个 AFLP 引物组合得到 359 个 AFLP 扩增带，对 24 个向日葵（*Helianthus annuus*）优良品系的遗传多样性进行了分析，阐明向日葵的育种历史和基本的杂合式样（BxR），并探索用 B×B 和 R×R 杂交体系发展新品系的可能。Hill 等（1996）用 AFLP 标记研究了莴苣属（*Lactuca* Linn.）44 个栽培品系及其与野生种的关系，认为 AFLP 是揭示变种水平上遗传变异的可靠分子标记。

（2）自然居群的遗传结构与保护生物学研究。Travis 等（1996）第一次将 AFLP-PCR 产生的 220 个多态标记用于黄芪属（*Astragalus* Linn.）3 个居群的居群内和居群间的多态信息含量和遗传变异的评估，并利用 ANOVA 分析了居群间的分化。研究表明，在居群内存在空间分离的组，利用 AFLP-PCR 获得的遗传变异结果，与 UPGMA 聚类和主成分分析产生的结果一致。Breyne 等（1997）将拟南芥（*Arabidopsis thaliana*）作为模式物种用 AFLP 技术评估了基因组的多样性。

本研究的目的是通过 AFLP 分子标记手段评价羊草遗传多样性，并在此基础上建立核心种质，以便为合理保护资源多样性和加快育种进程提供理论依据。

第一节　研究材料、关键技术和方法

一、研 究 材 料

从 240 份羊草中选取 53 份，其地理分布跨越中国的新疆、青海、内蒙古、吉林及黑龙江五省（自治区）（表 3.1），它们属于 2 个生态型，即灰绿型和黄绿型。采集羊草叶组织用于基因组 DNA 提取。

表 3.1　研究中的 53 份羊草采集地点及性状

Table 3.1　Characteristics of 53 samples of *Leymus chinensis* and collection locations in this study

材料编号	采集地	生态型	株高/cm
V1	吉林	黄绿	43.3
V2	吉林	黄绿	45.6
V3	青海	灰绿	36.2
V4	青海	灰绿	39
V5	内蒙古西部	黄绿	35
V6	内蒙古东部	灰绿	41
V7	内蒙古东部	黄绿	39.6
V8	内蒙古西部	黄绿	34.5
V9	青海	黄绿	34.6
V10	黑龙江	黄绿	50
V11	青海	灰绿	36

材料编号	采集地	生态型	株高/cm
V12	新疆	灰绿	40
V13	吉林	黄绿	35
V14	吉林	黄绿	38
V15	新疆	灰绿	37.6
V16	内蒙古西部	灰绿	37
V17	新疆	灰绿	40
V18	黑龙江	黄绿	48.9
V19	黑龙江	黄绿	58.9
V20	黑龙江	黄绿	46.5
V21	吉林	灰绿	67
V22	吉林	灰绿	66.7
V23	青海	灰绿	47.5
V24	吉林	灰绿	68
V25	青海	灰绿	53.7
V26	新疆	灰绿	53.8
V27	黑龙江	灰绿	56.2
V28	新疆	灰绿	64.8
V29	新疆	灰绿	60.4
V30	吉林	黄绿	49.3
V31	黑龙江	灰绿	68.2
V32	新疆	灰绿	44.1
V33	新疆	黄绿	51.2
V34	内蒙古西部	黄绿	50.3
V35	新疆	灰绿	45.5
V36	新疆	黄绿	47.5
V37	青海	灰绿	50.1
V38	吉林	灰绿	53.6
V39	新疆	灰绿	48.8
V40	内蒙古东部	黄绿	44.8
V41	青海	灰绿	39.8
V42	内蒙古西部	灰绿	48.5
V43	内蒙古东部	灰绿	52.4
V44	内蒙古西部	灰绿	48.9
V45	内蒙古东部	灰绿	58.2
V46	内蒙古东部	灰绿	55.2
V47	内蒙古西部	黄绿	42
V48	内蒙古西部	灰绿	50.2
V49	内蒙古西部	灰绿	52.7
V50	内蒙古西部	灰绿	50.6
V51	内蒙古西部	黄绿	45.3
V52	内蒙古西部	灰绿	48.5
V53	内蒙古东部	灰绿	55.6

二、关键技术和方法

（一）DNA 提取

每份材料收集 0.5 g 幼叶在液氮中研磨细碎成粉末，采用 CTAB 法（Rogers and Bendich，1985）提取羊草基因组 DNA。

（二）AFLP 酶切及连接反应

AFLP 反应程序如 Vos 等（1995）和 Vuylsteke 等（1999）描述的那样，使用 EcoRI-MseI 双酶切模板 DNA。250 ng 羊草基因组 DNA 被 5 U 的 EcoRI-MseI 双酶切（NEB Co.），标准反应体系 20 μL（250 ng genomic DNA；5 U EcoRI；5 U MseI；2 μL 10×连接缓冲液；14.75 μL ddH$_2$O）37℃反应 14 h。接着，65℃反应 15 min 终止酶切反应。然后，连接 2 个酶切接头到以上酶切片段上，酶切接头由上海生工生物公司合成。连接反应体系：20 μL restriction endonuclease reaction mix；2 μL 10×连接缓冲液；1 μL MseI adapter 50 pmol/μL，1 μL EcoRI adapter 5 pmol/μL；0.2 μL of 10 m mol/L ATP；0.1 μL T4 DNA ligase（Promega，USA）；5.47 μL ddH$_2$O，37℃反应 5 h。

（三）AFLP 预扩增反应

预扩增反应采用 EcoRI（E00）和 MseI（M00）引物各 30 ng，引物序列如下：
EcoRI（E00）：5′-GACTGCGTACCAATTC-3′；
MseI（M00）：5′-GATGAGTCCTGAGTAA-3′

20 μL 反应体系：2 μL 连接缓冲液，0.2 mmol/L dNTP，1 U Taq DNA polymerase（Promega USA），2 μL 10×PCR buffer，1.2 μL MgCl$_2$（25 mmol/L）。PCR 反应在 PE9700 仪器上进行（Perkin Elmer Corp.，Norwalk，CT）。

94℃	4 min	
94℃	1 min	
56℃	1 min	33 个循环
72℃	1 min	
68℃	10 min	

（四）AFLP 选择性扩增反应

第 2 步扩增反应是选择性扩增，也就是在 2 个酶切位点引物的末端连接 2～3 个选择性核酸，作者采用的是 EcoRI（+2）和 MseI（+3），具体见表 3.2。
EcoRI（+2），5′-GACTGCGTACCAATTCAN-3′；
MseI（+3），5′-GATGAGTCCTGAGTAACNN-3′

选择性扩增反应体系 20 μL：包括 5 μL 稀释 20 倍的预扩增产物，30 ng 的 *Eco*RI 和 *Mse*I 选择性引物，其他同预扩增。

94℃	4 min
94℃	1 min
56℃	1 min ⎬ 33 个循环
72℃	1 min
72℃	10 min

表 3.2　AFLP 反应中使用的接头和选择性扩增引物序列

Table 3.2　Primers and adaptors of AFLP used in this study

引物/接头	序列 (5′→3′)
*Eco*RI 接头	forward，5′-CTCGTAGACTGCGTACC-3′
	reverse，3′-CTGACGCATGGTTAA-5′
*Mse*I 接头	forward，5′-GACGATGAGTCCTGAG-3′
	reverse，3′-GTAGTCACGTACGC-5′
*Eco*RI 选择性引物	
E11	5′-GACTGCGTACCAATTC AA-3′
E12	5′-GACTGCGTACCAATTC AC-3′
E13	5′-GACTGCGTACCAATTC AG-3′
E14	5′-GACTGCGTACCAATTC AT-3′
*Mse*I 选择性引物	
M47	5′-GATGAGTCCTGAGTAA CAA-3′
M48	5′-GATGAGTCCTGAGTAA CAC-3′
M49	5′-GATGAGTCCTGAGTAA CAG-3′
M50	5′-GATGAGTCCTGAGTAA CAT-3′
M59	5′-GATGAGTCCTGAGTAA CTA-3′
M60	5′-GATGAGTCCTGAGTAA CTC-3′
M61	5′-GATGAGTCCTGAGTAA CTG-3′
M62	5′-GATGAGTCCTGAGTAA CTT-3′

（五）聚丙烯酰胺凝胶电泳

5 μL 反应产物中加入 2 μL 上样缓冲液 [98% 甲醛，10 mmol/L EDTA (pH 8.0)，0.25% 甲基橙和溴酚蓝] 在 PCR 仪上变性 (5 min，94℃)，然后上样到 6% 变性聚丙烯酰胺凝胶上。电泳条件 80 V，2.5 h。上槽液为 0.5 × TBE buffer，下槽液为 1 × TBE buffer。银染显色 (Tixier *et al.*，1997)。

（六）AFLP 分析

经过聚丙烯酰胺凝胶电泳分离羊草基因组 AFLP 多态片段，以 *Msp*I/pBR322 marker（Huamei Co.）为参照，所有电泳图谱上清晰且可重复出现的条带记为"1"，同一位置没有条带记为"0"。由于 AFLP 扩增条带多集中在 $100 \sim 800$ bp，所以对分子质量大于 800 bp、小于 100 bp 的条带不予记录，同时忽略条带强弱的差异，生成"0"和"1"组成的原始矩阵。利用 Jaccard 系数计算每对样品之间的相似性，然后利用基于 UPGMA（unweighted pair group method based on arithmetic averages）的 NTSYS-pc package（Rohlf，2000）软件进行数据分析并生成表征图（phenogram）。

第二节　研究取得的重要进展

一、羊草基因组 DNA 的提取

为了减少工作量，又兼顾基因型的代表性，每份材料随机选取 5 个单株的叶片混合提取 DNA，预备实验分析证明，这种取样策略在揭示羊草遗传多样性上是可行的。羊草基因组 DNA 的提取过程一定要防止 DNA 过多断裂，否则无法满足 AFLP 反应对 DNA 质量的要求。经过反复试验，最后获得 DNA 的 $OD_{260/280}$ 值在 1.8 左右，纯度高，完整性好。

二、AFLP 反应程序的优化

本研究中，在标准 AFLP 反应程序的基础上优化了羊草 AFLP 程序，获得了清晰的 AFLP 电泳图谱（图 3.1）。优化条件包括反应体系和反应程序，最终探索出最佳的羊草 AFLP 扩增条件，见表 3.3 和表 3.4。

表 3.3　不同 *Taq* 酶及延伸时间的优化
Table 3.3　Optimization of extension time and *Taq*ase types

条件	处理	结果
延伸时间	0 min	弥散
	5 min	有条带但不清晰
	10 min	条带清晰
Taq 酶	TaKaRa	扩增效果好
（5 U/μL）	Promega	低的扩增效率

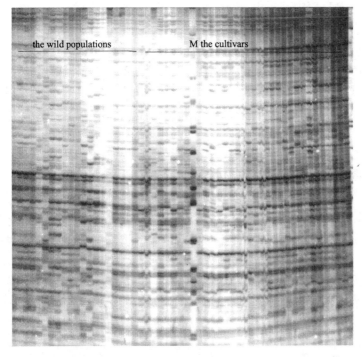

图 3.1 53 个居群羊草在引物对 E11M47 扩增的 AFLP 电泳图谱（M：*Msp*I 消化的 pBR322，片段大小的范围为 9～622 bp）。

Fig. 3.1 AFLP profile of 53 samples of *Leymus chinensis* generated with primer combination E11M47（M：pBR322 digested by *Msp*I，ranged from 9～622 bp）．

表 3.4 选择性扩增条件的优化

Table 3.4 Optimization of selective amplification

PCR 反应体系	*Eco*RI 引物 (25 ng/μL)	*Mse*I 引物 (25 ng/μL)	10×PCR 缓冲液	Mg^{2+} (25 mmol/L)	*Taq* 酶 (5 U/μL)	dNTP (10 mmol/L)	总体积
1	0.4 μL	1.2 μL	2 μL	1.0 μL	1.0U	1mmol/L	20 μL
2	0.4 μL	1.2 μL	2 μL	1.5 μL	1.0U	1mmol/L	20 μL
3	0.4 μL	1.2 μL	2 μL	2.0 μL	1.0U	1mmol/L	• 20 μL
4	0.4 μL	1.2 μL	2 μL	2.5 μL	1.0U	1mmol/L	20 μL
5	0.4 μL	1.2 μL	2 μL	1.5 μL	1.0U	1mmol/L	20 μL
6	0.4 μL	1.2 μL	2 μL	1.5 μL	1.2U	1mmol/L	20 μL
7	0.4 μL	1.2 μL	2 μL	1.5 μL	1.5U	1mmol/L	20 μL
8	0.4 μL	1.2 μL	2 μL	1.5 μL	1.0U	1mmol/L	20 μL
9	0.4 μL	1.2 μL	2 μL	1.5 μL	1.0U	2mmol/L	20 μL
10	0.4 μL	1.2 μL	2 μL	1.5 μL	1.0U	4mmol/L	20 μL
最佳条件	0.4 μL	1.2 μL	2 μL	1.5 μL	1.5U	2mmol/L	20 μL

在 AFLP 反应中，采用 Invitrogen 试剂盒，酶切连接一步完成。经过比较，发现用 0.1×TE 将酶切连接产物稀释 1 倍用于预扩增的效果较好。对于总体积为 20 μL 的预扩增反应，2 种扩增引物各加入 50 ng，Mg^{2+} 浓度为 2.5 mmol/L 时，扩增产物在琼脂糖凝胶电泳中呈现清晰的弥散。在预扩增反应中，只有一端连有 EcoRI 和 MseI 接头的片段才能被指数扩增。

三、引 物 筛 选

不同的引物组合扩增总带数和多态性带数差异很大，所用的 32 个引物组合扩增条带数目的分布范围为 20～103，不同引物所获得的总带数和多态性带数差别明显。产生多态最少的引物对是 E14M50 组合，产生 20 条带；产生多态最多的引物对是 E11M47 组合，产生 103 条带；总共产生 2108 条带，其中多态性条带 505 条。其中，野生居群有 309 条多态性条带（14.7%），栽培种有 196 条（9.3%），具体数据见表 3.5。在本研究中，一个有趣的现象是，3′端有选择性碱基 TN 的所有 EcoRI 选择性引物，与任何 MseI 选择性引物组合扩增，几乎无法扩增出清晰的、多态性好的条带（表 3.5）。这一结果也在 Leymus（Wu et al.，2003）及 3 个 Elymus 的种（即 E. tsukushiensis、E. humidus 和 E. dahuricus）(Sasanuma et al.，2002) 中得到多次证实，这一现象间接说明赖草属的基因组可能对引物有特殊偏好。该结果有利于未来研究者避免使用这一类选择性引物，以减少不必要的浪费。

表 3.5　32 对 EcoRI-MseI 组合在 53 个羊草居群中的 AFLP 多态统计

Table 3.5　AFLP polymorphism of 32 EcoRI-MseI primer combinations with two or three selective nucleotides on 53 accessions of Leymus chinensis

引物组合和选择性碱基	可数条带的数目	多态性条带的数目（野生＋栽培）	多态百分率/%（野生＋栽培）
E11 (AA) M47 (CAA)	103	34 (22+12)	33
E11 (AA) M48 (CAC)	89	20 (10+10)	22.5
E11 (AA) M49 (CAG)	62	12 (8+4)	19.4
E11 (AA) M50 (CAT)	74	19 (10+9)	25.7
E11 (AA) M59 (CTA)	85	30 (20+10)	35.3
E11 (AA) M60 (CTC)	60	17 (10+7)	28.3
E11 (AA) M61 (CTG)	96	40 (25+15)	41.7
E11 (AA) M62 (CTT)	74	17 (10+7)	23
E12 (AC) M47 (CAA)	59	11 (7+4)	18.7
E12 (AC) M48 (CAC)	75	18 (10+8)	24
E12 (AC) M49 (CAG)	70	15 (10+5)	21.4
E12 (AC) M50 (CAT)	72	15 (8+7)	20.8
E12 (AC) M59 (CTA)	66	10 (6+4)	15.1

引物组合和选择性碱基	可数条带的数目	多态性条带的数目 （野生＋栽培）	多态百分率/% （野生＋栽培）
E12 (AC) M60 (CTC)	78	12 (6+6)	15.4
E12 (AC) M61 (CTG)	95	27 (17+10)	30
E12 (AC) M62 (CTT)	50	6 (2+4)	12
E13 (AG) M47 (CAA)	70	12 (10+10)	17.1
E13 (AG) M48 (CAC)	90	22 (12+10)	24.4
E13 (AG) M49 (CAG)	58	7 (4+3)	12
E13 (AG) M50 (CAT)	83	17 (10+7)	20.5
E13 (AG) M59 (CTA)	102	34 (22+12)	33.5
E13 (AG) M60 (CTC)	96	36 (22+14)	37.5
E13 (AG) M61 (CTG)	90	20 (15+5)	22.6
E13 (AG) M62 (CTT)	86	16 (10+6)	18.5
E14 (AT) M47 (CAA)	58	7 (4+3)	12
E14 (AT) M48 (CAC)	23	5 (3+2)	22
E14 (AT) M49 (CAG)	25	4 (4+0)	17.8
E14 (AT) M50 (CAT)	20	6 (3+3)	15
E14 (AT) M59 (CTA)	24	3 (1+2)	10.2
E14 (AT) M60 (CTC)	27	5 (3+2)	18.6
E14 (AT) M61 (CTG)	23	2 (1+1)	8.9
E14 (AT) M62 (CTT)	25	6 (4+2)	14.5
合计	2108	505 (309+196)	24 (14.7＋9.3)

四、依据 AFLP 标记的 53 份羊草的聚类分析

53 份羊草种质两两间的 Jaacard 相似系数的分布范围为 0.43～0.93，值越高，表明比较的双方越相似。采用 UPGMA 法进行聚类分析，53 份羊草被分成4 组，相似系数分别为 0.63～0.90、0.68～0.89、0.66～0.89、0.57～0.77，其中野生居群主要集中在 Ⅰ 组和 Ⅳ 组，而栽培居群主要集中到 Ⅱ 组和 Ⅲ 组（图3.2），地理来源相同的几乎全部聚到了一组。在树状图的基部分别为采自青海和新疆的野生居群形成 Ⅳ 组，其他野生居群分别组成 2 个亚组，聚在采自黑龙江和吉林的组里，采自内蒙古的组成 Ⅰ 组中一个分支，但包括来自黑龙江的一个居群 V10。第三组分为三个亚组，其中 1 个由采自黑龙江（V29、V32、V35、V36）和吉林（V25、V39）的居群组成，其他 2 个分别由采自内蒙古东部和内蒙古西部（V25、V23、V37）的组成，采自新疆（V41）和青海的 3 个栽培居群（V37、V23、V25）独立组成一组。

无论是栽培居群还是野生居群的羊草，整体水平的多态性不高，但是形态差异却很大。形态的显著差异可以用来鉴定不同亚种和不同的生态型。栽培居群的

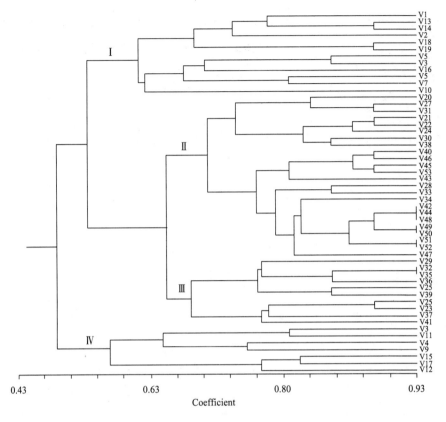

图 3.2　53 个居群羊草的 AFLP 数据分析聚类图。

Fig. 3.2　Dendrogram of 53 accessions of *Leymus chinensis* using AFLP.

AFLP 图谱很相似（图 3.1），一些栽培种，如'居群 42'、'居群 44'和'居群 48'聚在一起，'居群 49'和'居群 50'聚在一起，'居群 51'和'居群 52'聚在一起，从表 3.5 可以看出，它们彼此之间在形态性状上（叶色和高度）很相似。可能的原因是这些栽培居群经过了相似的栽植驯养，从而导致低的多态性（Wang and Ripley，1997；Wang and Gao，2004）。野生居群和栽培居群之间形态上有较大差异，野生种植株的高度小于栽培种。栽培驯化的结果往往朝着人类期望的性状方向发展，如高度变高、产草量增多等。van Rossum 等（1997）的研究支持我们的结论，他们认为，遗传多样性与包括长期栽培驯化在内的许多因素有关。相似性分析表明，栽培种与地理分布有很大的相关性，地理来源相同的种质几乎全部聚到了一组，说明地理因素引起的差异确实存在。气候因素在创造遗传差异方面也起一定的作用。例如，来自相似气候环境的基因型（如来自黑龙江和吉林）之间的相似性是 80 和 78.8，来自另外两个相似气候环境的新疆和青海的相似性达到 68.5 和 77。

五、依据 AFLP 标记的羊草亲缘关系的主坐标分析

对 53 份羊草的 AFLP 标记的原始矩阵进行主坐标分析，两个坐标所能解释的相关性分别为 16.8％和 8.7％，我们做了第一、第二主坐标散点图的排序（图 3.3）。53 份羊草在第一、第二主坐标排序中分为 4 类，第 Ⅰ 类共有 11 份材料，是采自各地的野生种；第 Ⅱ 类共有 6 份材料，是采自青海和新疆的野生种；第 Ⅲ 类共有 11 份材料，是采自青海和新疆的栽培种；第 Ⅳ 类共有 25 份材料，是采自各地的栽培种。通过比较图 3.2、图 3.3 可以看出，系统聚类分析与主坐标分析所得的结果基本一致，但是主坐标分析能从不同方向、不同层面更加直观地显示栽培种和野生种，以及不同地域之间的关系。

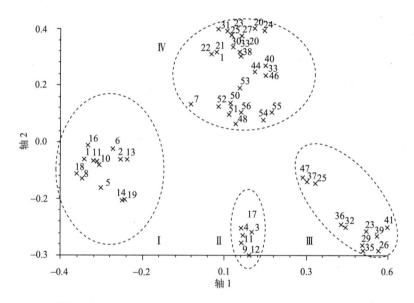

图 3.3 依据 AFLP 标记对羊草进行主成分分析的第一、第二主坐标散点图。

Fig. 3.3 Graph theory principle coordinates analysis on population genetic structure of *Leymus chinensis* based on AFLP markers.

第三节 研究结论与讨论

AFLP 分子标记技术在分析遗传多样性方面有显著优势，能在 DNA 水平上显示遗传多样性，分析结果不受环境影响。可见的表型差异有些是依赖环境的，用其分析遗传多样性不够科学，且性状的选取也包含了主观因素。在 AFLP 分析中，一个反应就可以产生 50～100 个扩增片段，不同扩增片段对应基因组上相应的位点，不同材料 AFLP 的带型差异反映了其 DNA 水平上酶切位点分布的差

异。因此，可以将每一扩增片段看成是其基因组的一个特征，这种特征数目众多，不受环境条件的影响，非常稳定可靠。AFLP 技术用于遗传多样性研究可以避免人为主观因素及外界环境的影响，所揭示的遗传信息更为客观。理论上，所用的引物组合和分析样品数量越多，所揭示的遗传信息就越丰富。AFLP 分子标记技术是研究遗传多样性中高效、可靠的有力工具。

在以往的亲缘关系研究中，多只采用系统聚类法。系统聚类的结果最终将所有的种质都聚为一类，这对于研究亲缘关系很近的种质之间的关系很有效，但对于亲缘关系较远的种质之间的聚类，却显得信息量不足。近年来，一些学者开始采用主坐标分析处理分子标记所获得的数据（Renganayaki *et al.*，2001；Sun *et al.*，2003）。主坐标分析在提供主要类群之间关系时，能提供丰富的信息。因此，本研究将系统聚类分析和主坐标分析结合起来使用，相互补充，相互验证，为阐明羊草种质之间的亲缘关系提供了更全面的信息。在我们的研究中，主坐标分析与系统聚类分析的结果相吻合，而且主坐标分析能从不同方向、不同层面更加直观地显示栽培种和野生种，以及不同地域之间的关系。

本研究为进一步改良和保存羊草提供了重要的理论资料。

第四节 小结与展望

通过羊草种质资源 AFLP 多态性分析，作者得出以下结论。

AFLP 分子标记技术在分析羊草遗传多样性方面具有显著优势，尤其对羊草这种多态性不高的物种来说，是一种非常有效的分析工具。对于数量很大的样品，可以采取每份材料随机选取 5 个植株的叶片混合提取 DNA。在分析 AFLP 数据时采用聚类分析和主坐标分析相结合的方法，既能分析亲缘关系较近的种质之间的关系，也能兼顾分析亲缘关系较远的种质之间的关系。

羊草遗传多样性与长期栽培驯化等因素有关，也与羊草的一些生物学特征（如由于自交不亲和而产生的有性生殖能力低和以无性繁殖为主的生殖特性等）有关。大多数基因型在遗传上有较大的相似性，尽管野生种群的基因型显示了与栽培种群基因型的差别，相似性分析却显示了它们之间较小的遗传距离。相似性分析表明，栽培种与地理分布有很大的相关性，地理来源相同的几乎全部聚到了一组。

羊草 AFLP 多态性分析中，不同引物所获得的总带数和多态性带数差别明显。产生多态最少的引物对是 E14M50 组合；产生多态最多的引物对是 E11M47 组合。

为了保护羊草多样性并解决其同名异种和同种异名的混乱情况，今后的工作最好采用多种分子标记方法，并与常规农艺性状研究相结合，对我国的羊草种质资源进行系统研究，建立羊草核心种质资源库，为加速育成具有优良性状的羊草新品系打下坚实的基础。核心种质是从现有的收集品种中按照科学的取样方法与技术选出的约 10％样品组成，它在一定程度上代表了某一物种及其近缘野生种的形态特征、地理分布、基因与基因型的最大范围的遗传多样性。这样，就可以最小的资源数量尽可能最大限度地代表整个资源的多样性。建成羊草核心种质资源库目标的实现，对加速我国羊草育种速度和羊草产业化生产，以及推动畜牧业的发展都具有重大的现实意义；对上亿亩退化、沙化草地的改良及我国北方生态环境的治理也具有深远意义。

加强对羊草种质资源的基础研究和评价，从中筛选出能代表羊草种质遗传多样性的部分种质材料，从而育成具有优良性状（高产、优质、耐牧、耐刈割、发芽率高）的羊草新品种（品系），仍然是生态环境恢复和人工草地建设中紧迫而重大的课题。

参 考 文 献

陈世龙. 1994. 内蒙古东部地区不同类型草原中羊草的同工酶研究. 中国草地，6：47-50.

陈晖，匡柏健，王敬驹. 1995. 羊草抗羟脯氨酸细胞变异系的筛选及其特性分析. 植物学报，37：103-108.

陈晖，匡柏健，王敬驹. 1996. 羊草细胞变异系 HR20-8 的氨基酸组成水平与脯氨酸合成代谢变化的研究. 西北植物学报，16：208-213.

刘杰，刘公社，齐冬梅，等. 2000. 用微卫星序列构建羊草指纹图谱. 植物学报，9：985-987.

卢萍. 1990. 羊草脂酶同工酶分析. 内蒙古师范大学学报（自然科学汉文版），2：63-65.

任文伟，钱吉. 1999. 不同地理种群羊草的形态解剖结构的比较研究. 复旦学报，38（5）：561-564.

任文伟，钱吉，郑士振. 1999. 不同地理居群的羊草遗传差异比较研究. 植物生态学报，19：689-696.

孙德岭，赵前程，宋文芹，等. 2001. 白菜类蔬菜亲缘关系的 AFLP 分析. 园艺学报，28（4）：331-335.

汪恩华，刘杰，刘公社，等. 2002. 形态与分子标记用于羊草种质鉴定与遗传评估的研究. 草业学报，11：68-75.

张丽萍，陈丽颖，李建东. 1992. 东北松嫩草原羊草的过氧化物酶同工酶及酯酶同工酶的研究. 草业科学，9：49-51.

张卫东. 2004. 羊草生殖生物学研究. 中国科学院植物研究所博士学位论文.

Anamthawat-Jonsson K. 2001. Genetic and Genomics Relationship in *Leymus* Hochst. Hereditas，135：247-253.

Ayele M，Tefera H，Assefa K，*et al*. 1999. Genetic characterization of two *Eragrostis* species using AFLP and morphological traits. Hereditas，130：33-40.

Bai Y F，Han X G，Wu J G，*et al*. 2004. Ecosystem stability and compensatory in the Inner Mongolia grassland. Nature，431：181-184.

Barrett B A，Kidwell K K. 1998. AFLP-based genetic diversity assessment among wheat cultivars from the pacific Northwest. Crop Sci，38（5）：1261-1270.

Breyne P，Boerjan W，Van Montagu M，*et al*. 1997. A applications of AFLP™ in plant breeding，molecular biology and genetics. Belg J Bot，129：107-117.

Chessa I，Nieddu G. 2005. Analysis of diversity in the fruit tree genetic resources from a Mediterranean island. Genet Res Crop Evol，52：267-276.

Cui J Z，Qu L Y，Zu Y G. 2000 Genetic diversity and differentiation of two ecotypes of *Leymus chinensis* populations in microhabitat-Allozyme analysis. Acta Eol Sin, 20: 432-439.

Cui J Z, Zu Y G, Nie J C. 2002. Genetic Differentiation in *Leymus chinensis* populations revealed by RAPD markers II. Statistics analysis. Acta Ecol Sin, 22: 982-989.

Dong Y S, Zhao M, Liu B, *et al*. 2004. The genetic diversity of cultivated soybean grown in China. Theor Appl Genet, 108: 931-936.

Ellneskog-Staam P, Merker A. 2001. Genome composition, stability and fertility of hexaploid alloploids between *Triticum turgidum* var. *carthlicum* and *Leymus racemosus*. Hereditas, 134: 79-84.

Gilliland T J, Coll R, Calsyn E, *et al*. 2000. Estimating genetic conformity between related ryegrass (*Lolium*) varieties. I. Morphology and biochemical characterisation. Mol Breed, 6: 569-580.

Hayward M D, MCAdam N J, Jones J G, *et al*. 1994. Genetic markers and the selection of quantitative traits in forage grasses. Euphytica, 77: 269-275.

He G, Prakash C S. 1997. Identification of polymorphic DNA markers in cultivated peanut (*Arachis hypogaea* L.). Euphytica, 97 (2): 143-149.

Hill M, Witsenboer H, Zabeau M. 1996. PCR-based fingerprinting using AFLPs as a tool for studying genetic relationships in *Lactuca* spp. Theor Appl Genet, 93 (8): 1202-1210.

Hongtrakul V, Huestis G M, Knapp S. 1997. Amplified fragment length polymorphisms as a tool for DNA fingerprinting sunflower germplasm: Genetic diversity among oilseed inbred lines. Theor Appl Genet, 95 (3): 400-407.

Huang Z H, Zhu J M, Mu X J, *et al*. 2004. Pollen dispersion, pollen viability and pistil receptivity in *Leymus chinensis*. Ann Bot, 93: 295-301.

Jiang J, Friebe B, Gill B S. 1994. Recent advances in alien gene transfer in wheat. Euphytica, 73: 199-212.

Li C C. 1975. Path Analysis-a Primer. Pacific Grove, California, USA: Boxwood Press.

Liu G S, Liu J, Qi D M, *et al*. 2004. Factors affecting plant regeneration from tissue cultures of Chinese *leymus* (*Leymus chinensis*). Plant Cell Tissue Organ Cult, 76: 175-178.

Liu J, Liu G S, Qi D M, *et al*. 2000. Construction of genetic fingerprints of *Aneurolepidum chinensis* using Microsatelite sequences. Acta Bot Sin, 42: 985-987.

Liu J, Zhu Z Q, Liu G S, *et al*. 2002. AFLP variation analysis on the germplasm resources of *Leymus chinensis*. Acta Bot Sin, 44: 845-851.

Martin P K, Koebner R M D. 1997. Wide-hybridization between species of *Triticum* L. and *Leymus* Hochst. Euphytica, 93: 293-300.

Mizumoto K, Hirosawa S, Nakamura C, *et al*. 2002. Nuclear and chloroplast genome genetic diversity in the wild einkorn wheat, *Triticum urartu*, revealed by AFLP and SSLP analyses. Hereditas, 137: 208-214.

Pimm S L. 1997. In search of perennial solusions. Nature, 389: 126-127.

Qi L L, Wang S L, Chen P D, *et al*. 1997. Molecular cytogenetic analysis of *Leymus racemosus* chromosome added to wheat. Theor Appl Genet, 95: 1084-1091.

Renganayaki K, Read J C, Fritz A K. 2001. Genetic diversity among Texas bluegrass genotypes (*Poa arachnifera* Tom) revealed by AFLP and RAPD markers. Theor Appl Genet, 102: 1037-1045.

Revilla P, Velasco P, Malvar R A, *et al*. 2005. Variability among maize (*Zea mays* L.) inbred lines for seed longevity. Genetic Resources and Crop Evolution, DOI 10. 1007/ s10722-004-5542-11.

Rogers S O, Bendich A J. 1985. Extraction of DNA from milligram amounts of fresh herbarium and mummified plant tissues. Plant Mol Biol, 5: 69-76.

Rohlf F J. 2000. NTSYS-pc: numerical taxonomy and multivariate analysis system, version 2. 1. Setauket, NewYork: Exeter Software.

Saal B, Wricke G. 1999. Development of simple sequence repeat markers in rye (*Secale cereale* L.). Genome, 42: 964-972.

Sasanuma T, Endo T R, Ban T. 2002. Genetic diversity of three *Elymus* species indigenous to Japan and East Asia (*E. tsukushiensis*, *E. humidus* and *E. dahuricus*) detected by AFLP. Genes Genet Syst, 77: 429-438.

Shu Q Y, Liu G S, Xu S X, *et al*. 2005. Genetic transformation of *Leymus chinensis* with the PAT gene through microprojectile bombardment to improve resistance to herbicide Basta. Plant Cell Rep, 24: 36-44.

Sidrim J J, Costa A K, Cordeiro R A, *et al*. 2010. Molecular methods for the diagnosis and characterization of Cryptococcus: a review. Can J Microbiol, 56 (6): 445-58.

Sun G, Bond M, Nass H, *et al*. 2003. RAPD polymorphisms in spring wheat cultivars and lines with different level of Fusarium resistance. Theor Appl Genet, 106: 1059-1060.

Tang Q Y. 1997. Data Processing System. Beijing: Chinese Agricultural Press.

Tian Q Z, Zhou R H, Jia J Z. 2005. Genetic diversity trend of common wheat (*Triticum aestivum* L.) in China revealed with AFLP markers. Genet Resour Crop Evol, 52: 325-331.

Tixier M H, Sourdille R M, Leroy P, *et al*. 1997. Detection of wheat microsatellite using a non radioactive silver-nitrate staining method. J Genet Breed, 51: 175-177.

Travis S E, Maschiniski J, Keim P. 1996. An analysis of biological variation in *Astragalus cremnophylax*, a critically endanger plant, using AFLP markers. Mol Ecol, 5 (6): 735-745.

Van Rossum F, Vekemans X, Meerts P, *et al*. 1997. Allozyme variation in relation to ecotypic differentiation and population size in marginal populations of *Silene nutans*. Heredity, 78: 552-560.

Vos P, Hogers R, Bleeker M, *et al*. 1995. AFLP: a new technique for DNA fingerprinting. Nucleic Acids Res, 23: 4407-4414.

Vuylsteke M, Mank R, Antonise R, *et al*. 1999. Two high-density AFLP linkage maps of *Zea mays* L. : analysis of distribution of AFLP markers. Theor Appl Genet, 99: 921-935.

Wagoner P. 1990. Perennial grain development: past efforts and potential for the future. Plant Sci, 9: 381-409.

Wang D L, Wang ZW, Zhang X J. 1999. The comparison of photosynthetic physiological characteristics between the two divergent Aneurolepidium chinense types. Acta Eol Sin, 19: 837-843.

Wang E H, Liu J, Liu G S, *et al*. 2002. Germplasm identification and genetic evaluation on *Leymus chinensis* with morphology and molecular marker. Acta Prata Sin, 11: 68-75.

Wang R Z, Gao Q. 2004. Morphological responces of *Leymus chinensis* (Poaceae) to the large-scale climatic gradient along North-east China transect (NECT). Divers Distrib, 10: 65-73.

Wang R Z, Ripley E A. 1997. Effects of grazing on a *Leymus chinensis* grassland on the songnen plain, north-eastern China. J Arid Environ, 36: 312-318.

Wang R Z. 2004. Responses of *Leymus chinensis* (Poaceae) to long-term grazing disturbance in the Songnen grasslands of north-eastern China. Grass Forage Sci, 59: 191-195.

Wang Y S, Teng X H, Huang D M, *et al*. 2005. Genetic variation and clonal diversity of the two divergent types of clonal populations of *Leymus chinensis* Tzvel on the Songliao Steppe in the west of northeastern China. J Integr Plant Biol, 477: 811-822.

Welsh J, Mcclelland M. 1991. Fingerprinting genomes using PCR with arbitrary primers. Nucleic Acids

Res, 18: 7231-7218.

Wu X L, Larson S R, Hu Z M, *et al*. 2003. Molecular genetics linkage maps for allotetraploid *Leymus* wildryes (Gramineae: Triticeae). Genome, 46: 627-646.

Xu S X, Liu J, Liu G S. 2004. The use of SSRs for predicting the hybrid yield and yield Heterosis in 15 key inbred lines of Chinese maize. Hereditas, 141: 1-9.

Xu S X, Shu Q Y, Liu G S. 2006. Genetic relationship in ecotypes of *Leymus chinensis* revealed by AFLP. Russ J Plant Physiol, 53 (5): 678-683.

Yong B F, Gregory W P, Ken W R, *et al*. 2005. Allelic reduction and genetic shift in the Canadian hard red spring wheat germplasm released from 1845 to 2004. Theor Appl Genet, 110: 1505-1516.

Zabeau M, Vos P. 1993. Selective restrication fragment amplification: a general method for DNA fringer-printing. Eur Patent Applic, EP0534858.

Zhang W D, Chen S Y, Liu G S, *et al*. 2004. Seed-set and pollen-stigma compatibility in *Leymus chinensis*. Grass Forage Sci, 59 (2): 180-185.

第四章 形态与分子标记用于羊草种质鉴定

摘 要 由于羊草（*Leymus chinensis*）常与其他禾本科牧草混生，而且这些植物种子的外部形态十分相似，在种子采集过程中极易造成混淆，因此有必要建立羊草种质快速、准确的鉴定技术体系。我们采用分子标记与传统形态学评价相结合的方法，对羊草种质资源随机抽取 17 份材料进行种质鉴定和初步的遗传变异分析。实验利用 21 个引物进行了 RAPD 分子标记分析，结果获得 119 条带，片段大小为 0.2～6 kb，其中 109 个条带具有多态性，多态比率为 91.6％。21 个引物在 9 份羊草材料中共扩增出 115 个条带，DNA 片段大小为 0.2～5.5 kb，其中 95 个条带表现出多态性，多态比率 82.61％。在 115 个条带中，有 10 个条带在 9 份羊草中均出现，而在披碱草（*Elymus dahuricus*）和赖草（*Leymus secalinus*）中没有出现，表明这些是羊草物种所具有的特异带。RAPD 分子标记聚类分析结果可以明确区分羊草与非羊草种质。我们对形态学指标与遗传多样性指标的相关分析研究显示，在所考察的 12 个形态学指标中，小穗数、种子千粒重、叶色、有性繁殖量、结实率与遗传多样性指标存在显著的相关性，其中小穗数与特异带百分数存在相同的变化趋势，而种子千粒重与特异带百分数存在相反的变化趋势；有性繁殖量与遗传距离之间存在相同的变化趋势，而叶色、结实率与遗传距离之间存在着相反的变化趋势。其他形态学指标与遗传多样性指标之间的相关性不显著。

关键词 羊草；种质资源；RAPD；分子标记；形态学特征；聚类分析

引 言

羊草（*Leymus chinensis*）是我国禾本科牧草之王。近年来，自然环境恶化、荒漠化加剧及过度放牧等，对羊草生物多样性的维持构成了严重威胁。羊草种质资源的收集和多样性保护，已引起众多研究者的极大关注。前人在羊草驯化、种子萌发机理、不同生境生态类型及生态因子相互关系等方面开展了初步研究，并取得了一定进展（王德岐，1994；刘杰等，2000；易津，1994；钱吉等，2000）。但在羊草种质资源的收集整理、保存与遗传学评价等基础研究方面，目前尚缺乏系统研究。采用新技术手段，加速牧草种质生物多样性及种质改良研究，已成为当前迫切需要研究的重要课题。分子标记因其快速、准确、信息量大，以及不受环境因素影响等特点，已广泛应用于遗传学评价、生物多样性变异、目的基因定位和遗传图谱构建等领域（Caetano-Anolles，1994；Welsh and McClelland，1991）。本文采用分子标记与传统形态学评价相结合的手段，对羊草种质资源中的随机样本进行了种质鉴定和初步的遗传变异分析，并对当前羊草种质资源评价研究中存在的问题进行了讨论。

第一节　研究材料、关键技术和方法

一、研 究 材 料

从中国科学院植物研究所刘公社课题组在内蒙古自治区、吉林省和河北省获得的羊草种子库中，随机选取 17 份为实验材料。2000 年 3 月挑选饱满种子置于铺有湿润滤纸、直径为 10 cm 的培养皿内，保持水分，在 25℃下萌发 3 周，然后转至纸钵中，待长至 3 片真叶后，移栽到中国科学院植物研究所北京试验基地。供试材料的相关情况见表 4.1。

表 4.1　供试材料编号及来源
Table 4.1　Experimental materials

材料编号	来源	供种单位	材料编号	来源	供种单位
1	内蒙古多伦	多伦县农业局	10	内蒙古多伦	多伦县种子公司
2	吉林长岭	自采	11	内蒙古正蓝旗	多伦县种子公司
3	内蒙古锡林浩特	中国科学院草原站	12	吉林长春	吉林省种子公司
4	吉林长春	吉林省引育中心	13	吉林双辽	吉林省种子公司
5	内蒙古正蓝旗	多伦县农业局	14	内蒙古海拉尔	自采
6	黑龙江肇源	自采	15	河北沽源	沽源县农技推广站
7	内蒙古海拉尔	自采	16	河北蔚县	沽源县农技推广站
8	河北沽源	沽源县农技推广站	17	黑龙江齐齐哈尔	自采
9	河北蔚县	自采			

二、关键技术和方法

（一）田间性状测定及数据分析

观察记录不同种质在整个生长发育期间的形态学性状，参照《中国植物志》相关种的形态界定标准对供试材料进行科内鉴定（卢生莲等，1987）。2001 年 5～6 月选取开花至成熟期的 12 个性状，即株高、叶色、叶长、叶宽、无性繁殖量（每 100 cm^2 内的营养枝数，每份材料重复测量两次）、有性繁殖量、穗节长度、穗长、小穗数、小花数、种子千粒重和结实率，对它们进行重点考查和记录，然后进行统计分析。叶色性状的赋值方式为：黄绿色赋值为 1，偏黄绿色赋值为 2，绿色赋值为 3，偏灰绿色赋值为 4，灰绿色赋值为 5；而有性繁殖量少赋值为 1，有性繁殖量多赋值为 2。以上述 12 个形态学指标作为原始数据，用 SPSS 8.0 统计分析软件计算羊草材料样品间（OUT）的欧氏距离（Euclidean distance coefficient），对得到的距离矩阵采用最近邻法（nearest neighbor）进行聚类分析，建立亲缘关系树图。

（二）数 据 分 析

用 λDNA/*Eco*RI＋*Hind*III 做分子质量标记，每个样品的扩增带按有或无记录，"有"赋值为 1，"无"赋值为 0，从而得到原始数据表征矩阵。使用 NT-SYS-pc 软件（Version 1.80)(Rohlf，1994)，按 Nei 和 Li（1979）的方法计算样品间的 Nei 氏相似性系数 GS（genetic similarity）。遗传距离按公式 GD（genetic distance）＝1－GS 得到遗传距离矩阵，采用非加权配对算术平均法（UPGMA）进行聚类分析，从而建立起样品间的亲缘关系树图。

形态学标记与分子遗传多样性指标的相关性分析按皮尔逊（Pearson）方法进行（卢纹岱等，1997）。遗传多样性指标分别为：①多态位点百分数；②特有带百分数；③遗传距离。

第二节 研究取得的重要进展

一、田间形态学鉴定

按照《中国植物志》分类学鉴定，在 17 份供试材料中，确定实验编号为 1、2、3、4、5、6、7、8、9 号材料为羊草（表 4.2），其典型特征为：具横走根茎，株高 40～70 cm，穗状花序直立，颖锥状，外稃顶端渐尖；确定 12、13、14、15、17 号材料为披碱草，其典型特征有：无横走根茎，穗状花序顶生、直立微下垂，2～6 枚小穗同生于穗轴的每节，颖披针形，先端尖以至形成长芒；确定 10、11、16 号材料具有赖草的典型特征：具横走根茎，外稃具 1～3 mm 的长芒。17 份供试材料中，羊草材料有 9 份，占供试样品的 53%，非羊草的供试材料为 8 份，占供试样品的 47%。

表 4.2 供试羊草材料田间形态学特征特性

Table 4.2 Morphological characteristics of *Leymus chinensis*

实验编号	株高/cm	叶色	叶长/cm	叶宽/cm	无性繁殖量	有性繁殖量	颖具芒	外稃有无芒	横走根茎	穗节长/cm	穗长/cm	小穗数	小花数	种子千粒重/g	结实率/%
1	45	5	12	0.55	20	1	无	无	有	1.1	16.5	22	157	1.23	22
2	50	4	18	0.5	51	2	无	无	有	0.6	14.3	22	148	0.98	40
3	54	4	12	0.55	20	1	无	无	有	0.9	14.3	27	236	0.8	19
4	64	4	18	0.9	26	1	无	无	有	1	13.3	23	123	1.41	45
5	63	3	16	0.65	34	1	无	无	有	1.8	20.8	22	216	1.52	13
6	44	2	20	0.5	54	2	无	无	有	1.2	15.2	22	230	1.12	2
7	45	1	26	0.3	28	2	无	无	有	1.2	19.7	26	174	1.23	13
8	45	1	33	0.5	23	2	无	无	有	1.1	13	20	122	1.36	16
9	42	1	20	0.25	60	2	无	无	有	0.53	14	23	151	1.3	13

二、RAPD 分析

用 40 个 10-Mer 的 RAPD 随机引物对 17 份供试材料进行 PCR 扩增，从中筛选出 21 个引物（表 4.3），它们能产生清晰、稳定、可重复的产物（图 4.1 为部分扩增结果）。以之对 17 份供试材料进行 RAPD 分析，共扩增出 119 条扩增产物，片段大小为 0.2～6 kb，其中 109 个条带具有多态性，多态比率为 91.6%，平均每个引物扩增的 DNA 带数为 5.6 条。21 个引物在 9 个羊草材料间共扩增出 115 个条带，DNA 片段大小为 0.2～5.5 kb，其中 95 个条带表现出多态性，多态比率 82.61%，平均每个引物扩增的多态性带数为 4.5 条。在 115 个条带中，有 10 个条带均在 9 份羊草种质中出现，而在披碱草和赖草中没有出现，因此可以认为这些是羊草物种所具有的特异带（表 4.4）。21 个引物在 9 份羊草材料中扩增总带数、多态位点数和特异带数目等见表 4.5。由此不难看出，9 份羊草种质各具有自己独特的 1～4 条扩增带，3 号材料出现最多（4 条）。多态位点数与特异带数目具有一定的相关性。

表 4.3　用于 RAPD 分析的 21 条引物序列

Table 4.3 Sequence of the twenty-one selected primers for RAPD

生工编号	序列	生工编号	序列
S1201	CCATTCCGAG	S1217	CCACCACGAC
S1202	CACCTGCTGA	S1218	CTACCGGCAC
S1204	CCAGGAGAAG	S1219	CTGATCGCGG
S1208	GTGAATGCGG	S1220	TGCGCCATCC
S1210	TGGGGCTGTC	S1381	AGACGGCTCC
S1211	GGGAAGACGG	S1383	TTAGCGCCCC
S1212	GGATCGTCGG	S1384	AGGACTGCTC
S1213	GGGTCGGCTT	S1386	GTGGGTGCCA
S1214	CTCACAGCAC	S1391	ACCCGACCTG
S1215	ACACTCTGCC	S1396	GGAACCCACA
S1216	CCTTGCGCCT		

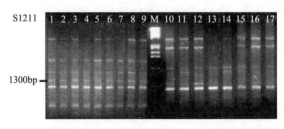

图 4.1　17 份种质资源的基因组 DNA 指纹图谱。M，DNA 分子质量标准；1～17，供试样品及其编号（表 4.1）；1300 bp 指羊草 RAPD 特异带。

Fig. 4.1　Genomic DNA fingerprints of 17 germplasm resources. M, DNA ladder；1～17, Sample number (Table 4.1)；1300 bp：RAPD specific bands of *Leymus chinense*.

表 4.4　9 份羊草种质中产生的 10 条 RAPD 特异谱带

Table 4.4　10 RAPD specific fragments of 9 *Leymus chinensis* accessions

条带编号	引物	特征带/bp
1	S1213	S1213-900
2	S1213	S1213-1700
3	S1215	S1215-5500
4	S1396	S1396-1370
5	S1384	S1384-900
6	S1202	S1202-5180
7	S1220	S1220-2200
8	S1381	S1381-1580
9	S1211	S1211-1300
10	S1211	S1211-800

表 4.5　21 个有效引物在 9 份羊草种质上的扩增结果

Table 4.5　Amplifications of 21 effective primers in 9 *Leymus chinense* accessions

材料编号	总带数	多态位点数	多态位点百分数/%	特异带数目	特异带编号	特异带百分数/%
1	71	30	42.25	2	S1201-1584	2.82
					S1216-1580	
2	71	27	38.03	1	S1204-2027	1.41
3	70	34	48.57	4	S1215-2800	5.71
					S1215-1900	
					S1215-1800	
					S1216-2020	
4	59	24	40.68	1	S1384-1900	1.69
5	63	24	38.10	1	S1216-2600	1.59
6	60	25	41.67	1	S1202-1700	1.67
7	56	20	35.71	1	S1201-2800	1.79
8	66	28	42.42	1	S1202-1100	1.50
9	58	21	36.21	1	S1204-3100	1.70

三、聚 类 分 析

以 12 个形态指标作为原始数据，计算 9 份羊草样品间（OUT）的欧氏距离，得到遗传距离矩阵。图 4.2 为采用最近邻法进行聚类分析后建立的亲缘关系树图。9 份羊草材料明显聚成两大类，第一大类包括 1、3、5、7、8 共 5 份供试材料，它们具有穗节较长、无性繁殖量较少、叶面较窄等共同的形态特征；第二大类包括 2、4、6、9 共 4 份供试材料，它们具有叶较长、穗较短、穗节较短、无性繁殖量较多、小穗数偏少等共同特征。

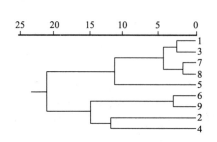

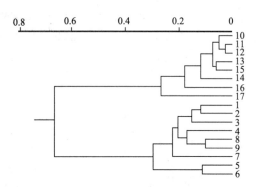

图 4.2　9 份羊草种质的形态数据聚类图（最邻近法）。

Fig. 4.2　Morphological dendrogram of 9 *Leymus chinense* accessions from cluster analysis（nearest neighbor）.

图 4.3　17 份不同种质 DNA 的多态性聚类分析树型图（UPGMA）。

Fig. 4.3　Dendrogram of polymorphic DNAs of 17 experimental plant materials from cluster ananlysis（UPGMA）.

21 个有效随机引物在 17 份供试材料中共产生 119 个 RAPD 标记，将 119 个 RAPD 位点视为表征性状，进行材料间遗传相似性分析。根据 Nei 和 Li（1979）所述的方法计算样品间的遗传相似性系数，并按非加权算术平均数聚类方法（UPGMA）建立遗传关系聚类图（图 4.3）。结果表明：17 份材料聚成两大类，第一大类群包括 10、11、12、13、14、15、16、17，这一大类均为非羊草材料；第二大类群包括 1、2、3、4、5、6、7、8、9，均属于羊草材料，最大遗传距离为 0.249，最小遗传距离为 0.118，平均遗传距离为 0.184。8 与 9（GD＝0.11）、5 与 6（GD＝0.13）聚成小类，说明 8 与 9、5 与 6 材料之间含有较多相同的遗传物质。由树型图可以看出，RAPD 分子标记聚类分析结果可以明确区分羊草与非羊草种质。

四、形态指标与遗传多样性指标的相关性

9 份羊草种质的 12 个形态指标，即株高、叶色、叶长、叶宽、无性繁殖量、有性繁殖量、穗节长、穗长、小穗数、小花数、种子千粒重、结实率，依次表示为 X_1、X_2、X_3、X_4、X_5、X_6、X_7、X_8、X_9、X_{10}、X_{11}、X_{12}，3 个遗传多样性指标表示为 Y_1（多态位点百分数）、Y_2（特有带百分数）、Y_3（遗传距离），其相关系数见表 4.6。结果表明，在 $P<0.05$ 水平上，特有带百分数与小穗数之间存在显著正相关，相关系数为 0.635，而特有带百分数与种子千粒重之间却存在显著负相关，其相关系数为－0.672，说明小穗数与特异带百分数存在相同的变化趋势，而种子千粒重与特异带百分数存在相反的变化趋势。遗传距离与叶色、有性繁殖量和结实率之间存在一定的相关性，其相关系数分别为－0.349，0.25

和-0.288，说明有性繁殖量越多的羊草，其遗传多样性越小；而叶色、结实率与遗传距离之间存在着相反的变化趋势，即叶色越深、结实率越多的羊草，其遗传多样性越大。多态位点百分数与12个形态学性状指标在$P<0.05$水平上的相关性不显著。

表 4.6　形态学性状指标与遗传多样性指标的相关性

Table 4.6　Correlation coefficients between genetic diversity and morphology

形态指标	与 Y_1 的相关性	与 Y_2 的相关性	与 Y_3 的相关性
X_1	0.138	0.094	-0.177
X_2	0.447	0.419	-0.349^*
X_3	-0.324	-0.539	0.192
X_4	0.286	0.115	-0.182
X_5	-0.522	-0.468	0.172
X_6	-0.476	-0.513	0.25^*
X_7	-0.003	-0.119	0.036
X_8	-0.413	-0.124	0.038
X_9	0.241	0.635^*	0.028
X_{10}	0.348	0.508	0.05
X_{11}	-0.548	-0.672^*	0.118
X_{12}	0.006	-0.052	-0.288^*

* 表明形态标记与分子标记所得数据的相关性在$P<0.05$水平上显著。

Number with * morphological descriptor and molecular marker differed significantly ($P<0.05$).

第三节　研究结论与讨论

我国羊草分布面积广，有极丰富的种质资源。不同生态类型的野生羊草散布在西北、东北和华北等地。与苜蓿（*Medicago sativa*）等重要牧草相比，目前有关羊草种质资源的研究尚处于起步阶段（卢欣石和何琪，1997；李拥军和苏加楷，1999）。由于羊草多与其他禾本科牧草混生，并且种子外部形态与披碱草和赖草等十分相似，在种子采集过程中极易造成混淆。在本实验随机抽取的17份供试材料中（大部分种子由地方科研单位和种子站提供），经田间和分子标记分析鉴定后确认有5份披碱草、3份赖草，而确定为羊草种质的只有9份。这表明，在羊草种质资源收集过程中，人为造成的误选情况较为普遍。因此，有必要尽快建立羊草种质快速、准确和自动化程度较高的鉴定技术体系。本研究发现，有10条扩增带可作为羊草种质的特有标记，13条扩增带可作为羊草种内不同种质的特异标记，这些实验结果为建立羊草种质资源的分子鉴定技术体系打下了基础。随着引物数目和种质数量的不断增多，这些RAPD特异带可进一步转化为SCAR标记，以便用于建立羊草种质资源研究的分子技术平台。

在羊草种质资源的收集、整理和评价研究及今后种质资源数据库的建设中，形态学指标是一类重要的数据资料。在开展羊草种质资源研究的起步阶段，积累相关的形态学资料，是应用分子生物学技术改良羊草种质的基础。本研究采用羊草形态学指标和分子标记相结合的方法进行聚类分析，结果表明，羊草与其他物种（如披碱草和赖草）十分容易鉴别。但在羊草种内，形态学聚类结果与分子聚类结果既有重叠，又有不同。例如，5号和6号的供试样品在形态聚类结果中被聚到不同类，而在分子聚类结果中被聚到同一类中，产生这种结果可能是因为形态学聚类的原始数据随环境因素不同易出现变化，如在不同的生态条件下，羊草的密度、高度、抽穗率、开花率和结实率都不同。因此，在利用形态学数据对羊草进行遗传评估时，应最大限度地降低环境因素造成的变异方差，即在相同生态条件下选取数据进行评估。分子标记以整个基因组为研究对象，不受环境因素影响，数据代表DNA分子中的某些序列，这些序列可能与某些性状有关，二者的结果不可能完全吻合。

研究分子标记与形态特征的相关性，可以用于羊草种质评价及数据库组成中有用的形态学指标研究。本文对形态学指标与遗传多样性指标的相关分析结果表明，在所考查的12个形态学指标中，小穗数、种子千粒重、叶色、有性繁殖量和结实率，与遗传多样性指标存在显著的相关性，其中小穗数与特异带百分数存在相同的变化趋势，而种子千粒重与特异带百分数存在相反的变化趋势；有性繁殖量与遗传距离之间存在相同的变化趋势，而叶色、结实率与遗传距离之间存在着相反的变化趋势；其他形态学指标与遗传多样性指标未显示出相关性。因此，在对羊草种质的遗传评估研究中，小穗数、种子千粒重、叶色、有性繁殖量和结实率5个性状应作为考查重点。

有关羊草种内变异与分化的研究，前人已有一些报道。任文伟等（1999a，1999b）发现，生长在不同土壤类型的羊草，在形态结构上发生了一定程度的变异，这些变异同羊草的生境有紧密联系。王克平（1984，1988）、王克平和罗璇（1987a，1987b）通过形态学、土壤学、细胞学、营养学及气象学等传统方法对我国东北地区的野生羊草进行评价后，将其分为长岭型羊草、海拉尔型羊草、嘎达苏型羊草和伊胡塔型羊草4种生态类型。他们的研究显示羊草种内存在较大程度的形态变异。李春红（1990）的研究建议，羊草可能是从灯芯草状新麦草（*Psathyrostachys lanuginosa*）和 *Thinopyrum junceum* 进化而来的异源四倍体。由于其染色体形态具有一定的多态性，羊草在形态表型与生态分布上表现出明显的分化特征。

我们对9个不同基因型羊草进行RAPD分析研究显示，羊草基因组DNA多态性比率达82.61%，与草甸草原区不同土壤条件下7个种群羊草的RAPD分析结果相似（83.01%）（胡宝忠等，2001），而低于不同叶色类型羊草的RAPD分析结果（96.1%）（崔继哲等，2001）。我们认为，羊草种内高变异率及基因组

DNA 高多态性的存在，可能是由于羊草本身具有异花授粉和广旱生杂合群体的特性引起的。广旱生杂合群体的特性导致羊草的地理分布在东西方向横跨 92°～132°的经度，在南北方向跨越 36°～62°的纬度。在如此广阔的分布区域内，土壤酸碱度、积温和日照时数，以及其他生态因子都存在着明显差异，这些因素对羊草产生了长期的自然选择。自然突变和人为选择不仅导致羊草分化出不同熟性和光周期的生态类型，而且在形态特征、生态类型及生理适应性等方面都产生了较大的变异和丰富的多样性。正是这些丰富的遗传变异的存在，构成了羊草众多不同生态类型和品种的分子基础。

第四节　小结与展望

从 RAPD 分子标记聚类分析结果可以明确区分羊草与非羊草种质。羊草基因组 DNA 多态性比率高达 82.61%。羊草种内高变异率及基因组 DNA 高多态性的存在，可能是由羊草本身具有异花授粉和广旱生杂合群体的特性引起的。

羊草形态学特征的聚类分析结果与分子标记聚类分析结果既有重叠又有不同，这可能是因为羊草形态学特征随环境因素的变化而变化，如在不同的生态条件下，羊草的密度、高度、抽穗率、开花率和结实率不同。因此，在利用形态学特征对羊草进行遗传评估时，应最大限度地降低环境因素所造成的变异方差，即应在相同的生态条件下采集羊草形态学特征数据进行分析。

本文所研究的 12 个形态学特征中，小穗数、种子千粒重、叶色、有性繁殖量和结实率与遗传多样性指标存在显著的相关性，其中小穗数与特异带百分数存在相同的变化趋势，而种子千粒重与特异带百分数存在相反的变化趋势；有性繁殖量与遗传距离之间存在相同的变化趋势，而叶色、结实率与遗传距离之间存在着相反的变化趋势。其他形态学指标与遗传多样性指标无显著相关性。因此，在对羊草种质的遗传评估研究中，小穗数、种子千粒重、叶色、有性繁殖量和结实率 5 个性状应作为考查的重点。

参 考 文 献

崔继哲，祖元刚，关晓铎. 2001. 羊草种群遗传分化的 RAPD 分析 I：扩增片段频率的变化. 植物研究，21 (2)：272-277.

胡宝忠，刘娣，胡国富，等. 2001. 羊草遗传多样性的研究. 植物生态学报，25 (1)：83-89.

李春红. 1990. 羊草和冠毛鹅欢草的核型与 Giemsa 显带研究. 草业学报，6：55-62.

李拥军，苏加楷. 1999. 中国苜蓿地方品种亲缘关系的研究. II：RAPD 标记. 草业学报，8 (3)：46-53.

汪恩华，刘杰，刘公社. 2002. 形态与分子标记用于羊草种质鉴定与遗传评估的研究. 草业学报，11 (4)：68-75.

刘杰，刘公社，齐冬梅，等. 2000. 用微卫星序列构建羊草遗传指纹图谱. 植物学报，42 (9)：985-987.

卢生莲，孙永华，刘尚武，等. 1987. 中国植物志. 北京：科学出版社.

卢纹岱，朱一力，沙捷，等. 1997. SPSS for windows 从入门到精通. 北京：电子工业出版社.

卢欣石，何琪. 1997. 中国苜蓿品种资源遗传多样性研究. 中国草地，6：1-6.

钱吉，马玉虹，任文伟，等. 2000. 不同地理种群羊草分子水平上生态型分化的研究. 生态学报，20：440-443.

任文伟，钱吉，吴霆，等. 1999a. 不同地理种群羊草的形态解剖结构的比较研究. 复旦学报（自然科学版），38（5）：561-564.

任文伟，钱吉，郑师章. 1999b. 不同地理种群羊草的遗传分化研究. 生态学报，19（5）：689-696.

王德岐. 1994. 吉生 1-4 号羊草新品种全部通过国家审定. 现代情报，3：31.

王克平，罗璇. 1987a. 羊草物种分化的研究 II. 试验地种群对比. 2 形态特征. 生育特征调查. 中国草原，1：48-52.

王克平，罗璇. 1987b. 羊草物种分化的研究 III 生态型差异的遗传基础分析 IV 土壤学、营养学、气象学分析. 中国草原，4：42-45.

王克平. 1988. 羊草物种分化的研究. V. 羊草四种生态型. 中国草地，2：51-52.

王克平. 1984. 羊草物种分化的研究. I. 野生种群的考察. 中国草原，2：32-36.

易津. 1994. 羊草种子的休眠生理及提高发芽率的研究. 中国草地，6：1-6.

Caetano-Anolles G. 1994. MAAP：a versatile and universal tool for genome analysis. Plant Mol J Biol，25：1011-1026.

Nei M，Li W A. 1979. Mathematical model for studying genetic variation in terms of restriction endonucleases. Proc Natl Acad Sci USA，76：5269-5273.

Rohlf F J. 1994. NTSYS-pc, numerical taxonomy and multivariate analysis system. V. 1. 80. New York：Exeter Software.

Welsh J，McClelland M. 1991. Fingerprinting genomes using PCR with arbitrary primers. Nucleic Acids Res，18：7231-7218.

第五章　羊草种质资源中维生素 E 含量的评价

摘　要　本章采用荧光法测定了 6 份灰绿型羊草和 12 份黄绿型羊草干叶片中的维生素 E 含量及羊草在同一发育时期不同器官的维生素 E 含量，对这些羊草的鲜草产量、茎叶比、株密度、株高、每株叶片数、叶长、叶宽等 7 个农艺性状做了统计，并与维生素 E 含量进行相关分析。结果发现，羊草干叶片中的维生素 E 含量在 229.71～1187.58 μg/g 范围内，平均约为 448 μg/g，灰绿型羊草的平均含量（595.78 μg/g）高于黄绿型羊草（375.58 μg/g）；灰绿型羊草的产草量和生长活力均优于黄绿型羊草，鲜草产量与株高和叶长呈显著正相关，羊草的维生素 E 含量与鲜草产量、株密度、叶长、叶宽呈正相关，与茎叶比、株高、每株叶片数呈负相关。

关键词　维生素 E；含量；评价

引　言

　　维生素 E（vitamin E）是一种脂溶性维生素，具有较强的抗氧化作用，是一种有效的天然抗氧化剂。天然维生素 E 共有 8 种形态，即 α-、β-、γ-、δ-生育酚（tocopherol）和 α-、β-、γ-、δ-生育三烯酚（tocotrienol），其中以 α-生育酚的生理活性和抗氧化能力最高，在自然界广泛分布于一些植物组织中（Fryer，1992；Brigelius-Flohe' and Traber Maret，1999）。近年来，随着饲养业的发展，国内外的研究证实了维生素 E 对于提高动物的免疫能力和繁殖性能、改善动物肉质、缓解动物应激反应等方面具有非常重要的作用，同时，维生素 E 还可以防止肉类腐败、变味、变色，延长上架时间（肖雄，2002）。但目前作为饲料添加剂使用的维生素 E 主要是由三甲基氢醌与异植物醇为原料人工合成的产品，其生物活性、安全性及生物利用率均低于天然维生素 E（张胜华，1997；韩燕峰等，2003），而天然维生素 E 广泛存在于绿色植物中。牧草是动物摄取天然维生素 E 的主要和直接来源，选育维生素 E 含量高的牧草品种，已成为提高动物天然维生素 E 直接摄取量的一种有效途径。关于牧草中的维生素 E，只在苜蓿（*Medicago sativa*）和串叶松香草（*Silphium perfoliatum*）等少数植物中有较少的相关研究（赵书平和赵基丽，1998）。

　　羊草（*Leymus chinensis*）作为一种重要的牧草资源，具有产量高、适应性广泛、抗逆性强、动物适口性好、营养丰富等优点，在我国东北及内蒙古东部地区广泛分布（李晓峰等，2003）。羊草的营养成分包括粗蛋白、粗纤维、粗脂肪、无氮浸出物、粗灰分、钙、磷等（孔庆馥等，1990）。虽然前人对羊草营养成分进行了一些研究，但对于羊草种质中维生素 E 的含量、分布及其在生长发育过程中的积累等尚未开展研究。本章对羊草种质资源中维生素 E 含量及分布进行评价，并分析维生素 E 与重要农艺性状之间的相关性，从而为筛选和培育富含维生素 E 的优良羊草品种提供理论依据。

第一节　研究材料、关键技术和方法

一、研　究　材　料

选用 18 份羊草种质，根据叶色不同划分为两种生态型（周婵和杨允菲，2003），编号 1～6 号为灰绿型羊草，7～18 号为黄绿型羊草。材料来源于内蒙古锡林郭勒草原，2001 年移栽至河北沽源牧场，于 2005 年 5 月上旬抽穗期采集材料，置于 65℃烘箱烘干后保存。

二、关键技术和方法

（一）维生素 E 的提取及荧光测定

维生素 E 的提取和测定参照张苏社和邓晓燕（1990）的方法，但在本实验略有改动：称取 1.5 g 羊草干叶片，用液氮研磨至粉末状，用单层滤纸包裹置于索式抽提器中，采用不同的时间蒸馏提取，以最终确定最佳时间。每个样品重复测定 3 次，取平均值。荧光测定采用 RF-4500 型荧光分光光度计，激发波长 299 nm，发射波长 327 nm。

（二）样品中维生素 E 含量的计算公式

$$\text{VE（µg/g）} = \frac{A-B}{S-B} \times \frac{C}{V_1} \times \frac{V_2}{W}$$

式中，A 为样品峰高；B 为空白峰高；C 为标准 α-生育酚浓度（µg/10mL）；V_1 为皂化时取样液体积（mL）；V_2 为抽提液定量体积（mL）；W 为样品质量（g）。

（三）羊草农艺性状的统计

对于鲜草产量和株密度的测量，随机取 3 块 25 cm×25 cm 样方，其他指标的测量随机取 10 个样株，样方及样株之间的距离在 5 m 以上，测量结果取平均值，具体方法如下所述。

鲜草单位面积产量（kg/m^2）：取样方内地上部分称重，并折算为 1 m^2 面积的鲜草产量；株密度（株/m^2）：样方内的植株数目，并折算为 1 m^2 面积的株数；茎叶比（茎重/叶重）：一个样株地上部分的茎重与叶重的比值；株高

（cm）：茎基端到植株叶片竖直后的顶端的高度；每株叶片数（片/株）：自茎基端向上至第 3 片旗叶的所有叶片数；叶长（cm）：取自茎基端起第 3 片叶，测量其叶长；叶宽（cm）：取自茎基端起第 3 片叶，测量 1/2 叶长处的叶宽。

（四）相 关 分 析

采用 SPSS（Version 10.0）软件中 Pearson 法及双尾检验，对羊草的维生素 E 含量和主要农艺性状进行相关分析。

第二节　研究取得的重要进展

一、羊草种质资源中维生素 E 的荧光测定

利用维生素 E 在正己烷中的天然荧光，可以检测出维生素 E 含量。在 299 nm 下激发，300～370 nm 范围内扫描正己烷相的荧光光谱，发现最大发射波长 E_M 约为 327 nm。

由于不同材料维生素 E 含量不同，用乙醇蒸馏进行分离提取的时间也不相同。实验结果表明，当蒸馏时间达到 10 h 以后，羊草干叶片中维生素 E 含量不再有上升趋势（图 5.1）。因此，我们以蒸馏提取 10 h 为标准，提取羊草干叶片中的维生素 E。

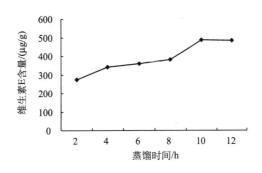

图 5.1　不同蒸馏时间对羊草干叶片中维生素 E 提取效果的影响。

Fig. 5.1　Effect of vitamin E content in dried leaves of *Leymus chinensis* by different distillation times.

二、不同羊草种质中维生素 E 含量的变异

本实验中我们测定了 18 份不同羊草干叶片中维生素 E 含量，结果表明，羊草干叶片中天然维生素 E 的含量在 229.71～1187.58 μg/g 范围内，平均含量为 447.98 μg/g；其中灰绿型羊草的维生素 E 含量高于黄绿型羊草，前者平均含量为 595.78 μg/g（最高可达 1187.58 μg/g），后者平均含量为 375.58 μg/g（表 5.1）。不同来源的羊草维生素 E 含量的变异范围较大，这为育种工作提供了广阔的改良空间。

表 5.1　不同羊草种质干叶片中的维生素 E 含量

表 5.1　不同羊草种质干叶片中的维生素 E 含量

Table 5.1　The vitamin E content in dried leaves in different types of *Leymus chinensis*

生态型	编号	维生素 E 含量 /(μg/g)	平均含量/(μg/g) M±SD	变异系数 CV/%
灰绿型	1	422.34	594.78±312.11	52.47
	2	405.58		
	3	355.82		
	4	518.08		
	5	679.26		
	6	1187.58		
黄绿型	7	306.40	374.58±109.82	29.32
	8	376.25		
	9	387.25		
	10	388.30		
	11	229.71		
	12	378.09		
	13	361.62		
	14	342.10		
	15	288.46		
	16	272.48		
	17	608.99		
	18	555.26		

三、羊草农艺性状与维生素 E 含量的相关分析

对与羊草产量有关的农艺性状的统计分析可以看出，羊草鲜草单位面积产量在 1.00～2.05 kg/m² 范围内，平均约为 1.28 kg/m²，其中灰绿型羊草的单位面积产量高于黄绿型羊草，前者平均约为 1.59 kg/m²，后者平均约为 1.12 kg/m²；灰绿型羊草的株密度、株高均高于黄绿型羊草；两种类型每株的平均叶片数相同，但前者的平均叶长和叶宽均高于后者（表 5.2）。由这些数据可以看出，灰绿型羊草的生长活力优于黄绿型羊草，其生产能力高于黄绿型羊草，这为我们从生态型上筛选羊草品种提供了参考。

表 5.2　不同羊草种质农艺性状的变异

Table 5.2　Variance of agricultural characters in different types of *Leymus chinensis*

编号	鲜草产量 /(kg/m²)	茎叶比	株密度 /m²	株高 /cm	叶数/株	叶长 /cm	叶宽 /cm
1	2.05	0.56	504	82.0	6.1	28.5	0.59
2	1.97	0.49	832	106.3	6.2	20.8	0.77
3	1.26	0.44	1592	49.6	4.7	23.1	0.71

编号	鲜草产量/(kg/m²)	茎叶比	株密度/m²	株高/cm	叶数/株	叶长/cm	叶宽/cm
4	1.22	0.35	928	44.9	5.0	22.3	0.81
5	1.70	0.41	2008	48.6	5.1	22.0	0.64
6	1.36	0.35	1512	38.3	4.8	19.5	0.58
7	1.00	0.55	872	49.2	5.6	17.5	0.56
8	1.15	0.52	1184	54.7	5.4	23.7	0.47
9	1.16	0.32	720	54.7	6.2	22.2	0.81
10	1.04	0.35	1088	43.3	4.4	19.7	0.72
11	1.13	0.41	920	53.0	5.6	20.6	0.55
12	1.12	0.35	1520	38.5	4.2	21.1	0.47
13	1.18	0.31	1224	43.3	5.6	18.4	0.71
14	1.13	0.38	984	46.1	5.1	20.3	0.66
15	1.17	0.42	1408	58.0	5.5	22.4	0.45
16	1.10	0.39	928	84.2	5.1	20.1	0.57
17	1.18	0.45	680	66.8	5.9	24.2	0.61
18	1.14	0.42	936	86.0	5.4	23.0	0.56
灰绿型均值 M±SD	1.59±0.36	0.43±0.08	1229±564	61.6±26.6	5.3±0.7	22.7±3.1	0.68±0.09
黄绿型均值 M±SD	1.12±0.06	0.41±0.07	1039±256	56.5±15.4	5.3±0.6	21.1±2.1	0.60±0.11

相关分析表明（表 5.3），羊草的维生素 E 含量与鲜草产量、株密度、叶长、叶宽呈正相关，与茎叶比、株高、每株叶片数呈负相关，但均未达到统计显著水平；鲜草产量与株高和叶长呈显著正相关（$P<0.05$）；茎叶比与株高呈显著正相关（$P<0.05$）；株密度与株高呈显著负相关（$P<0.05$），与每株叶片数呈极显著负相关（$P<0.01$），相关系数为 -0.628，说明株密度越大，植株高度越矮，同时叶片数减少；株高与每株叶片数呈显著正相关（$P<0.05$）。

表 5.3　羊草农艺性状与维生素 E 的相关分析

Table 5.3　Correlation coefficients between vitamin E content and agricultural characters of *Leymus chinensis*

农艺性状	X_1	X_2	X_3	X_4	X_5	X_6	X_7
X_2	0.231						
X_3	−0.185	0.414					
X_4	0.312	−0.051	−0.296				
X_5	−0.171	0.520*	0.482*	−0.509*			
X_6	−0.172	0.406	0.426	−0.628 **	0.586*		

农艺性状	X_1	X_2	X_3	X_4	X_5	X_6	X_7
X_7	0.020	0.497*	0.426	−0.246	0.367	0.307	
X_8	0.043	0.204	−0.349	−0.214	0.033	0.170	−0.101

* 在 0.05 水平显著相关；** 在 0.01 水平显著相关。

X_1：VE 含量；X_2：鲜草产量；X_3：茎叶比；X_4：株密度；X_5：株高；X_6：叶数/株；X_7：叶长；X_8：叶宽。

* Correlation is significant at the 0.05 level（2-tailed）；** Correlation is significant at the 0.01 level（2-tailed）

X_1：Vitamin E content；X_2：Yield of fresh grass per square meter；X_3：Ratio of culm to leaf；X_4：Density of plant；X_5：Plant height；X_6：Leave number of an individual plant；X_7：Leaf length；X_8：Leaf width.

四、羊草不同器官中维生素 E 的含量变异

分别取典型的灰绿型羊草（6 号）和黄绿型羊草（17 号）抽穗期的幼穗、叶片、茎和横走根茎，65℃烘至恒重后测定其维生素 E 含量。结果表明，灰绿型羊草各器官的维生素 E 含量均高于黄绿型；羊草抽穗期横走根茎的维生素 E 含量高于叶片、茎和幼穗（图 5.2）。

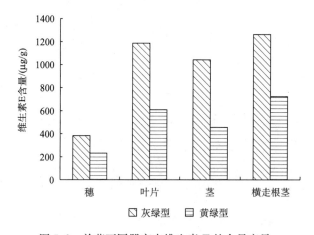

图 5.2　羊草不同器官中维生素 E 的含量变异。

Fig. 5. 2　Variance of vitamin E content in different organs of *Leymus chinensis*.

第三节　研究结论与讨论

维生素 E 作为一种动物必需维生素，具有其他物质所不具备的、生命有机体必需的生物活性。维生素 E 在动物饲养过程中的重要作用被越来越多的实验

所证实（肖雄，2002；张胜华，1997）。先前研究对玉米、豆粕等饲料中的维生素E含量进行了评价（李艳飞等，2001），但对牧草中维生素E研究的报道仍然较少。据我们掌握的资料，在对牧草维生素E含量的评价中，串叶松香草干样中的维生素E含量约为65 mg/kg（赵书平和赵基丽，1998），远低于羊草干样中的448 mg/kg；苜蓿草粉中维生素E含量仅为98～144 mg/kg。因此，在我国几种重要牧草资源中，羊草的维生素E含量是相对丰富的，并且其变异范围广（229.71～1187.58 $\mu g/g$），具有很大的改良空间。

羊草有两种常见的生态型：灰绿型和黄绿型。灰绿型羊草具有极强的耐盐碱性，其优势分布区主要集中在黑土、碳酸盐黑钙土和盐碱化草甸土上；黄绿型羊草则主要分布在栗钙土、沙质壤土和轻度盐碱土上。即使在同一地段的镶嵌分布中，灰绿型的土壤含盐量总比黄绿型的高。周婵和杨允菲（2003）通过对盐碱胁迫下植株含水率和水势等指标的研究证明，灰绿型羊草的耐盐碱能力强于黄绿型羊草。另外，通过测定两种生态型羊草在干旱胁迫下的生理指标，周婵等（2002）显示灰绿型羊草的耐旱能力比黄绿型羊草更强。这些研究表明灰绿型羊草的抗逆能力强于黄绿型羊草。维生素E作为一种有效的抗氧化剂，与植物的抗逆能力有密切的关系（Munné-Bosch，2005）。我们的研究结果显示，灰绿型羊草的维生素E平均含量（595.78 $\mu g/g$）明显高于黄绿型羊草（375.58 $\mu g/g$），是黄绿型羊草的1.6倍。这暗示，维生素E的含量可能与羊草抗盐碱和抗干旱胁迫能力存在一定的相关性。

近年来，由于我国草原沙化和盐碱化日益严重，牧草的产量和质量大幅下降，草原逐步退化，严重影响着农牧业的发展（周婵和杨允菲，2003），因此，迫切需要选育高产并耐干旱、耐盐碱的牧草品种以缓解这一状况。羊草具有抗逆能力强、牧草营养丰富、产量高等诸多优点，选育优良的羊草品种具有特殊重要意义。通过对两种生态型羊草的重要农艺性状进行比较分析，可以看出：灰绿型羊草的产草量远高于黄绿型羊草（约1.4倍），平均株密度、株高也均高于后者；尽管每株的平均叶片数没有差别，但前者的平均叶长和叶宽都高于后者，说明灰绿型羊草的生长活力总体优于黄绿型羊草。同时，灰绿型羊草还具有较强的抗逆能力，并且维生素E含量较高，使其成为不可多得的"营养饲草"资源。综上所述，在羊草育种工作中，应优先选育富含维生素E的灰绿型羊草。

第四节　小结与展望

随着植物基因组学的迅速发展，与维生素E代谢相关基因的研究已经取得突破性进展。人们已在拟南芥（*Arabidopsis thaliana*）等模式植物中克隆到了维生素E合成途径中的相关酶基因，并初步进行了基因的功能验证（Ajjawi I and Shintani，2004；胡英考，2004），这为羊草将来的品质改良提供了很好的条件。利用基因工程的方法将维生素 E 合成途径中的关键酶基因转入羊草，将会大大提高羊草中维生素 E 的含量，从而可以培育出抗逆性更强的优良羊草种质。

参 考 文 献

韩燕峰，梁宗琦，刘爱英. 2003. 天然维生素 E 的开发应用前景. 贵州农业科学，31（4）：70-72.

胡英考. 2004. 植物维生素 E 合成及其生物技术改良. 中国生物工程杂志，24（1）：32-35.

孔庆馥，白云龙. 1990. 中国饲用植物化学成分及营养价值表. 北京：农业出版社.

李晓峰，刘杰，刘公社. 2003. 羊草若干数量性状的相关性及通径分析. 草地学报，11（1）：42-47.

李艳飞，王振勇，石发庆，等. 2001. 饲料中维生素 E 的荧光测定. 黑龙江畜牧兽医，（2）：18-19.

肖雄. 2002. 维生素 E 的研究与应用. 畜禽业，4：24-26.

周婵，杨允菲. 2003. 松嫩平原两种趋异类型羊草实验种群对盐碱胁迫的水分响应. 草业学报，12（1）：
    65-68.

周婵，杨允菲，李建东. 2002. 松嫩平原两种趋异类型羊草对干旱胁迫的生理响应. 应用生态学，13（9）：
    1109-1112.

张胜华. 1997. 维生素 E 研究新进展. 广东饲料，4：19-22.

赵书平，赵基丽. 1998. 串叶松香草的饲用价值. 中国饲料，（1）：11

张苏社，邓晓燕. 1990. 荧光光度法测定作物种子中的总 VE. 营养学报，12（1）：41-45.

Ajjawi I，Shintani D. 2004. Engineered plants with elevated vitamin E: a nutraceutical success story.
    Trends Biotechnol，22（3）：104-107.

Brigelius-Flohé R，Traber M G. 1999. Vitamin E: function and metabolism. FASEB J，13：1145～1155.

Fryer M J. 1992. The antioxidant effects of thylakoid vitamin E（α-tocopherol）. Plant Cell Environ，15：
    381～392.

Munne-Bosch S. 2005. The role of α-tocopherol in plant stress tolerance. J Plant Physiol，162：743-748.

第六章 羊草结实率低下的细胞学和分子基础

摘 要 在产业化过程中，植物繁殖种子的能力决定了其实际应用的潜力，只有种子繁殖系数较高的牧草才能被广泛应用。羊草育种工作的一个重要方向就是培育结实性高的优异种质和品种。本章针对"羊草结实率低"这一产业化限制因素，阐明羊草自交不亲和性特征及其与结实率的关系，分析羊草自交不亲和性的遗传控制机制，从有性繁殖角度认识羊草的繁殖特点并提出未来产业的应用策略。

作者研究证实羊草是一种具有显著自交不亲和性特征的植物。主要证据是：羊草开放传粉结实率远大于自交结实率。花粉柱头亲和性实验表明杂交花粉是亲和的。羊草的自交不亲和性是低结实率的最重要因素。初步确定羊草自交不亲和性具有配子体型遗传特点，杂交组合的亲和率具有连续性变异和变幅较宽的特点，而且正反交结果具有一致性。羊草居群内的结实率存在较大变异，株间交配结实率变异均达到统计上的显著差异，适于系统选择育种。作者克隆了羊草硫氧化还原蛋白 H 基因（*ThioLc*），DNA 序列全长为 2257 bp，Southern 杂交显示 *ThioLc* 在羊草基因组中是单拷贝，Northern 杂交表明分离的羊草硫氧化还原蛋白 H 基因具有花粉特异表达的特点。

关键词 自交不亲和性；遗传机制；结实率；硫氧化还原蛋白

引 言

目前，过度放牧造成自然草场破坏，为了阻止草场恶化、恢复与提高草场的生产能力，必须生产大量的羊草种子。为了进行羊草科学育种并提高种子生产能力，对羊草开展有性生殖的基础研究十分必要。近 40 年来，我国学者从生殖发育、气候、营养和草场利用等多个方面研究了可能造成羊草有性生殖能力低下的问题（王梦龙，1998；杨允菲等，2000），不同研究者得出不同的结论。多数学者认为，植物生长环境和遗传特性均影响羊草的有性生殖能力。刘公社等（2003）研究了与羊草有性繁殖有关的 11 个性状，结果表明，结实数与单穗粒重的相关系数最大（0.908），应当作为评价羊草有性繁殖的重要指标，千粒重与单穗粒重虽也存在显著正相关，但相关系数较小（0.197），而研究较多的结实率性状与单穗粒重的相关系数居中（0.506）。王俊锋等（2007，2008）的研究表明，不同时期施用 N、P、K 肥虽然对当年羊草的抽穗率和抽穗数没有显著影响，但可显著提高羊草的结实率和单穗粒数，从而提高羊草种子产量。李晓宇等

（2009）从激素角度研究了羊草有性生殖的影响要素，表明外源激动素和赤霉素对羊草的小花分化数量具有明显的促进作用，而生长素则对羊草所有有性生殖的数量性状无显著影响。Bai 等（2009）的研究表明，在施氮肥的条件下，有性生殖和无性繁殖呈显著负相关。关于羊草有性繁殖的基本方式和遗传特性报道较少。

禾本科植物呈现复杂多样的生殖特点，雌雄异株（dioecism）植物、雌雄同株（monoecism）植物和具有无融合生殖（autonomous apomixes）特点的植物在这一科均有出现（Weimarck，1968）。在雌雄同株植物中，有的具有自交不亲和性，而有的具有自交亲和性，如闭花受精植物。另外，此科拥有不同类型的雌雄同株和雌雄异株植物（Connor，1979）。

植物的自交不亲和性机制复杂多样。在同形自交不亲和性植物中，可分为配子体和孢子体两大类；同时，根据自交不亲和所涉及的基因位点数，又可分为单基因系统、二基因系统和多基因系统（Hiscock and McInnis，2003）。

在作物育种中，利用自交不亲和特征可避免去雄的繁琐工作，被广泛应用于十字花科植物的育种（Johnson，1966）。早在 1974 年，就利用禾草的自交不亲和性来产生 F_1 杂交种（England，1974），并且得到了应用。但是，这种方法的成功取决于首先要搞清楚特定禾草的遗传机制。

目前发现同一科植物多数具有相同的自交不亲和性系统（Conner *et al.*，1998），这一点在双子叶植物上得到了分子水平的支持和验证。禾本科植物中普遍存在自交不亲和性，但是，在这个大科中是否存在共同的 SI 控制机制，仍需深入研究（Baumann *et al.*，2000）。

在禾本科植物中，已有实验证明，部分植物的自交不亲和性受配子体型双位点控制（Lundquist，1955，1962，1968；Hayman，1956；Murray，1974）。当花粉和柱头细胞两个位点的等位基因完全一致时，才会发生自交不亲和性，而且这两个基因之间没有显隐性关系。

在黑麦（*Secale cereale*）（Lundquist，1962，1968）和多年生黑麦草（*Lolium perenne*）（Thorogood and Hayward，1991）中都发现了一种自交亲和的突变体，突变位点既不是 *S* 也不是 *Z* 等位基因，这说明其自交不亲和性还有第 3 个基因参与。Hayman（1992）通过对鹬草（*Phalaris coerulescens*）自交亲和突变体的深入研究，为第 3 个基因的存在提供了明确证据，这第 3 个基因位点被命名为 *T* 位点。随后涉及自交不亲和的第 3 个位点在黑麦中也被鉴定出来（Voylokov *et al.*，1993，1998），而羊草自交不亲和性的遗传机制尚缺乏报道。

一种牧草是否适合实际应用，不仅取决于它的农艺性状，同时也取决于它的有性繁殖能力。目前，牧草育种工作的一个重要方向是培育结实性高的新种质和品种。

对于羊草结实率低的原因和解决方法，前人已经做了多方面的研究和尝试。研究发现，羊草群体抽穗期长、开花不集中，以及粒线虫病等导致羊草结实率低下（马鹤林和王风刚，1984）。在实践中，人们试图通过各种途径提高羊草结实率。有人认为，羊草结实受生态环境、生长年龄、营养物质分配方式等多种因素影响，因此强调在生产过程中应选择水热条件好的地区种植羊草（王梦龙，1998）。还有人尝试通过体细胞杂交或远缘杂交导入外源基因来改变羊草遗传特性，从而改良羊草结实性（杜建材，1998；张颖等，2006）。

羊草育种工作的前提是羊草种质资源的多样性。前人开展了羊草物种分化的研究，从羊草的分布范围探讨其地理分化程度和适应机制（杨允菲等，2000），以及羊草种内形态分化的类型（王克平和罗璇，1988）。这些研究表明，羊草存在重要分化。

当从多个品种或品系中筛选理想的杂交组合时，应事先做一个方差分析。一般认为，在品种间方差大、品种内方差小，即 H（品种间方差/品种内方差）较大时，杂种优势大。目前还没有关于羊草居群内结实性状况的研究。常规杂交育种经常需要从一对杂交组合家系中筛选理想品种（Cornish et al.，1980）。有鉴于此，我们对羊草进行了品种内和品种间的差异分析研究。

在查明羊草自交不亲和性的基础上获得相关基因是利用现代生物技术改良羊草的关键。禾本科植物的硫氧化还原蛋白（硫氧还蛋白，thioredoxin，Thio）是一种自交不亲和性的相关基因表达的蛋白质。硫氧化还原蛋白是一大类分子质量较小的耐热蛋白（12 kDa，200 个氨基酸以下），普遍存在于生物界中。它们是一类重要的小分子调节蛋白，能够调节动物、植物和微生物的细胞活动（Besse and Buchanan，1997）。

Thio 在细胞中广泛参与各种生化过程，包括各种酶活性的调节（Holmgren，1989；Arnér and Holmgren，2000）、转录因子的调控（Hirota et al.，1999）、充当氢供体（Holmgren，1989），以及提供氧化保护（Chae et al.，1994）等。这类蛋白质有一个可逆的氧化还原中心，即二硫键中心，它的序列 [-Trp-Cys-Gly（Ala）-Pro-Cys-，WCGPC 或 WCAPC] 高度保守（Besse and Buchanan，1997）。

目前认为，在各类生物中，植物保留了数目最多的一整套 Thois，人们从藻类和几种开花植物中分离了多种 Thios。与非光合生物仅具有一类 Thio 不同，植物拥有 3 种类型的 Thio，它们位于不同细胞器中。Thio f 和 Thio m 位于叶绿体中，参与光合作用中的光反应调节（Scheibe and Anderson，1981；Kobrehel et al.，1992）；Thio h 存在于细胞质中。在植物科学领域，目前主要集中于对 Thios 的数目、组织特异性和亚细胞定位的研究。已经有较多研究的物种是大豆（Glycine max）。利用蛋白质、细胞器分离技术和酶表达技术，在大豆叶（Häberlein，1991）和大豆根（Häberlein et al.，1995）中鉴定了 6 种以上不同的 Thios。在拟南芥中，则得到 5 种 Thios 序列（Rivera-Madrid et al.，1995），Thio m 和 Thoi f 在绿色组织中高表达，Thio 蛋白仅从叶绿体中分离得到（Wolosiuk et al.，1979），但是有证据表明，它们的表达并不局限于叶绿体中，在根和种子中也有表达。Thio h 可在许多组织和不同发育阶段表达，在快速生长的组织中高度表达（Rivera-Madrid et al.，1995）。尽管没有信号肽，Thio h 也位于几种植物的筛管组织中（Ishiwatari et al.，1995）。

在植物中，Thio h 被 NADH-硫氧还蛋白还原酶（NTR）还原，产物进而还原目的蛋白。由于目的蛋白结构发生变化，导致细胞生理功能发生变化，从而产生特定的生理效应（Baumann and Juttner，2000）。其作用原理如下所示。

NADH＋H$^+$＋硫氧还蛋白（氧化态）$\longrightarrow$NADH$^+$＋硫氧还蛋白（还原态）

$$2—SH$$

目标蛋白(氧化态)＋硫氧还蛋白(还原态)$\longrightarrow$目标蛋白(还原态)＋硫氧还蛋白(氧化态)

　　　　2—SH　　　　　　　　　　　　　　　　　　　　　　　　S—S

目标蛋白（还原态）$\longrightarrow$生理功能

目前，在不同植物中，已有三类组织特异性硫氧还蛋白 H 的研究较为深入。小麦（*Triticum aestivum*）种子中的 Thio h 能够还原种子储存蛋白并激活淀粉酶活性，以动员种子中的营养物质，促进种子萌发（Kobrehel et al.，1991；Yano et al.，2001）。在油菜（*Brassica napus*）柱头细胞中表达的 Thio h 与自交不亲和 S 位点受体激酶（Self-incompatible locus receptor kinase，SRK）发生反应，SRK 是芸苔属自交不亲和系统的雌性组成成分（Bower et al.，1996；Cabrillac et al.，2001），也就是说，油菜的 Thio h 参与了自交不亲和反应。水稻（*Oryza sativa*）筛管里的 Thio h 被认为与植物体内的氧化保护、维管组织分化及细胞间信号分子的形成有关（Balachandran et al.，1997；Ishiwatari et al.，1998）。虉草（*Phalaris coerulescens*）成熟花粉里的 Thio h 突变导致其酶活性降低、自交不亲和性下降、结实率提高，因此，它可能影响虉草的自交不亲和性（Li et al.，1994，1996）。Juttner 等（2000）通过筛库的方法从其他自交不亲和禾草中也克隆了这类特殊的 Thio h，然而目前尚未明确其 DNA 全序列、在基因组中的拷贝数目，以及在不同组织中的表达状况。

羊草的有性生殖问题与自交不亲和性及其遗传机制、自交不亲和性对结实率的影响、自交不亲和性相关基因在羊草中的分子和化学特点等有关。在这些方面，我们开展了如下研究。

（1）检查成熟花粉的活力并观察羊草开花时雌蕊、雄蕊发育的时空特点，了解其生殖的基本情况。同时，在自交和开放传粉两种情况下，考察羊草结实率和花粉柱头亲和性的特点。

（2）已经研究的大多数禾本科植物是二倍体，少数是诱导产生的同源四倍体，而羊草是异源四倍体植物，它的遗传控制有何特点？是否存在第 3 位点的影响？

（3）鉴于目前缺乏羊草居群内结实率的研究，本研究将开展此方面的工作。

（4）羊草是一种自交不亲和性植物，羊草花粉中是否有 *Thioh* 基因？它的化学特性和生理作用如何？本研究将探讨这些问题。

上述研究将增加人们对羊草有性生殖的理解，对指导羊草杂交育种和种子生产具有重要的理论意义。

第一节　研究材料、关键技术和方法

一、自交不亲和性特征的鉴定

（一）研　究　材　料

以 6 种具有明显性状差异的羊草居群（居群 1～6）作为实验材料，它们来源于中国华北和东北的不同生态型，在株高、叶色及开花习性上均有明显差异。

1. 6 个野生居群的来源和描述

（1）居群 1：来自北京海淀，39°57′N，116°20′E，叶灰绿色，中高茎，开花早（早熟材料），约 120 小花/花序。

（2）居群 2：来自北京延庆，40°25′N，115°58′E，叶黄绿色，中高茎，纤细，约 140 小花/花序。

（3）居群 3：来自内蒙古自治区多伦县，42°36′N，116°12′E，叶深灰绿色，高茎，茎粗，强抗倒伏，约 160 小花/花序。

（4）居群 4：来自内蒙古自治区锡林浩特市，44°21′N，126°29′E，叶深绿色，高茎，穗长，小花多，开花迟，约 240 小花/花序。

（5）居群 5：来自黑龙江省哈尔滨市，45°5′N，126°44′E，叶深绿色，中等高度，中期开花，短花穗，约 130 小花/花序。

（6）居群 6：来自黑龙江省齐齐哈尔，48°16′N，123°57′E，短茎，晚开花，短花穗，小花数目最少，约 100 小花/花序。

2. 栽培品种

（1）'东北羊草'：中国农业科学院草原所，由内蒙古及黑龙江优势建群种驯化而成，灰绿色或蓝绿色，矮茎，晚开花，约 120 小花/花序。

（2）'吉生1号'：吉林生物所，杂交种，叶灰绿色，宽而挺，高茎，早中期开花，150小花/花序。

（3）'农牧1号'：内蒙古农业大学，沽源牧场收集，叶黄绿色，中等高度，平均110小花/花序。

2001年，各项实验在中国科学院植物研究所（北京）进行。当地的气候条件如下：年平均温度11.5℃，1月平均温度−4.6℃，7月平均温度25.8℃；年降水量644 mm，霜期为10月12日至次年的4月18日。

在大田内观测记录各个居群的开花顺序和持续时间。在开花散粉期间，随机选定3朵小花，观察记录每朵小花柱头完全出现的时间、花药开始出现的时间、花药完全出现直到下垂时间，以及花药开始破裂散粉时间和雌蕊、雄蕊的萎缩时间，记录各时间间隔。

同时选取3株羊草，每株随机选取1朵小花，在花药完全显露但尚未散粉时，观察记录花药、子房和柱头顶端三者间的空间距离。

（二）关键技术和方法

1. 自然条件下羊草自交和开放授粉结实率实验

2001年3月15日前后羊草开始返青，2001年5月下旬陆续开始孕穗、开花。在每一个居群中，在正常植株（正常生长和正常生物学特征）中随机选择30株无性系，每个无性系选取10～12个穗，其中一半开放传粉，另外一半进行自交实验。

开放传粉或自花传粉时收获的种子数目除以小花数即是结实率，大体估算小花数目。结实率以百分比表示，自然结实率与自交结实率的差值定义为自然条件下的异交结实率。

2. 羊草成熟花粉活力的检查

每个居群在开花期间随机采摘3个整穗作为3个重复，选取基部已经开花的小穗，一般每只小穗有2～4朵小花，在同一小穗中，小花开花并不完全一致。据以往研究，此时花中的小孢子发育已至单核期。剪取出每朵小花中的3个花药，分别在饱和次氯酸钠溶液中消毒15 min，用无菌蒸馏水冲洗3次，材料移入玻璃研钵中，轻轻挤压花药，使小孢子游离于溶液中；取出部分小孢子悬浮液，用FDA法染色（Heslop-harrison and Heslop-Harrison，1970；刘公社等，1995）。分别在普通显微镜（200×）和荧光显微镜（200×）下观察花粉活力。单独观察和记录每个花药中的正常花粉数，计算每朵小花中的正常花粉百分数。

3. 羊草自交和异交花粉与柱头的亲和性研究

每个居群中随机取 10 个正常植株，体外授粉采用 Lundqvist（1962）技术。每株随机取 4～5 个雌蕊，不同来源的雌蕊转移至同一培养皿中。从植株上采集新鲜花粉，在一个培养皿中薄薄地播撒来源于同一植株的花粉。这样，在一个培养皿中，产生 1 个自交组合和 3～4 个杂交组合。授粉的柱头在室温下（22～25°C）培养 24 h，然后将柱头置于载玻片上，滴上一滴溶于乳酸酚的苯胺蓝，光镜下观察（Hayman，1956；Weimarck，1968）。亲和的花粉染成浅蓝色，而不亲和花粉染成深蓝色（图 6.1）。

计数一个花粉分布均匀视野下的亲和花粉和不亲和花粉的总数，然后分别除以花粉总数即得到亲和与不亲和花粉的百分率。通过胼胝质荧光色素反应观察花粉管（Lalouette，1967；Cornish *et al.*，1979，1980），用 Leica MPS 32 显微镜（Leica，Wetzlar，德国）照相。

图 6.1 亲和与不亲和花粉的对比（亲和的花粉染成浅色，不亲和花粉染成深色）。
Fig. 6.1 Comparison of compatible and incompatible pollen grains (the compatible pollen grains were stained with a light coloration, and the incompatible pollen grains were stained with a deep coloration).

4. 数据分析

为了消除一些结实率、亲和花粉和不亲和花粉的百分率过高或者过低造成的影响，统计分析时所有数据采用了反正弦转换。所有分析均使用 SPSS 软件（2000）。在一个居群中进行显著性分析时，采用 Student-Newman-Keuls 法进行多重比较，相关性采用 Pearson 相关系数（双尾）分析法。

二、羊草自交不亲和性遗传控制机制研究

（一）研 究 材 料

将有强烈自交不亲和性、株高一致、开放结实率比较高的居群 1 和居群 3 作为亲本，各选择一种基因型的正常植株无性繁殖，去雄后，进行互交，各获得多粒种子。

A：居群 1×居群 3

B：居群 3×居群 1

这样由居群 1 和居群 3 的单株正反交获得了两组杂交种。本实验以居群 1 为母本获得的杂交种作为实验材料，共有 30 余粒种子。播种后，盆栽并进行无性繁殖，以这些植株作为实验材料进行后续试验，最后获得来自 9 个杂交植株（种子）繁殖后代的完整实验数据。

（二）关键技术和方法

1. 杂交植株的自交和双列杂交实验

上面获得的 9 个杂交植株进行繁育、自交和双列杂交实验。2002 年 3 月下旬，羊草开始返青，2002 年 5 月中下旬陆续开始孕穗、开花。在每一株羊草中，选取 12 个左右的整穗，其中一半开放授粉，另一半套袋自交。

另外，9 株植株两两杂交。2 个植株，各有 2～3 个杂交整穗，共同包裹于 30 cm×10 cm 的纸袋中。扎紧纸袋，绑定于位于株间的小竹棍上支持花穗。开花期间，每日晃动纸袋，以促进花粉散发。

自花授粉或杂交授粉时的种子数目除以小花数即得结实率。统计种子时不论大小，以不空瘪为准，结实率以百分比表示。

2. 花粉柱头的自交和两两杂交亲和性实验

配合自交、双列杂交实验，观察花粉柱头亲和性反应。

每株植物中随机取 20 余个雌蕊，它们均具有正常蓬松、丰满、舒展的羽状柱头，将不同植株的雌蕊转移至同一培养皿中。从同一无性繁殖的植株上采集新鲜花粉，在一个培养皿中薄薄地播撒来源于一个植株的花粉。这样，在一个培养皿中，就形成 1 个自交组合和 8 个杂交组合，得到 9 株植株的自交和双列杂交组合。

授粉的柱头在室温下（22～25℃）培养 24 h；然后，柱头置于载玻片上，滴上一滴溶于乳酸酚的苯胺蓝，光镜下观察（Hayman，1956；Weimarck，1968）。亲和的花粉染成浅色，而不亲和花粉染成深色。

在一个组合中选择清晰可辨、花粉稀疏、分布均匀、没有花粉重叠的视野作为一个统计数，计数亲和花粉和不亲和花粉，计算亲和与不亲和花粉的百分率，每个组合重复 3 次。

按 Weimark 方法将花粉柱头亲和性组合进行分类，浅色花粉粒 100%～90%，为全亲和，记为＋；浅色花粉粒 90%～65%，为 3/4 亲和，记为 T；浅色花粉粒 35%～65%，为半亲和，记为 H；浅色花粉粒 10%～35%，为 1/4 亲和，记为 F；浅色花粉粒 0%～10%，为不亲和，记为－。

三、羊草居群内结实率的研究

（一）研究材料

野生羊草居群 5 的材料应用于本实验，它们的种子多年前采自原产地，1998 年分别播种于中国科学院植物研究所的花盆中，以保证其根茎系统不会交叉混杂，并且每年进行无性繁殖、分离并盆栽。每一个植株的主要农艺性状（包括株高、穗长、小花数目和成熟期）都在正常变化范围内，在苗圃中具有代表性，舍弃生长过度或不良及不正常的植株，最后选定 14 株植物作为研究材料。

（二）关键技术和方法

14 株植物的自交采用套袋方式，一株中 2～3 个整穗套一个袋子，重复 3 次。

随机互交是根据可能性随机选定 17 个株间杂交组合。2001 年，将成对的杂交组合种于地中，2002 年，每个重复的成对杂交通过互相授粉杂交，用 25 cm× 20 cm 的牛皮纸袋包裹，重复 3 次。

每个植株的无性繁殖系在自然条件下开放传粉，也采摘 2～3 个穗子，作为开放传粉的一个数据，重复 3 次。

每天观察每株植物小穗的开花状况，以保证开花、散粉的一致性，在多年选择的 14 株植物中，只有很少成熟期的差异，不会产生互交结实的显著变化。

在收获开放传粉种子的同时，收获自交和杂交种子，清点种子数目，不论大小，以不空瘪为准，估算每穗的小花数目。结实率等于种子数除以小花数，以百分率表示。

四、羊草硫氧化还原蛋白基因的克隆

（一）研 究 材 料

'农牧一号'羊草是通过混合选择得到的常规栽培品种。羊草种子经过自来水冲洗 2 次，0.1% $HgCl_2$ 消毒 10 min，无菌水冲洗几次后，无菌水浸泡过夜，无菌滤纸吸干水分，播撒在含 3% 蔗糖和 0.7% 琼脂粉的 MS 培养基上，在 2000 lx、光周期 16/8 h（光/暗）、25℃的培养条件下萌发。

幼苗培养在温室中。茎、叶和根的样品取自生长一周的幼小植株。采集单核期和三核期花粉，以及这些时期的雌蕊。所有组织储存于-80℃待用。

（二）关 键 技 术 和 方 法

1. 植物总 DNA 与 RNA 的提取

从羊草的幼嫩叶片中用微量提取法提取总 DNA，总 RNA 的提取按 Trizol 试剂说明书操作。

2. 硫氧还蛋白全基因的克隆

从 GenBank 中，查到其他草本植物的硫氧还蛋白序列，如虉草（*Phalaris coerulescens*）、多年生黑麦草（*Lolium perenne*）、球茎大麦（*Hordeum bulbo-*

sum）和黑麦（*Secale cereale*），设计的简并引物序列如下：

P3（forward strand）：5′→3′ CCTCTTAATTGCCCGCCAGGAGAT；

P4（reverse strand）：5′→3′ TCAA(G)CTGCCATCA(G)CCAAG(T)AGCTT.

经过 6 min 94℃变性；35 个循环，每循环程序是 94℃、1 min、58℃ 1 min、72℃ 1.5 min；最后 72℃延伸 7 min。PCR 产物在 1.3％琼脂糖凝胶中分离，玻璃奶纯化，克隆到 pGEM-T 载体中进行测序。

3. 总 RNA 提取和 cDNA 序列的克隆

按产品说明，用 Trizol 试剂从不同组织中提取总 RNA。用 1.2％的变性胶检测 RNA 质量。Thio h 的 cDNA 克隆，是从总 RNA 成熟花粉中得到。反转录和随后的 PCR 反应用 RNA PCR Kit（AMV）试剂盒。按产品说明，5 mg 总 RNA 用于 cDNA 第一链的合成。根据总 DNA 序列设计引物，100 ng cDNA 用于 PCR 反应，引物如下：

P7：5′→3′ CCTCTTAATTGCCCGCCAGGAGAT

P8：5′→3′ TCAGCTGCCATCGCCAAGAGCTTG

PCR 反应按下列程序：94℃，6 min；35 循环，每个循环的程序为 94℃ 30 s，45℃ 60 s，72℃ 60 s；最后 72℃延伸 5 min，延伸产物可置于 4℃保存。随后的纯化和测序步骤同前。

4. PCR 扩增产物的亚克隆

PCR 扩增产物经凝胶电泳后，在紫外灯下，用刀片快速切下目的条带，用胶回收试剂盒回收纯化，通过 T/A 克隆法连接到 pGEM-T 载体上，在用 Pfu 聚合酶经 PCR 反应获得产物时，在产物的两端加上 A，再与载体连接。转化大肠杆菌 DH5α 或 JM109，在含 Amp 的 LB 培养基上筛选白色阳性菌落。用相应的引物进一步筛选鉴定，再提取质粒做电泳鉴定，最后进行测序，测序由上海基康公司完成。

5. 序列分析

用 Vector NTI 软件辅助引物的设计，氨基酸分析运用 DNAman 和 DNAstar 软件，同源性比较用 AlignX 软件，图像输出用 GeneDoc 软件，可读框的搜寻在 NCBI 的 ORF Finder 上进行（http://www.ncbi.nlm.nih.gov/gorf/gorf.html）。

6. Southern 分析

10 μg 基因组 DNA 用 *Eco*R I 、*Hind* III 、*Nde* I 和 *Sma* I 酶切，0.8％琼脂糖凝胶分离，转移至尼龙膜（Hybond-N⁺，Amersham，UK.），以 [³²P]- 标记的 *ThioLc* DNA 为探针，65℃下用 0.1× SSC（20 × SSC，NaCl 3 mol/L，柠檬酸三钠 0.3 mol/L，含有 0.1％ SDS）洗膜 2 次，每次 15 min。

7. Northern 分析

从叶、茎、根、成熟和未成熟的花粉及雌蕊中提取总 RNA。约 10 μg 总 RNA 从甲醛琼脂糖凝胶上分离，转至尼龙膜（Hybond-N⁺，Amersham，UK.），与 [³²P]- 标记的 *ThioLc* cDNA 杂交。

第二节　研究取得的重要进展

一、羊草自交不亲和性特征的鉴定

（一）羊草开花传粉特点

羊草一般不存在自花传粉和异花传粉的空间障碍。羊草开花时，雌蕊和花粉的成熟时间同步，柱头与花药的空间邻近，羊草在传粉方面不会形成时空障碍（图 6.2，表 6.1）。

图 6.2　羊草花序、小穗和小花照片。A. 成熟的花药和柱头同时显露于花序上（花序长约 8.5 cm）；B. 在花序上，开花后，萎蔫的柱头和散除大部分花粉的花药；C. 剥开的小穗显示萎蔫的柱头和开裂的花药；D. 剥开的小花显示羽状柱头。（另见彩图）

Fig. 6.2　Photos of inflorescence, spikelet and floweret in *Leymus chinensis*. A. Mature anthers and stigma appearing at the same time (the inflorescence were about 8.5 cm); B. The withered stigma and pollen-emanated anthers after flowering in an inflorescence; C. The withered stigma and splited anthers in a spikelet; D. Pinnate stigma in a flower.

羊草花序为穗状花序。在北京，羊草不同居群的开花期不同。开花期一般在 5 月中旬左右，开花持续 2～3 周。对某一特定居群，开花时间最多 8 天，开花盛期为第 3～6 天。开花时，柱头和花粉同时显露出来，花粉大量散落在柱头上。在田间，花粉很容易随风飘散。所以，在传粉期间，自交和异交都有可能发生。

在自然条件下栽培的羊草，开花显露柱头的时间在一天之内集中于两个阶段，其一为上午 8：30～9：30，其二为下午 15：30～16：30，下午较多。天气干燥和阳光充足有利于开花传粉。在整穗中，小花穗的开放顺序是从上至下。

表 6.1 羊草居群 2 开花时，雌蕊、雄蕊显现时间系列观察，以及雌蕊、雄蕊空间距离观测

Table 6.1 Observations on appearances of pistils and stamens and space distances between pistils and stamens during flowering of *Leymus chinensis* plants in population 2

A 顺序和时间间距	平均值/min
柱头开始出现—花药开始显现 1 mm（见黄色）	270.5
花药开始显现—完全显现	13.2
花药完全显现—花药顶端破裂散粉	5.9
花药顶端破裂散粉—散粉结束	14.2
B 花药、子房和柱头顶端之间的距离	平均值/mm
花药与子房间	5.39
柱头顶部与子房间	1.4
花药与柱头顶端间	3.85

不同居群开花性状呈现类似的表型，在同一居群内，花药完全出现的时间相差不过 5~25 min，在顺序和时间间距方面，雌蕊从显现至枯萎之间，雄蕊从显现至花药开列散粉和萎缩之间，居群内没有太大的差异，不会造成传粉阻碍，现以居群 2 的试验数据进行说明。

从雌蕊柱头出现至花药散粉的全过程，最长 350 min，最短 160 min，平均 289.6 min。从花丝延伸到花粉散粉的时间基本上是稳定的，大约 6 min。直至花药散粉后萎缩和花丝下垂，羽状柱头始终保持蓬松舒展，处于接受花粉的状态。

花药与子房、柱头顶端与子房、花药与柱头间的平均空间距离分别为 5.35 mm、1.4 mm 和 3.85 mm。羊草柱头为宽大、蓬松的羽状柱头，不仅适于接受自花花药开裂散落的花粉，而且更适于接受同一整穗中上部小花雄蕊散落的花粉（表 6.1）。

在开花过程中，羊草雌蕊和雄蕊的伸出基本同步进行，自交时，雌蕊接受花粉和雄蕊散播花粉不存在时间隔离。

（二）自花、异花和开放传粉结实率

从表 6.2 中可以看出，无论是野生品系还是栽培品系，自然条件下，6 个居群的羊草在开放传粉时都会产生一定量的种子，结实率为 6.4%~55.4%。根据结实率，能将 6 个居群分为 3 组，居群 1 具有最高结实率，达到 55.4%；居群 4 结实率最低，为 6.4%，居群 2、居群 5 和居群 6 居中。但是，在自交时，所有居群的结实率极低，仅为 1.3%~4.36%。方差分析显示，在每个居群中，自交和开放传粉的结实率差异极显著（$P < 0.001$）。

表 6.2 羊草 6 居群自交和开放授粉情况下结实率的统计分析（平均值±SD）

Table 6.2　Seed-setting analysis in 6 *Leymus chinensis* populations under self and open pollinations

居群编号	自交	开放授粉	显著性水平
居群 1	2.92 (0.65)	55.36 (11.26)	**
居群 2	3.08 (0.99)	41.66 (10.08)	**
居群 3	0.61 (0.18)	6.64 (1.41)	**
居群 4	0.45 (0.16)	35.36 (10.78)	**
		44.12 (9.76)	**
居群 6	0.13 (0.03)	9.30 (1.97)	**

注：** $P<0.01$。

自交时，所有 6 个居群的羊草都会产生一定量的种子，结实率为 $0.13\%\sim$ 4.36%。依据结实率可将 6 个居群分为 4 组：甲组，居群 5；乙组，居群 1 和居群 2；丙组，居群 3 和居群 4；丁组，居群 6。它们之间具有极显著差异（$P<0.01$），居群 3 和居群 4 具有显著性差异（$P<0.05$）。

根据羊草开放授粉时的结实率（表 6.2），6 个居群也能分为 4 组：甲组，居群 1；乙组，居群 4 和居群 5；丙组，居群 2；丁组，居群 3 和居群 6，它们之间具有极显著差异（$P<0.01$）。居群 3 和居群 6 具有显著性差异（$P<0.05$）。

（三）羊草成熟花粉的成活率

羊草成熟花粉具有较高的成活率，采摘羊草花穗后，进行 FDA 荧光检测，结果见图 6.3 和表 6.3。

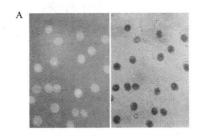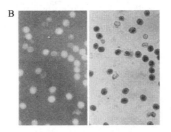

图 6.3　羊草花粉活力的测定。A. 居群 2；B. 居群 4。具活力的花粉（着色）与无活力的花粉（未着色）。（另见彩图）

Fig. 6.3　Determination of pollen activity in *Leymus chinensis*. A：population 2，left is a light microscope image（200 ×），right is a florescence microscope image（200 ×）. B：population 4，left is a light microscope image（200 ×），right is a florescence microscope image（200 ×）. The active and non-active pollen grains stained with deep and light color，respectively.

表 6.3　羊草花粉 FDA 活性检测结果

Table 6.3　Activity detection of pollen in *Leymus chinensis*

居群编号	1	2	3	4	5	6
平均数	97.3	92.9	95.866 67	96.5	95.433 33	93.166 67
标准差	2.551 47	3.504 283	3.028 751	2.066 398	2.154 84	1.761 628
方差分析			$F = 1.43, P > 0.05$			

从表 6.3 中可以看出，不同居群羊草的花粉活性略有不同，花粉成活率最低为 92.9%，最高达 97.3%。羊草成熟花粉具有较高的成活率，花粉败育数量不到 10%，因此，花粉败育不是影响羊草结实率的原因。

在图 6.3 中显示的是羊草的居群 2（照片 A）和居群 4（照片 B）的花粉活力照片。其中，左图是在普通显微镜（200×）下，具活力的花粉（着色）与无活力的花粉（未着色）；右图是在荧光显微镜（200×）下瞬时发光的细胞为活细胞，不发光的为无活性的花粉。可以看出，有活性的花粉显著多于无活性的花粉。

不同居群的羊草花粉活力没有显著性差异，花粉活力不是造成居群间结实率差异的原因。

（四）自交、开放传粉的花粉柱头亲和性

自交与开放传粉相比，柱头上的花粉亲和性存在明显差异。平均亲和花粉的百分数，在自交时为 5.51%～11.67%，在异交时为 60.00%～84.83%。方差分析显示，在同一居群中，自交和开放传粉的亲和花粉数差异极显著（$P < 0.001$）（表 6.4）。

表 6.4　自交和开放传粉情况下，羊草 6 个居群亲和花粉百分率和统计分析（平均值±SD）
Table 6.4　Analysis of compatible pollens under self and open pollinations in 6 populations of *Leymus chinensis*

居群编号	居群编号	自交	开放授粉	显著性水平
居群 1	居群 1	5.51 (3.02)	84.83 (8.94)	**
居群 2	居群 2	9.11 (4.14)	71.98 (10.30)	**
居群 3	居群 3	8.13 (3.70)	63.39 (13.05)	**
居群 4	居群 4	6.71 (4.23)	76.78 (5.86)	**
居群 5	居群 5	11.67 (7.70)	72.21 (8.60)	**
居群 6	居群 6	9.57 (4.35)	60.00 (10.39)	**

注：** $P < 0.01$。

自交时，各个居群的亲和花粉数没有显著性差异（$P > 0.05$）。异交时，6 个居群可以分为 3 组：甲组，居群 1；乙组，居群 2、居群 4 和居群 5；丙组，居群 3 和居群 6，它们的亲和花粉数具有极显著差异（$P < 0.01$）。

荧光显微镜下，可以看到大多数花粉管能够进入柱头，但是不亲和花粉立即停止延伸。花粉管明亮、短粗、膨胀，末端甚至扭曲；亲和花粉能够深入花柱内部（图 6.4 至图 6.6），有的亲和花粉管延伸至花柱中（图 6.7）。

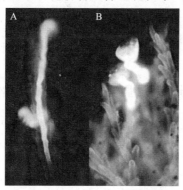

图 6.4　荧光显微镜下观察花粉管（500×）。A. 一个亲和花粉的花粉管延伸至花柱内部；B. 不亲和花粉的花粉管通常是一进入花柱就停止延伸。（另见彩图）

Fig. 6.4　Pollen tubes under a florescence microscope with 500×. A. a compatible pollen tube that entered into the inner style; B. a non-compatible pollen grains that stopped shortly after entering the style.

图 6.5　荧光显微镜下观察花粉粒的亲和性（500×）。明亮花粉管干扰了亲和与不亲和花粉的区分。（另见彩图）

Fig. 6.5　Observations of pollen-stigma compatibility under a florescence microscope with 500×. The bright pollen tubes disturbed the distinguishment of compatible and incompatible pollens.

图 6.6　荧光显微观察显示许多花粉管深入或者停滞于柱头表面（500×）。A. 多数花粉是不亲和的；B. 大多数花粉是亲和的。（另见彩图）

Fig. 6.6　Many pollen tubes penetrated or stopped at the stigmatic surface under a florescence microscope with 500×. A. most were in compatible pollens; B. most were compatible pollens.

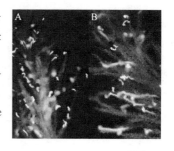

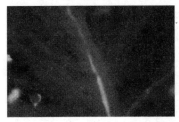

图 6.7 荧光显微镜观察显示一个花粉管延伸至花柱中（500×）。（另见彩图）

Fig. 6.7 A pollen tube entered the style under a florescence microscope with 500×.

（五）自交结实率和开放传粉结实率的相关性

自交结实率和开放传粉结实率之间没有相关性（$P>0.05$）。自交时亲和花粉的比例在 6 个居群中没有显著性差异（$P>0.05$），我们没有进一步分析其与异交情况下的相关性。但是，开放传粉的结实率和杂交情况下的亲和花粉百分率之间具有显著相关性（$P<0.05$）（2 尾检验）。

二、羊草自交不亲和性遗传控制机制的研究

由于部分杂交种子萌发活力较低，导致植株繁殖量少，植株生长差异较大，以及在实验过程中出现的数据缺失，导致最终只获得 9 株植株的完整数据。

（一）不同植株间自交结实率和双列杂交结实率

不同植株间自交结实率和双列杂交结实率的比较结果表明，所选材料的父母本都是来自自交结实率低而异交结实率高的居群或品种。各实验植株之间，如果是同一基因型，结实率也会极低。为了便于比较，将株间杂交时结实率极低的植株看成是同一基因型。结实情况见表 6.5。

表 6.5 姊妹系自交和双列杂交结实率比较（纵行为母本）

Table 6.5 Seed-setting of self-pollination and diallel cross-pollination in sister lines in *Leymus chinensis* (female parents in vertical column)

株号	13	28	21	14	3	24	16	7	2
13	0.9	1.7	11.5	20.7	17.8	12.4	31.2	18.5	23
28	0.4	0.6	11.0	21	23.3	11	20.6	9.7	14.5
21	17.4	24.2	1.1	10.1	23.3	20.8	17.7	14	15.6
14	23.5	23.3	23.9	1.6	23.6	25.2	37.7	23	35.7
3	29.4	23.7	14.6	26.7	0.7	18.3	16.3	15.6	13.3
24	24.5	20	24	12.5	19.7	0.40	0.3	27.9	24.4

株号	13	28	21	14	3	24	16	7	2
16	19.3	18.7	14.9	16.0	14.5	0.20	2.10	14	11.1
7	17.9	19.7	14.6	18.3	17.6	27.7	19.8	0.5	16.9
2	38.7	14.5	22.4	14.6	17.5	13.1	15.7	29.8	0.8

（二）花粉柱头亲和性

9个植株的自交和双列杂交花粉与柱头亲和性情况见表6.6。在不同组合中，花粉柱头表现出不同的亲和程度（图6.8和图6.9）。自交组合的亲和率为0～6.9%，杂交组合的亲和率为47.5%～96.0%。

表6.6 姉妹系植株间自交和杂交花粉柱头亲和性百分率（纵行为母本）

Table 6.6 Percentage of pollen-stigma compatibility of self-pollinations and diallel cross-pollination in sister lines in *Leymus chinensis* (female parents in vertical column)

株号	13	28	21	14	3	24	16	7	2
13	0	2.5	59.5	92.2	93.1	47.6	63.7	91.5	57.9
28	3.4	1.8	47	95.7	84.5	63.2	74.7	87.6	61.8
21	57.2	62.7	4.2	85.5	79.5	91.5	75.9	82.7	93.5
14	93.1	90.1	83.9	6.9	72.0	77.4	81.2	93.8	59.3
3	92.7	91.4	77.3	76.5	3.7	94.3	87.6	79.2	83.9
24	65.7	69.5	82.9	81.7	91.8	4.8	3.2	95.2	79.4
16	78.9	59.2	78.2	85.7	93.6	2.9	2.1	91	85.7
7	93.2	90.2	85.6	92.3	82.5	93.2	92.3	5.6	68
2	64.2	54.3	94	63.1	78.9	85.6	89	73.6	2.8

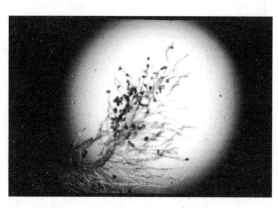

图6.8 50×普通显微镜下观察到的花粉散落在一个羽状柱头上。（另见彩图）

Fig. 6.8 Pollen grains scattered on a pinnate stigma under a light microscope with 50×.

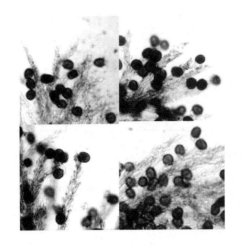

图 6.9 花粉柱头的亲和性比较。不同组合的杂交呈现出不同比例的亲和花粉数目。（另见彩图）

Fig. 6.9 Comparison of compatibility of pollen and stigma. Different compatibility showed in different pollination modes.

如果按 Weimark 方法将花粉柱头亲和性组合进行分类，结果见表 6.7。

表 6.7　姊妹系植株间自交和杂交花粉柱头亲和性归纳表（纵行为母本）

Table 6.7　Sum-up of pollen-stigma compatibility of self pollination and diallel pollination in sister lines in *Leymus chinensis* (female parents in vertical column)

株号	13	28	21	14	3	24	16	7	2
13	—	—	H	+	+	H	H	+	H
28	—	—	H	+	+*	H	H*	+*	H
21	H	H	—	T	T	+	T*	T	+
14	+	+	T	—	T	T	T	+	H
3	+	+	T	T	—	+	+*	T	T
24	H*	H*	T	T	+	—	—	+	T
16	H*	H	T	T	+	—	—	+	T
7	+	+	T	+	T	+	+	—	T
2	H	H	+	H	T	T	T	T	—

注：按 Weimark 方法，100%～90%，记为＋；90%～65%，记为 T；65%～35%，记为 H；35%～10%，记为 F；10%～0%，记为－。

＊表示有显著差异。

Note：Follow the method of Weimark，"＋" means 100%～90%，T for 90%～65%，H for 65%～35%，F for 35%～10%，—for 10%～0%。

＊significant difference.

三、羊草居群内结实率的研究

羊草居群 5 的自交结实率、杂交结实率（以母本为单位）和开放传粉结实率见表 6.8。

表 6.8 羊草单株自交结实率、杂交（以母本为单位）结实率和开放授粉结实率比较

Table 6.8 Seed-setting comparison of self pollination, hybridization (maternal parent as pollination unit), and open pollination in *Leymus chinensis* plants

平均值	株 1	株 2	株 3	株 4	株 5	株 6	株 7
自交	4.05	4.19	5.63	5.18	6.21	2.9	2.19
杂交	15.37	9.82	23.85	20.59	24.55	19.91	19.25
开放	42.83	23.54	41.23	35.13	39.54	27.93	34.73

平均值	株 8	株 9	株 10	株 11	株 12	株 13	株 14
自交	7.79	3.01	4.32	4.58	4.31	6.45	3.51
杂交	23.13	8.89	15.23	19.21	11.26	25.55	15.42
开放	40.43	26.92	38.97	38.96	30.33	40.04	38.67

（一）自 交

14 个植株中，平均结实率是 4.6%，极差是 5.6%，标准差是 1.5%，变异系数是 33.4%。自交结果出现了比较高的变异系数，这应归于植株间的变异，植株间的差异显著大于植株内的差异（表 6.9）。

表 6.9 羊草自交结实率差异显著性分析

Table 6.9 Significance analysis of set setting in self pollination in *Leymus chinensis*

项目	总方差	自由度	平均方差	F 值	显著性
组间	174.077	13	13.391	3.329	0.004
组内	112.612	28	4.022		
总计	286.689	41			

（二）随 机 互 交

14 个植株作为母本，平均结实率是 24.3%，极差是 16.5%，标准差是 5.1%，变异系数是 21.2%。不同植株杂交后的结实会出现比较高的变异系数，这部分归因于植株间的变异。植株间的差异显著大于植株内的差异，差异显著性分析见表 6.10。

杂交组合之间的差异一部分来自父母本效应之间的差异，由于羊草是一种自交不亲和性植物，父母本之间亲和性的差异也是造成杂交组合之间差异的原因，表现在一个植株与不同父本杂交时结实率不同。

表 6.10 羊草随机杂交时结实率株间差异的显著性分析

Table 6.10 Significance analysis of seed-setting in random hybridization among *Leymus chinensis* plants

项目	总方差	自由度	平均方差	F 值	显著性
组间	1 139.221	13	87.632	3.892	0.000
组内	1 981.182	88	22.513		
总计	3 120.403	101			

对 14 个植株进行 17 个随机互交组合，共获得 34 个杂交数据，平均结实率是 18.1%，极差是 23.3%，标准差是 6.5%，变异系数是 35.7%，方差分析见表 6.11。杂交结实率的差异，不仅体现在组合之间，也体现在同一组合正反交的结实率上，差异具有显著性（表 6.11）。

表 6.11 羊草杂交组合结实率差异的显著性分析

Table 6.11 Significance analysis of set setting in different hybridization combination among *Leymus chinensis* plants

项目	总方差	自由度	平均方差	F 值	显著性
组间	2480.782	33	75.175	7.992	0.000
组内	639.621	68	9.406		
总计	3120.403	101			

（三）开 放 传 粉

14 个植株开放传粉时，平均结实率是 35.7%，极差是 19.3%，标准差是 6.1%，变异系数是 17.1%。虽然开放传粉的变异系数较小，植株间的差异仍然极显著（表 6.12）。

表 6.12 羊草开放传粉结实率差异的显著性分析

Table 6.12 Significance analysis of seed-setting in open pollinations among *Leymus chinensis* plants

项目	总方差	自由度	平均方差	F 值	显著性
组间	316.176	13	24.321	3.178	0.005
组内	214.314	28	7.654		
总计	530.490	41			

（四）相 关 性 分 析

自交结实率和杂交结实率之间具有显著相关性（$P < 0.05$）。杂交结实率和

开放传粉结实率之间具有极显著相关性（$P<0.01$），但是在自交结实率和开放传粉结实率之间没有显著相关性（$P>0.05$）（2 尾检验）。

四、羊草硫氧化还原蛋白基因的克隆

（一）核酸序列的克隆

1. 基因组全长的克隆

PCR 产物克隆过程如图 6.10 所示。为了分离 *ThioLc* 基因组 DNA（cDNA）序列，对已知 4 种禾本科植物的 cDNA 序列进行同源性比较，在基因的两头保守性较强区域，设计了 3 对简并引物，其中以 P3 和 P4 为引物，进行 PCR 反应，扩增得到一条约 2.2 kb 的特异带（图 6.11）。测序后发现，它是一条 2257 bp 的

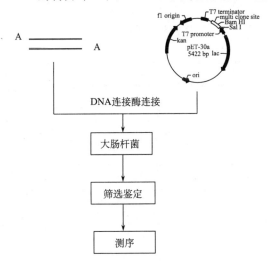

图 6.10　PCR 产物克隆过程。

Fig. 6.10　Cloning progress of PCR products.

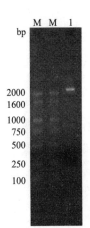

图 6.11　*ThioLc* 基因组 DNA 的 PCR 产物电泳（M，DNA Marker）。

Fig. 6.11　PCR products electrophoresis of *ThioLc* genome DNA sequence（M，DNA marker）.

片段（图 6.12），含有 *Thio* 的保守区段（氨基酸 WCGPC 序列的核酸序列为 TG-GTGTGGGCCATGC），在 1707～1021 bp 区段，可以认为它就是 *Thio* 基因。

```
ORIGIN
        1 cctcttaatt gcccgccagg agatccgcca ggcttatcgt cttcgtctcc tccgacctca
       61 cctccccgt cgccccgcgg tctgggttcc ttggcgccaa aatcctcgct tccgatccca
      121 ggtaaatcct ctttgattac tcgctgatcc ggtcggcttc gatttgtccg atgcggttct
      181 tggccgcaaa ttgtatgcct gcaagattct tcttcatgga ttcttgatcc gcgagggagc
      241 ggagacaact ggatttttgt gtgcgggtgg gtgcgtgtgg gtgctttctt tcccccgagc
      301 tcctaggtta ttatgctttt ttagtttata aaatcaggtt caggttcttg tccggttctt
      361 tttttagata atggaagaat tctggcttct gcatccggag atgcacacac ggctagcgta
      421 gctcattaca actgcaaagc gatgtagccg gtagttcctcg catccagttg ggatggggta
      481 gggagaaaaa tactctcctt cccagtccaa ttgacgacaa ttatctgtta tactgctatt
      541 tccagtatgg agtaatacct tactcaaatt attgttcgtg caacgtctcc atgtttttct
      601 agtgttacag acacagtttc cttctgatag accatgacat gttttactat tgtttaggcc
      661 ttcaggaatc aggggggcctt tttcattcag ctcgtattgt cgattgaagt tcacgatggg
      721 gggctgtgtg ggaaaggtga gttcatgtct gttactgaat ctgtgttttg ttcttgaact
      781 cccaagtaat ttgtatgtaa tctttctgtc ctcttttggt cagggtcgta gcattgtgga
      841 agaaaagctt gatttcaaag gtgggaaatgt gcatgtcata acaaccaaag aggactgggga
      901 ccagaagatt gaagaagcaa acaaggatgg gaaaattgta agcaaactgt tactttgttc
      961 aagggattac agttatcctt tgcttcttat agtgtttgct atgagctact tggtgtttac
     1021 gtctgtcagg ttacaccata tatgaagtgc gcattggtct tagaagtctg tctccacaca
     1081 ctaattccac catgcccctt gttagcctgc aaaataagtc cattcctgca agagaacaca
     1141 ttgatgagag tgtggaaatc aagcagaaat ttctatgaga cgcctaagca gatagtataa
     1201 ccacctgctc caagcagaaa gtcggcacag gaggtgacta gctgttggga gcatagacta
     1261 tagaaatcct ctagtgatta ccttgtttat tttcttagtt gtgcacttga aatcatggac
     1321 aggttaacta aactatttc ccacaaaagc agttttgttc aggggatgtt ttccttagca
     1381 gatggagatt ccctgtaact gtttttcccac tgaaatcctg gaatatacac gggtagttgt
     1441 aatttttgtg atagaacatg gcaaccatac gctttaagcc cagtgtttat gttgaccatt
     1501 ttattttggg ttgagaagtc cagtggcaag atatgcgaac caacaactaa caattcttga
     1561 tgcagtttct ggagttgcat ctgatgtact cattgatttc ttttgtaggt tgtagcaaac
     1621 ttcagtgctt cgtggtgtgg gccatgccgt gtcattgcac ctgtttatgc tgagatgtcc
     1681 aagacttatc ctcagctcat gttcttgaca attgatgttg atgccttaat ggtaattcca
     1741 tcttccattt gtttgaatta tccactacag gataacatga ccctaaaaac tccagttgga
     1801 catctagctc tgtttctata accattacca tgaaaaccct gaatattgac cgctgctttg
     1861 ttaagtcaca taactttcag ccaaacttca aagtatgcag tactgtagct tctcatcttg
     1921 ccatttcctg tttcgaagaa atatgcaaac agataaatat ttgttactgc caattgtatg
     1981 gagtgtgcgg gagtgttttt gtcatcctga tagctccatg aataacatgt ttggtttata
     2041 accctgtgat gcacaacagg ttgttctgat gcttccagtg ttgacccacc ttagtaattc
     2101 tccttacgat gatctgcagg atttcagctc aacatgggac atccgtgcaa ccccaacgtt
     2161 cttcttcctt aaaaacggcc agcagatcga caagctcgtc ggcgccaaca aacctgagct
     2221 cgagaagaaa gtacaagctc ttggcgatgg cagctga
```

图 6.12　*ThioLc* 基因组 DNA 全序列。

Fig. 6.12　Full sequence of *ThioLc* genomic DNA.

2. cDNA 序列的克隆

根据 cDNA 序列设计引物 P7 和 P8，以总 RNA 为模板进行 RT-PCR，以 P7 和 P8 为引物，扩增成熟花粉的总 RNA，获得大约 750 bp 的片段（图 6.13）；插入到克隆载体后命名为 pGEM-Thio1，测序得到 cDNA 全长为 727 bp。根据可读框的搜寻（图 6.14 和图 6.15），确定 ATG 为翻译起始位点，TGA 为翻译终止密码子，编码区长 396 bp，推导其编码 131 个氨基酸（图 6.16）。与 cDNA 序列比较，DNA 序列包括 3 个内含子和 4 个外显子（图 6.17）。羊草花粉 ThioLc 氨基酸疏水性分析如图 6.18 所示。

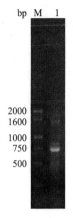

图 6.13 羊草花粉 *ThioLc* 的 RT-PCR 产物电泳
（M，DNA Marker）。

Fig. 6.13 RT-PCR products of *ThioLc* from pollen of *Leymus chinensis*（M，DNA marker）.

Strand	RF	AA Num	Position	Sequence
Plus	2	131	338-733	gaagttcacgATGgggg g...gcagcTGA
Plus	1	58	1-177	...tggagTAAtacct
Plus	2	44	2-136	...ccaatTGAcgaca
Plus	3	22	261-329	agaccatgacATGtttta...tcgatTGAgttc
Plus	3	13	531-572	gcacctgtttATGctgag...gttctTGAcaatt
Plus	1	12	610-648	tcagctcaacATGggaca...ttcctTAAaacg
Plus	1	9	508-537	ggtgtgggccATGccgtg...tatgcTGAatgt
Minus	2	151	215-670	aacaggtgcaATGacacg...ggaggTGAggtcg
Minus	2	58	2-178	...tgagcTGAggata
Minus	1	42	1-129	...catgtTGAgctga
Minus	1	34	325-429	ttgttatgacATGcacat...ctgaaTGAaaaag
Minus	3	28	3-89	...gttttTAAggaag
Minus	3	23	477-548	aaaacatgtcATGgtcta...taattTGAgtaag
Minus	1	11	472-507	atagtaaaacATGtcatg...gtctgTAAcacta

图 6.14 羊草花粉 *ThioLc* cDNA 序列的可读框分析。

Fig. 6.14 Open reading frame analysis of *ThioLc* from pollen of *Leymus chinensis*.

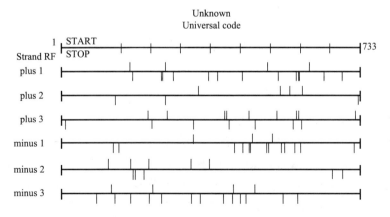

图 6.15 图示羊草花粉 *ThioLc* cDNA 序列的可读框分析。

Fig. 6.15 Plot of open reading frame analysis of *ThioLc* from pollen of *Leymus chinensis*.

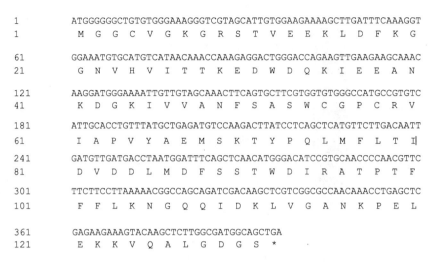

```
1    ATGGGGGGCTGTGTGGGAAAGGGTCGTAGCATTGTGGAAGAAAAGCTTGATTTCAAAGGT
1    M  G  G  C  V  G  K  G  R  S  I  V  E  E  K  L  D  F  K  G

61   GGAAATGTGCATGTCATAACAAACCAAAGAGGACTGGGACCAGAAGTTGAAGAAGCAAAC
21   G  N  V  H  V  I  T  T  K  E  D  W  D  Q  K  I  E  E  A  N

121  AAGGATGGGAAAATTGTTGTAGCAAACTTCAGTGCTTCGTGGTGTGGGCCATGCCGTGTC
41   K  D  G  K  I  V  V  A  N  F  S  A  S  W  C  G  P  C  R  V

181  ATTGCACCTGTTTATGCTGAGATGTCCAAGACTTATCCTCAGCTCATGTTCTTGACAATT
61   I  A  P  V  Y  A  E  M  S  K  T  Y  P  Q  L  M  F  L  T  I

241  GATGTTGATGACCTAATGGATTTCAGCTCAACATGGGACATCCGTGCAACCCCAACGTTC
81   D  V  D  D  L  M  D  F  S  S  T  W  D  I  R  A  T  P  T  F

301  TTCTTCCTTAAAAACGGCCAGCAGATCGACAAGCTCGTCGGCGCCAACAAACCTGAGCTC
101  F  F  L  K  N  G  Q  Q  I  D  K  L  V  G  A  N  K  P  E  L

361  GAGAAGAAAGTACAAGCTCTTGGCGATGGCAGCTGA
121  E  K  K  V  Q  A  L  G  D  G  S  *
```

图 6.16 羊草花粉 *ThioLc* cDNA 序列及其推导的氨基酸序列。

Fig. 6.16 cDNA sequence and its deduced amino acid sequence of *ThioLc* from pollen of *Leymus chinensis*.

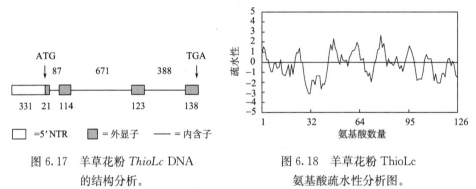

图 6.17 羊草花粉 *ThioLc* DNA
的结构分析。

Fig. 6.17 DNA sequence analysis of *ThioLc* from pollen of *Leymus chinensis*.

图 6.18 羊草花粉 *ThioLc*
氨基酸疏水性分析图。

Fig. 6.18 Plot of hydrophobic amino acids analysis of ThioLc from pollen of *Leymus chinensis*.

（二）羊草花粉 *ThioLc* 的序列同源性分析

1. 与其他禾草的比较

ThioLc 的 cDNA 序列与来自 *P. coerulescens*、*L. perenne*、*H. bulbosum* 和 *S. cereale* 的硫氧还蛋白的 mRNA 序列相比，分别有 53.5%、54.4%、55.6%和 56.4%的核苷酸同源性。但是，3′端的编码区表现出高保守性，分别为 94.2%、92.7%、94.4%和 98.0%。高度变异发生在 5′端，这一部分分别只有 31.1%、33.3%、33.8%和 33.7%的一致性（图 6.19，图 6.20）。

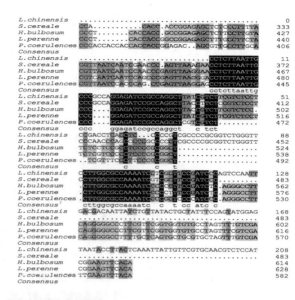

图 6.19 羊草花粉 *ThioLc* 与其他禾草 *Thio* cDNA 序列 5′ 端的同源性比较。

Fig. 6.19 Homologous comparison of 5′ end of cDNA sequences between *ThioLc* from *Leymus chinensis* and *Thio* from other Poaceae.

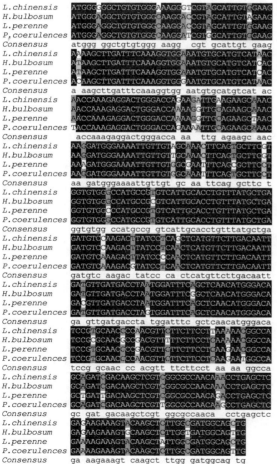

图 6.20 羊草花粉 *ThioLc* 与其他禾草 *Thio* cDNA 序列编码区的同源性比较。

Fig. 6.20 Homologous comparison of the coding region between *ThioLc* from *Leymus chinensis* pollen and *Thio* from other Poaceae.

2. 与其他不同来源植物 *Thio h* 的比较

与来自小麦、油菜和水稻的 *Thio h* 相比，*ThioLc* 在 cDNA 序列上，表现出 30.86%、28.99% 和 31.99% 的一致性，在编码区则是 53.1%、50.5% 和 50.7% 的一致性（图 6.21）。羊草花粉 *ThioLc* 与其他植物在不同组织和器官表达的 *Thio* 氨基酸序列同源性比较见图 6.22 和表 6.13。

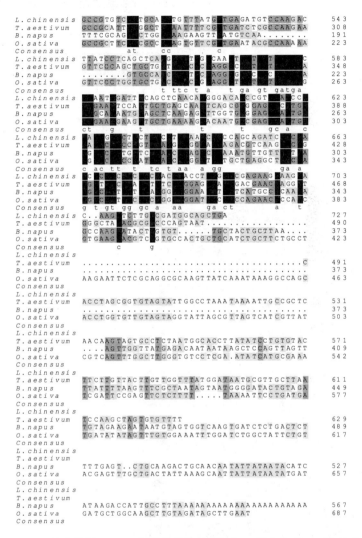

图 6.21　羊草花粉 *ThioLc* 与其他植物不同组织、器官的 *Thio* cDNA 序列同源性比较。

Fig. 6.21　Homologous comparison of cDNA sequences between *ThioLc* from *Leymus chinensis* pollen and *Thio* from different tissues and organs of other plant species.

```
L.chinensis  MGGCVGKGRSIVEEKLDFKGGNVHVITTKEDWDQKIEPANKDGKIVVANFSASWCGPCRV    60
B.napus      ..............MAAEPGQVIGCHEIDWAVQLDTAKQSNKLIVIIFHASWCGPCRM    45
O.sativa     ..............MAAEPGVIACHNKDEFDAQMTKAKEAGKIVIIDFTASWCGPCRF    45
T.aestivum   .....MAASAATATAAAVGACEVISVHSLEQWTMQIEPANAAKKLVVIDFTASWCGPCRI    55
Consensus              g v              a    k       f aswc pcr

L.chinensis  VAPVYAEMSKIYPQLMFLTIDVDDLMDFSSTWDIRATPTFFFLKNGQQIDKIVGANKFEL   120
B.napus      VAPVFADLAKKFMSSAIFFKVDVDELQNVAQEFGVFAMPTFVLIKDGNVVDKVVGARKED   105
O.sativa     VAPVFAEYAKKFPGAVFL.KVDVDELKEVAEKYNVFAMPTFLFIKDGAEADKVVGARKED   104
T.aestivum   VAPIFADLAKKFPAAVFLKVDVDELKSIAEQFSVEAMPTFLFMKEGDVKDRVVGAIKFEL   115
Consensus        ap a   k                           v

L.chinensis  EKKVQALGDGS                                                   131
B.napus      LHATIAKHTGVATA                                                119
O.sativa     LQNTIVKHVCATAASASA                                            122
T.aestivum   TNK.....VGLHAAQ                                               125
Consensus                g
```

图 6.22 羊草花粉 *ThioLc* 与其他植物不同组织、器官表达的 *Thio* 氨基酸序列同源性比较。

Fig. 6.22 Homologous comparison of amino acid sequences between *ThioLc* from *Leymus chinensis* pollen and *Thio* from different tissues and organs of other plant species.

表 6.13 羊草花粉 ThioLc 氨基酸序列与其他植物在不同组织和器官表达的 *Thio* 同源性比较

Table 6.13 Homologous comparison between amino acid sequences of *ThioLc* from pollen of *Leymus chinensis* and *Thio* from different tissues and organs of other plant species

植物物种	羁草(花粉)	水稻(韧皮部)	小麦(种子)	拟南芥	黑云杉	烟草
编码区核苷酸数目	396	369	378	345	378	816
氨基酸数目	131	122	125	114	125	271
蛋白质同源性	94%	43%	46%	46%	49%	不显著

3. Southern 杂交

ThioLc 的拷贝数目通过 Southern 杂交确定，羊草基因组 DNA 用 4 种限制性内切核酸酶 *Eco*R I、*Hind* III、*Nde* I 和 *Sma* I 酶切，探针中没有酶切位点，在严谨条件下，每一条道中有一条强杂交信号（图 6.23），这表明在羊草基因组中只有单拷贝的 *ThioLc* 基因。

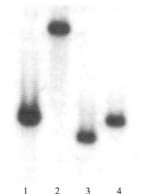

图 6.23 羊草硫氧还蛋白基因（*ThioLc*）Southern blot 分析（1～4 道分别被限制酶 *Eco*RI、*Hind*III、*Nde*I 和 *Sma*I 酶切，[32]P-标记 *ThioLc* cDNA 探针）。

Fig. 6.23 Southern blot analysis of Thioredoxin (*ThioLc*) from *Leymus chinensis* (1～4 lanes, *Eco*RI, *Hind*III, *Nde*I and *Sma*I enzyme digestion, ^{32}P-labeled *ThioLc* cDNA probe).

4. Northern 杂交

Northern 杂交显示基因 *ThioLc* 的表达模式，如图 6.24 所示。放射自显影显示，基因只在成熟雌蕊和花药中表达，在叶、茎、根和幼嫩的雌蕊中没有表达，在未成熟花药和成熟雌蕊中轻微表达，在成熟花药中大量表达。

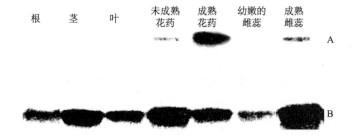

图 6.24　羊草硫氧还蛋白基因（*ThioLc*）在不同组织中的表达。A. 不同组织表达特性；B. 18S rRNA 对照。

Fig. 6. 24　Expression of Thioredoxin（*ThioLc*）in different tissues of *Leymus chinensis*. A. expression characteristics in different tissues；B. 18S rRNA control.

第三节　研究结论与讨论

一、自交不亲和性特征的鉴定

本章研究了作为东亚草原优势种的羊草在不同传粉条件下的结实率和花粉柱头亲和性特征。在所研究的 6 个代表居群中，自花传粉结实率低，开放传粉结实率显著增高（表 6.2）。自交传粉条件下的亲和花粉数显著低于开放传粉。由于具有一定量的自然传粉结实率，表明至少有相同数目的雌蕊发育是正常的，羊草自交结实率明显低于异交结实率并不是由雌蕊发育不正常引起的。因此，羊草自交结实率远低于异交结实率，可能是因为自身花粉在与雌配子融合及以后的发育过程中出现了障碍。也就是说，羊草是一种异花传粉植物，这种生殖方式与其他多种多年生禾草类似（Poehlman，1979）。

我们的实验支持羊草是一种自交不亲和性植物这一假说，我们认为自交不亲和性是羊草结实率低的主要原因。本实验供试羊草的花粉大多为正常和有活力的花粉；胚囊败育或发育不良可能影响结实性，但这不可能是自交结实率远低于异交结实率的主要原因。有文献报道，羊草花粉萌发率很低，平均仅为 6.4%，推测绝大多数不萌发的花粉可能来自同株的不同小花（马鹤林和程渡，1992）。另有报道，羊草小孢子减数分裂的各个阶段存在不同程度的异常行为，它们对花粉活性有较大影响，但这种异常行为对羊草的结实性没有明显影响（潘国富和孙振雷，1986）。我们认为，羊草的雌、雄配子体发育基本正常，羊草自交结实率过低主要是由遗传因素引起的，即由基因引起的花粉与雌蕊不亲和性反应产生的。羊草是一种自交不亲和或至少是异花传粉占优势的禾本科牧草。羊草结实率低的原因可能包括两个方面：一是羊草本身为自交不亲和性植物；二是羊草在大田中受到各种环境因素影响，从而干扰了其传粉受精（马鹤林和王凤刚，1984；王梦龙，1998）。

本研究发现，羊草开放传粉结实率与杂交情况下的花粉亲和率呈正相关。在不同居群中，自交和开放传粉的结实率没有相关性（$P > 0.05$）。自交时亲和花粉百分率没有显著差异，但自交结实率具有显著性差异（$P < 0.01$）。这些结果显示，花粉柱头亲和性可能是影响开放授粉结实的因素之一，花粉管延伸、合子形成、合子活力、胚及胚乳败育等可能也是影响因素，特别是在自花传粉的情况下（Falcinelli，1999）。

羊草自身花粉大多在柱头表面萌发后不久即受到抑制，这类似于大麦（*Hordeum bulbosum*）（$2n = 14$），但是不同于 *Gaudinia fragilis*（$2n = 14$）（Heslop-Harrison，1982），这两种禾草都具有自交不亲和性特征。二倍体黑麦草是自交不亲和性植物，由染色体加倍形成的同源四倍体黑麦草也具有自交不亲和性。Fearon 等（1984a，1984b）获得了多种来源的同源四倍体黑麦草，这些材料在杂交时，4 对等位位点只要 1 对 *S-Z* 匹配，就将导致自交不亲和性。Teng 等（2005，2006）认为，雌蕊发育不良和雌蕊不能获得花粉是羊草低结实率的主要原因。他们的研究表明，羊草的胚囊发育属于蓼型，在雌蕊发育过程中，几乎半数雌蕊和 8.6% 的大孢子发育异常；开花期，47% 的雌蕊发育异常；开花后 24 h，许多花粉粒在正常雌蕊柱头上萌发。高百分率的异常雌蕊和低效获得花粉的能力，可能是结实率低的主要原因。在自然条件下居群内的基因型具有一定的一致性，因此我们建议，自交不亲和性是结实率低的首要原因，同一居群内相同的基因型会导致低的结实率，这样可以解释开放传粉比自交传粉有较高结实率的现象。当前研究不排除雌蕊发育不良可能也是结实率低的原因之一。

二、羊草自交不亲和性遗传控制机制

（1）根据结实率分析，我们能够鉴定出杂交植株是否属于同一基因型，但不能鉴定其遗传控制机制。自交结实率极低，杂交结实率普遍较高。对于结实率极低的杂交组合，可以认为它们属于同一基因型。由于各植株同属杂交产生的同一姊妹系，配子型遗传控制的结果应该表现为正反交的结实率一致，但是结果显示它们并没有规律性。

（2）花粉柱头亲和性结果显示，羊草是配子体自交不亲和性植物。自交组合的花粉柱头亲和率极低，多数杂交组合的结实率不一致，为 47.5%～96% 不等。

另外，从表 6.6 和表 6.7 可以看出，正反交的花粉柱头亲和率基本一致，这说明羊草具有配子体自交不亲和性的遗传控制机制。从实验结果能够推测哪些植株属于同一基因型（自交结实率和花粉亲和性均极低），但是杂交结实率、亲和性结果并没有一致性，造成这一结果的原因可能在于所用的实验材料杂合性较大，此外还有实验环境的影响。

（3）根据花粉柱头亲和性反应只能判定其不是单位点，不能判断其控制位点的多少。由于花粉柱头的亲和性为 0～100%，尤其在 50%～100% 为随机分布，所以可以判定羊草的自交不亲和性不是由单位点控制的。如果按 Weimark（1968）的方法，将花粉柱头组合进行分类（表 6.6 和表 6.7），可以得出与前人结果相似的结论，即花粉柱头的亲和百分率大体分为 0、50%、75% 和 100% 这 4 种情况，这符合双位点控制的遗传机制。

Larson（1977）在分析甜菜遗传特征时指出，实验前提、材料和方法的选择会直接影响结论。表 6.7 中花粉亲和性的划分是按照双位点控制机制进行的，实际上，表 6.6 中的原始数据具有很大的变异。单从数据上看，得出百分率是 0、50%、75% 和 100% 这 4 种情况的结论的数据分布并不是十分明显。它们也可以粗略地分为 0、50%、75%、87.5% 和 100% 这 5 种情况，而这是三位点控制的结论。当然，这些假设都是以在羊草这种异源四倍体的物种中，由一组染色体控制自交不亲和为前提的，这种情况在其他植物也是存在的。如果考虑到羊草在两组染色体上都有 SI 控制位点，那么结论将更加复杂。

就我们的实验结果而言，双位点控制是一个恰当的解释。例如，在 9 株植物中，有 4 株植株可以认为是两两属于同一基因型。在双位点控制条件下，姊妹系中出现同一基因型的可能性是 1/16；在三位点控制条件下，这种可能性只有 1/64。因此，双位点控制的结论可能性显著大于三位点控制的结论。当然，在本实验中，9 株植物出现了 2 个同一基因型的状况，出现的概率是较大的。

羊草是异源四倍体，如果羊草的自交不亲和性是由双位点控制，那么羊草的自交不亲和性是由一对基因控制，这一对基因来源于哪对染色体还有待进一步研究。

（4）为了研究藕草的遗传控制模式，Haymay（1956）最早建立了花粉柱头亲和性反应技术，以区分亲和花粉和不亲和花粉，并利用花粉柱头亲和性反应鉴定其双位点。人们可以利用这种方法有效鉴定一种禾草是否具有自交不亲和性（Weimarck，1968）。在黑麦草研究中，Hayward 和 Wright（1971）提出单位点或者是双位点的不确切结论。Spoor（1976）运用同样的方法提出了不同的结论，即黑麦草三位点控制机制。虽然目前公认黑麦草是双位点控制，但遗憾的是这些资料都没有原始数据，很难说他们的花粉亲和性划分标准与 Weimark 的相同。

（5）Weimarck（1968）通过对 14 种禾草的花粉柱头亲和性的研究发现，通过花粉柱头亲和性的研究，研究了 14 种禾草，其中 9 种具有自交不亲和性，是双位点配子体型（并不严格），随后又有许多禾草的自交亲和型得到鉴定。要解决羊草遗传机制的问题，我们认为应该做到：①选择合适的实验材料，尤其是多代自交材料；②扩大双列杂交的植株数目；③更加严格的实验条件，尤其是室内条件。在判定亲和反应时，要排除外来因素的干扰，如植株栽培条件、花粉柱头取材的一致性、实验时期温度和湿度变化、染料的一致性等，这些都会影响亲和反应的推测。

三、羊草居群内结实率

植物的潜在种子生产能力（PSY）取决于开花期间单位面积的胚珠数目，它代表植物最大的种子生产能力。对禾本科牧草而言，这个数值很高，但是实际种子产量（RSP）占 PSY 的百分率比较低（韩建国，1997）。研究表明，在不同来源的基因型中，形态性状和 AFLP 分子标记均存在丰富的遗传变异（Xu et al.，2006；Liu et al.，2007；Lei et al.，2007），这种变异为育种选择提供了重要基础。在羊草中，通过自交、植株间互交和开放传粉实验，我们确认了 14 株植物结实能力和部分株系间的亲和性。自交和开放授粉的方差分析表明，株间结实差异大于组内重复之间的差异。随机互交实验表明，杂交组合间的结实差异大于组合内部重复的差异。这说明羊草植株的结实受到自身生理、遗传特性的影响，这种影响可能出现在从传粉、花粉管萌发、花粉管生长受精到合子发育和种子形成的全过程。自交、杂交和开放传粉之间具有一定的相关性，说明结实受其自身生理、遗传特性的影响是稳定的。

（1）结实率的实验再次证明羊草居群 5 具有较强的自交不亲和性，就平均结实率而言，开放传粉大于杂交结实率，自交结实率最少。

（2）关于自交：这组植株不仅具有显著的自交不亲和性倾向，而且在组内的结实率具有显著差异。在许多自交不亲和的牧草（如黑麦），存在着不同程度的假亲和现象（Lundqvist，1954），即套袋自交时也能产生相当数量的种子。导致假亲和的因素很多，情况比较复杂。例如，假亲和现象可能是由自交不亲和基因引起的，也可能由修饰基因引起，或者由植株的不同生理状态造成（Lundqvist，1954）。有时很难分清假亲和与真正亲和现象。迄今为止，尚未发现羊草具有假亲和现象。由于羊草有不同的自交结实能力，这些差异是可遗传的，自交结实能力能够通过选择得到加强。通过自交实验，筛选、培育和驯化自交不亲和的株系可以克服它对结实的负面作用。类似的研究在黑麦草中开始最早，研究最多，并且获得了多个适于生产应用的品种（Yamada，2001）。在将来利用羊草杂种优势时，应当选择和鉴定出类似居群 5 的种质，通过多代自交，培育稳定的自交结实率低、无性繁殖能力强的"自交系"。用遗传上来源差异的"自交系"有可能培育出类似玉米的真正的羊草杂交种。

（3）在禾本科植物中，人们很早就注意到杂交组合间结实率的差异和互交植株间的结实差异。同样，在羊草所有互交授粉组合中，不同植株作为母本，在结实率上具有显著差异，也有组合之间的差异。选择的羊草植株两两配对授粉，在有些情况下，两者结实都较少，更多的情况是一株比另一株显著得多。在有些交配类型中，两株都可以产生多个种子，能够进行下一步试验。对于本居群的驯化，如果进行混合选择，可多选择杂交结实率高的组合；同时，对于杂交结实率较高的株系，可以结合自交结实，以后可以用于选择自交不亲和系进行杂交育种。

四、羊草硫氧化还原蛋白基因

在本研究中，通过 PCR 克隆到一条 2257 bp 的 *Thio h* 基因组序列和 727 bp 的 cDNA 序列。它们与其他自交不亲和禾草花粉来源的 *Thio h* 序列相比，相似性比较高；但是与其他植物来源于不同组织的 *Thio h* 序列相比，相似性较低，这表明它们是同一类的 *Thio h*。*ThioLc* 属于同一亚类的硫氧还蛋白，具有这类蛋白质的植物目前发现都属于具有自交不亲和性的禾草。

几种自交不亲和禾草花粉的 *Thio h* 编码区的核苷酸序列和蛋白质序列表现出较高的同源性，但是它们 cDNA 的 5′端具有较大的变异性，它在种的特异性上有何意义还有待进一步研究。

在植物中存在复杂的 Thio h 蛋白家族。来源于不同植物的 Thio h 不仅具有不同的生理功能，而且具有较大差异的序列。例如，甘蓝（*Brassica oleracea*）（Seung *et al.*，2001）、拟南芥（*Arabidopsis thaliana*）（Rivera-Madrid *et al.*，1995）和烟草（Brugidou *et al.*，1993）的 *Thio h* 序列差异明显。有时亲缘关系较远的物种之间的序列同源性高于亲缘关系近的物种。例如，水稻（Ishiwatari *et al.*，1995）和小麦（Gautier *et al.*，1998）的 Thio h 序列同源性低于它们和拟南芥的序列同源性。这说明在植物进化过程中，Thio h 很早就产生分化，并在以后的进化中具有高度的保守性。

在严谨条件下的 Southern 分析显示，羊草基因组具有单一拷贝的 *ThioLc*。羊草是异源四倍体植物，染色体组型（chromosome karyotype）为 $N_sN_sX_mX_m$（Duan and Fan，1984）。赖草属的其中一组来源于新麦草属（*Psathyrostachys*）的基因组（N_s）（Zhang and Dvorak，1991；Wang and Jenson，1994；Wang *et al.*，1994；Anamthawat-Jónsson and Bödvarsdóttir，2001），赖草属另外一组染色体（X_m）的来源还没有一个一致的意见（Wang and Jensen，1994；Wang *et al.*，1994；Sun *et al.*，1995），而 *ThioLc* 来源于哪一个基因组还有待研究。

ThioLc 基因具有显著的组织表达特异性，它只在生殖器官组织中大量表达，在其他不同组织中的表达丰度有显著区别。在小麦成熟种子中有两种 *Thio h*，它们在盾片和糊粉层中的时空表达模式不同，*Thio h* 的这一特征也许与它们功能的专一性有关。

基因 *ThioLc* 在花粉粒的单核期低表达，在三核期高表达。在三核期 *ThioLc* 的高转录表明此时它具有较高的生理活性，在花粉发育后期起着重要的生理作用。根据 Mascarenhas（1990）分类，*ThioLc* 属于后期花粉特异性蛋白。据报道，绝大多数的花粉后期表达的基因，其产物是参与花粉壁中层（middle lamella region）降解的酶类，以利于花粉的萌发和花粉管的伸长（Kandasamy *et al*.，1999）。确定 Thio h 化学作用途径及其在花粉中的定位有重要意义。采用 Yano 等（2001）的方法，进一步研究其底物和作用蛋白，将有利于阐明其作用途径。

禾本科植物自交不亲和性研究是植物生殖研究的热点，尤其是对控制自交不亲和性状基因的研究。目前仍然没有获得能直接控制禾本科植物自交不亲和的 S-或 Z-基因。最近，Kakeda（2009）在球茎大麦花药中克隆了一个与 S 位点连锁的 *F-box* 基因。二倍体球茎大麦也是一种自交不亲和物种。他们克隆的两个 *F-box* 基因与 S 位点连锁遗传，命名为 *HSLF1* 和 *HSLF2*。测序结果表明这两个基因编码类似 F-box 蛋白，这类蛋白质在 C 端有个亮氨酸富集序列（leucine-rich repeat，LRR），它们在花粉中表达，参与 S-RNase 类的自交不亲和控制。但是这两个具有 F-box 序列的基因不同，没有直接证据表明其参与了自交不亲和。同时他们还证明，*HSLF1* 的一个等位基因 *HSLF1-S* 在成熟花药中表达，而 *HSLF2* 具有 3 个等位基因。

第四节　小结与展望

一、研　究　结　论

（1）本研究首次通过实验证实羊草具有自交不亲和性特征。在自然环境中羊草开放传粉结实率远大于其自交结实率；成熟花药中绝大多数的花粉具有活性；在雌蕊和雄蕊发育的时间及空间上，羊草适于异花和自体传粉。花粉柱头亲和性实验表明，大多数杂交花粉是亲和的，大多数自交花粉萌发后产生的花粉管刚一进入柱头就停止延伸。这些结果表明，羊草是一个具有显著自交不亲和性的物种。这一结论为将来深入研究羊草的生殖特征奠定了基础。

（2）我们的研究表明羊草自交不亲和性具有配子体型的遗传特点。以不同居群羊草杂交后的姊妹系作为实验材料，观察到杂交组合的亲和率具有连续性变异和变幅较宽的特点，且正反交结果具有一定的一致性，表现出配子体型的遗传特性。这些结果为羊草 SI 控制位点的进一步研究奠定了基础。

（3）羊草居群内结实率存在一定变异，株间变异达到统计上的显著差异。羊草自交、杂交和开放传粉之间具有一定的相关性，显示羊草的株间差异与株系本身的生理特性相关。

（4）本研究克隆了羊草硫氧化还原蛋白 H 基因（*ThioLc*），并对其功能进行了分析。序列分析结果显示，DNA 全长为 2257 bp，Southern 杂交显示 *ThioLc* 在羊草基因组中是单拷贝；Northern 杂交表明分离的羊草硫氧化还原蛋白 H 基因具有花粉特异表达的特点。通过 *ThioLc* 染色体定位可能有助于了解 *ThioLc* 的来源和 *Thio h* 在植物中的进化。

二、研究展望

（1）在大面积栽培的牧草中，很多物种的结实率都较低，这种特性给生产造成很大困难。我们的研究证明，羊草是典型的自交不亲和性物种，为了获得种子，必须进行异花授粉，即用不同的基因型相互授粉。但是随之而来的问题是，为了获得更高的结实率，如何进行品系或野生居群的组合？是否有必要在栽培过程中设置授粉品系（授粉行）？如何进行品系搭配？要解决这些问题，一方面要在实践中进行试验、总结；另一方面，要在羊草自交不亲和机制研究方面进行进一步探讨。

（2）羊草自交不亲和性具有配子体型遗传特点。目前蔷薇科植物的类似研究和应用较为深入，蔷薇科中多数种具有典型的配子体型自交不亲和性特征，在遗传上由具有复等位基因的 S 位点控制。因此，控制自交不亲和性的基因也叫 S 基因，其蛋白质产物属糖蛋白，具有 RNase 活性，该基因也被称为 S-RNase 基因。羊草的配子体型自交不亲和性的控制机制问题是值得深入研究的重要科学问题。羊草是否也是由一组复等位基因控制？控制基因的化学机制和分子机制是什么？对于这些问题，我们可以利用现有的研究材料和基因组研究的基础，通过构建作图群体、精细定位或通过基因共线性等多种方法进行关键基因的克隆，以阐明禾本科牧草自交不亲和性的分子机制。

（3）作为牧草，羊草具有适应性广、营养价值高和适口性好等特点，在农牧交错带和牧区的畜牧业发展中供不应求，出口日、韩的潜力很大，在我国东北和华北的栽培面积正在增加。生产上的大量需求，要求我们能够提供大量优质的羊草种子。

研究表明，羊草结实不仅在居群间，而且在居群内都存在一定变异，说明羊草结实率性状具有遗传多态性，这为今后的育种工作提供了较大的选择性。为了获得生产上具有实际应用价值的羊草新品种，需要进一步积累羊草不同来源的材料中所包含的基因多态性，认识羊草自交不亲和性的遗传控制机理。在此基础上，设计羊草杂种优势利用策略。选育无性繁殖快、自交不亲和性强的自交系，把这些自交系进行互相杂交，对结实率和种子产量进行评价，并进一步把种子产量高的杂交种进行对比实验，选择营养体产量高、营养品质优及抗逆性强的杂交组合。

（4）植物的 Thio 种类是动物的 4～5 倍，但植物的 Thio 的遗传和生化研究十分缺乏。在当前羊草花粉特异表达的 *ThioLc* 基因研究基础上，还需要深入开展以下研究工作：①确定羊草 *ThioLc* 基因功能，在建立羊草转化体系的基础上，通过转基因研究（包括正义和反义、RNAi、超表达等）进一步确定其生物学功能；②确定羊草 ThioLc 蛋白的作用途径，通过查明 ThioLc 目标蛋白（靶向、下游蛋白），可以寻找花粉 Thio h 影响 SI 的作用途径；③查明 ThioLc 蛋白的化学变化对生物性状的影响，ThioLc 蛋白是否与其他 Thio 蛋白类似，通过磷酸化进而影响信号转导和植物表型，也是值得研究的问题；④查明对 ThioLc 蛋白的亚细胞定位和基因的染色体定位的研究将有利于深入理解 ThioLc 的功能和 *Thio h* 基因在植物中的进化；⑤对 *ThioLc* 基因启动子序列的克隆和分析，将有利于了解 ThioLc 怎样影响羊草生物性状的调控机制；⑥研究外界条件对 *ThioLc* 基因表达的影响，激素、温度和不同化学试剂可以影响植物的自交育性，这些能否影响 *ThioLc* 的表达模式也值得研究。

参 考 文 献

杜建材，王照兰，于林清，等. 1998. 用远缘杂交方法改良羊草结实性的研究. 中国草原，(4)：5-8.

韩建国. 1997. 实用牧草种子学. 北京：中国农业大学出版社.

李晓宇，穆春生，王颖，等. 2009. 不同外源激素对羊草有性生殖数量性状调控作用的研究. 中国草地学报，31 (1)：17-22.

刘公社，李岩，刘凡，等. 1995. 高温对大白菜小孢子的影响. 植物学报，37 (2)：140-146.

刘公社，刘杰，齐冬梅. 2003. 羊草有性繁殖相关性状的变异和相关分析. 草业学报，12 (3)：20-24.

马鹤林，程渡. 1992. "农牧一号"羊草生物学特性及主要经济性状表现. 中国草地，(2)：1-5.

马鹤林，王凤刚. 1984. 羊草结实性及结实率低的原因. 中国草原，(3)：15-20.

潘国富，孙振雷. 1986. 羊草 PMC 减数分裂、花粉育性及结实性的研究. 中国草原，(3)：7-14.

王俊锋，高嵩，王东升，等. 2007. 施肥对羊草叶面积与穗部数量性状关系的影响. 吉林师范大学学报（自然科学版），1：34-38.

王俊锋，穆春生，张继涛，等. 2008. 施肥对羊草有性生殖影响的研究. 草业学报，17 (3)：53-58.

王克平. 1998. 羊草物种分化的研究. I. 野生种群的考察. 中国草原，2：32-36.

王克平，罗璇. 1988. 羊草物种分化的研究. V. 羊草的四种生态型. 中国草地，2：51-52.

王梦龙. 1998. 羊草结实特性的研究. 中国草地，(1)：18-20.

杨允菲，杨利民，张保田，等. 2000. 东北草原羊草种群结实特性与气候变化的关系. 植物学报，42：294-299.

张颖，侯建华，张志，等. 2006. 羊草与灰色赖草 F1 代细胞悬浮系的建立及植株再生. 西北植物学报，26：937-941.

Anamthawat-Jónsson K，Bödvarsdóttir S. 2001. Genomic and genetic relationships among species of *Leymus* (Poaceae：Triticeae) inferred from 18S - 26S ribosomal genes. Amer J Bot，88：553-559.

Arnér E S J，Holmgren A. 2000. Physiological functions of thioredoxin and thioredoxin reductase. Eur J

Biochem, 267: 6102-6109.

Bai W, Sun X, Wang Z, et al. 2009. Nitrogen addition and rhizome severing modify clonal growth and reproductive modes of Leymus chinensis population. Plant Ecol, 205: 13-21.

Balachandran S, Xiang Y, Schobert C, et al. 1997. Phloem sap proteins from Curcurbita maxima and Ricinus communis have the capacity to traffic cell to cell through plasmadesmata. Proc Natl Acad Sci USA, 1994: 14150-14155.

Baumann U, Juttner J, Bian X, et al. 2000. Self-incompatibility in the grasses. Ann Bot, 85 (supplement A): 203-209.

Baumann U, Juttner J. 2002. Plant thioredoxin: the multiplicity conundrum. Cell Mol Life Sci, 59: 1042-1057.

Besse I, Buchanan B B. 1997. Thioredoxin-linked plant and animal process: the new generation. Bot Bull Acad Sin (Taipei), 38: 1-11.

Bower M S, Matias D D, Fernandes-Carvalho E, et al. 1996. Two members of the thioredoxin-h family interact with the kinase domain of a Brassica S locus receptor kinase. Plant Cell, 8: 1641-1650.

Brugidou C, Marty I, Chatier Y, et al. 1993. The Nicotiana tabacum encodes two cytoplasmic genes, which are differently expressed. Mol Genet Genomics, 238: 285-293.

Cabrillac D, Cock J M, Dumas C, et al. 2001. The S-locus receptor kinase is inhibited by thioredoxins and activated by pollen coat proteins. Nature, 410: 220-223.

Chae H Z, Robison K, Poole L B, et al. 1994. Cloning and sequencing of a thiol-specific antioxidant from mammalian brain: alkyl hydroperoxide reductase and thiol-specific antioxidant define a large family of antioxidant enzymes. Proc Natl Acad Sci USA, 91: 7017-7021.

Conner J A, Conner P, Nasrallah M E, et al. 1998. Comparative mapping of the Brassica S locus region and its homeolog in Arabidopsis: implications for the evolution of mating system in the Brassicaceae. Plant Cell, 10: 801-812.

Connor H E. 1979. Breeding systems in the grasses: a survey. N Z J Bot, 17: 547-574.

Cornish M A, Hayward M D, Lawerence M J. 1979. Self incompatibility in rye grass. I. Genetic countrol in diploid Lolium perenne L. Heredity, 43: 95-106.

Cornish M A, Hayward M D, Lawerence M J. 1980. Self incompatibility in rye grass. II. Seed set in diploid Lolium perenne L. Heredity, 44: 333-340.

Duan X G, Fan J L. 1984. Studies on the chromosome karyotype of Chinese Leymus. Grassl China, 1: 63-65.

England F E. 1974. The use of incompatibility for the production F₁ hybrid in forage grass. Heredity, 34: 183-188.

Falcinelli M. 1999. Temperate forage seed production: Conventional and Potential Breeding Strategies. J New Seeds, 1: 37-66.

Fearon C H, Hayward M D, Lawerence M J. 1984a. Self incompatibility in rye grass. VII. The determination of incompatibility genotypes in autotetraploid families of Lolium perenne L. Heredity, 53 (2): 403-413.

Fearon C H, Hayward M D, Lawerence M J. 1984b. Self incompatibility in rye grass. VIII. The mode of action of S and Z alleles in the pollen of autotetraploids Lolium perenne L. Heredity, 53 (2): 415-422.

Gautier M F, Lullien-Pellerin V, Lamotte-Guery F, et al. 1998. Characterization of wheat thioredoxin h cDNA and production of active Triticum aestivum protein in Escherichia coli. Eur J Biochem, 252: 314-324.

Hayman D L. 1956. The genetic control of incompatibility in *Phalaris coerulescens* Desf. Aust J Biol Sci, 9: 321-331.

Hayman D L. 1992. The S-Z incompatibility system. *In*: Chapman G P. Grass Evolution and Domestication. Cambridge: Cambridge University Press: 117-137.

Hayward M D, Wright A J. 1971. The genetic control of incompatibility in *Lolium perenne* L. Genetica, 42: 414-421.

Heslop-harrison J, Heslop-harrison Y. 1970. Evaluation of pollen viability by enzymatically-induced fluorescence: Intracellular hydrolysis of fluorescein diacetate. Stain Technol, 45: 115-120.

Heslop-Harrison J. 1982. Pollen-stigma interaction and cross-incompatibility in the grasses. Science, 215: 1358-1364.

Hirota K, Murata M, Sachi Y, *et al*. 1999. Distinct roles of thioredoxin in the cytoplasm and in the nucleus- a two step mechanism of redox regulation of transcript factor NF-kappa B. J Biol Chem, 274: 27891-27897.

Hiscock S J, Mclnnis S M. 2003. The diversity of self-incompatibility systems in flowering plants. Plant Biol, 5: 23-32.

Holmgren A. 1989. Thioredoxin and glutaredoxin systems. J Biol Chem, 264: 13963-13966.

Häberlein I, Wolf M, Mohr L, *et al*. 1995. Differentiation of six distinct thioredoxins in seeds of the soybean. J Chromatogr, 146: 385-392.

Häberlein I. 1991. Separation of the complete thioredoxin pattern of soybean leaves (*Glycine max*) by high-performance anion exchange chromatography on mono Q. J Chromatogr, 587: 109-115.

Ishiwatari Y, Fujiwara T, McFarland K C, *et al*. 1998. Rice phloem thioredoxin h has the capacity to mediate its own cell-to-cell transport through plasmodesmata. Planta, 205: 12-22.

Ishiwatari Y, Honda C, Kawashima I, *et al*. 1995. Thioredoxin h is one of the major proteins in rice phloem sap. Planta, 195: 456-463.

Johnson A G. 1966. Inbreeding and the production of commercial F_1 hybrid seed of *Brussels sprouts*. Euphytica, 15: 67-79.

Juttner J, Olde D, Langridge P, *et al*. 2000. Cloning and expression of a distinct subclass of plant thioredoxins. Eur J Biochem, 267: 7109-7117.

Kakeda K. 2009. S locus-linked F-box genes expressed in anthers of *Hordeum bulbosum*. Plant Cell Rep, 28: 1453-1460.

Kandasamy M K, McKinney E C, Meagher R B. 1999. The late pollen-specific actins in angiosperms. Plant J, 18: 681-691.

Kobrehel K, Yee B C, Buchanan B B. 1991. Role of the NADP/thioredoxin system in the reduction of alpha-amylase and trypsin inhibitor proteins. J Biol Chem, 266: 16135-16140.

Lalouette J A. 1967. Growth of grass pollen tubes exhibited by gallose fluorochrome reaction. Grana Palynol, 7: 2-3.

Larson K. 1977. Self-incompatibility in *Beta vulgaris* L. I. Four gametophytic, complementary S-loci in sugar beet. Hereditas, 85: 227-248.

Lei G, Song X, Li M, *et al*. 2007. Extent and pattern of genetic differentiation within and between phenotypic populations of *Leymus chinensis* (Poaceae) revealed by AFLP analysis. Can J Bot, 85: 813-821.

Li X M, Nield J, Hayman D, *et al*. 1996. A self-fertile mutant of *Phalaris* produces an S protein with reduced thioredoxin activity. Plant J, 10: 505-513.

Li X, Nield J, Hayman D, *et al*. 1994. Cloning a putative self-incompatibility gene from the pollen of the grass *Phalaris coerulescens*. Plant Cell, 6: 1923-1924.

Liu Z P, Li X F, Li H J, *et al*. 2007. The genetic diversity of perennial *Leymus chinensis* originating from China. Grass Forage Sci, 61: 27-34.

Lundqvist A. 1954. Studies on self-sterility in rye, *Secale cereale* L. Hereditas, 40: 278-294.

Lundqvist A. 1955. Genetics of incompatibility in *Festuca pratensis* Huds. Hereditas, 47: 542-562.

Lundqvist A. 1962. The nature of the two-loci incompatibility system in grasses. I. Hypothesis of a duplicative origin. Hereditas, 48: 153-168.

Lundqvist A. 1968. Self-incompatibility in *Dactylis aschersoniana* Graebn. Hereditas, 54: 70-87.

Mascarenhas J P. 1990. Gene activity during pollen development. Annu Rev Plant Physiol Plant Mol Biol, 41: 317-338.

Murray B G. 1974. Breeding systems and floral biology in the genus *Briza*. Heredity, 33: 285-292.

Poehlman J M. 1979. Breeding field crops. 2nd ed. Westport, Conn: AVI Publishing Company, Inc.

Rivera-Madrid R, Mestres D, Marinho P, *et al*. 1995. Evidence for five divergent thioredoxin h sequences in *Arabidopsis thaliana*. Proc Natl Acad Sci USA, 92: 5620-5624.

Scheibe R, Anderson L E. 1981. Dark modulation of NADP-dependent malate dehydrogenase and glucose-6-phosphate dehydrogenase in the chloroplast. Biochem Biophys Acta, 636: 58-64.

Seung S L, Kyun O L, Bae G J, *et al*. 2001. Molecular characterization of a Chinese cabbage cDNA encoding thioredoxin-h that is predominantly expressed in flowers. J Biochem Mol Biol, 34: 334-341.

Spoor W. 1976. Self incompatibility in *Lolium perenne* L. Heredity, 37 (3): 417-421.

Sun G L, Yen C, Yang J L. 1995. Morphology and cytology of intergenetic hybrids involving *Leymus multicaulis* (Poaceae). Plant Syst Evol, 194: 83-91.

Teng N J, Chen T, Jin B A, *et al*. 2006. Abnormalities in pistil development result in low seed set in *Leymus chinensis* (Poaceae). Flora, 20: 658-667.

Teng N J, Huang Z H, Mu X J, *et al*. 2005. Microsporogenesis and pollen development in *Leymus chinensis* with emphasis on dynamic changes in callose deposition. Flora, 200: 256-263.

Thorogood D, Hayward M D. 1991. The genetic control of self-compatibility in an inbred line of *Lolium perenne* L. Heredity, 67: 175-181.

Voylokov A V, Fuong F T, Smirnov V G. 1993. Genetic studies of self-fertility in rye (*Secale cereale* L.). 1. The identification of genotypes of self-fertile lines for the S- alleles of self-incompatibility genes. Theor Appl Genet, 87: 616-618.

Voylokov A V, Korzun V, Börner A. 1998. Mapping of three self-fertility mutations in rye (*Secale cereale* L.) using RFLP, isozyme and morphological markers. Theor Appl Genet, 97: 147-153.

Wang R R C, von Bothmer R, Dvorak J, *et al*. 1994. Genome symbols in the Triticeae (Poaceae). *In*: Wang R R C, Jensen K B, Junnsi C. Proceedings of the 2nd international Triticeae symposium, Logan, Utah, 20-24 June, pp. 29-31. Logan, Utah: Utah State University Press.

Wang R R, Jensen K B. 1994. Absence of the J genome in *Leymus* species (Poaceae: Triticeae): evidence from DNA hybridization and meiotic pairing. Genome, 37: 231-235.

Weimarck A. 1968. Self incompatibility in the Gramineae. Hereditas, 60: 157-166.

Wolosiuk R A, Crawford N A, Yee B C, *et al*. 1979. Isolation of three thioredoxins from *spinach* leaves. J Biol Chem, 254: 1627-1632.

Xu S X, Shu Q Y, Liu G S. 2006. Genetic relationship in ecotypes of *Leymus chinensis* revealed by polymorphism of amplified DNA fragment lengths. Rus J Plant Physiol, 53: 678-683.

Yamada T. 2001. Introduction of a self-compatible gene of *Lolium temulentum* L. to perennial ryegrass

(*Lolium perenne* L.) for the purpose of the production of inbred lines of perennial ryegrass. Euphytica, 122: 213-217.

Yano H, Wong J H, Lee Y M, *et al*. 2001. A strategy for the identification of proteins targeted by thioredoxin. Proc Natl Acad Sci USA, 98: 4794-4799.

Zhang H B, Dvorak J. 1991. The genome origin of tetraploid species of *Leymus* (Poaceae: Triticeae) inferred from variation in repeated nucleotide sequences. Amer J Bot, 78: 871-884.

第七章 羊草无性繁殖的生物学评估

摘 要 羊草（*Leymus chinensis*）无性繁殖能力强，分蘖是其重要特性之一。羊草无性繁殖各性状的形成除了与环境因子有关外，还与不同无性系的遗传多样性有关。因此，研究基因型与羊草繁殖能力的关系，对于理解羊草无性繁殖生物学和选育高产、抗逆羊草新品种具有重要的理论和实践意义。我们按照不同生长类型和表型，选取了 11 份基因型材料，在相同生态因子作用下，对羊草无性器官生长发育的 11 个指标进行了系统评估。结果表明，羊草各种分蘖芽、子株、母株之间是一个动态更新的过程，不同基因型羊草的分蘖芽发生强度、分蘖株间隔和根茎芽发生强度具有显著差异。羊草分蘖芽和根茎芽的发生与水平根茎伸长生长呈负相关；分蘖的发生强度，尤其是分蘖芽的分化强度是影响羊草产量的关键因子。同时发现，在去叶胁迫条件下，羊草顶端分蘖株高度和叶片数略有下降，但是其根茎横向生长和分蘖芽分化能力有所增强，与其他分蘖株相比具有明显的顶端优势。根据以上研究结果，我们认为：①基因型的差异对于羊草营养繁殖的影响是极显著的，因此，在进行羊草营养繁殖研究中，不能忽视基因型的作用；②羊草根茎除了具有繁殖功能外，还与植株适应不同生境有关，在刈割逆境条件下羊草利用克隆整合帮助受到损失的植株实现恢复生长；③羊草根茎发达程度与地上生物学产量不一定相关，选育高产、优质牧草品种时，应将分蘖芽分化强度作为第一选育性状；④针对不同用途，应该选择不同的羊草基因型。用于防风固沙、恢复草原生态的品种，应该设计为"扩展型"羊草新品种；而用于建设高产、优质人工草地的品种，则需要培育"紧凑型"羊草新品种。

关键词 基因型；遗传多样性；无性繁殖；根茎；产量

引 言

羊草（*Leymus chinensis*）是典型的无性系植物，又称克隆植物。分蘖是羊草的重要特性之一，同时也是自然条件下羊草种群更新的主要途径（Wang，1993）。每个羊草无性系（clone）由同一基因型的不同分蘖株（ramet）构成（杨允菲等，2003）。羊草分蘖株发生的部位为分蘖节，分蘖节产生一个分蘖芽（杨允菲等，2003；张慧荣和杨持，2008）。分蘖芽可向上生长伸出地面上，也可在地面下横向生长。向地面上生长的分蘖芽形成新一代分蘖株，而在土壤中横向生长的分蘖芽则形成根茎。

羊草的无性繁殖力强，在具有充分生长空间的条件下，羊草的分蘖节在一个生长季最多可以繁殖 4 个世代。当生长空间受到种内、种间竞争的限制时，羊草的分蘖节在一个生长季可繁殖一个世代（杨允菲等，2003）。已有研究表明，羊草分蘖发生及无性系植株的生长，除受到自身株龄的影响外，还受到光周期、水分、温度、营养等外界环境因子的影响（杨理和杨持，1996a，1996b，1997；郎林杰，1997；杨持和杨理，1998）。羊草通过改变无性系构件的形态和生理生化特性，实现对不同环境条件的适应性调节（张慧荣和杨持，2008）。

横走根茎是羊草的无性繁殖器官，也是重要的营养储存器官。根茎在养分和水分储存、运输，分蘖茎的形成，抵御逆境胁迫等方面起关键性作用。特别在逆境条件下，由根茎相连的多个分蘖株，可以通过克隆内资源整合和共享，抵御环境的不利影响，增加种群的生存机会。羊草发达的横走根茎多分布在地下 5～10 cm，地下根茎蔓延生长最长可达十几米，从而使羊草植株可以接触更广的土壤面积；每个节间都生有不定根，这些不定根可以用来获取土壤中的养分和水分（李静等，2007）。羊草根茎与根系具有相似的响应盐胁迫的生理功能，而且根茎在盐胁迫条件下能够比根系更有效地吸收钠离子（王玉猛等，2006）。在某些温带草原，根茎型牧草的茎节基部可积累大量的果聚糖（可分解为一分子葡萄糖和大量果糖）（石连旋等，2008）。有研究表明，作为重要的调节物质，果聚糖在禾本科牧草响应低温和去叶胁迫过程中发挥重要作用（Morvan-Bertrand *et al.*，2001）。越冬根茎中可溶性糖的含量还与其无性繁殖有密切关系，可促进返青羊草的繁殖和生长，影响羊草的种群建成（石连旋等，2008）。

目前，针对羊草无性繁殖的生物学研究，前人已从无性繁殖和生态环境因子的关系方面做了大量研究工作。杨理和杨持（1996b）的研究发现，羊草无性系对温度有较强的生态适应特点。适宜温度可以促进羊草分蘖，无性系的分化与高温的天数明显正相关，低温明显抑制无性系的分化，甚至停止分化。羊草无性系的周期性生长除了受温度影响外，光周期等因子的调节作用也不可忽视。长时间的低温和遮阴对地下根茎和无性小株的发育有显著的抑制作用（杨持和杨理，1998）。

羊草分布区域极广（李建东，1978），它是欧亚大陆草原区东部草甸草原及干旱草原上的重要建群种之一，是我国内蒙古东部草原和东北草原植被中的优势种，在河北、山西、陕西、宁夏、甘肃等省（自治区）亦有分布，俄罗斯、蒙古、朝鲜、日本也有一定分布。各分布区在经度、纬度、海拔等方面存在明显差异。羊草的主要分布区气候属干旱、半干旱草原气候，冬季寒冷干燥，3～5 月常有大风，月平均风速达 4.9 m/s，年平均气温为 -0.4℃，最冷月（1 月）平均温度 -22.3℃，极端最低温为 -47.5℃（闫玉春等，2008）。羊草主要生长在草原、丘陵和河滩地，生长环境的多样性为羊草产生遗传分化和形成不同生态型提供了可能。任文伟等（1999）对不同地理种群羊草的叶长、叶宽、株高等无性繁殖生物量的研究结果显示，羊草的变异和分化是多种生态因子（如温度、海拔、经纬度、土壤类型等）综合作用的结果，这就造成不同地理种群的羊草遗传分化过程的复杂性。

植物的表现型是基因（基因型）与植物所处的生长环境之间相互作用的结果。对于羊草无性繁殖生物学的研究，只单方面强调生态因子的作用是不够的，还需从基因型的角度对羊草无性系的构件做综合考察，而这方面的研究目前尚无报道。本研究以本课题组从内蒙古、吉林、河北和北京等省（自治区、直辖市）收集的 11 份羊草资源作为供试材料，种植于河北省张家口市塞北管理区科技园区。在相同生态因子作用下，对无性繁殖各项指标进行测评，以期为羊草选育工作提供参考资料。

第一节　研究材料、关键技术和方法

一、实 验 材 料

按照不同生长类型和表型，实验选取 11 份基因型材料，编号和来源见表 7.1。

表 7.1　实验所用的 11 份羊草资料（2003 年试验小区统计数据）
Table 7.1　Descriptive data for the eleven genotypes of *Leymus chinensis* in 2003

基因型	来源地	产量 /(g/m²)	株数/m³	植株高度 /cm	茎重 /叶重	有性生殖 比例/%
L1	齐齐哈尔 (123°54′E 47°19′N)	1966.67	1404.0	81.78	2.76	27.67
L2	哈尔滨 (126°41′E 45°45′N)	1603.33	2062.33	56.69	2.07	20.33
L3	齐齐哈尔 (123°54′ E 47°19′N)	1383.33	1162.00	59.38	0.77	14.00
L4	哈尔滨 (126°41′ E 45°45′N)	1296.67	1363.00	55.21	0.87	9.33
L5	长春 (125°19′ E 43°52′N)	990.00	1370.00	55.15	0.69	8.00
L6	河北张家口 (114.53°28′E 39°83′N)	1160.00	1278.67	58.71	1.42	24.33
L7	北京 (116°46′ E 39°92′N)	1323.33	1062.00	69.86	1.18	34.00

基因型	来源地	产量 /(g/m²)	株数/m³	植株高度 /cm	茎重 /叶重	有性生殖 比例/%
L8	北京	1356.67	1101.33	62.42	1.71	41.67
	(115°97′E 40°47′N)					
L9	内蒙古锡林浩特	940.00	804.33	39.64	1.10	18.67
	(116°06′E 43°57′N)					
L10	内蒙古多伦	1086.67	640.67	67.75	1.67	18.33
	(116°48′E 42°18′N)					
L11	河北塞北管理区	780.00	760.67	57.25	0.98	14.67
	(115°68′E 41°68′N)					

二、实 验 地 点

实验地为河北省张家口市塞北管理区科技园区 (115°68′E 41°68′N)，种植土壤为沙壤土，试验区的年平均温度和年平均降雨情况如图 7.1 和图 7.2 所示。实验小区采取随机区组设计，3 个重复。每个实验小区包括 10 行，每行长 5 m，行间距 0.5 m。所有材料的种子于 2000 年 6 月 2 日播种，6 月 25 日 50% 以上种子萌发长出小苗。2002 年 6 月 15 日和 2003 年 5 月 10 日每个小区分别施肥磷酸二铵 1 kg、尿素 1 kg；定期浇水和除草，并保持土壤水分，防止杂草影响实验效果。羊草地上分蘖营养枝和地下根茎构成的无性生殖生长极其旺盛，2003 年 8 月各小区中的羊草已相连成片。2003 年 8 月开始进行各生长性状的观测记录。

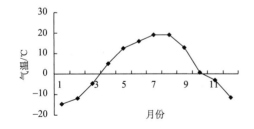

图 7.1 在中国河北省试验区 (115°68′E、41°68′N) 的年平均气温。

Fig. 7.1 Mean temperature in the experimental field in Hebei Province, China (115°68′E、41°68′N).

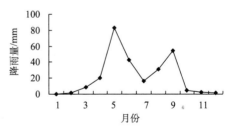

图 7.2 在中国河北省试验区 (115°68′E、41°68′N) 的月平均降雨情况。

Fig. 7.2 Mean precipitation (mm) in the experimental field in Hebei Province, China (115°68′E、41°68′N).

三、试验测量性状

将每个营养枝或生殖枝定义为一个单株，拔节期从每个小区随机抽取 30 株，齐地面剪断，测量以下性状。

(1) 叶数（片）：顶部旗叶到茎基部所有叶片数。

(2) 株高（cm）：叶片直立后顶端到茎基部的高度。

(3) 茎叶比：茎干重与叶干重比值。

在各小区内随机选取 $0.5 \text{ m} \times 0.5 \text{ m}$ 面积的样方，将样方内的植株齐地面剪下后收集，测算以下性状。

(1) 植株密度（株/m^2）：样方内植株株数与样方面积比值。

(2) 每平方米产草量：茎干重与叶干重的质量之和为样方内产草量，折算为每平方米面积内的产草量。

同时，将样方内的根茎挖出，每个小区随机挑选 5 个无性系，每个无性系具有生长顶芽，且除了顶芽外至少还有 4 个由 1 条根茎连接的独立分蘖株。生长顶芽标记为第 1 分蘖株，紧邻顶芽的标记为第 2 分蘖中，依此类推，共 5 个分蘖株。

测量以下性状。

(1) 间隔子长度：不同分蘖株间的距离。

(2) 分蘖芽发生强度：每个分蘖株生长的向上丛生分蘖芽数。

(3) 根茎节间长度。

(4) 分蘖角度：两个相连横走根茎交叉的角度。

(5) 根茎芽发生强度：根茎上发生横走根茎芽的强度。

始花期记录样方内营养枝与生殖枝数量。

抽穗率（%）：生殖枝与营养枝比值。

四、统 计 分 析

利用 SPSS for Windows 软件对所测得的数据进行相关等统计分析，研究羊草各数量性状之间的相关性，所有表格在 Microsoft Excel 中生成。

第二节 研究取得的重要进展

一、羊草无性繁殖过程

由种子萌发而来的羊草新生母株，逐渐形成具有产生无性后代（芽）的能力，生长到 3~4 叶期，便可肉眼看见分蘖芽和根茎节芽的持续分化（图 7.3B~D），羊草根茎顶芽开始发生（图 7.3A）。随着根茎节间的伸长生长，顶芽呈水平生长方式远离母株，这有利于未来不断分化的羊草各无性系植株在更大的空间中获得生长资源，如水分、营养及光照。随着每个根茎的生长，节上又分化出新的分蘖芽（图7.3C和D）或根茎节芽（图7.3B），进而根茎顶芽、根茎节芽和分蘖芽持续积累。此后，水平根茎顶芽开始向地面弯曲生长，同时丛生分蘖芽向地上单向生长并形成子株。羊草根茎将母株、芽、子株连接在一起，进行物质的相互协调供应，它们构成了无性系。

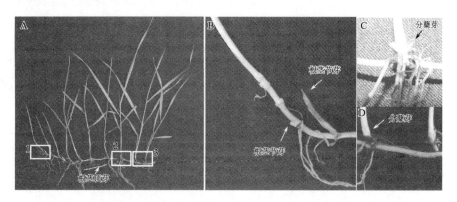

图7.3　羊草无性繁殖器官示意图。A. 无性系全局图；B. A图的第1区域局部放大；C. A图的第2区域局部放大；D. A图的第3区域局部放大。（另见彩图）

Fig. 7.3　The vegetative reproductive organs of *L. chinensis*. A. Overall figure of the clone；B. Part 1 in Fig. 7.3 A；C. Part 2 in Fig. 7.3 A；D. Part 3 in Fig. 7.3 A.

　　分蘖芽和根茎芽是羊草越冬的主要器官。春季，越冬的地下各类芽开始向地上单向生长，进入返青期，这一时期主要以地下芽向上生长形成新生分株为主，而很少分化新芽。在拔节期，羊草根茎顶芽开始发生。进入生殖生长期后，羊草各类芽的分化和生长能力降到最低。种子成熟期后，先前形成的根茎顶芽、分蘖芽和根茎节芽开始持续发生，并输出子株。中国农历中秋左右是羊草地下各类芽最多的时期。此后，各类芽分化逐渐下降，冬季羊草无性繁殖进入休眠期。通过这种无性繁殖模式，羊草进行当年和次年的芽、子株、母株之间的更新，实现年复一年的循环。

二、基因型对羊草无性繁殖的影响

　　基因型对羊草无性繁殖具有很大的影响。不同基因型同一根茎上相邻分蘖株的间隔距离有很大差异。在我们研究的11个基因型中，基因型L7分蘖株间隔距离最短，为6.75 cm；基因型L9分蘖株间隔距离最长，为15.08 cm，二者相差悬殊，L9是L7的2.23倍。不同基因型的丛生分蘖芽发生强度也有很大差异。基因型L2分蘖强度最大，为41%，基因型L11分蘖强度最小，为11.33%，L11是L2的3.6倍。基因型对羊草根茎芽分枝强度和角度也有一定影响，最大分枝角度（发生在基因型L9）是最小分枝角度（发生在基因型L3）的1.94倍，分枝强度则差别更大，最大分枝强度（发生在基因型 L5 和 L7）是最小分枝强度（发生在基因型 L11）的 2.55 倍；基因型对羊草根茎节间距离影响较小，最长节间距离（2.55 cm）是最短节间距离（1.96 cm）的 1.3 倍（表 7.2）。

表 7.2　羊草 11 个基因型无性繁殖性状的变异

Table 7.2　Space distance, branching intensity, branching angle, basal tillering intensity and internode length in different populations of *Leymus chinensis*

基因型	分蘖株间隔/cm	分蘖芽发生强度/%	根茎分支角度/(°)	根茎芽发生强度/%	根茎节间长度/cm
L1	8.60	40.00	36.80	26.33	2.00
L2	9.10	41.00	32.50	28.00	1.96
L3	10.10	20.67	23.50	26.33	2.47
L4	9.92	24.67	43.50	21.67	2.19
L5	9.25	34.00	35.30	32.33	2.38
L6	7.50	27.00	30.60	18.00	2.55
L7	6.75	35.67	37.20	32.33	2.17
L8	7.20	22.67	36.50	24.00	2.22
L9	15.08	14.67	45.50	23.33	2.39
L10	14.42	12.33	44.40	20.00	2.35
L11	14.60	11.33	38.80	12.67	2.39

羊草分蘖芽和根茎芽的发生与水平根茎的伸长生长是对立的。相关分析表明，羊草分蘖芽发生强度与根茎分枝角度（-0.357）、相邻分蘖株间隔距离（-0.758**）、根茎节间距离呈负相关（-0.656*），尤其与相邻分蘖间隔距离、根茎节间距离呈显著负相关；而根茎芽分蘖强度与根茎分枝角度（-0.247）、相邻分蘖间隔距离（-0.540）、根茎节间距离也呈负相关（-0.411）。这些结果说明，羊草各类分蘖芽的发生与根茎的生长并非协同生物学事件，二者具有对立性，这也暗示了为何羊草大量分蘖芽发生与根茎水平生长不在同一时期。此外，相邻分蘖间隔距离与根茎分枝角度（0.531）及根茎节间长度（0.323）都呈正相关，说明分枝角度大和根茎节间长，在一定程度决定了相邻分蘖间隔距离较远；分蘖角度与根茎节间长呈负相关（-0.156），但未达到显著水平；羊草分蘖芽发生强度与根茎芽发生强度呈显著正相关（0.712*），说明各类分蘖芽的发生具有类似的协同调控机制（表 7.3）。

顶端分蘖株间隔距离越长，分蘖芽和根茎芽发生的频率越低。相关分析表明，无性系顶端第 1 分蘖株与其紧邻分蘖（第 2 分蘖株）的间隔与无性系平均分蘖间隔距离呈极显著正相关（0.923**），第 2 分蘖株与第 3 分蘖株的间隔距离与无性系平均分蘖间隔距离呈显著正相关（0.665*）；第 1 分蘖株与相邻分蘖株的间隔距离与分蘖芽发生强度呈极显著负相关（-0.832**），与根茎芽发生呈显著负相关（-0.665*），第2分蘖株与第3分蘖株的间隔距离与分蘖芽发生强度呈显著负相关（-0.603*），这说明顶端间隔距离除了对根茎横向伸长生长有显著影响外，还对分蘖芽和根茎芽发生有显著影响（表7.4）。

表7.3 羊草无性繁殖性状之间的相关分析

Table 7.3 Coefficients of correlation among internode length, branching angle, branching intensity, space distance, and basal tillering intensity

项目	根茎节间长度	根茎分枝角度	根茎芽发生强度	分蘖株间隔	分蘖芽发生强度
根茎节间长度	1.000				
根茎分枝角度	-0.156	1.000			
根茎芽发生强度	-0.411	-0.247	1.000		
分蘖株间隔	0.323	0.531	-0.540	1.000	
分蘖芽发生强度	-0.656*	-0.357	0.712*	-0.758**	1.000

＊表示在0.05水平显著相关；＊＊表示在0.01水平显著相关。

＊P value<0.05；＊＊P value<0.01.

表7.4 羊草不同世代分蘖株繁殖性状的相关分析

Table 7.4 Coefficients of correlation among internode length, branching angle, branching intensity, basal tillering intensity and plant position, space order, rhizome fresh weight, and rhizome net weight

项目	根茎节间长度	根茎分枝角度	根茎芽发生强度	分蘖株间隔长度	分蘖芽发生强度
第1分蘖株分蘖强度	-0.542	-0.250	0.555	-0.324	0.538
第2分蘖株分蘖强度	-0.487	-0.355	0.375	-0.727*	0.773**
第3分蘖株分蘖强度	-0.276	0.281	0.232	-0.013	-0.007
第4分蘖株分蘖强度	-0.554	-0.438	0.493	-0.533	0.554
第5分蘖株分蘖强度	-0.380	0.293	0.058	0.095	0.014
第1、第2分蘖株间隔	0.478	0.311	-0.665*	0.923**	-0.832**
第2、第3分蘖株间隔	0.493	0.194	-0.421	0.665*	-0.603*
第3、第4分蘖株间隔	0.038	0.554	-0.496	0.336	-0.482
第4、第5分蘖株间隔	-0.321	-0.129	-0.285	0.148	0.188
根茎鲜重	0.129	0.334	0.113	0.597	-0.179
根茎干重	0.176	0.641*	-0.125	0.811**	-0.430

＊表示在0.05水平显著相关；＊＊表示在0.01水平显著相关。

＊P<0.05；＊＊P<0.01.

根茎干物质积累与根茎分蘖株间隔及分支角度呈显著正相关。相关分析表明，羊草根茎鲜重与根茎分蘖株间隔长度（0.597）、根茎节间长度（0.129）、根茎芽发生强度（0.113）及根茎分枝角度（0.334）均呈正相关，但是与分蘖芽发生强度（－0.179）呈负相关；而根茎干重与根茎分蘖株间隔长度（0.811**）、根茎节间长度（0.176）及根茎分枝角度（0.641*）均呈正相关、但是与分蘖芽发生强度（－0.430）和根茎芽发生强度（－0.125）呈负相关（表7.4）。

三、羊草无性繁殖对产量的影响

分蘖的发生强度，尤其是分蘖芽的分化强度，是影响羊草产量的关键因子。利用相关分析研究无性分蘖对羊草产量、有性生殖等指标的影响表明，分蘖芽的分化强度与产草量（0.716*）、植株密度（0.826**）、植株叶片数（0.294）、植株高度（0.421）、茎重/叶重（0.447）及有性生殖比例（0.225）均呈正相关，尤其与产草量的相关性达到显著水平，与植株密度的相关性达到极显著水平。根茎芽分化强度与产草量（0.431）、植株密度（0.462）、植株叶片数（0.088）、植株高度（0.176）、茎重/叶重（0.044）及有性生殖比例（0.144）均呈正相关，但是未达到显著水平。无性系分蘖株间隔距离与产草量（－0.584）、植株密度（－0.594）、植株叶片数（－0.128）、植株高度（－0.438）、茎重/叶重（－0.228）及有性生殖比例（－0.507）均为负相关；根茎节间长与产草量（－0.732*）、植株密度（－0.580）、植株叶片数（－0.156）、植株高度（－0.442）、茎重/叶重（－0.666*）及有性生殖比例（－0.318）均为负相关，与产草量和茎重/叶重达到显著水平。这些结果显示分蘖芽发生强度是获得高产羊草的首要选育性状（表7.5）。

表7.5　羊草无性繁殖性状之间的统计分析

Table 7.5　Coefficients of correlation among internode length, branching angle, branching intensity, basal tillering intensity and forage yield, plant number, leaf number, plant height, stem weight/ leaf weight, and ratio of sexual propagation

项目	羊草产量	植株密度	植株叶片数	植株高度	茎重/叶重	有性生殖比例
根茎节间长度	－ 0.732*	－0.580	－0.156	－0.442	－0.666*	－0.318
根茎分支角度	－ 0.323	－0.452	0.198	－0.168	0.033	－0.056
根茎芽发生强度	0.431	0.462	0.088	0.176	0.044	0.144
分蘖株间隔	－ 0.584	－ 0.594	－0.128	－0.438	－0.228	－0.507
分蘖芽发生强度	0.716*	0.826**	0.294	0.421	0.447	0.225

*表示在0.05水平显著相关；**表示在0.01水平显著相关。

* $P < 0.05$；** $P < 0.01$.

四、羊草无性分蘖对去叶胁迫的响应

羊草根茎分蘖株之间的距离具有明显的顶端生长优势，1和2两个分蘖株之间的距离为11.38 cm，2和3、3和4、4和5分蘖株间的距离与1和2分蘖株间的距离相比分别缩短12.84%、18.82%、31.60%。刈割后，分蘖株间隔距离的

顶端优势更加显著，刈割后 1 和 2 两个分蘖株之间的距离变为 14.62 cm，而其余 3 段距离分别为 9.52 cm、8.22 cm、6.7 cm，第 1 和第 2 两个分蘖株之间的距离与第 3 和第 4、第 4 和第 5 分蘖株间的距离差异显著（图 7.4）。

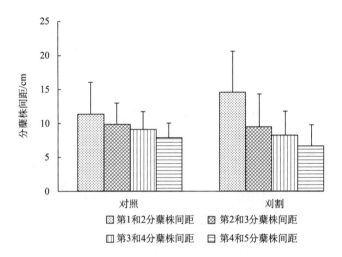

图 7.4　刈割对羊草分蘖株间隔距离的影响。

Fig. 7.4　The effect of defoliation on the space distance between the tillers.

无性系第 2 和第 4 分蘖株分别具有最多和最少的分蘖芽数，分别是 6.63 个和 5.45 个。刈割后第 1 分蘖株具有最多的分蘖芽数，为 6.73 个，表现顶端优势，而第 5 分蘖株具有最少的分蘖芽数，为 4.55 个，二者差异显著；其余第 2、第 3、第 4 分蘖芽的数目分别为 5.09 个、5.18 个和 6.27 个（图 7.5）。

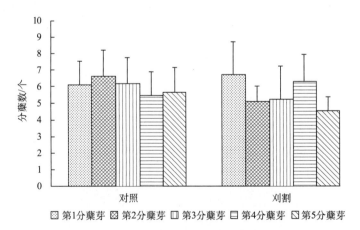

图 7.5　刈割对羊草分蘖数的影响。

Fig. 7.5　The effect of defoliation on the tiller number in *Leymus chinensis*.

不同分蘖株的高度具有明显的顶端生长优势，第 1 分蘖芽具有最大的分蘖高度 6.19 cm，其余分蘖芽之间在高度上没有明显差异，第 2、第 3、第 4、第 5 分蘖芽的高度依次为 5.28 cm、4.95 cm、5.21 cm、4.99 cm。刈割后虽然使得每个分蘖世代的高度有所降低，但是第 1 分蘖芽仍然具有最大的分蘖高度，为 5.87 cm，其余 4 个分蘖芽的高度分别为 4.92 cm、4.47 cm、4.93 cm、4.72 cm（图 7.6）。

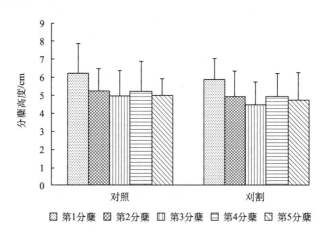

图 7.6　刈割对羊草分蘖高度的影响。

Fig. 7.6　The effect of defoliation on the tiller height in *Leymus chinensis*.

第 1 分蘖株具有最多的叶数（3.4 片），随后分蘖株的叶数逐渐减少，第 1 分蘖株的叶片数是第 2 分蘖株的 1.1 倍，分别是第 3、第 4、第 5 分蘖株的 1.2 倍、1.4 倍、1.6 倍。刈割后第 1 分蘖株仍然具有最多的叶片数，但第 2、第 3、第 4、第 5 分蘖株的叶片数并不是递减的趋势，第 5 分蘖芽的叶片数高于第 2、第 3、第 4 分蘖株的叶片数，而第 2、第 3、第 4 分蘖株之间差别很小（图 7.7）。

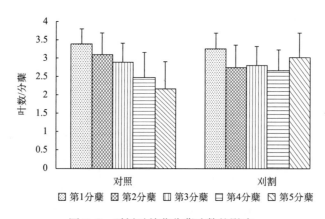

图 7.7　刈割对羊草分蘖叶数的影响。

Fig. 7.7　The effect of defoliation on the leaf number of different tillers in *Leymus chinensis*.

以上研究结果表明，在去叶胁迫条件下，羊草顶端分蘖株高度和叶片数略有下降，但是其横向生长和分蘖芽分化能力进一步获得了加强，相比其他分蘖株来说，具有明显的顶端优势。

第三节　研究结论与讨论

野生羊草分布面积广，各生长地区在温度、光照、降水等方面差异极大。诸多研究表明，不同环境因子对羊草无性繁殖具有重要影响（杨理和杨持，1996a，1996b，1997；郎林杰等，1997；张慧荣和杨持，2008）。植物无性繁殖各性状的形成除了与环境因子有关外，还与不同无性系的遗传多样性有关。因此，对于羊草无性繁殖生物学的研究，只单方面强调生态因子的作用是不全面的，还需从基因型的角度对羊草无性繁殖做综合考察。本研究在相同生态因子下，对羊草无性器官生长发育各项指标进行系统测评发现，基因型的差异也是影响羊草无性系生长发育的重要影响因子。不同基因型羊草具有很大的形态差异，说明基因型的差异对于羊草的影响是极显著的。因此，在进行羊草营养繁殖的研究中，应综合考虑生态因子与基因型的作用。

羊草的无性繁殖直接关系到种群的生存发展，分蘖芽和根茎节芽的持续分化及生长保证了种群的动态更新。同时，横走根茎不断"开疆拓土"，以保证物种的"觅食"空间。张继涛等（2009）发现，在返青初期，前一个生长季末形成的地下各类芽向地上单向生长，此时新生母株还没有产生无性后代（芽）的能力，所以地下各类芽的密度逐渐减少；返青的母株生长1个月之后，羊草根茎顶芽开始发生，呈水平生长方式远离母株，占据生态位；7月中旬以后，水平根茎顶芽开始向地面弯曲，长出子株，同时分蘖芽和根茎节芽开始持续发生，并长出子株，随着根茎顶芽、根茎节芽和分蘖芽的陆续增加，相对应输出的子株数量也不断增加。8月、9月是地下芽密度的最高峰，9月中旬之后，各类芽长出数量逐渐大于发生数量，使各类芽呈下降的趋势。张继涛的研究结果和我们观察到的结果基本一致。由此可见，正是通过这一机制，羊草实现了在不同生长地区的快速繁殖。

我们发现，分蘖芽是植株更新的主要来源，对无性系的产量和植株数量有显著影响。张继涛等（2009）通过观察各类芽和子株的构成比例发现，分蘖芽和分蘖芽子株的比例占更新分蘖株约80％，远远超过根茎顶芽和根茎顶芽子株（15％）及根茎节芽和根茎节子株（5％），这一结果也说明分蘖芽和分蘖芽子株是构成返青母株种群的主体，所以地上植株的密度主要受分蘖芽多少的制约。另外，从以上结果可以发现，羊草根茎在特定无性系中对种群繁殖数量贡献不大，根茎顶的形成、延伸和根茎顶芽子株输出从某种角度看似乎具有更大的生态意义。

目前，对于禾草根茎生物学意义的认识还未形成一致意见，主要有两种观点。一种观点认为根茎的主要功能是连接分蘖株，存储碳水化合物，分化再生芽。例如，*Agropyron repens*、*Aster lanceolata*、*Cynodon dactylon*、*Solidago altissima* 等植物的根茎，它们的间隔子长度和根茎节间长度在不同的营养供应下未发生可塑性变化（Dong and Alaten，1999）。另外一种观点认为，禾本科克隆植物的根茎除了具有繁殖功能外，还是重要的营养觅食器官。支持后一种观点的研究者认为，当克隆植物处于资源条件较好的生境中时，其根茎或匍匐茎节间长度和间隔子长度通常会缩短，分枝角度变小，克隆构型趋于"密集型"，从而能够将更多的分株放置于资源条件好的生境中，以利于整个基株对资源的获取。相反，当克隆植物处于资源条件较差的生境中时，其节间长度和间隔子长度通常会增加，分枝角度变大，克隆构型趋于"游击型"，可有利于分株迅速跨越和逃离资源条件差的生境（Hutchings and de Kroon，1994；李静等，2007）。根据克隆觅食观点，植物对富营养区的趋向性生长主要反映在根茎的第 1 和第 2 分枝的生长状态（Skálová *et al.*，1997）。我们的研究结果显示，羊草根茎生长第 1 和第 2 分枝具有明显的顶端优势，而已有研究表明，根茎的顶端优势与植株竞争营养（如氮、碳水化合物及水分）有关（McIntyre，1971；Chancellor，1974）。从这些分析来看，羊草根茎除了具有繁殖功能外，还与植株适应不同生境有关。

目前，有关决定分蘖芽、根茎芽、根茎节芽形成的机制还不是很清楚。Hu 等（1996）观察在竹子笋芽形成之前，根茎具有较高浓度的赤霉素、玉米素和吲哚乙酸。采用酶联免疫吸附进行精确的检测试验表明，高浓度的生长素与新根茎和竹笋形成前新的根茎芽的形成相关，而高浓度的玉米素与从根茎芽形成竹笋有关（Huang *et al.*，2002）。另外，有研究发现多年生草的根茎含有较多的碳水化合物（占有机物质的 20%～40%，主要成分是果聚糖），而根中只有 1%～8%，不同季节差异明显，最大量为秋季，最小量为早春和夏季第 1 次割草之后（Eliel and Kjell，1986），这与我们观察到的各类芽的更新时期具有某种吻合。石连旋等（2008）的研究表明，羊草越冬根茎中蔗糖与可溶性总糖含量与 7 月中旬时羊草的密度和高度呈显著正相关。因此我们认为除了作为营养物质外，碳水化合物可能作为信号物质参与了调控根茎各类芽的分化比例。分子生物学研究结果显示，与叶片相比，竹子根茎中有 318 个基因上调和 339 个基因下调，这些基因与植物生长发育的调控、信号转导、代谢、胁迫响应、细胞壁构成等功能的执行密切相关。研究人员对 6 个与根茎芽发育相关的基因进行了克隆和测序，深入分析发现，这些基因在根茎苗、根茎芽、竹笋、叶片、小花中具有不同的表达模式，其中 *PpHB1* 基因与根茎芽的形成及原形成层的发育密切相关（Wang *et al.*，2010）。

我们的研究结果显示，去叶对羊草各分蘖株的高度和叶片数未发生显著影响，说明刈割诱导了羊草补偿生长。已有文献报道，由根茎相连在一起的无性系分株，可以共享碳水化合物、水和营养，尤其是这些物质可以有效供给那些处于损伤的无性分株（Alpert，1999；Alpert and Mooney，1986；Hutchings and de Kroon，1994；Stuefer *et al.*，1994；Wijesinghe and Handel，1994）。Liu 等（2009）的研究表明，在中度刈割条件下，根茎连接显著提高了 *Psammochloa villosa* 的抗逆表现；在重度刈割条件下，*P. villosa* 的无性分株量、叶量和生物量虽然都减少了，但是根茎连接可以有效减少受到的损失。这种利用克隆整合帮助受到损失的植株恢复生长的方式（Bach，2000；Bullock *et al.*，1994；Smith，1988），也是植物补偿性生长的有效机制之一（Liu *et al.*，2007）。

同时我们发现，刈割后羊草新长出的无性系分株间隔距离和分蘖芽发生强度表现更强的顶端优势。对于这种现象可以有几种解释：一是刈割引起了适应性生长，新生根茎为获得较多的物质而促进伸长生长。二是刈割改变了植物的外界生长环境。由于植物地上部分被去掉后，减少了对光照的遮蔽，有更多的光照照射到土壤中，提高了土壤温度，进而促进每个根茎的生长。有研究显示，高温条件下确实可以提高根茎的生长量（Peter *et al.*，1998）。三是刈割去掉了部分分蘖芽，减少了营养和水分的竞争，顶端生长优势增强。

通过实验我们发现，不同基因型羊草根茎发达程度与其生物学产量不完全一致，因此在育种过程中，我们应该根据不同的育种目标选择不同的基因型：如果以选育防风固沙、恢复草原生态的羊草品种为育种目标，应该首选根茎生长发达的基因型作为实验材料，培育扩展型羊草新品种；如果以选育高产、优质牧草品种为育种目标，因为分蘖芽的发生在很大程度上影响产量，所以我们需要选择分蘖强的基因型，培育紧凑型羊草新品种。

第四节　小结与展望

通过对羊草无性繁殖主要形态性状的系统评价，作者得出以下主要结论：羊草各种分蘖芽、子株、母株之间是一个动态更新的过程；不同基因型羊草的分蘖芽发生强度、分蘖株间隔和根茎芽发生强度具有显著差异。其中，分蘖的发生强度，尤其是阐明分蘖芽的分化强度，是影响羊草产量的关键因子。

同时，结合已有结果，作者认为以下研究工作值得进一步关注。

（1）目前，决定分蘖芽、根茎芽、根茎节芽形成的机制还不清楚，因此，有必要从细胞学、生理学、分子生物学等方面系统阐明羊草无性系植株的发生过程和规律，尤其是阐明根茎发育过程涉及的激素、信号分子、代谢途径及相关基因网络。

（2）羊草分蘖芽发生强度是决定羊草地上生物量的关键因子。大量分蘖芽密集于基部，有效减小了被采食的机会，是刈牧后再生的有效保证。建议利用现代分子生物学技术和基因工程手段克隆羊草分蘖相关基因，构建高效表达载体，并通过遗传转化超表达分蘖相关基因，研究分蘖调控机理，获得理想的高产羊草耐牧新品种，实现羊草草地生产的可持续利用。

羊草是异源四倍体（$2n＝4x＝28$），有性繁殖时表现的自交不亲和性特征使羊草杂交育种具有一定难度。研究羊草克隆繁殖过程，对理解羊草高的无性繁殖能力和高空间扩展能力，认识抗低温、耐牧及抗旱等抗逆能力，以及未来人工改良羊草等具有重要的理论和现实意义。

参 考 文 献

郎林杰，杨持，格日乐图雅. 1997. 遮光和去叶处理对羊草无性系分株间碳物质转移的影响. 内蒙古大学学报（自然科学版），28：430-434.

李建东. 1978. 我国的羊草草原. 东北师范大学学报（自然科学版），1：145-159.

李静，马小凡，郭平，等. 2007. 松嫩草原不同盐碱化生境中羊草的克隆可塑性研究. 沈阳师范大学学报（自然科学版），25：506-509.

任文伟，钱吉，郑师章. 1999. 不同地理种群羊草的遗传分化研究. 生态学报，19：689-696.

石连旋，胡勇军，宫亮，等. 2008. 不同盐碱化草甸羊草越冬根茎中可溶性糖和蛋白研究. 东北师大学报（自然科学版），40：884-892.

王玉猛，任立飞，田秋英，等. 2006. 根茎在羊草响应短期 NaCl 胁迫过程中的作用. 植物生态学报，30：954-959.

闫玉春，唐海萍，常瑞英，等. 2008. 典型草原群落不同围封时间下植被、土壤差异研究. 干旱区资源与环境，22：145-152.

杨持，杨理. 1998. 羊草无性系构件在不同环境下的可塑性变化. 应用生态学报，9：265-268.

杨理，杨持. 1996a. 水分梯度对羊草生长及无性系分化的影响. 内蒙古大学学报（自然科学版），27：577-584.

杨理，杨持. 1996b. 温度对羊草生长及无性系分化的影响. 内蒙古大学学报（自然科学版），27：830-834.

杨理，杨持. 1997. 光强对羊草生长及无性系分化的影响. 应用生态学报，8：83-87.

杨允菲，张宝田，李建. 2003. 松嫩平原栽培条件下羊草无性系构件的结构. 应用生态学报，14：1847-1850.

张慧荣，杨持. 2008. 不同生境条件下羊草种群构件的可塑性变化. 内蒙古大学学报（自然科学版），39：321-404.

张继涛，徐安凯，穆春生，等. 2009. 羊草种群各类地下芽的发生、输出与地上植株的形成、维持动态. 草业学报，18：54-60.

Alpert P，Mooney H A. 1986. Resource sharing among ramets in the clonal herb *Fragaria chiloensis*. Oecologia，70：227-233.

Alpert P. 1999. Clonal integration in *Fragaria chiloensis* differs between populations：ramets from grassland are selfish. Oecologia，20：69-76.

Bach C E. 2000. Effects of clonal integration response to sand burial and defoliation by the dune plant *Ipomoea pescaprae* (Convolvulaceae). Aust J Bot，48：159-166.

Bullock J M，Mortimer A M，Begon M. 1994. Physiological integration among tillers of *Holcus lanatus*：age-dependence and responses to clipping and competition. New Phytol，128：737-747.

Chancellor R J. 1974. The development of dominance amongst shoot arising from fragments of *Agropyon repens* rhizomes. Weed Res, 14: 29-38.

Dong M, Alaten B. 1999. Clonal plasticity in response to rhizome severing and heterogeneous resource supply in the rhizomatous grass *Psammochloa villosa* in an Inner Mongolian dune, China. Plant Ecol, 141: 53-58.

Eliel S, Kjell L. 1986. Carbohydrates in roots and rhizomes of perennial grasses. New Phytol, 104: 339-346.

Hu C, Jin A, Zhang Z. 1996. Change of endohormone in mixed bud on Lei bamboo rhizome during differentiation. J Zhejiang For Col, 13: 1-4.

Huang J, Liu L, Zhang B, et al. 2002. Dynamic changes of endophytohormone in rhizomal buds of *Phyllostachys praecox*. Sci Silvae Sin, 38: 38-41.

Hutchings M J, de Kroon H. 1994. Foraging in plants: the role of morphological plasticity in resource acquisition. Adv Ecol Res, 25: 159-238.

Liu H D, Yu F H, He W M, et al. 2009. Clonal integration improves compensatory growth in heavily grazed ramet populations of two inland-dune grasses. Flora, 204: 298-305.

Liu H D, Yu F H, He W M, et al. 2007. Are clonal plants more tolerant to grazing than co-occurring non-clonal plants in inland dunes? Ecol Res, 22: 502-506.

McIntyre G I. 1971. Apical dominance in the rhizome of *Agropyon repens*. Some factors affecting in the degree of cominance in isolated rhizomes. Can J Bot, 49: 99-109.

Morvan-Bertrand A, Boucaud J, Le Saos J, et al. 2001. Roles of the fructans from leaf sheaths and from the elongating leaf bases in the regrowth following defoliation of *Lolium perenne* L. Planta, 213: 109-120.

Peter S, Philipp E, Bernhard S. 1998. Plant foraging and rhizome growth patterns of *Solidago altissima* in response to mowing and fertilizer application. J Ecol, 86: 341-354.

Skálová H, Pecháčková S, Suzuki J, et al. 1997. Within population genetic differentiation in traits affecting clonal growth: *Festuca rubra* in a mountain grassland. J Evol Biol, 10: 383-406.

Smith S E. 1998. Variation in response to defoliation between populations of *Bouteloua curtipendula* var. *caespitosa* (Poaceae) with different livestock grazing histories. Amer J Bot, 85: 1266-1272.

Stuefer J F, During H J, de Kroon H. 1994. High benefits of clonal integration in two stoloniferous species, in response to heterogeneous light environments. J Ecol, 82: 511-518.

Wang K H, Peng H Z, Lin E P, et al. 2010. Identification of genes related to the development of bamboo rhizome bud. J Exp Bot, 61: 551-561.

Wang Y S. 1993. Dynamics of a clonal *Leymus chinensis* population in the Songnen steppe in northeastern China. Acta Ecol Sin, 13: 291-299.

Wijesinghe D K, Handel S N. 1994. Advantages of clonal growth in heterogeneous habitats: an experiment with *Potentilla simplex*. J Ecol, 82: 495-502.

第八章 羊草对刈割的响应规律

摘 要 刈割是人们利用草地的主要手段之一，但刈割会对羊草造成重要影响。前人关于刈割的研究大多是针对天然草地的宏观研究，而关于羊草个体对刈割的响应迄今还缺乏深入调查。本文以羊草为实验材料，对其在不同发育时期（主要以植株高度作为参考）进行了刈割研究。结果表明，苗期刈割对羊草第 1 片叶的生长速率没有影响。在 3～4 叶期进行刈割，羊草能达到 85.1％的恢复，灰绿型比黄绿型多恢复 8.5％。3～4 叶期的刈割能导致灰绿型增加 1 个分株，黄绿型则减少 1 个分株。7～8 叶期进行刈割，如果刈除茎尖使羊草停滞生长。羊草在重度刈割后所受到的影响十分严重，但每株羊草分蘖数会增加 1 个。羊草刈割后的恢复性明显高于所研究的赖草属其他物种，达到超补偿水平。根据当前研究，作者认为，刈割的频次及程度对羊草的生长具有重要影响。为了合理利用羊草草原，必须做到适度刈割和选择合适生态型的羊草具有重要意义。适应性强的灰绿型羊草具有更强的耐刈割特性。

关键词 羊草；幼苗；刈割；生态型；发育时期

引 言

草原生态系统是草原植物、动物及微生物之间互相影响和互相作用的结果。生态系统健康研究是近年来生态学领域的新热点，草原的活力与恢复力是评价草原健康的重要指标之一（燕红和马保连，2006）。草原的恢复力，在一定程度上表现为草原植物在受创伤之后的恢复能力，创伤包括被草原草食动物采食或损伤。

放牧行为对草原生态系统健康的影响，不同学者持有不同的观点（陈卫民等，2005）。有的学者认为，放牧通常对植物有害，家畜的采食使植物损失掉部分组织和器官，以及碳素和氮素，从而限制植物生长，降低植物的生物产量（Belsky，1986；Painter and Belsky，1993），增加植物死亡概率（Crawley，1983）。采食也阻碍了植物生殖枝的形成，延迟繁殖期，影响植物的生殖生长（Meyer，1998）。对于植物损伤后恢复，则根据损失的具体情况而定。如果只是损失了部分叶片，没有伤害生长点，植物可以很快恢复正常生长（Vallentine，1990）；如果损失掉大部分冠层，植物通过一段时间的调整后也可以恢复生长和功能；如果长时间多次去叶，植物没有恢复生长，光合速率和生长速率均会显著下降，资源也将会重新分配，结果将有可能导致植物内部资源耗净而死亡

（Briske and Richards，1995）。

然而，也有学者认为，某种程度上的放牧对植物而言并非总是有害，它也存在有利的一面（Paige and Whitham，1987）。放牧可以消除枯枝败叶，促进植物光合补偿能力的提高（Hilbert *et al.*，1981；Doescher *et al.*，1997），加速植物生长，提高植物的生产力（Hilbert *et al.* 1981；Oesterheld，1992；Van Staalduinen and Anten，2005；Graaf *et al.*，2005）。动物在啃食过程中残留在植物创口上的唾液能够刺激植物的生长（Johnston and Bailey，1972；Rooke，2003）。此外，放牧还可以促进动植物相互适应与协同进化（Owen and Wiegert，1981；Vail，1992），从而稳定草原生物间的相互关系，有利于草原生态系统的健康。

目前对羊草刈割的研究大多集中于宏观群落等生态系统方面的研究。刈割对于羊草个体在不同发育时期造成的影响迄今仍缺乏报道，对两种生态型羊草进行刈割的差异也尚无比较研究。本研究的目的是：①查明不同发育时期羊草在刈割后的高度动态变化；②两种生态型羊草在同一特定刈割时期的反应差异，确定何者更适合刈割；③比较羊草与其他赖草属植物对刈割反应的差异，寻找有利于刈割恢复的种质资源。

第一节　研究材料、关键技术和方法

一、研究材料实验基地概况

（一）河北省张家口市塞北管理区

1. 地理位置

河北省张家口市塞北管理区位于河北省西北部的张家口市北部，地处内蒙古高原南缘，西、北与内蒙古太仆寺旗、正蓝旗、多伦县、内蒙古黑城子示范区毗邻，东与承德丰宁县、南与张家口市沽源县接壤。

2. 气候环境

塞北管理区处于锡林郭勒草原南缘，全区地势平坦，具有疏缓丘陵、波状高原的地貌，隶属于温带半干旱大陆性季风气候。春季多大风，夏季受海洋性季风的影响较为温和湿润，冬季受蒙古高压控制，寒冷干燥。年均日照 2223 h，平均海拔1400 m，年均气温 1.4℃，年均降水量 400 mm，主要集中在 6～9 月，雨热同期。

（二）中国科学院植物研究所

1. 地理位置

中国科学院植物研究所位于北京市海淀区西部的香山东麓，西边越过香山为门头沟区，南边为石景山区。

2. 气候环境

北京市气候为典型的暖温带半湿润大陆性季风气候，四季分明。夏季炎热多雨，冬季寒冷干燥，春、秋短促。年平均气温 10～12℃，1 月平均气温－7～－4℃,7 月平均气温 25～26℃。极端最低气温－27.4℃，极端最高气温 42℃以上。全年无霜期 180～200 天。年平均降水量 600 mm，为华北地区降水最多的地区之一。降水季节分配很不均匀，全年降水的 75% 集中在夏季，7 月、8 月常有暴雨。冬季寒冷干燥，有时有风沙。

二、关键技术和方法

（一）羊草幼苗第 1 片真叶的刈割响应

1. 羊草单叶幼芽的培养

在直径 9 cm 的培养皿中，平铺 5 层滤纸，加入 5 mm 深的自来水，先用水从培养皿一端湿润后，再加入水分以防止产生气泡。均匀撒上约 100 粒羊草种子，放置于植物研究所的实验室中，室温下萌发。每天补充自然蒸发的水分。

2. 羊草幼苗第 1 片真叶高速生长时期的确定

挑选发芽的种子，置于一新的培养皿中，培养皿的处理方式如上所述。选取 30 株，每天定时记录植株第 1 片真叶的高度，直至出现第 2 片真叶，第 1 片真叶不再伸长，以确定高速生长期。

3. 羊草幼苗第 1 片真叶高速生长时期不同的刈割处理

选择同处于第 1 片真叶高速生长时期且幼苗大小长度近似的羊草幼苗进行以下不同的处理：第 1 片真叶切去一半；去除种子；去除幼根（留有 1 mm 左右）；同时进行上述处理中的 2 个或 3 个；保留 1 个不做任何刈割的处理作对照。处理时及处理后，每 4 h 记录一次第 1 片真叶长度变化情况，连续记录 24 h，不同处理见表 8.1，实验时间为 2007 年 3～9 月。

表 8.1　羊草幼苗第 1 片真叶的不同处理方式
Table 8.1　Different treatments of the first true leaf of *Leymus chinensis* plantlets.

处理	处理方式
处理 1	对照
处理 2	叶片切除 1/2
处理 3	去除种子
处理 4	去除种子并把叶片切除 1/2
处理 5	去除幼根
处理 6	去除幼根并把叶片切除 1/2
处理 7	去除种子及根
处理 8	去除种子及幼根并把叶片切除 1/2

（二）灰绿型及黄绿型两种生态型羊草的两次刈割

1. 羊草种子的萌发

将灰绿生态型（以下简称灰绿型）及黄绿生态型（以下简称黄绿型）两种生态型的羊草种子（2006年采集于植物所的实验田）浸湿后，空干水分，以没有水流出为宜，装入合适的容器，放入4℃冰箱中低温处理1周。

准备长、宽、高分别为30 cm、20 cm和10 cm的塑料盒两个。再准备一张比塑料盒底略大一点的滤纸及平整的报纸若干。先将报纸折叠成盒底大小，平铺到盒中，至少铺5层，然后铺上准备好的滤纸。先将报纸及滤纸从盒子一端浸湿，挤出中间出现的气泡。再加入少量水，待报纸及滤纸完全浸湿后，倒出剩余的水，将低温处理完的种子均匀地平铺到盒子中，置于实验室中自然萌发。每天补充水分，保持一定湿度，以防湿度过低影响萌发。

2. 羊草幼苗单株的种植及培养

待羊草幼苗萌发至足够1次种植时，小心挑选大小均匀一致的幼苗，置于盛有干净自来水的9 cm培养皿中准备移栽。挑选时要用镊子夹幼苗带秤的种子部位，以防止损伤幼嫩的幼苗。

准备足够数量的一次性塑料口杯（底直径4.5 cm，口直径7 cm，高9 cm），每杯中装入4/5颗粒细小的土壤，土壤中掺入已经混合均匀的1/3营养土。加入适量自来水，将土壤调成稀泥状，然后用镊子夹起幼苗的种子部位插入稀泥中0.5cm左右，每塑料杯种植4棵。在杯外壁做标记，移至植物所内的温室中培养。

隔天用喷壶喷入少许水，保持适当水分。平时注意观察，防止个别幼苗出现水分不足，影响发育。待幼苗长出第2片真叶时可适当少浇水。此后，逐渐减少灌水量，保持土壤水分但不结硬块。

3. 羊草单株的第1次刈割

羊草长至3~4叶期时，两种生态型的羊草各挑选140株，记录原始高度。其中每种生态型中有70株不进行处理而作为对照，将其余70株距离土壤表面6 cm以上的植株部分全部切去，刈割部位大致在第2片真叶的叶鞘上。刈割后继续在温室中培养，每3天定时记录高度，连续记录30天。2007年4月进行实验。

4. 羊草单株的第2次刈割

羊草长至7~8叶期时，进行第2次刈割。将进行过第1次刈割和作为对照的羊草各取一半进行第2次刈割，刈割方式与第1次刈割相同，留茬6 cm。刈割完后，羊草单株将分成没有进行过刈割处理的、只进行了第1次刈割处理的、只进行了第2次刈割处理的及两次都进行了刈割处理的4种不同类型，每种类型30余株。刈割30天后，统计植株的分蘖数及从根茎上发育出的分株数目，随机选取 30 株进行统计分析。

（三）塞北管理区 4 年生羊草地不同程度刈割响应

1. 羊草的生长情况

实验使用的羊草地属于 4 年生人工草地，面积约有 3000 m²（长 60 m、宽 50 m），在塞北牧场管理区于 2003 年夏季播种。2004 年羊草出苗稀疏，田间杂草种类繁多，有车前草（*Plantago asiatica*）、紫苞风毛菊（*Saussurea iodoste-gia*）、苦菜（*Ixeris chinensis*）、散穗早熟禾（*Poa subfastigiata*）、老芒麦（*Elymus sibiricus*）、垂穗披碱草（*Elymus nutans*）、翻白草（*Potentilla chinen-sis*）、大针茅（*Stipa grandis*）等。2005 年，垂穗披碱草和大针茅仍为主要杂草物种，2006 年，羊草成为主要物种。在实验前的 2007 年 7 月统计，羊草已占所有植物种类的 70% 以上，局部区域有丛生的大针茅和垂穗披碱草。

2. 羊草的样地选择及相应处理

在羊草草地中间地段，选定 6 个边长为 2 m 的正方形实验样地，呈 2 排排列，每排 3 个。实验样地之间的间隔为 40 cm，样地与周围草地间间隔为 50 cm。样地中间及与周围草地间的区域人工除净杂草，在实验前一年的 2006 年夏季完成样地的选择和样地的处理。

3. 羊草草地的刈割

将每一样地划分成 4 个边长为 1 m 的小正方形区域，用塑料绳标定好分界。量取每一块样地中羊草的平均高度，按羊草高度的 25%、50%、75% 随机选择一区域进行刈割，并留取区域一做对照。每一小区的刈割方式见表 8.2。

表 8.2　羊草样地小区域刈割处理方式

Table 8.2　Different mowing treatments in sampled plots of *Leymus chinensis*

样地	区域	刈割处理方式（切去%）
样地 1	1-1	50
	1-2	25
	1-3	75
	1-4	0
样地 2	2-1	0
	2-2	50
	2-3	25
	2-4	75
样地 3	3-1	25
	3-2	75
	3-3	50
	3-4	0

样地	区域	刈割处理方式（切去%）
样地 4	4-1	75
	4-2	0
	4-3	50
	4-4	25
样地 5	5-1	75
	5-2	50
	5-3	0
	5-4	25
样地 6	6-1	75
	6-2	0
	6-3	25
	6-4	50

样地及小区的标号如图 8.1 所示。

6-4	6-3	5-4	5-3	4-4	4-3
6-2	6-1	5-2	5-1	4-2	4-1
3-4	3-3	2-4	2-3	1-4	1-3
3-2	3-1	2-2	2-1	1-2	1-1

东
↑

图 8.1 实验样地中每一小区的编号及分布状况。

Fig. 8.1 Code number and distribution of experimental plots.

刈割时期为 2007 年 6 月，刈割后 30 天记录实验结果，包括刈割后每样地区域的羊草平均高度、刈割后羊草留茬所能达到的平均高度及分蘖百分数。

（四）赖草属 11 个物种生长期刈割响应

1. 赖草属 11 个物种的来源

实验用赖草属 11 个物种种属名、编号及来源见表 8.3。

表 8.3　赖草属 11 个物种的种属名、编号及来源

Table 8.3　The specie name, code number and source of 11 *Leymus* species

物种	种质库编号	来源
Leymus akmolinensis	531794	Germany
Leymus angustus	598803	Russian Federation
Leymus arenarius	316233	Former Soviet Uion

物种	种质库编号	来源
Leymus chinensis	499516	China
Leymus cinereus	537354	US
Leymus hybrida	537362	US
Leymus karelinii	598551	China
Leymus multicaulis	499520	China
Leymus racemosus	313965	Former Soviet Union
Leymus salinus	537354	US
Leymus secalinus	531817	US

2. 赖草属 11 个物种的种植培养

赖草属的 11 种植物种植于植物所实验田中,每一物种种植 1～3 桶。桶为塑料所制,底部有孔,桶口直径 40 cm,桶底直径 35 cm,桶深 45 cm。桶埋于大田中,桶口与土面齐。11 种赖草属植物的种植时间为 2004 年 5 月。

3. 赖草属 11 种植物的刈割

每一物种挑选 10 株大小近似的植株,其中的 5 株切去植株离地面 9.0 cm 的部分,剩余的 5 株作为对照。刈割后,每 3 天记录一次高度变化情况,连续记录 30 天。

4. 补偿效应的计算方法

刈割后赖草属 11 种植物的补偿效应采用类似 Niels 等(2003)的补偿计算方法。

$$L_{pot} = H_u - H_p \tag{8.1}$$

$$L_{real} = H_u - H_d \tag{8.2}$$

$$C = [(L_{pot} - L_{real})/L_{pot}] \times 100\%$$
$$= \{[H_d - H_p]/[H_u - H_p]\} \times 100\% \tag{8.3}$$

式中,L_{pot} 为没有刈割时预期高度增加;L_{real} 为最终实际测量的高度增加;H_d 为进行刈割处理后的羊草对照组的最终实测高度;H_p 为羊草刈割后假设没有补偿效应的羊草高度;H_u 为没有刈割处理羊草的最终实测高度;C 为补偿量。

其中,H_p 的计算如下:

$$H_p = H_u/H_{u0} \times H_{d0} \tag{8.4}$$

式中,H_{u0} 为羊草在刈割处理前的高度,也是羊草对照组的高度;H_{d0} 为刈割后羊草剩余部分的原始高度。

当 $C>100\%$ 时为超补偿，$C=100\%$ 时为等补偿，$0<C<100\%$ 时为部分补偿，$C=0\%$ 时为无补偿，$C<0\%$ 时为负补偿。

第二节　研究取得的重要进展

一、羊草幼苗第 1 片真叶的刈割响应

（一）羊草幼苗第 1 片真叶高速生长时期的确定

羊草幼苗第 1 片真叶的生长曲线如图 8.2 所示。

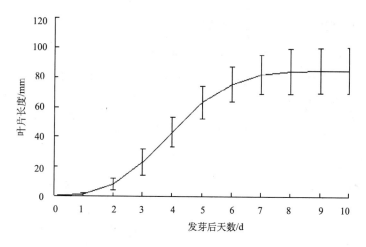

图 8.2　羊草幼苗第 1 片真叶生长曲线。

Fig. 8.2　The growth curve of the first true leaf of *Leymus chinensis* plantlets.

羊草幼苗第 1 片真叶的生长曲线为倒 S 形曲线。羊草幼苗第 1 片真叶在种子发芽 2 天后，开始进入高速生长时期，持续 4～5 天，由 10 mm 左右生长至 80 mm 左右。此时，生长速率明显高于其他阶段，此后生长速率逐渐降低，直至为零。

（二）羊草幼苗第 1 片真叶高速生长时期不同的刈割处理

羊草幼苗在第 1 片真叶时期不同刈割处理方式产生的结果如图 8.3 和图 8.4 所示。结果表明，羊草幼苗第 1 片真叶在 8 种不同处理方式下的生长情况有明显区别。在没有经过任何处理的对照与只进行叶片切半的处理中，羊草幼苗第 1 片真叶的生长曲线几乎一样，表明在羊草幼苗第 1 片真叶的生长过程中，切去的一半幼叶片对羊草剩余叶片部分的生长没有明显影响。

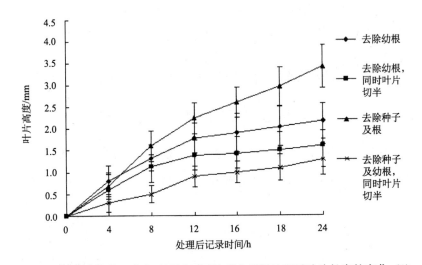

图 8.3　羊草幼苗第 1 片真叶采用不同处理在刈割处理后叶片长度的变化（1）。

Fig. 8.3　Changes of leaf length after different defoliation treatments in the first true leaf of *Leymus chinensis* plantlets (1).

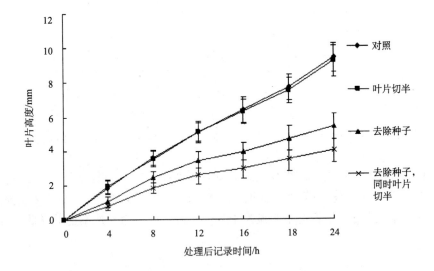

图 8.4　羊草幼苗第 1 片真叶采用不同处理在刈割处理后叶片长度变化（2）。

Fig. 8.4　Changes of leaf length after different defoliation treatments in the first true leaf of *Leymus chinensis* plantlets (2).

当去除种子后，羊草幼苗第 1 片真叶的生长明显受到影响，可见种子及新萌发出的幼根在羊草第 1 片幼叶的生长过程中具有重要的作用。当去除种子后，第 1 片真叶的作用明显表现出来，切去一半真叶的幼苗叶片生长速率明显低于没有切去真叶的幼苗。

去除幼根对羊草幼苗第 1 片真叶生长也具有明显影响。切除幼根后，第 1 片真叶的生长也受到显著影响，切去一半真叶的幼苗叶片生长速率明显低于没有去根和没有切去真叶的幼苗。

二、黄绿型及灰绿型两种生态型羊草的刈割响应

（一）黄绿型及灰绿型两种生态型羊草第 1 次刈割前后高度对比

黄绿型及灰绿型两种生态型羊草刈割前后 30 天高度的对比如图 8.5 所示。

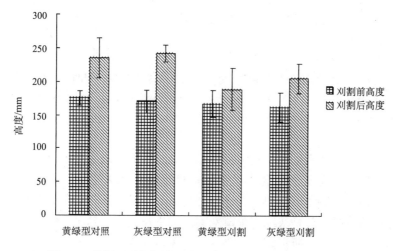

图 8.5　黄绿型及灰绿型两种生态型羊草刈割前后高度对比。

Fig. 8.5　Comparison of individual height between yellow green and grey green ecotypes of *Leymus chinensis* in control and defoliation treatments.

第 1 次刈割后，无论是黄绿型还是灰绿型，30 天后高度都低于没有进行刈割处理的对照组，其中灰绿型为对照的 89.1%，黄绿型为对照的 80.6%，两者加权平均为 85.1%。刈割处理对两种生态型羊草 30 天后高度的影响是显著的，而刈割处理在两种生态型的羊草之间没有差异。

（二）黄绿型及灰绿型两种生态型羊草第 1 次
刈割后高度随时间的变化

黄绿型及灰绿型两种生态型羊草在 3~4 叶期的第 1 次刈割后高度随时间的变化趋势如图 8.6 所示。

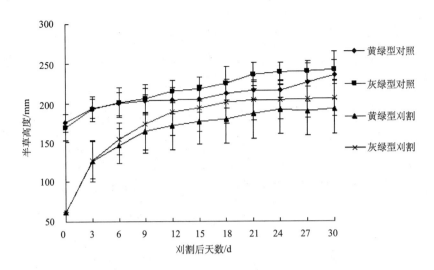

图 8.6　黄绿型及灰绿型两种生态型羊草刈割后高度随时间的变化曲线。

Fig. 8.6　The growth curve of individual height between yellow green and grey green ecotypes of *Leymus chinensis* in control and defoliation treatments.

　　无论是否进行刈割处理，黄绿型羊草长势要略逊于灰绿型羊草，两种生态型羊草的生长速率（高度日增量）都随时间的增加而有所降低。刈割后 12 天内，无论黄绿型还是灰绿型羊草的生长速率都明显高于没有进行刈割处理的对照。12 天后，无论是黄绿型还是灰绿型羊草刈割后的生长速率都趋于平缓，并且接近对照，如图 8.7 和图 8.8 所示。

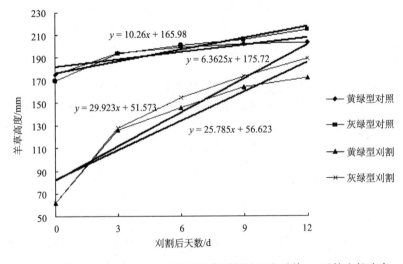

图 8.7　黄绿型及灰绿型两种生态型羊草刈割处理之后前 12 天的生长速率。

Fig. 8.7　The growth rate in yellow green and grey green ecotypes of *Leymus chinensis* the first 12 d after defoliation treatments.

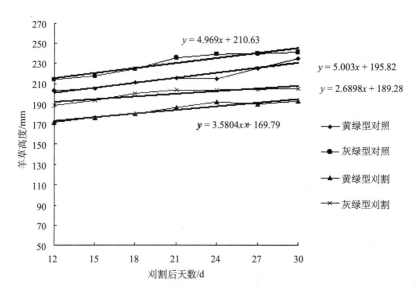

图 8.8　黄绿型及灰绿型两种生态型羊草刈割处理 12~30 天后的生长速率。

Fig. 8.8　The growth rate in yellow green and grey green ecotypes of *Leymus chinensis* 12~30 d after defoliation treatments.

在黄绿型和灰绿型羊草中，幼苗第 1 片真叶在不同刈割处理之后的前 12 天，每 3 天的生长高度平均为 25~30 mm，远高于没有进行刈割处理的对照组。黄绿型和灰绿型羊草的对照组每 3 天的生长高度平均为 6~10 mm，为刈割处理的 1/3~1/4。

两种生态型羊草的幼苗在第 1 片真叶进行不同刈割处理 12 天后，每 3 天平均生长 3~4 mm，接近对照组每 3 天的平均生长高度 4~5 mm。与刈割处理后前 12 天的生长速率相比，具有显著的差异。

（三）黄绿型及灰绿型两种生态型羊草第 2 次 刈割后分蘖及根茎型分株数目的变化

黄绿型和灰绿型两种生态型羊草的单株在经过 2 次刈割之后，4 种不同处理方式得到的每株平均分蘖数及根茎型分株数见表 8.4。

从表 8.4 可以得出，在对照组中，灰绿型羊草的平均分蘖数低于黄绿型羊草，而平均的根茎型分株数没有明显区别。

只进行第 1 次刈割的分组中，灰绿型的平均分蘖数略高于黄绿型，明显高于对照，但是黄绿型的分蘖数没有明显变化。这表明，灰绿型羊草在刈割后，分蘖数会增加。灰绿型的根茎型分株平均数也有明显增加，而黄绿型羊草却明显减少，与对照组相比存在明显差异。在分蘖和分株总数方面，灰绿型在第 1 次刈割后平均增加 1 株左右，而黄绿型却减少 1 株左右。

表 8.4　第 2 次刈割后两种生态型羊草平均分蘗数及根茎型分株数。

Table 8.4　The average number of ramets of rhizome type and tillers in two ecotypes of *Leymus chinensis* after defoliation treatments of the second times.

处理方式	平均分蘗数			平均根茎型分株数			平均分蘗及分株总数		
	灰绿型	黄绿型	总计	灰绿型	黄绿型	总计	灰绿型	黄绿型	总计
对照	0.55	0.73	0.65	1.82	1.87	1.85	2.37	2.60	2.50
第 1 次刈割	1.00	0.80	0.91	2.40	1.00	1.78	3.40	1.80	2.69
第 2 次刈割	0.00	0.00	0.00	1.75	2.00	1.80	1.75	2.00	1.80
两次刈割	0.36	0.25	0.31	1.21	1.58	1.38	1.57	1.82	1.69

只进行第 2 次刈割的处理中，两种生态型羊草都没有分蘗。灰绿型羊草的根茎型分株数相对于对照组没有明显变化，相对于第 1 次刈割具有一定程度的减少。黄绿型的根茎型分枝与对照组相比没有明显变化，但高于进行过第 1 次刈割的组别。在分蘗和根茎型分株总数方面，两种类型都有明显减少的趋势，灰绿型羊草的总数远低于进行第 1 次刈割的分组，而黄绿型略高。

进行过两次刈割的分组中，两种生态型羊草的分蘗数都低于对照组和只进行第 1 次刈割的分组，高于只进行第 2 次刈割的分组，灰绿型略高于黄绿型。灰绿型羊草的根茎型分株数低于其他三个处理组别，黄绿型的根茎型分株数则只高于只进行过第 1 次刈割的组别。在分蘗和根茎型分株的总和上，进行第 2 次刈割的灰绿型低于其他处理的组别，黄绿型除类似于只进行过第 1 次刈割的组别外，也低于其他处理的两个组别。

三、塞北管理区 4 年生羊草地刈割响应

（一）羊草样地 4 种不同刈割处理后的高度差异

6 块实验样地在 4 种不同处理（即刈割去除高度占 75％、50％、25％的羊草及无刈割对照）30 天后的高度如图 8.9 所示。没有进行刈割处理的对照、25％的刈割及 50％的刈割处理 30 天后，平均高度非常接近，为 50 cm 左右，与 1 个月前的平均高度 40 cm 左右相比，平均增高约 10 cm。刈割 75％的羊草区域，平均高度只有 40 cm 左右，刚刚达到没有刈割前的高度。

（二）不同刈割后植株留茬能达到的高度差异

不同刈割处理后羊草植株的留茬在 30 天后所达到的高度如图 8.10 所示。进行 25％和 50％刈割处理的羊草植株都能继续生长，可以达到没有进行刈割处理的平均高度 40 cm 左右。而进行 75％刈割处理的羊草植株留茬不再继续生长，基本保持刈割后的高度不变，不能达到未刈割植株的平均高度。

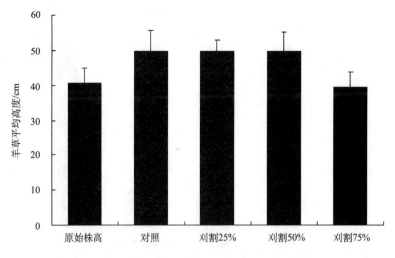

图 8.9 羊草样地不同刈割处理 30 天后的平均高度。

Fig. 8.9 The average height of *Leymus chinensis* plants 30 d after different defoliation treatments.

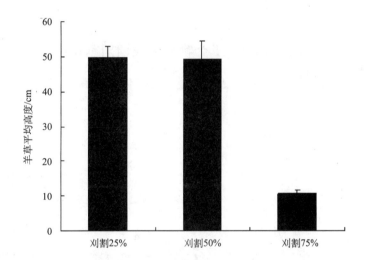

图 8.10 不同刈割处理后羊草植株留茬在 30 天后所达到的高度。

Fig. 8.10 The stubble height of *Leymus chinensis* plants 30 d after different defoliation treatments.

（三）不同刈割处理羊草分蘖数目的差异

不同刈割处理羊草的分蘖数目存在明显差异，如图 8.11 所示。进行 75％刈割处理的羊草留茬有近 90％个体进行了分蘖，而对照及进行 25％和 50％刈割处理的羊草分蘖数目低于进行 75％刈割处理的羊草，进行 25％和 50％刈割处理的羊草分蘖数略高于没有进行处理的对照。

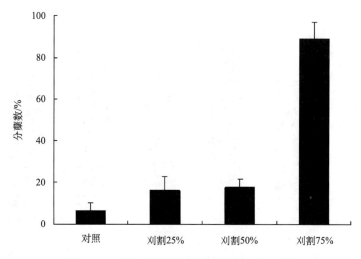

图 8.11　不同刈割处理羊草分蘖数目的差异。

Fig. 8.11　Difference of tiller number of *Leymus chinensis* plants between different defoliation treatments.

四、赖草属 11 个物种生长期刈割响应

赖草属 11 种植物刈割后 30 天补偿量动态变化如图 8.12 所示。

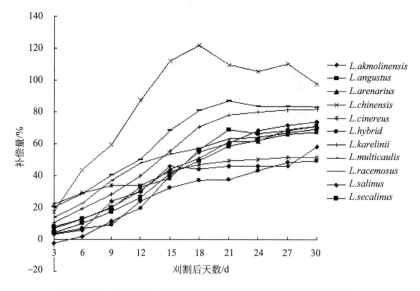

图 8.12　赖草属 11 个物种刈割后 30 天补偿量动态变化。

Fig. 8.12　The compensation dynamics of 11 *Leymus* species the first 30 d after defoliation treatments.

如图 8.12 所示，赖草属大多数物种在刈割后补偿量是随时间增大的，此种类型植物共有 8 种。此外还有 3 种植物（L. chinensis、L. racemosus 和 L. secalinus）刈割后的补偿量先增大到一定值，然后再减小。

羊草刈割后的补偿量在刈割后的第 18 天达到最大值，此后下降到 100% 以下。羊草补偿量的动态变化曲线位于其他 10 种赖草属植物之上，这表明，羊草刈割后的补偿效应在所研究的 11 种赖草属植物中是最好的。

羊草刈割后的补偿量变化从低于 20% 到 120% 左右，先后经历了部分补偿、等补偿和超补偿 3 个不同补偿阶段。在刈割后 13 天左右，从 20% 的部分补偿升高到等补偿，此后继续上升为超补偿，超补偿维持 10 多天后，补偿量降到 100% 以下，为部分补偿。

第三节　研究结论与讨论

一、羊草幼苗第 1 片真叶的刈割响应

羊草幼苗第 1 片真叶的生长曲线表现为一个倒 S 形曲线。羊草幼苗第 1 片真叶 10 天内的曲线大致可以分为 3 个阶段：出苗期（出芽至第 2 天）、高速生长期（出芽第 2 天至第 7 天）及生长后期（出芽第 8 天至第 10 天）。生长后期羊草真叶长度增长趋于零，此段时期，第 1 片真叶达到最大长度而停止生长。观察发现，当羊草第 2 片真叶长出后，第 1 片真叶的高度不再发生变化，当羊草发育到一定时期，第 1 片真叶将干枯萎缩。

去除种子的幼苗生长比没有去除种子的幼苗缓慢，这表明在羊草幼苗的发育过程中，羊草种子发挥着重要作用。我们的实验证明羊草种子可以充当幼苗的能量库。如果将去除种子的幼苗再补充一部分蔗糖，幼苗的生长可能会得到一定程度的恢复。第 1 片真叶高速生长发育时需要一定能量，种子供应的能量可能起重要作用。切去一半真叶的植株，生长速率几乎不受影响，这说明切去的一部分叶片对此时的幼苗生长没有明显影响，正在发育的真叶是一个需要消耗营养的库叶。第 1 片真叶的居间分生组织位于真叶基部 2 mm 之内。当种子及一半长度的真叶同时去除时，剩余真叶的生长速率发生变化，低于只去除种子的生长速率，可见真叶对于自身生长具有一定的作用，但该现象在只去除一半叶片的处理中没有表现出来，这表明，种子作为一个能量库储存的能量足够第 1 片真叶的生长需求，真叶自身的能量贡献并不是必需的。

羊草幼苗的幼根也是一个库源，它对于第 1 片真叶发育所贡献的能量在本实验中无法确定，幼根主要为幼苗提供水分供应，去除幼根将改变水分供应条件。

二、黄绿型及灰绿型两种生态型羊草的刈割响应

在羊草 3、4 叶期进行刈割，1 个月之后的苗高明显低于未刈割的对照，表

明此时刈割对羊草的影响十分明显，虽然如此，但仍有一定程度的恢复。在两种生态型羊草之间，刈割处理没有发现明显区别。无论是否进行刈割处理，黄绿型羊草长势要略逊于灰绿型羊草。发芽实验表明，灰绿型羊草比黄绿型羊草具有更高的发芽率。产生这些差异的一个可能的解释是，灰绿型羊草比黄绿型羊草具有更好的生理适应性。有研究表明，两种类型的羊草在适宜的土壤环境中的产量差异不大，但在极端恶劣的环境中时，灰绿生态型羊草表现出较强的生理适应性（周婵和杨允菲，2003）。根据以上研究，我们认为，灰绿型羊草比黄绿型羊草更适宜做牧草。

刈割处理后 12 天内，黄绿型和灰绿型羊草的生长速率远高于没有进行刈割处理的对照组。黄绿型和灰绿型羊草对照组的生长速率仅为刈割处理的 1/3～1/4。产生这种情况的主要原因是：刈割全株之后，长出的再生叶片的光合作用能力升高（Hilbert et al.，1981；Doescher et al.，1997），光合/光强值增大，光补偿点降低，而光饱和点基本不变（杜占池和杨宗贵，1989），最终再生叶片的生长速率明显高于未进行刈割的植株（Van Staalduinen and Anten，2005；Graaf et al.，2005）。羊草幼苗的第 1 片真叶在不同刈割处理 12 天后，黄绿型和灰绿型羊草均接近于对照组的生长速度。这可能表明，新长出叶片的光合速率和光合/光强值等指标已接近未进行刈割处理的叶片，这也可能是植物在刈割以后的一种自我保护和恢复机制。

第 2 次刈割后的统计结果显示，未进行刈割处理的灰绿型羊草的平均分蘖数低于黄绿型羊草。而经过一次刈割后，灰绿型羊草的平均分蘖数略高于黄绿型羊草，明显高于对照，分蘖及分株总数也明显增加，黄绿型羊草的则减少。这些结果表明，灰绿型羊草能更好适应刈割伤害，而黄绿型羊草的适应能力相对较弱。这与灰绿型羊草表现出较强的生理适应性的相关论断一致。先前研究者推测，灰绿型羊草分蘖增多的原因可能是刈割解除了由茎尖分泌的生长激素对茎基分蘖芽生长的抑制作用，最终使分蘖的密度增加（鲍雅静等，2004）。在黑麦草中，刈割也能使分蘖的数目增加（王文等，2003）。杨允菲等（1998）的研究认为，当母株受到去叶干扰以后，将有更多的分蘖芽直接向上生长，当母株健康生长时，便有更多的分蘖芽远离母株横向生长，从而导致根茎型分蘖数的减少。

在只进行第 2 次刈割的处理中，两种生态型羊草都没有分蘖，从分蘖及根茎型分株总数上看，两种类型羊草都表现为明显减少的趋势。此结果表明，在不同发育时期进行刈割对羊草植株的分蘖能力具有明显不同的影响。第 2 次刈割时，羊草的禾草茎尖被刈割掉，主茎不再继续生长，这可能对分蘖的发生具有消极影响。我们的结果与 Davies（1988a，1988b）的研究结果一致。Davies（1988b）认为刈割时间对草丛特征有重要影响。由于被刈割的分蘖不能再继续生长，再生主要依靠那些没有被刈割的而且能继续发育新叶和茎的分蘖。进行过两次刈割的处理中，两种生态型的分蘖数都低于对照和只进行第 1 次刈割的处理。表明高频次的刈割对羊草的伤害更严重，对其恢复生长更不利。羊草与新麦草相比，后者更耐刈割，一年可进行三次（戎郁萍等，2000），多花黑麦草对多次刈割也不敏感（何峰等，2005）。新麦草更耐刈割的原因有两个方面，一是由于新麦草是丛生下繁禾草，基部叶量丰富，刈割后仍有大量的叶残留，仍能进行光合作用；二是新麦草茎基部含有比羊草更高的储藏性碳水化合物（白可喻等，1996）。

三、塞北管理区 4 年生羊草地刈割响应

三种处理（即没有进行刈割处理的对照、25％的刈割和50％的刈割）间在30天后的平均株高非常接近。但刈割了75％的羊草群体，平均高度刚刚达到没有刈割前的高度，比前面三种处理低 10 cm 左右。这表明，仅仅从高度这个指标看，羊草恢复性生长的程度依赖于刈割处理的留茬高度，留茬高则容易恢复，留茬低则恢复较困难。如果留茬高，刈割去除的营养部分少，那么恢复潜力就大。进行75％刈割处理的植株不再继续生长，基本保持刈割后的高度不变，无法达到未刈割植株的平均高度。生长停止是因为禾草茎尖的刈除，从而导致茎的生长和开花结籽的终止（鲍雅静等，2004）。如果刈割的部位位于禾草茎尖以上，那么植株依然能继续生长，能够拔节增高，恢复刈割前的高度之后继续生长。我们观察，被刈割掉茎尖后分蘖并没有像鲍雅静等（2004）描述的那样，一旦茎尖被去除就会死掉的情况。我们的实验表明，羊草植株的茎尖被去除后，虽然不能继续向上生长，但是依然能够存活。这些去除茎尖后继续生活的羊草部位，可能依然具有重要作用。戎郁萍等（2000）认为新麦草刈割后，前 2 周茎基部总糖含量下降幅度大，留茬高度越低，下降速度越快，且再生能力越强。这表明，留茬内储藏的能量物质在羊草分蘖时可能会发生转移，从而促进分蘖发生。

进行75％刈割处理的羊草留茬有近90％的个体进行了分蘖，而对照及进行25％和50％刈割处理的羊草分蘖数显著低于75％刈割处理的羊草。可能的原因是，茎尖的刈除解除了由茎尖分泌的生长激素对茎基分蘖芽生长的抑制作用，茎基部的分蘖得以直接向上生长，补充被移除母株所占据的空间。如果在营养期，当母株受到去叶干扰以后，就有更多的分蘖芽直接向上生长（杨允菲等，1998）。新萌发出的分蘖长势明显劣于未刈割处理的羊草，整个样地的羊草受到抑制。这同时也证实，去除茎尖的重度刈割对羊草这类根茎型禾草具有明显的抑制效应（鲍雅静等，2005），这些结果与新麦草不同，新麦草留茬越少，再生能力越强（戎郁萍等，2000），新麦草适应留茬 4 cm 的重度刈割（霍成君等，2000）。同时，重度刈割也会使羊草出让空余生态位，这部分生态位会被新萌发出的分蘖及耐受刈割的杂草占据，从而提高草地物种的多样性（Bakker and Olff，1995；Fenner and Palmer，1998），这已经被某些实验所证实（王国良等，2007）。

四、赖草属 11 种植物生长期对刈割的响应

赖草属的大多数物种在刈割后的补偿量随时间增加而增大，也有少数物种在刈割后补偿量先增大到一定值，然后再减小。所研究的赖草属植物补偿量的增加大致是先快速生长，然后趋于平缓。在生长曲线的斜率变化上，开始斜率大，而后斜率变小，这可能与刈割后新生叶片具有更高的光合能力有关（杜占池和杨宗贵，1989），新生叶片在短时间内具有比原有未刈割叶片更大的生长趋势。羊草的补偿量动态变化线位于其他所有 10 种赖草属植物的上部，羊草刈割后的补偿效应在所有 11 种赖草属植物中是最好的。羊草的补偿量先后经历了部分补偿、等补偿和超补偿三个不同的补偿阶段，表现出一个峰状曲线，这是因为在刈割后的 1 个月时间内，刚好是其拔节增高和高速增长时期。依据 Niels 等（2003）的补偿量计算公式，在这段时期内羊草会出现很高的补偿量，甚至表现为超补偿，相对拔节前后较低的补偿量，会出现一个明显的峰状突起。至于赖草属 11 种植物补偿量动态曲线的差异，则可能是由其物种本身原因导致的。同一属的不同物种可能存在对刈割的不同反应，不同物种即使对刈割可能存在类似反应，但是不同物种处于不同发育时期，也会产生不同的表现。

综上所述，在不同时期进行刈割处理，对羊草植株均产生不利影响，但影响的程度有较大差异，羊草个体会通过提高生长速率、增加分蘖等方式抵御刈割造成的不利影响。较轻程度的刈割对羊草生长影响相对较小，重度刈割则影响巨大，羊草不适应重度刈割。

由此可见，在对羊草草原合理利用时，适度刈割很关键，刈割的频次及程度将直接影响羊草的恢复生长。另外，选用适应性强的灰绿型羊草对于提高羊草草地的耐牧性具有积极作用。本研究对进一步开展基于生物量变化的动态研究工作具有一定的指导意义。

第四节　小结与展望

通过研究羊草对刈割的响应规律，作者得出以下主要结论：苗期刈割对羊草生长无显著影响；3～4 叶期时的刈割对羊草植株造成的伤害相对较小，羊草个体能够恢复到对照水平；拔节后进行的刈割，如果刈割部位在茎尖以上，对羊草个体产生的影响相对较小，在茎尖以下则会导致刈割植株的生长停滞。在两种生态型羊草中，灰绿型羊草更能耐受刈割。通过对赖草属 11 种植物的比较发现羊草具有较强耐刈割能力。

同时，结合已有结果，作者认为以下研究工作值得进一步关注：

1. 目前，苗期和 3～4 叶期刈割，羊草快速生长恢复的机制还不清楚，因此有必要研究刈割后羊草植株物质和能量的损失和恢复过程，建立羊草刈割后的生

长恢复数学模型，提出精确的评价体系。这对于阐明羊草补偿机制，制定合理的牧草生产管理模式具有重要意义。

2. 羊草在赖草属 11 种植物中具有较强耐刈割能力，建议从细胞学、生理学、分子生物学等方面阐明其耐刈割的机制。

参 考 文 献

白可喻，赵萌莉，卫智军，等. 1996. 刈割对荒漠草原集中牧草贮藏碳水化合物的影响. 草业学报，4（2）：127-132.

鲍雅静，李政海，仲延凯，等. 2004. 不同频次刈割对内蒙古羊草草原群落能量固定与分配规律的影响. 草业学报，13（5）：46-52.

鲍雅静，李政海，仲延凯，等. 2005. 不同频次刈割对羊草草原主要植物种群能量现存量的影响. 植物学通报，22（2）：153-162.

陈卫民，武芳梅，罗有仓，等. 2005. 不同放牧强度对草地土壤含水量，草地生产性能和绵羊增重的影响. 黑龙江畜牧兽医，10：63-65.

杜占池，杨宗贵. 1989. 刈割对羊草光合特性影响的研究. 植物生态学与地植物学学报，13（4）：318-324.

何峰，李向林，白静仁，等. 2005. 环境因子和刈割方式对两种冷季型牧草冬季生长速率的影响. 中国草地，27（5）：38-41.

霍成君，韩建国，洪绂曾. 2000. 刈割期和留茬高度对新麦草产草量及品质的影响. 草地学报，8（4）：319-327.

戎郁萍，韩建国，王培，等. 2000. 刈割强度对新麦草产草量和贮藏碳水化合物及含氮化合物影响的研究. 中国草地，2：28-34.

王国良，李向林，何峰，等. 2007. 刈牧强度对羊草草地植被数量特征影响的研究. 中国草地学报. 29（3）：10-16.

王文，苗建勋，常生华，等. 2003. 刈割对混播草地种群生长与产量关系及种间竞争特性的影响. 草业科学，20（9）：20-23.

燕红，马保连. 2006. 草原生态系统健康与评价研究进展. 内蒙古环境保护，18（2）：3-5.

杨允菲，郑慧莹，李建东. 1998. 不同生态条件下羊草无性系种群分蘖植株年龄结构的比较研究. 生态学报，18：302-308.

周婵，杨允菲. 2003. 松嫩平原两种趋异类型羊草实验种群对盐碱胁迫的水分响应. 草业学报，12（1）：65-68.

Anten N P R，Martinez-Ramos M，Ackerly D D. David D Ackerly. 2003. Defoliation and growth in an understory palm：quantifying the contributions of compensatory responses. Ecology，84：2905-2918.

Bakker J P，Olff H. 1995. Nutrient dynamics during restoration of fen meadows by haymaking without fertilizer application. *In*：Wheeler B D，Shaw S C，Fojt W J，*et al*. Restoration of Temperate Wetlands. Chichester：John Wiley & Sons，14-166.

Belsky A J. 1986. Does herbivory benefit plants? A review of the evidence. Amer Nat，127：870-892.

Briske D D，Richards J H. 1995. Plant responses to defoliation：a physiological，morphological，and demographic evaluation. *In*：Bedunah D J，Sosebee R E. Physiological Ecology and Developmental Morphology. Society of Range Management，Denver，Colorado：Wildland Plants：635-710.

Crawley M J. 1983. Herbivory：the dynamics of animal-plant interactions. Oxford，UK：Blackwell Scientific Publications.

Davies A. 1988a. The regrowth of grass swards. *In*: Jones M B, Lazenby A. The Grass Crop. London: Chapman and Hall Ltd: 85-177.

Davies A. 1988b. The regrowth of grass swards. *In*: Jones M B, Lazenby A. The Grass Crop. London: Chapman and Hall Ltd. 85-117.

Doescher P S, Svkjcar T J, Jaindl R G. 1997. Gas exchange of Idaho fescue in response to defoliation and grazing history. J Range manage, 50: 285-289.

Fenner M, Palmer L. 1998. Grassland management to promote diversity: creation of a patchy sward by mowing and fertilizer regimes. Field Stud, 9: 313-324.

Graaf A J V, Stahl J, Bakker J P. 2005. Compensatory growth of *Festuca rubra* after grazing: can migratory herbivores increase their own harvest during staging? Funct Ecol, 19: 961-969

Hilbert D W, Swift D M, Dehing J K, *et al*. 1981. Relative growth rates and the grazing optimization hypothesis. Oecologia, 51: 14-48.

Johnston A, Bailey C B. 1972. Influence of bovine saliva on grass regrowth in the greenhourse. Can J Anim Sci, 52: 572-574.

McNaughton S J. 1986. On plant and herbivores. Amer Nat, 128: 765-770.

Meyer G A. 1998. Mechanisms promoting recovery from defoliation in goldenrod (*Solidago altissima*). Can J Bot, 76: 450-459.

Oesterheld M. 1992. Effect of defoliation intensity on aboveground and belowground relative growth. Oecologia, 92: 313-316.

Owen D F, Wiegert R G. 1981. Mutualism between grasses and grazers: an evolutionary hypothesis. Oikos, 38: 376-378.

Paige K N, Whitham T G. 1987. Overcompensation in response to mammalian herbivory: The advantage of being eaten. Amer Nat, 129: 407-416.

Painter E, Belsky A J. 1993. Application of herbivore optimization theory to rangelands of the western UnitedStates. Ecol Appl, 3: 2-9.

Rooke T. 2003. Growth response of a woody species to clipping and goat saliva. Afr J Ecol, 41: 324-328.

Vail S G. 1992. Selection for overcompensatory plant responses to herbivory: a mechanism for the evolution of plant-herbivore mutualism. Amer Nat, 139: 1-8.

Vallentine J F. 1990. Grazing Management. San Diego: Academic Press.

Van Staalduinen M A, Anten N P R. 2005. Differences in the compensatory growth of two co-occurring grass species in relation to water availability. Oecologia, 146: 190-199.

第九章　羊草耐牧机制

摘　要　放牧和刈割是草原和人工草地的主要利用方式。了解植物对刈牧的响应方式和抵御机制，可以指导我们适时适度放牧和刈割，实现草原生态系统的健康可持续发展。我们以羊草为材料，系统研究了刈割后羊草形态结构、生理、生化、基因表达及激素信号等方面的变化，从不同角度对羊草叶片再生过程中的光合适应性进行了分析，研究结果如下所述。①刈割后羊草地上和地下形态结构变化较大，植株变得矮小，叶量、叶片面积减少，植株密度随刈割强度的增加而呈波动式下降的趋势；生殖枝分化率及穗长显著降低。②叶绿体体积显著增大，叶绿体基粒片层数显著增加，并且保证较大的叶绿体面积朝向细胞间隙，沿细胞壁整齐排列。③叶片叶绿素 a、叶绿素 b 和总叶绿素含量显著增加，叶片的光合放氧能力显著大于对照，并随着再生时间的延长而提高。④随着叶片伸长，$rbcL$ 和 $rbcS$ 的基因表达水平呈先逐渐升高后降低的过程，刈割较对照叶片 $rbcL$ 和 $rbcS$ 表达量提前达到最大值。⑤脱落酸（ABA）含量显著增加，在去叶 24 h 后达到顶峰，表明 ABA 可能参与刈割响应或信号转导。

关键词　放牧；刈割；恢复生长；叶绿素；光合作用；脱落酸

引　言

放牧和刈割是草原和人工草地的主要利用方式。合理的或者不合理的刈牧将使草地进展演替或退化演替（任继周，1998）。近年来，由于不合理的刈牧管理，致使我国天然草原已有近 1/3 的面积处于不同程度的退化之中，呼伦贝尔草原、锡林郭勒草原和鄂尔多斯草原退化面积分别达 23％、41％、68％（李金花等，2002）。草原大面积退化已严重威胁到我国畜牧业生产和牧区人民的生活。了解植物对去叶的响应方式和抵御机制，可以指导我们适时适度放牧和刈割，从而激发植物的抵御机制，调控植物的生长发育，实现草原生态系统的健康持续发展。

羊草（*Leymus chinensis*）又名碱草，隶属禾本科赖草属，它是欧亚大陆草原区东部草甸草原及干旱草原上的重要建群种之一，是我国内蒙古东部草原和东北草原植被中的优势种。近年来，羊草一直是科学研究工作者关注的热点。国内的研究多集中在羊草种质资源的收集、整理、保存和多样性分析，以及羊草的生物学特性、休眠生理、引种试验、草场改良和草原生态等方面。

羊草刈牧的研究主要集中在天然割草地上，研究较多的是松嫩平原的羊草草

甸草原 (杨允菲和李建东, 1994; 王仁忠, 1997)。此外, 自 1982 年以来, 针对内蒙古羊草草原开展了刈割效应的长期定位监测与研究工作 (仲延凯和孙维, 1998; 仲延凯等, 1999; 鲍雅静等, 2001)。刈牧对羊草形态、生理和生态方面的影响一直是研究的热点, 内容主要包括: 刈割后羊草恢复性生长, 如刈割后羊草叶片的再生转化 (刘军萍等, 2003); 刈割对羊草叶面积指数、地上生物量、生殖分配的影响 (王仁忠, 2001; 包青海等, 2003; 鲍雅静等, 2004; Cullen et al., 2006); 不同刈割部位对羊草叶片光合特性的影响 (杜占池和杨宗贵, 1989); 氮素收支平衡、磷钾元素的变化 (赵萌莉等, 1999; 仲延凯等, 1999); 刈割方式 (包括刈割时期、刈割频率等方面) 对植物群落组成、群落生产力和草场质量、土壤水分状况和土壤硬度等物理性状方面的影响, 还包括割草地的施肥效果等 (鲍雅静等, 2005)。

但是, 当前有关刈割对羊草生长性状影响的研究尚未系统开展。重度刈牧后禾草失去大量光合叶面积, 导致尚处于分裂或伸长阶段的未成熟叶片组织由残茬中直接伸出, 提前暴露于外界环境当中。失去叶鞘遮蔽作用的叶片组织与正常被叶鞘包裹的叶片相比, 其所接受的光照、水分及 CO_2 量都有巨大改变, 对植物的形态结构、发育过程、生理特征等各方面均会产生直接影响。为此, 我们研究团队以羊草为材料, 系统开展了刈割后羊草形态结构、生理、生化、基因表达及激素信号等方面的变化研究, 试图探讨刈割后羊草再生过程中控制生长发育及响应环境改变的机制。

第一节 研究材料、关键技术和方法

一、研 究 材 料

近年来, 中国科学院植物研究所刘公社实验室在内蒙古、黑龙江、吉林、辽宁、河北等省 (自治区) 的草原上搜集了大量的羊草野生种, 田间种植观察发现, 有 12 份材料表现出生长势强、产草量高或抗病等优良品质特性, 并从这 12 份不同基因型材料中挑取出 2 个表现稳定的种质, 即'吉生 1 号' (标号 js, 为吉林省生物研究所羊草研究中心王克平等选育) 和'栽培 5 号' (标号 zp, 本研究组杂交后代选育), 本研究利用这两个材料进行轻度和重度刈割比较试验。

二、关键技术和方法

(一) 田间刈割处理及形态性状的测量

于 2002 年和 2003 年对羊草进行刈割处理, 每 2 个月刈割一次, 轻度刈割剪去植株的 1/3, 重度刈割剪去植株的 2/3。刈割后对叶长、叶宽、叶数、茎高、株高、单株产草量、植株密度、茎叶比、每平方米产草量、根量、根茎叶量、抽穗率、穗长、单株种子产量、小穗数、小花数、千粒重、结实率等 18 个性状进行测量。

利用 SPSS FOR WINDOWS 软件对所测得的数据进行相关、回归等统计分析，研究羊草各数量性状之间的相关性。

（二）羊草刈割后叶片的再生分析

温室生长的'栽培 5 号'羊草长至 4 叶期、顶叶露出叶鞘 1～2 cm 时，在上午 7：00 做刈割处理，留茬高度为 3 cm（图 9.1）。根据实验，在羊草再生的不同阶段收集植株，将外层叶鞘逐一剥去，留下内层生长叶片，经液氮冷冻研磨后保存于 −80℃（每实验材料设 3 个重复）。

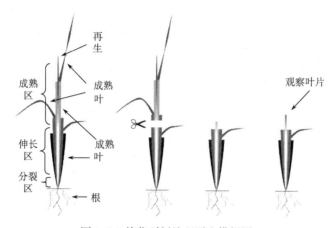

图 9.1 羊草刈割处理再生模拟图。

Fig. 9.1 Description of the defoliation experimental procedure.

1. 刈割后羊草叶片的再生生长

挑选均匀一致的对照植株和刈割植株各 10 株，自刈割后 12 h 内，每 2 h 用尺子测量植株再生叶片的生长高度，24 h 到第 10 天，每隔 1 天测量再生叶片的生长高度。

2. 再生羊草叶片叶绿素含量测定

按照 Arnon（1949）的方法计算叶绿素 a、叶绿素 b 及类胡萝卜素的总浓度。

3. 光合放氧活性的测定

采用 Clark 型氧电极（Hansatech Co.，Ltd.，UK），在 25℃、光照 1000 μmol/(m² · s) 下测定体系的光合放氧活性，每个样品 3～5 个重复。

4. 激素含量测定

1）样品中激素的提取

取 0.5～1.0 g 新鲜植物材料，加 2 mL 样品提取液，在冰浴下研磨成匀浆，再用 2 mL 提取液分次将研钵冲洗干净，摇匀后于 4℃下提取 4 h，1000 r/min 离心 15 min，取上清液。沉淀中加 1 mL 提取液，搅匀，置于 4℃下再提取 1 h，离心，合并上清液并记录体积。

上清液过 C-18 固相萃取柱。具体步骤是：80％甲醇（1 mL）平衡柱→上样→收集样品→移开样品后用 100％甲醇（5 mL）洗柱→100％乙醚（5 mL）洗柱→100％甲醇（5 mL）洗柱→循环。

将过柱后的样品转入 5 mL 塑料离心管中，真空浓缩干燥或用氮气吹干，用样品稀释液定容（一般 1 g 鲜重用 1.5 mL 左右的样品稀释液定容）。

2）样品中激素的测定

包被：在 10 mL 包被缓冲液中加入一定量的包被抗原（1∶4000），混匀，在酶标板的每小孔中加 100 μL，然后将酶标板放入内铺湿纱布的带盖瓷盘内，置于 37℃ 3 h。

洗板：将包被好的板取出，放在室温下平衡，然后甩掉包被液，将下口瓶内的洗涤液通过乳胶管均匀加入板上，使每孔充满洗涤液，放置约 0.5 min，再甩掉洗涤液。重复 3 次，将板内残留洗涤液在吸水纸上甩干。

竞争：加标准物、待测样和抗体。

加标样及待测样：取样品稀释液 0.98 mL，内加 20 μL 激素的标样试剂（100 μg/mL），即为 2000 ng/mL 标准液，然后再依次稀释为 1000 ng/mL、500 ng/mL、250 ng/mL、125 ng/mL、…、0 ng/mL。将系列标准样加入 96 孔酶标板的前三行，每个浓度加 3 个孔，每孔 50 μL，其余孔加待测样，每个样品重复 3 孔，每孔 50 μL。

加抗体：在 5 mL 样品稀释液中加入一定量的抗体（1∶2000），混匀后每孔加 50 μL，然后将酶标板加入湿盒内开始竞争。

竞争条件 37℃左右 0.5 h。

洗板：方法同包被之后的洗板。

加二抗：将一定量的酶标羊抗兔抗体加入 10 mL 样品稀释液中（1∶1000），混匀后，在酶标板每孔加 100 μL，然后将其放入湿盒内，置 37℃下温育 0.5 h。

洗板：方法同竞争之后的洗板，洗 5 次。

加底物显色：称取 10～20 mg 邻苯二胺（OPD）溶于 10 mL 底物缓冲液中（小心，勿用手接触 OPD），完全溶解后加 2～4 μL 30％ H_2O_2 混匀，在每孔中加 100 μL（在暗处操作），然后放入湿盒内，当显色适当后（即 0 ng/mL 孔与 2000 ng/mL 孔的 OD 差值为 1.0 左右时），每孔加入 50 μL 2 mol/L 硫酸终止反应。

比色：用 2000 ng/mL 浓度孔（即标准曲线最高浓度孔）调 0，在酶联免疫分光光度计上依次测定标准物各浓度和各样品在 490 nm 处的 OD 值。

3）结果计算

用于 ELISA 结果计算最方便的是 Logit 曲线，曲线的横坐标用激素标样各

浓度（ng/mL）的自然对数表示，纵坐标用各浓度显色值的 Logit 值表示。Logit 值的计算方法为

$$\mathrm{Logit}(B/B_0) = \ln \frac{B/B_0}{1 - B/B_0} = \ln \frac{B}{B_0 - B}$$

式中，B_0 为 0 ng/mL 孔的显色值；B 为其他浓度的显色值。

作出的 Logit 曲线在检测范围内应是直线。待测样品可根据其显色值的 Logit 值从图上查出其所含激素浓度（ng/mL）的自然对数，再经过反对数即可知其激素的浓度（ng/mL）。

另外，也可用激素标样各浓度（ng/mL）的自然对数与各浓度显色值的 Logit 值的回归方程代替 Logit 曲线，求得样品激素的浓度。一般来说，两种方法求得的结果会略有差异。

求得样品中激素的浓度后，样品中激素的含量 [ng/(g·FW)] 可用下式计算：

$$A = \frac{N \cdot V_2 \cdot V_3 \cdot B}{V_1 \cdot W}$$

式中，A 为激素的含量 [ng/(g·FW)]；V_2 为提取样品后上清液的总体积；V_1 为进行真空浓缩干燥的上清液体积（当提取的上清液全部进行真空浓缩干燥时，V_1 与 V_2 的体积是相等的）；V_3 为真空浓缩后用样品稀释液定容的体积；W 为样品的鲜重；N 为样品中激素的浓度（ng/mL）；B 为样品的稀释倍数（样品稀释液定容以后的稀释倍数）。

5. 羊草刈割后的细胞学研究

1）光学显微镜观察

利用双面刀片对再生的叶片进行徒手切片，然后将切好的材料放在载玻片上，用盖玻片盖好，滴一滴水马上观察，在配有 Zeiss Filter set BP450-490、FT 510、BP 515 滤片的荧光显微镜（ZEISS Axioskop 40）下观察叶片横切面结构并拍照。

2）透射电子显微镜观察

叶片采集后迅速用 2.5% 戊二醛（pH 7.0）于室温下固定，后用 0.05 mol/L pH 7.0 的二甲胂酸钠缓冲液充分冲洗 3 次，每次 10 min，再用 1%（m/V）锇酸固定。次日用 ddH$_2$O 冲洗后，在乙醇及丙酮中逐级脱水，然后按如下的配比进行渗透（2/3 丙酮：1/3 环氧树脂；1/3 丙酮：2/3 环氧树脂），最后以 100% 环氧树脂包埋。用 LKB-V 型超薄切片机做超薄切片，超薄切片以乙酸双氧铀染色 30 min 和柠檬酸铅染色 10 min，用 JEM-1230 透射（JEOL Ltd.，Tokyo，Japan）电镜观察。

第二节　研究取得的重要进展

一、刈割对羊草数量性状的影响

刈割显著降低了羊草的叶片数（尤其是基因型 js）、叶片的长度（基因型 zp 表现显著，而 js 不显著）和叶宽。刈割后羊草营养枝和生殖枝株高都有所下降，株数减少，地上部的生物量降低，茎叶比显著下降。刈割显著降低了羊草的有性生殖能力，表现为抽穗率降低、穗长显著减小、小花数减少、小穗数基因型 js 增多而基因型 zp 减少、千粒重增加，重度刈割显著降低了基因型 zp 的结实率，而对基因型 js 的影响不显著（图 9.2）。

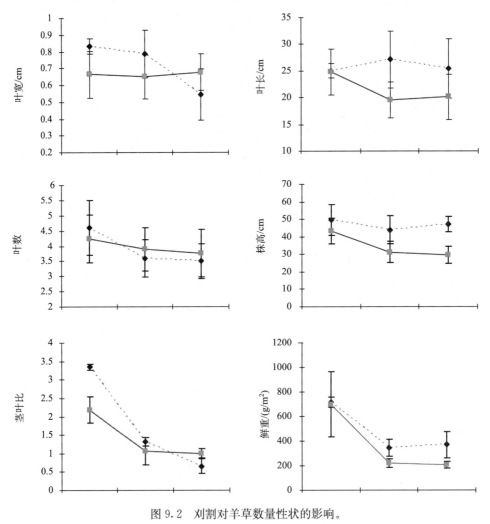

图 9.2　刈割对羊草数量性状的影响。

Fig. 9.2　The effect of defoliation on quantitative characters of *Leymus chinensis*.

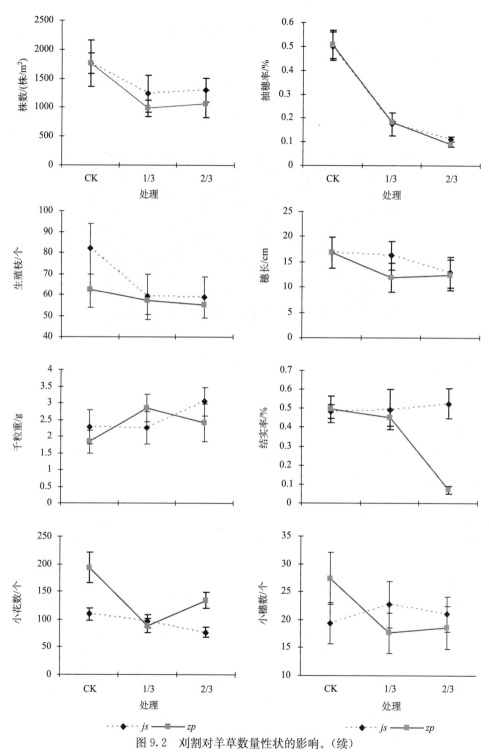

图 9.2　刈割对羊草数量性状的影响。（续）

Fig. 9.2　The effect of defoliation on quantitative characters of *Leymus chinensis*.（continued）

二、刈割对羊草叶片生长的影响

去叶的羊草植株与对照植株相比发育时期有所提前，去叶后 24 h 叶片开始展开，72 h 的时候开始超出对照植株伸长的叶鞘高度，至 96 h 时已经发育成为完全展开的成熟叶片。而对照中处于相同部位的幼叶，仍包裹在叶鞘中，其见光时间与光合作用的发生都较晚（图 9.3）。

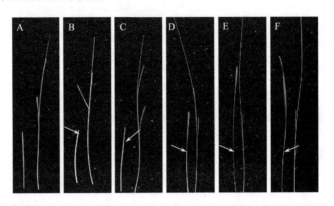

图 9.3　刈割处理对羊草生长的影响。A～F 分别表示去叶 0 h、3 h、12 h、24 h、72 h、96 h 后的生长状态。箭头所示为刈割部位。每个图左边表示刈割处理的植株，右边是对照植株。（另见彩图）

Fig. 9.3　The leaves regrowth of *Leymus chinensis* after defoliation. A～F indicate 0 h，3 h，12 h，24 h，72 h，96 h after defoliation. Arrows indicate defoliation site. Left，defoliated plants. Right，control plants.

去叶后 10 h 内，羊草叶片伸长速度（LER）高于对照，到 72 h 时，其生长速率开始低于对照，在 192 h（第 8 天）至 240 h（第 10 天）时，刈割处理叶片的 LER 平均比对照低 73.1%，所以刈割后期羊草叶片的伸长速度显著降低（图 9.4）。

三、刈割对羊草解剖结构的影响

刈割处理后，受叶鞘保护的内部叶片在形态结构上没有发生明显差别。但在去叶 3 天后，叶鞘中连接相邻两个空腔的叶肉细胞发生萎缩，有的甚至消失。此外，处理过的羊草叶鞘外层的细胞层数减少，细胞的大小也比对照小（图 9.5）。刈割后的羊草叶片（图 9.6B）较对照叶片（图 9.6A）宽度变窄，厚度也有所降低，叶片接近全部展开，而对照叶片还处于相对卷曲的状态。刈割和对照叶片大维管束的木质部导管及韧皮部导管无显著改变（图 9.7A 和 B），差异表现在刈割叶片的厚壁纤维细胞数目比对照明显减少，相似的结果在小维管束中也可观察到（图 9.7C～F）。对照较刈割再生叶片表皮细胞明显膨大（图 9.7G，H），这些可能都是叶片变厚的直接原因。

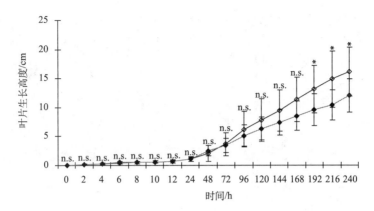

图 9.4 对照（◇）与刈割处理（◆）后 10 天内羊草叶片伸长情况。早晨 7：00、距地面 3 cm 处进行去叶处理实验。每次测定设 10 个重复。竖条表示±标准误。＊P＜0.05，n. s. 不显著。

Fig. 9.4 Leaf elongation of *L. chinensis* during 10 d for undefoliated plants（◇）and defoliated plants at 7：00 a. m. at 3 cm above the ground level（◆）. Values are means of 10 replicates. Vertical bars indicate ±SE. Asterisks indicate that the mean value of leaf elongation is statistically different（data analysed by ANOVA）. ＊P＜0.05，n. s. not significant.

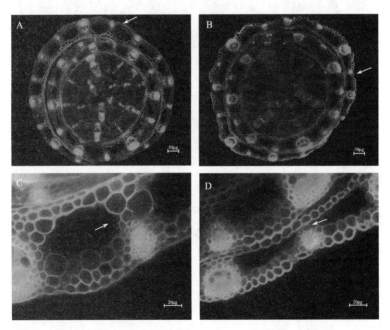

图 9.5 羊草叶片横切面。箭头所示为叶鞘中相邻两空腔连接处的细胞。A、C 示对照叶片；B、D 为刈割处理的叶片。（另见彩图）

Fig. 9.5 Cross section of *L. chinensis* plant. Arrows show joints of air space in leaf sheath. A，C and B，D showing undefoliated and defoliated leaves，respectively.

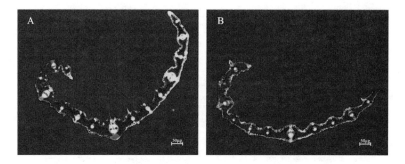

图 9.6 羊草成熟叶片中部横切面。反映了对照（A）和处理后（B）羊草叶片宽度、厚度、卷曲状态的变化，处理后的叶片比对照窄、薄，对照叶片更加卷曲。（另见彩图）

Fig. 9.6 Cross-sectional view in the medial zone of an adult *L. chinensis* leaf，showing the differences in leaf width，thickness and the curliness between treated（B）and control（A）plants.

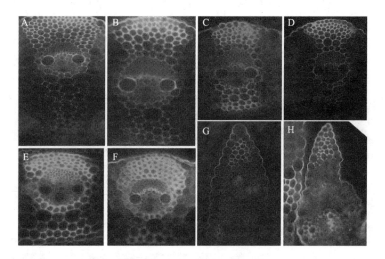

图 9.7 羊草成熟叶片中部横切图，反映了对照和刈割处理后羊草叶片维管束的变化。A、B示对照和刈割叶片大维管束的木质部导管和韧皮部导管；C、D示对照和刈割叶片的厚壁纤维细胞数目；E、F示对照和刈割的小维管束；G、H示对照和刈割再生叶片的表皮细胞。（另见彩图）

Fig. 9.7 Cross-sectional view in the medial zone of an adult *L. chinensis* leaf，showing the differences in leaf vascular bundle between treated and control plants. A，B showing the large vascular bundles of xylem and phloem duct of control and cutting leaves；C，D showing the thick-walled fiber number of leaf cells of control and cutting leaves；E，F showing the small vascular bundles of control and cutting leaves；G，H epidermal cell regeneration of control and cutting leaf.

四、刈割对羊草叶片光合放氧速率的影响

我们把羊草样品放入电极室内（高光照及氧饱和水气流），检测当光直接照射时叶片碎片的光合放氧能力（图9.8）。最初，刈割和对照样品的放氧能力都相对比较稳定（$P<0.05$），说明叶片再生早期，光反应中心的数量没有发生明显变化。然而，光合放氧能力随着再生时间的延长而提高，72 h后刈割和对照的光合放氧能力都显著增加，尤其是刈割后再生叶片其光合放氧能力更是显著大于对照，说明去叶提高了羊草再生叶片的光合放氧能力。

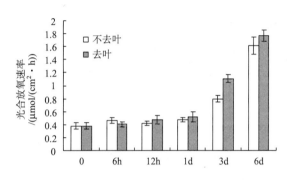

图9.8　刈割对羊草叶片光合放氧能力的影响。

Fig. 9.8　Influence of defoliation on oxygen evolution measured on *Leymus chinensis* leaf segments.

五、刈割对羊草叶片叶绿素含量的影响

随着生长时间的延长，对照和处理后羊草叶片中的叶绿素 a、叶绿素 b 和总的叶绿素含量都呈上升趋势，但刈割后的羊草叶片叶绿素 a、叶绿素 b 和总的叶绿素含量比对照显著增加，在去叶72 h后差异达到极显著，分别是对照含量的1.51倍、1.64倍和1.76倍（图9.9）。这些数据表明，叶绿体的大小和生理功能在刈割处理后发生了一定的变化。光合器官的组织随着外界光照的改变而变化，可以用叶绿素 a/叶绿素 b 值表示这种变化。光系统 II 的核心复合体主要是叶绿素 a，光系统 II 的光捕获复合体主要是叶绿素 a 和叶绿素 b，叶绿素 a 和叶绿素 b 的变化充分体现了光系统 II 活性的变化。叶绿素 a/叶绿素 b 在刈割后 24 h 内比对照高，在随后的 5 天中，对照叶片中的叶绿素 a/叶绿素 b 值要比处理的高。刈割还显著地提高了羊草叶片中类胡萝卜素的含量，在处理后 12 h 时最为显著，是对照的1.83倍（图9.9）。

六、刈割对羊草叶片叶绿体超微结构的影响

从叶片的3个不同发育部位分别取材：叶基部被包裹在叶鞘中的部分（图9.10A 和 B）；叶片刚露出植株的中间部分，即叶片即将露出的部位（图9.10C

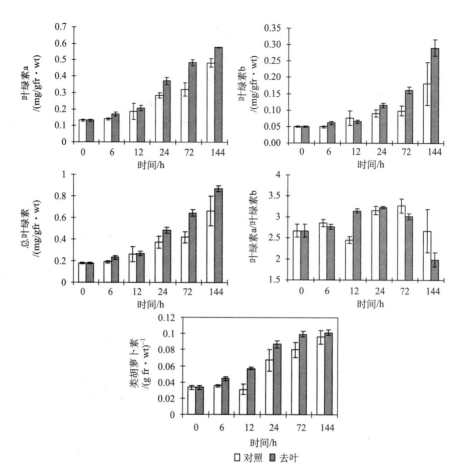

图 9.9 刈割处理后羊草完全伸展叶片内叶绿素 a、叶绿素 b、总叶绿素、叶绿素 a/叶绿素 b 以及类胡萝卜素含量的变化。

Fig. 9.9 The content of chlorophyll a, chlorophyll b, chlorophyll a/chlorophyll b, total chlorophyll and carotenoid from the regrowing leaves of defoliation and control plants.

和 D)；完全展开的叶片部位（图 9.10E 和 F）。

  叶绿体是叶片的光合器官，一般来讲，它是一个完整的椭圆形结构，基质中富含大量的基粒，基粒类囊体紧密且有序地排列在基粒中央。图 9.10A 和 B 分别表示对照和经刈割处理的羊草叶基部包在叶鞘内的幼嫩叶肉叶绿体部分，最显著的特征是质体小球密集在叶绿体的一端。通过统计发现（表 9.1），这一区段的对照和处理单位细胞的叶绿体数目分别为 7.40 个和 7.35 个。刈割和对照再生叶片叶绿体长度分别是 1.88 μm 和 1.80 μm，差异很小。在这一区段，没有观察到淀粉粒的出现，基粒片层非常有限，刈割后再生基粒片层数是 2.52 片，对照是 2.32 片，但是这一区段含有大量的质体小球，而且刈割后再生叶片质体小球

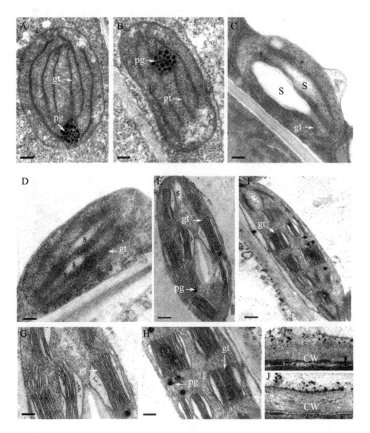

图 9.10 对照叶片与经刈割处理 3 天后羊草再生叶片不同位置区段叶绿体超微结构变化
（A，B 距叶片基部 0.1 cm；C、D 距离叶片基部 2.5 cm；E、F 距离叶片基部 5 cm）。
A、C、E、G、I 为对照，B、D、F、H、J 为刈割处理材料。s，淀粉；gt，基粒类囊体；
pg，质体小球；cw，细胞壁。A～D 和 G～J 中的标尺为 0.2 μm；E 和 F 中的标尺为
0.5 μm。（另见彩图）

Fig. 9.10 Transmission electron micrographs (TEM) showing chloroplasts ultrastructure of
undefoliated (A, C, E, G, I) and defoliated (B, D, F, H, J) treatments of *L. chinensis* for
3 days. A, B showing 0.1cm from leaf base. C, D showing 2.5cm from leaf base. E, F
showing 5cm from leaf base. s, starch; gt, grana thylakoid; pg, plastoglobuli; cw, cell wall.
Bar = 0.2 μm in A-D and G-J; and 0.5 μm in E and F.

的含量（9.48 个）显著高于对照（6.58 个）。

从图 9.10C 和 D 中可以看出，这一区段与基部相比，叶绿体数目显著增加
（表 9.1），刈割和处理再生叶片叶绿体的数目分别为 8.72 个和 8.80 个；叶绿体
的体积显著增加，主要表现在叶绿体长度和宽度的增加，刈割再生叶片的长度和
宽度（2.46 μm 和 1.18 μm）显著高于对照（2.24 μm 和 1.04 μm）。刈割处理还

表 9.1 刈割对羊草再生叶片不同位置区段叶绿体结构特征的影响，标有相同字母的数据无显著差异

Table 9.1 The chloroplast characteristics of different zones along the *Leymus chinensis* leaf. Data with the same labeled letters is not significant

叶绿体特征	对照叶片基部 (0.1 cm)	刈割叶片基部 (0.1 cm)	对照叶片中间 (2.5 cm)	刈割叶片中间 (2.5 cm)	对照叶片顶部 (5 cm)	刈割叶片顶部 (5 cm)
叶绿体数目/细胞	7.40±1.48c	7.35±2.00c	8.8±2.09b	8.72±2.13b	10.67±1.95a	11.27±2.06a
叶绿体长/μm	1.80±0.38e	1.88±0.36e	2.24±0.59d	2.46±0.27c	3.49±0.32b	3.73±0.40a
叶绿体宽/μm	1.03±0.24d	0.93±0.23d	1.04±0.14d	1.18±0.32c	1.50±0.21b	1.69±0.18a
淀粉粒数目/叶绿体	0.00±0.00c	0.00±0.00c	1.58±1.36a	1.48±1.43a	0.80±0.82b	0.70±1.11b
单个淀粉粒的面积/μm²	0.00±0.00c	0.00±0.00c	0.37±0.65a	0.12±0.16bc	0.29±0.33ab	0.11±0.28bc
基粒片层数目	2.32±1.02d	2.52±1.07d	4.57±1.39c	4.93±1.45c	8.62±2.07b	10.73±2.35a
质体小球数目/叶绿体	6.58±8.36b	9.48±8.39a	1.97±1.65c	1.97±1.65c	2.10±2.25c	0.95±1.48c
细胞壁厚/μm	0.16±0.04d	0.15±0.04d	0.20±0.07c	0.15±0.04d	0.49±0.05a	0.35±0.05b

增加了基质类囊体向基粒类囊体的转化，可以看出基粒类囊体的片层增加，但是刈割和对照差异不显著。淀粉粒的大小（0.12 μm^2）显著低于对照（0.37 μm^2），刈割再生叶片的细胞壁厚（0.15 μm）显著低于对照（0.20 μm）。

完全展开的叶片部位，刈割处理增加了类囊体基粒垛叠和基粒类囊体膜的数量（图 9.10E 和 F。图 9.10G 和 H 分别是图 9.10E、F 的局部放大）。随着淀粉粒含量的降低，叶绿体体积变大。图 9.10I 和 J 说明经过刈割处理后，羊草叶肉细胞的细胞壁较对照植株的薄。

由表 9.1 可知，顶部位置较前两个区段叶绿体数目显著提高，刈割处理再生叶片（11.27 个）同对照再生叶片（10.67 个）相比无显著差异；叶绿体大小在顶部位置显著提高，刈割再生叶片叶绿体长度为 3.73 μm，对照为 3.49 μm，二者差异显著；刈割再生叶片叶绿体宽度为 1.69 μm，对照为 1.50 μm，差异显著；这一区段的淀粉粒数目显著减少，对照组为 0.80 个，而处理组的为 0.70 个，淀粉粒的面积也减少，刈割再生叶片的面积（0.11 μm^2）显著小于对照

（0.29 μm²）；顶部位置的基粒片层显著增加，而且刈割的（10.73 片）较对照（8.62 片）显著提高；细胞壁厚度显著降低，刈割后再生叶片细胞壁（0.35 μm）较对照（0.49 μm）薄。

七、刈割对羊草叶片 Rubisco 大小亚基基因表达的影响

rbcS 在对照叶片与刈割处理叶片中的表达趋势基本一致，先逐渐升高，达到最大值，随后开始下降。但是，它们达到最高值的时间不一样。对照叶片在第6天表达量达到最大值，到第9天开始下降，刈割处理的叶片在第3天达到最大值，第6天下降到很低的水平。总体来说，对照叶片 *rbcL* 的表达水平高于刈割生长叶片（图9.11）。

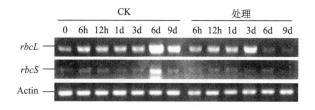

图9.11　半定量 RT-PCR 分析羊草对照和刈割处理后叶片中 *rbcL* 和 *rbcS* 的表达水平。

Fig. 9.11　Semi-quantitative RT-PCR of *rbcL* and *rbcS* from control and defoliation leaves.

八、刈割对羊草激素含量的影响

刈割处理 3 h 后，羊草中的赤霉素（GA₃）含量由最初的 25.96 ng/g FW 迅速降到很低的水平（18.07 ng/g FW），而在对照植株中虽然也有所下降，但下降的程度并不很剧烈（24.2 ng/g FW）。此后，刈割材料中的赤霉素含量有所增加，并在处理 6 h 时达到最高，但在随后的 5 天内逐渐降低，并一直保持比对照低的水平。截至测量结束，处理和对照中的赤霉素含量都比最初原始水平有明显减少（图9.12）。

正常条件下，羊草叶片中的脱落酸（ABA）含量保持在一个比较低的水平（40.1～79.0 ng/g FW）（图9.12），刈割引起了脱落酸含量的显著增加，并在去叶 24 h 后达到顶峰（97.26 ng/g FW），此时比对照含量高 1.29 倍。然而在随后的 5 天直至测量结束时，处理材料中的脱落酸浓度急剧降低，且一直保持较低水平，到试验结束时 ABA 水平显著低于对照。

刈割后 6 h 内，羊草的吲哚乙酸（IAA）水平受到的影响并不大，保持在一个稳定的水平，在这个时间段内对照中的变化也不明显。然而在去叶 48 h 后，吲哚乙酸浓度显著提高（$P<0.05$）。随后，其含量迅速降低，并低于对照，直到评价结束。与对照相比，去掉顶叶可以引起羊草中吲哚乙酸的积累（图9.12）。

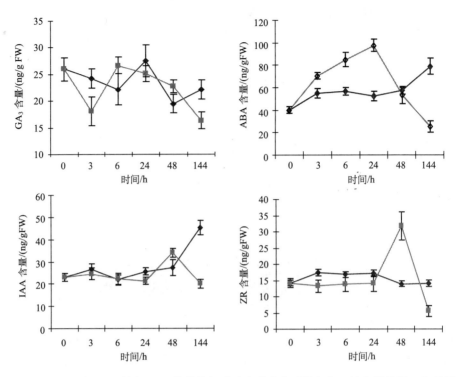

图 9.12 对照（◇）和刈割（■）羊草伸长叶片中激素水平的变化。每个样品设 3 个重复。竖条表示±标准误。挑选生长 3h、6h、24h、48h、144h 的叶片为材料，测定吲哚乙酸（IAA）、赤霉素（GA₃）、玉米素核糖苷（ZR）、脱落酸（ABA）4 种植物激素的含量。

Fig. 9.12 Changes of hormones levels in elongating leaf bases of *L. chinensis* in undefoliated (■) and defoliated (◇) plant. Each value is the mean of three replicate samples. Vertical bars indicate ± standard deviation. The leaves of 3 h, 6 h, 24 h, 48 h and 144 h were sampled and determinated the four types phytohormones of IAA, GA₃, ZR, ABA.

    刈割处理后，植物体内玉米素核糖苷水平的变化与吲哚乙酸的变化类似，处理后 24 h 内比较稳定。48 h 时，玉米素核糖苷浓度达到最高，是对照的 2.28 倍。而到第 6 天时，开始急剧下降，最终低于对照水平。对照的玉米素核糖苷水平在整个评价过程中没有显著变化，平均是 15.6 ng/g FW（图 9.12）。

    相关性分析表明（表 9.2），在正常生长的羊草幼嫩叶片中，GA₃ 与 ABA、IAA 呈负相关，相关性很小，相关系数分别为-0.29 和-0.11；GA₃ 与 ZR 呈显著正相关，相关系数为 0.69；ABA 与 IAA 呈显著正相关，相关系数为 0.84，与 ZR 呈显著负相关，相关系数为-0.59，IAA 与 ZR 呈负相关（-0.44）。刈割后内源激素之间的关系发生了显著变化，GA₃ 与 ABA、IAA 由负相关变为正相关，而且 GA₃ 与 ABA 达到极显著正相关，相关系数是 0.70；GA₃ 与 ZR 仍然是正相关，只是相关系数较小，仅为 0.35；ABA 与 IAA 由显著正相关变为负相关，相关系数为−0.12，与 ZR 由显著负相关变为正相关；IAA 与 ZR 由负相关变为显著正相关（0.93），这些结果反映了内源激素之间的协调作用。

表 9.2 羊草内源激素在叶片生长及响应刈割过程中的相关性分析

Table 9.2 The correlation analysis on hormones levels in elongating leaf bases of *L. chinensis* in undefoliated and defoliated plant

项目	GA$_3$		ABA		IAA		ZR	
	对照	刈割	对照	刈割	对照	刈割	对照	刈割
GA$_3$	1.00	1.00						
ABA	−0.29	0.70**	1.00	1.00				
IAA	−0.11	0.11	0.84**	−0.12	1.00	1.00		
ZR	0.69**	0.35	−0.59*	0.08	−0.44	0.93**	1.00	1.00

*表示在 0.05 水平显著相关；**表示在 0.01 水平显著相关。

*$P<0.05$；**$P<0.01$.

第三节 研究结论与讨论

一、刈割后羊草地上部分生长性状的响应

刈割对羊草地上部分生长性状和刈割后羊草有性生殖与无性生殖的分配问题一直是羊草研究的热点（王仁忠，2000）。我们对刈割后羊草地上部重要的数量性状进行了系统研究，发现刈割对羊草叶片数量性状影响显著，主要表现在显著降低了羊草的叶片数和叶长，重度刈割还降低了羊草的叶宽。Fricke（2002）研究发现，割掉大麦成熟的第 1、2 片叶后，新生长的第 3 片叶的长度、宽度都有所下降，这与我们的研究结果一致。相关分析、通径分析及回归分析的结果显示，羊草单株生物量是茎高、叶宽、叶数等多个自变量共同作用的产物，而刈割后，这些自变量都出现不同程度的下降，这可能是包青海等（2003）所报道的刈割使羊草的单株质量降低的直接原因。

刈割后羊草营养枝和生殖枝、株高及茎叶比都有所下降。相似的报道表明，羊草的光合器官（叶）质量与非光合器官（茎与叶鞘）质量的比值低于刈割的比值（Cullen *et al.*，2006）。

已有研究发现，羊草草原在割草处理下，其地上生物量、密度有随刈割强度的增加而波动式下降的趋势。刈割强度越强，其数量特征值下降幅度越大（包青海等，2003）。我们的试验也支持这一观点，刈割使羊草株数呈现下降趋势，同时显著影响了羊草地上部的生物量，轻度刈割和重度刈割后地上部生物量均明显下降。统计分析结果显示，羊草植株密度和单株生物量是地上生物量的直接决定因子，因此地上生物量下降是刈割后的必然反应。

从以上结果我们可以得出这样的结论：羊草正是通过减少叶量、缩短叶片长度、减小叶片面积，甚至将植株变得矮小等策略，来逃避动物的危害，同时保留下来更多的分生组织以利于去叶后的恢复生长，从而增加生存的机会。我们的结果验证了羊草是利用改变形态学特征这一避食机制，作为响应刈割的一个策略，这一点与其他多年生草的表现相同（Detling and Painter，1983；McNaughton，1984）。

改变有性生长和无性生长的比例也是植物响应刈割的策略之一。我们的研究结果表明，刈割显著影响了羊草有性生殖和无性生殖的比例。刈割后抽穗率显著下降，穗长变短，穗部结实性状也有变化。王仁忠（2000）的研究指出有性生殖体种子生物量、结实数和生殖枝分化率等指标均显著下降，特别是重牧后下降迅速，极牧时几乎没有生殖枝的分化；在短期割草小区，穗长随其株高、小穗数随其穗长均呈直线变化；在长期割草和停刈小区，穗长随其株高量呈指数函数变化，小穗数随其穗长呈直线变化，小花数与其穗长和小穗数三者之间在不同利用方式下均为直线相关。但是我们的试验结果显示，刈割后小花数、小穗数响应趋势并不一致，结实率和千粒重也有很大的差异，同时，在本试验中，刈割对两个基因型 js 和 zp 穗部结实性状的影响表现也不一致，这可能与不同的刈割强度及羊草不同的基因型有关。

二、刈割后羊草叶片再生速率的响应

刈割对植物叶片生长的影响并不一致，这可能与所用的材料、处理时期及刈割强度等因素有关。刈割果园草（*Dactylis glomerata*）、黑麦草（*Lolium perenne*）后，叶片的生长速率下降（Davidson and Milthorpe，1966；Schäufele and Schnyder，2000）。Davidson 和 Milthorpe（1966）的研究发现，刈割后明显降低了新叶的发生及叶面积的扩展，刈割对新叶数量的增加比对叶片扩展的影响更大。也有研究报道称，刈割高羊茅和黑麦草后植株叶片的伸长速率增加（Volenec，1986；Morvan-Bertrand *et al.*，2001）。

我们的研究发现，羊草叶片在刈割后 10 h 内以一个不显著但高于对照的速度伸长；到 72 h 时其生长速率开始低于对照；在第 8 天至第 10 天，刈割处理叶片的 LER 平均比对照低 73.1%。从试验结果可以看出，刈割后期羊草叶片的伸长速率显著降低。

许多研究表明，刈割后叶片伸展速率与碳水化合物的含量有关。刈割后，供应到伸展叶片的碳水化合物的量显著下降，碳水化合物的沉积也呈负增长。推测植物存在某些机制来保证刈割后植物在短期内维持不变或者有较高的生长速率，这些机制包括以下几个：①有研究认为，刈割后叶片生长过程中纵向生长大于横向生长，短时内产生大量细胞壁较薄的细胞（Schnyder and de Visser，1999）可能是原因之一；②为了弥补碳水化合物的减少所造成的影响，植物可以提高细胞中硝酸盐的含量（Morvan-Bertrand et al.，2001）；③去叶以后，同分化区相比，伸长区具有获得代谢产物更大的机会，生长区提高了获得产物的能力是植物响应去叶后的一种快速反应机制（Allard and Nelson，1991）；④刈割后植株残茬主要由完全伸长的叶鞘和被包裹的正在伸长的叶片组成，刈割前这些叶鞘是消耗碳、氮的库，而刈割后叶鞘是储备碳、氮的源。植物残茬中储存并即时合成碳和氮的补给作用，共同保证了植物的生长（Volenec，1986；Louahlia et al.，1999；Morvan-Bertrand et al.，2001）；⑤去叶后促进了从不去叶分蘖到去叶分蘖植株碳的转移分配，这个过程将会持续到去叶分蘖重建它自己的光合能力（Welker et al.，1985；Briske and Richards，1995）。以上都可能成为羊草刈割后前期生长得以维持的原因。我们认为，刈割后期羊草生长变慢，主要是由于储存于叶鞘和叶片基部的碳水化合物已经耗尽，而新生长叶片的光合能力依然有限，从而导致后期叶片生长速率下降。

三、刈割后羊草再生叶片的光合适应

先前研究者报道，正在伸展的正常叶片在曝光后对光的最显著适应是叶绿体体积明显增大，我们的观察与他们的结果一致（Chow and Anderson，1987；Sims and Pearcy，1992）。与他们不同之处是，他们研究的是正常生长的叶片，而我们研究的是刈割后的再生叶片。同时我们发现，光照对刈割后叶绿体发育的影响比正常发育阶段的影响更大。

刈割后幼嫩叶片由叶鞘中伸出，较对照提前暴露于光下，叶片的光合放氧能力显著大于对照，并且随着再生时间的延长而提高，表明该处光合单位的大小在再生时增加。和对照相比，刈割处理后羊草叶片中叶绿素 a、叶绿素 b 和总的叶绿素含量显著增加，特别是在去叶 72 h 后差异达到极显著水平，分别是对照含量的 1.51 倍、1.64 倍和 1.76 倍。

核酮糖 1,5-二磷酸羧化酶（Rubisco）作为碳固定的关键酶，在光合作用中发挥核心作用，也是判断植物叶片光适应的重要参考依据。在叶片生长和变绿的过程中，Rubisco 的合成量主要由 rbcL 和 rbcS 信使核糖核酸水平决定（Nikolau and Klessig，1987；Bate et al.，1991）。Suzuki 等（2001）研究发现，水稻叶片由叶鞘中刚伸出时，叶片中的 rbcL 和 rbcS 信使核糖核酸水平迅速提高，在第 5 天达到最大值。此后，rbcL 和 rbcS 信使核糖核酸水平迅速下降，叶片完全展开后，rbcL 和 rbcS 信使核糖核酸的水平进一步下降，衰老过程中只有最大值的 1/10。刈割后，随着羊草叶片的生长，rbcL 和 rbcS 的表达水平也表现出逐渐升高然后降低的过程。叶片刚由叶鞘中伸出的部位与完全成熟叶片的 RuBP 羧化酶活性存在很大的差异，刈割较对照叶片 rbcL 和 rbcS 表达量提前达到最大值，这表明单位叶面积 Rubisco 的量受光的调控（Suzuki et al.，2001）。

四、刈割后羊草再生叶片的结构适应

我们研究发现，刈割后叶鞘中连接相邻两个空腔的叶肉细胞发生萎缩，有的甚至消失，叶鞘外层的细胞层数减少，细胞的大小也比对照小。推测造成细胞缩小的原因是刈割后叶鞘空腔直接裸露，蒸发造成细胞失水。另外，碳水化合物影响细胞的渗透势，刈割前这些叶鞘是消耗碳、氮的库，而刈割后叶鞘是储备碳、氮的源，细胞内的碳水化合物减少，细胞膨压下降，含水减少。叶鞘细胞的消失可能是刈割后植物通过一些保障机制来保证快速恢复性生长导致的，即在短时间内降解消耗结构性物质，利用水溶性碳水化合物；同时，刈割创伤提高了叶鞘中的活性氧自由基，而活性氧自由基与细胞程序性死亡密切相关。

我们还发现刈割后再生叶片变薄，推测这也是植物应对刈割后物质短缺的一种策略。Fricke（2002）的研究发现割掉大麦成熟的 1、2 片叶，新生长的第 3 片叶的厚度有所下降。另外，Schnyder 和 de Visser（1999）发现刈割后叶片生长过程中纵向生长大于横向生长也会造成叶片变薄。他们观察到在这一短暂过程中产生的细胞具有较薄的细胞壁，我们的研究也发现了这一现象。

五、刈割后羊草再生叶片中的生长激素变化

生长素的稳态调控、极性运输和信号转导与叶片发育和叶片形态建成具有紧密联系（李林川和瞿礼嘉，2006）。在正常生长的羊草叶片中，吲哚乙酸（IAA）的水平是一个逐渐升高的过程。刈割后短时间内，我们未发现吲哚乙酸水平受到很大影响。在去叶 48 h 后吲哚乙酸浓度显著提高，可见去掉顶叶在一定时间内可以引起吲哚乙酸积累，刈割 6 天后吲哚乙酸浓度降低，甚至低于对照。有研究发现，去掉桦树叶片和芽后，植物体内的 IAA 在 36 h 内下降，而且 25 天后仍然比对照低（Rinne et al.，1993）。目前，对去叶后生长素响应及调控机理并不清楚。

细胞分裂素在调控顶端优势、主根伸长、维管束的形成、开花时间及叶绿体发育（包括类囊体膜的构成）中发挥重要作用（Kusnetsov et al.，1994；Mok，1994；Mok and Mok，2001；邓岩等，2006；Polanská et al.，2007）。玉米素核糖苷（ZK）是细胞分裂素的重要形式之一，刈割处理后 48 h 玉米素核糖苷浓度出现一个高峰，是对照的 2.28 倍。刈割后 72 h 叶绿素含量显著提高，推测 ZK 迅速积累与见光质体的发育有直接关系。有报道表明，细胞分裂素参与了光调控的信号网络，调控许多质体相关基因的表达（Abdelghani et al.，1991；Chory et al.，1994；Winiarska et al.，1994）。结合相关性分析结果，IAA 和 ZK 在刈割后相关性极显著，二者进行协同响应。

脱落酸（ABA）也在细胞水平和组织水平等多方面影响植物叶片生长（Roberts and Snowman，2000；Fricke et al.，2004），如溶解物的转运（Roberts and Snowman，2000）、细胞膨压（Jones et al.，1987）、电导（Collins and Kerrigan，1974；Freundl et al.，2000）、细胞壁特性（Bacon，1999；Cramer et al.，1998）及光合产物的输入（Jones et al.，1987）等。正常条件下，羊草叶片中的脱落酸含量呈逐渐升高的趋势。刈割引起了脱落酸含量显著增加，并在去叶 24 h 后达到顶峰，此时比对照含量高 1.29 倍。文献报道 ABA 能够促进逆境下叶片恢复再生。Sharp 和 LeNoble（2002）的研究发现，ABA 通过阻止更多乙烯（抑制生长的激素）的积累而促进在水逆境下玉米叶片的生长，促进盐逆境下植物木质部导管水势升高，从而使植物获得恢复叶片生长。

赤霉素（GA$_3$）调控植物生长发育的各个阶段（黄先忠等，2006），包括种子的发芽、茎秆的伸长、叶片的延展、表皮毛状体的发育、开花时间、花与果实的成熟等（Yamaguchi et al.，1998；Itoh et al.，1999）。刈割处理 3 h 后，羊草叶中的赤霉素含量迅速降到一个很低的水平。此后，刈割材料中的赤霉素含量有所增加并在处理后 6 h 达到最高。但在随后的 5 天内逐渐降低，并一直保持比对照低的水平。以上结果很难反应 GA$_3$ 的变化与生长过程紧密相关。Nagel 等（2001）的研究表明，突变体之所以发生叶片缩短现象，与 GA$_3$ 调节物质在根茎的分配有关。GA$_3$ 对叶片生长速率的影响还表现在 GA$_3$ 对细胞膨大的影响（Keyes et al.，1989；Sauter and Kende，1992；Tonkinson et al.，1995；Matsukura et al.，1998），另外 GA$_3$ 还可以提高细胞的分裂速率及分生组织的大小（Hoffman-Benning and Kende，1992；Sauter et al.，1995）。刈割后，源-库平衡被打乱，物质重新分配，细胞的正常生长也受到干扰，这些都在 GA$_3$ 的调节范围之内，但是目前还不能确定 GA$_3$ 与刈割的关系。

各种激素是如何响应刈割并调控植物的恢复生长，目前尚不清楚，这是今后需要重点研究的方向。

第四节　小结与展望

本文主要研究了羊草对刈割的响应机制，并得出以下结论。

（1）牧压下的羊草利用避食机制帮助种群逃避伤害，典型的表现是植株变得矮小，叶量、叶片面积减少。

（2）改变有性生长和无性生长的比例是羊草响应刈割的策略之一，刈割显著降低了羊草生殖枝分化率。

（3）刈割后叶片对光的最显著适应是叶绿体体积显著增大，叶绿体基粒片层显著增加，并且保证较大的叶绿体面积朝向细胞间隙，沿细胞壁整齐排列。

（4）刈割后再生叶片的叶绿素含量增加显著，其光合放氧能力显著大于对照。

（5）随着叶片生长，*rbcL* 和 *rbcS* 的基因表达水平呈逐渐升高而随后降低的趋势，刈割叶片较对照叶片来说，*rbcL* 和 *rbcS* 表达量提前达到最大值。

（6）刈割引起脱落酸含量显著增加，在去叶 24 h 后达到顶峰，表明 ABA 可能参与了促进刈割羊草叶片的恢复生长。

根据目前研究，我们认为以下研究工作值得进一步关注。

（1）羊草营养生长旺盛，分蘖是其重要特性之一，分蘖强度是决定羊草地上生物量的关键因子之一，大量分蘖芽密集于基部，有效减小了被采食的机会，是羊草刈牧后再生的有效保证。利用现代分子生物学技术和基因工程手段克隆羊草分蘖相关基因，构建高效表达载体，并通过遗传转化超表达（或敲除）分蘖相关基因，研究分蘖调控机理，在此基础上可能获得理想的羊草高产耐牧株系，实现羊草草地生产的可持续发展。

（2）刈割后的发育模式可能是禾本科植物长期进化与选择的结果，必然具有一定的适应意义。目前人们对叶鞘在植物生长发育中的作用和意义仍缺乏了解，需要进一步研究叶鞘发育的相关机制及其进化意义。

（3）植物激素在植物生长发育过程中起着至关重要的调控作用，一种激素往往参与调节发育过程的多个方面，而且，多种激素也可以同时参与调控某一特定发育过程。羊草刈牧后叶片的生长发育、物质代谢、光合特征等多个方面发生了变化，这些变化都与激素调控有关，因此有必要系统研究不同激素对羊草刈割的响应及其调控机理。

参 考 文 献

包青海，宝音陶格涛，阎巧玲，等. 2003. 羊草草原割草处理群落特征比较研究. 内蒙古大学学报（自然科学版），34：75-78.

鲍雅静，李政海，韩兴国，等. 2004. 刈割对羊草叶面积指数的影响. 草地学报，12：13-17.

鲍雅静，李政海，仲延凯，等. 2005. 不同频次刈割对羊草草原主要植物种群能量现存量的影响. 植物学通报，22：153-162.

鲍雅静，李政海，包青海，等. 2001. 多年割草对羊草草原群落生物量及羊草和恰草种群重要值的影响. 内蒙古大学学报（自然科学版），32：309-313.

邓岩，王兴春，杨淑华，等. 2006. 细胞分裂素：代谢、信号转导、交叉反应与农艺性状改良. 植物学通报，23：478-498.

杜占池，杨宗贵. 1989. 刈割对羊草光合特性影响的研究. 植物生态学与地植物学学报，13：317-324.

黄先忠，蒋才富，廖立力，等. 2006. 赤霉素作用机理的分子基础与调控模式研究进展. 植物学通报，23：499-510.

李金花，李镇清，任继周. 2002. 放牧对草原植物的影响. I. 草业学报，11：4-11.

李俊年. 2001. 植物对食草动物采食的反应. 草食家畜，110：4-7.

李林川，瞿礼嘉. 2006. 生长素对拟南芥叶片发育调控的研究进展. 植物学通报，23：459-465.

刘军萍，王德利，巴雷. 2003. 不同刈割条件下的人工草地羊草叶片的再生动态研究. 东北师范大学学报（自然科学版），35：117-124.

任继周. 1998. 草业科学研究方法. 北京：中国农业出版社.

王仁忠. 1997. 放牧影响下羊草种群生物量形成动态的研究. 应用生态学报，8：505-509.

王仁忠. 2000. 羊草种群能量生殖分配的研究. 应用生态学报, 11: 591-594.

王仁忠. 2001. 不同生境条件下羊草种群无性系和有性生殖特征的比较研究. 应用生态学报, 12: 379-383.

杨允菲, 李建东. 1994. 不同利用方式对羊草繁殖特性的影响及其草地更新的分析. 中国草地, 5: 34-37.

赵萌莉, 许志信, 马春梅, 等. 1999. 年内多次刈割对牧草贮藏养分的影响. 内蒙古农牧学院学报, 20: 14-16.

仲延凯, 包青海, 张海燕. 1999. 割草对典型草原植物营养元素贮量及分配的影响 I. 植物生物量的贮量及分配. 干旱区资源与环境, 13: 25-32.

仲延凯, 孙维. 1998. 刈割对典型草原地带羊草的影响. 内蒙古大学学报(自然科学版), 29: 202-213.

Abdelghani M O, Suty L, Chen J N, et al. 1991. Cytokinins modulate the steady-state levels of light-dependent and light-independent proteins and mRNAs in tobacco cell suspensions. Plant Sci, 77: 29-40.

Allard G, Nelson C J. 1991. Growth rates and carbohydrate fluxes within the elongation zone of tall fescue leaf blades. Plant Physiol, 95: 663-668.

Arnon D I. 1949. Cppper enzyme is isolated chloroplasts. Polyphenoloxidase in Beta Vulgaris. Plant Physiol, 24: 1-5.

Bacon M A. 1999. The biochemical control of leaf expansion during drought. Plant Growth Regul, 29: 101-112.

Bate N J, Rothstein S J, Thompson J E. 1991. Expression of nuclear and chloroplast photosynthetic-specific genes during leaf senescence. J Exp Bot, 42: 801-811.

Briske D D, Richards J H. 1995. Plant responses to defoliation: a physiological, morphological and demographic evaluation. In: Bedunah D J, Sosebee R E. Wildland Plants: Physiological Ecology and Developmental Morphology. Soc for Range Manage, Denver, CO: 635-710.

Chory J, Reinecke D, Sim S, et al. 1994. A role for cytokinins in de-etiolation in Arabidopsis. Plant Physiol, 104: 339-347.

Chow W S, Anderson J M. 1987. Photosynthetic responses of Pisum sativum to an increase in irradiance during growth. I. Photosynthetic activities. Aus J Plant Physiol, 14: 1-8.

Collins J C, Kerrigan A P. 1974. The effect of kinetin and abscisic acid on water and ion transport in isolated maize roots. New Phytol, 73: 309-314.

Cramer G R, Krishnan K, Abrams S R. 1998. Kinetics of maize leaf elongation. IV. Effects of (+) -and (±) -absisic acid. J Exp Bot, 49: 191-198.

Cullen B R, Chapman D F, Quigley P E. 2006. Comparative defoliation tolerance of temperate perennial grasses. Grass Forage Sci, 61: 405-412.

Davidson J L, Milthorpe F L. 1966. Leaf growth in Dactylis glomerata following defoliation. Ann Bot, 30: 173-184.

Detling J K, Painter E L. 1983. Defoliation responses of western wheatgrass populations with diverse histories of prairie dog grazing. Oecologia, 57: 65-71.

Freundl E, Steudle E, Hartung W. 2000. Apoplastic transport of abscisic acid through roots of maize: effect of the exodermis. Planta, 210: 222-223.

Fricke W. 2002. Biophysical limitation of leaf cell elongation in source-reduced barley. Planta, 215: 327-338.

Frickel W, Akhiyarova G, Veselov D, et al. 2004. Rapid and tissue-specific changes in ABA and in growth rate in response to salinity in barley leaves. J Exp Bot, 55: 1115-1123.

Hoffman-Benning S, Kende H. 1992. On the role of abscisic acid and gibberellin in the regulation of growth in rice. Plant Physiol, 99: 1156-1161.

Itoh H, Ueguchi-Tanaka M, Kawaide H, et al. 1999. The gene encoding tobacoo gibberellin 3-hydroxylase is expressed at the site of GA action during stem elongation and flower development. Plant J, 20: 15-24.

Jones H, Leigh R A, Tomos A D, et al. 1987. The effect of abscisic acid on cell turgor pressures, solute content and growth of wheat roots. Planta, 170: 257-262.

Keyes G J, Paolillo D J, Sorrells M E. 1989. The effects of dwarfing genes Rht1 and Rht2 on cellular dimensions and rate of leaf elongation in wheat. Ann Bot, 64: 683-690.

Kusnetsov V V, Oelmüller R, Sarwatt M I, et al. 1994. Cytokinins, abscisic acid and light affect accumulation of chloroplast proteins in Lupinus luteus cotyledons without notable effect on steady-state mRNA levels. Planta, 194: 318-327.

Louahlia S, Macduff J H, Ourry A, et al. 1999. Nitrogen reserve status affects the dynamics of nitrogen remobilization and mineral nitrogen uptake during recovery of contrasting cultivars of Lolium perenne from defoliation. New Phytol, 142: 451-462.

Matsukura C, Itoh S, Nemoto K, et al. 1998. Promotion of leaf sheath growth by gibberellic acid in a dwarf mutant of rice. Planta, 205: 145-152.

McNaughton S J. 1984. Grazing lawns: animals in herds, plant form and co-evolution. Amer Nat, 24: 863-886.

Mok D W, Mok M C. 2001. Cytokinin metabolism and action. Annu Rev Plant Physiol Plant Mol Biol, 52: 89-118.

Mok M C. 1994. Cytokinins and plant development — An overview. In: Mok D W S, Mok M C. Cytokinins: Chemistry, Activity, and Function. Boca Raton, FL, USA: CRC Press: 155-166.

Morvan-Bertrand A, Boucaud J, Le Saos J, et al. 2001. Roles of the fructans from leaf sheaths and from the elongating leaf bases in the regrowth following defoliation of Lolium perenne L. Planta, 213: 109-120.

Nagel O W, Konings H, Lambers H. 2001. The influence of a reduced gibberellin biosynthesis and nitrogen supply on the morphology and anatomy of leaves and roots of tomato (Solanum lycopersicum). Physiol Plant, 111: 40-45.

Nikolau B J, Klessig D F. 1987. Coordinate, organ-specific and developmental regulation of ribulose-1, 5-bisphosphate carboxylase gene expression in Amaranthus hypochondriacus. Plant Physiol, 85: 167-173.

Polanská L, Vičánková A, Nováková M, et al. 2007. Altered cytokinin metabolism affects cytokinin, auxin, and abscisic acid contents in leaves and chloroplasts, and chloroplast ultrastructure in transgenic tobacco. J Exp Bot, 58: 637-649.

Rinne P, Hiominen H, Sundberg B. 1993. Growth patterns and endogenous indole-3-acetic acid concentrations in current-year coppice shoots and seedlings of two Betula species. Physiol Plantarum, 8: 403-412.

Roberts S K, Snowman B N. 2000. The effects of ABA on channel mediated K^+ transport across higher plant roots. J Exp Bot, 51: 1585-1594.

Sauter M, Kende H. 1992. Gibberellin-induced growth and regulation of the cell division cycle in deepwater rice. Planta, 188: 362-368.

Sauter M, Mekhedov S, Kende H. 1995. Gibberellin promotes histone H1 kinase-activity and the expression of cdc2 and cyclin genes during the induction of rapid growth in deep-water rice internodes. Plant J, 7: 623-632.

Schäufele R, Schnyder H. 2000. Cell growth analysis during steady and non-steady growth in leaves of perennial ryegrass (Lolium perenne L.) subject to defoliation. Plant Cell Environ, 23: 185-194.

Schnyder H, de Visser R. 1999. Fluxes of reserve-derived and currently assimilated carbon and nitrogen in perennial ryegrass recovering from defoliation. The regrowing tiller and its component functionally distinct zones. Plant Physiol, 119: 1423-1435.

Sharp R E, LeNoble M E. 2002. ABA, ethylene and the control of shoot and root growth under water stress. J Exp Bot, 53: 33-37.

Sims D A, Pearcy R W. 1992. Response of leaf anatomy and photosynthetic capacity in *Alocasia macrorrhiza* (Araceae) to a transfer from low to high light. Amer J Bot, 79: 449-455.

Suzuki Y, Makino A, Mae T. 2001. Changes in the turnover of Rubisco and levels of mRNAs of *rbcL* and *rbcS* in rice leaves from emergence to senescence. Plant Cell Environ, 24: 1353-1360.

Tonkinson C L, Lyndon R F, Arnold G M, *et al*. 1995. Effect of the Rht3 dwarfing gene on dynamics of cell extension in wheat leaves, and its modification by gibberellic acid and paclobutrazol. J Exp Bot, 46: 1085-1092.

Volenec J J. 1986. Non-structural carbohydrates in stem base components of tall fescue during regrowth. Crop Sci, 26, 122-127.

Welker J M, Rykiel E J, Briske D D, *et al*. 1985. Carbon import among vegetative tillers within two bunch-grasses: assessment with carbon-11 labelling. Oecologia, 67: 209-212.

Winiarska G, Legocka J, Schneider J, *et al*. 1994. Cytokinin-controlled expression of the apoprotein of the lightharvesting complex of photosystem II in the tissue culture of *Dianthus caryophyllus*. III. Effect of benzyladenine on the protein synthesis in vivo and on the level of translatable LHCP mRNA. Acta Physiol Plant, 16: 203-210.

Yamaguchi S, Smith M W, Brown R G S, *et al*. 1998. Phytochrome regulation and differential expression of gibberellin 3 beta-hydroxylase genes in germinating *Arabidopsis* seeds. Plant Cell, 10: 2115-2126.

第十章　羊草 cDNA 文库的构建及果聚糖水解酶的分离与鉴定

摘　要　为了保存羊草基因资源，并在基因水平上研究羊草重要生物代谢的调控机理，我们成功构建了羊草根、叶混合 cDNA 文库。原始文库滴度达到 4×10^6 pfu/mL，扩增文库滴度接近 10^{11} pfu/mL，重组率达 97%。PCR 检测插入片段为 0.5 kb～3 kb，1 kb 以上占 68%。我们随机挑取经检测过的 597 个单克隆进行测序，获得了 584 条高质量序列。EST 序列与 NCBI 的核酸数据库比对，有 32.87% 的序列为未知功能新基因；而与蛋白质数据库进行比对，有 11.27% 的序列为未知功能新基因，并获得 5 条全长基因。我们从文库中获得果聚糖水解酶（FEH）片段，后以羊草根茎为材料，通过 RACE 方法，获得 *Lc* 1-FEH 的全长序列（2040 bp），其中包含一个 1803 bp 的可读框，蛋白质功能分析表明其氨基酸序列具有明显的果聚糖水解酶类蛋白特征，含 NDPNG、FRDP 和［WEC (V/P) D］结构域，分子质量为 66.8 kDa，等电点 pI 为 5.49，是一种酸性蛋白质。同源性分析表明，*Lc*1-FEH 与单子叶植物小麦、大麦和黑麦草的细胞壁类酵素酶同源性最高，分别为 89%、87%、72%。运用实时定量 PCR 方法对 *Lc* 1-FEH 表达量测定发现，羊草幼苗的叶中表达量最低，根茎中表达较高，成苗花梗中的表达量最高。*Lc*1-FEH 在转录水平明显受碱、ABA、SA 及低温胁迫诱导，随着胁迫时间延长，表达量迅速增加，达到最大值后，表达水平逐渐降低。盐、干旱诱导时，表达量迅速降低。

关键词　羊草；cDNA 文库；EST；果聚糖水解酶；RACE；实时定量 PCR

引　言

羊草（*Leymus chinensis*）又称碱草，隶属禾本科赖草属，是欧亚大陆草原区东部草甸草原及干旱草原的重要建群种（祝廷成，2004；Ren *et al.*，1999；Cui *et al.*，2002；Wang *et al.*，2005），在我国，东北部松嫩平原及内蒙古东部为分布中心，河北、山西、河南、陕西、宁夏、甘肃、青海、新疆等省（自治区）均有分布，俄罗斯、蒙古、朝鲜、日本也有大量种植。

羊草是多年生根茎型草本，具有很强的生态适应性，羊草根茎穿透侵占能力很强，能在寒冷、干旱、盐碱且土壤瘠薄的环境中生长。这表明羊草代谢与普通植物有很多不同之处。作为一种兼具重要经济价值和生态价值的优良牧草，羊草受到了广泛关注（Song *et al.*，2003；Wang and Gao，2003；Huang *et al.*，

2004；Shu *et al*.，2005；Liu *et al*.，2007）。长期以来，对羊草的研究主要集中在生态学和生殖生物学等方面，在分子生物学方面，因羊草遗传基础复杂，基因组庞大，所以对羊草的研究较少，很多研究工作尚处于起步阶段（解莉楠等，2007），远远不能满足对其相关特性分子水平研究的要求。

构建文库是研究生物功能基因组的基础（李碧荣，1992；俞曼等，1995；Thomas，1998；余叔文和汤章城，1998），表达序列标签技术是功能基因组学研究的主要方式之一，为植物代谢功能基因及其时空表达谱研究提供了支持（Adams *et al*.，1991；Okubo *et al*.，1992；Soares *et al*.，1994；张霖和牛瑞芳，2002）。因此，通过建立羊草叶片文库，开展测序分析，可能在短期内获得大量的羊草功能基因表达信息，为更好地了解功能基因在叶片组织中的表达提供分子生物学依据，从而为将来从分子水平调控羊草的生长、发育、抗性和代谢规律打下理论基础（Cooke *et al*.，1996；Allona *et al*.，1998）。

果聚糖（fructan）是高等植物一种重要的储藏性碳水化合物，禾本科（如温带禾谷类植物和牧草）、百合科（如洋葱、韭葱、蒜）和菊科（如向日葵和菊芋）等大约15％的被子植物以果聚糖作为主要的储藏性碳水化合物（Hendry，1993；Hendry and Wallace，1993）。由于果聚糖代谢与植物碳素分配、源库关系调节，以及抗逆性等有密切关系（张慧等，1998；Roover *et al*.，2000；Hisano *et al*.，2004），所以关于这方面的研究已经吸引了许多植物生理学家、生化学家和农学家的兴趣。对果聚糖的研究已从基础科学正向应用技术的方向发展。

我们通过检索文献发现，国内外尚没有关于羊草cDNA构建和与果聚糖合成代谢有关基因的研究报道。克隆羊草果聚糖代谢的关键酶基因，将有助于从分子水平深入认识这一途径，并理解果聚糖代谢与环境的关系，为将来有效调控这一代谢途径、改良羊草品质等奠定基础。

第一节　研究材料、关键技术和方法

一、研 究 材 料

建库所用'吉生一号'羊草种子（王克平女士惠赠）种植于中国科学院植物研究所试验地，在自然条件下生长。春季羊草返青后2个月，选取生长旺盛的幼嫩叶片和根，每份200 mg，分别冻存于液氮中备用。

二、关键技术和方法

（一）羊草总RNA的提取及质量鉴定（图10.1）

（1）称取液氮中保存的羊草叶片和根，共计500 mg混合样品于研钵中，在液氮中充分研磨至粉末状，在融化前转至1.5 mL离心管中，每100 mg组织加

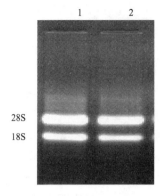

图 10.1　羊草总 RNA 提取。1. 总 RNA，2. 在 37 ℃下保育 2 h 的总 RNA。
Fig.10.1　Total RNA extraction of *Leymus chinensis*；1. Total RNA；2. Total RNA incubated at 37 ℃ for 2 h.

入 1 mL 的 Trizol，涡旋混匀，室温放置 5 min，以充分裂解组织。

（2）混匀样品保育 5 min，以使核蛋白体完全解离。4 ℃，12 000g 离心 15 min，取上清转入另一新的 1.5 mL 离心管中。

（3）加入氯仿（0.2 mL 氯仿/1 mLTrizol），盖严试管，剧烈振荡 15 s 后静置 2～3 min。

（4）4 ℃，12 000g 离心 15 min。离心后，混合物分成三相：下层是酚/氯仿，上层是无色水相，RNA 主要存在于水相中。水相的体积约为初始加入 Trizol 的 60%。

（5）将水相转入新的离心管，按初始加入的 Trizol 体积以 0.5 mL 异丙醇/1 mL Trizol 的比例加入异丙醇。样品放置 10 min 后，12 000 g 离心 10 min。

（6）去上清，用等体积的 75%乙醇洗涤 RNA 沉淀，洗涤时涡旋混合样品，4 ℃，7500 g 离心 5 min。75%乙醇中的 RNA 沉淀在 4 ℃下至少可以保存 1 周，−20 ℃下至少可保存 1 年。

（7）真空中或空气中干燥 RNA 沉淀 5～10 min。倘若 RNA 沉淀不能完全干燥，将会极大降低 RNA 的溶解性。取部分 RNA 样品溶解测定 $OD_{260}/OD_{280}>$ 1.6。RNA 溶解于 DEPC 处理的水中，在 55～60 ℃下保温 10 min。

（二）羊草 cDNA 文库构建及文库质量评价

1. cDNA 第一链的合成

（1）在预冷的 0.5 mL DEPC 处理过的离心管中混合如下试剂。

成分	用量
RNA 样品（0.025～0.5 μg PolyA＋RNA 或 0.05～1.0 μg 总 RNA，对照用 1 μL 试剂盒提供的 PolyA＋RNA）	3 μL
SMART Ⅳ寡核苷酸	1 μL
CDS Ⅲ/3′PCR 引物	1 μL
总体积（体积不够可用 DEPC-ddH$_2$O 补足 5 μL）	5 μL

（2）混匀混合物，在微量离心机中稍离心，使混合物都集中于管底。

（3）将离心管在 72 ℃下保育 2 min。

（4）将离心管在冰上冷却 2 min。

（5）稍离心使内容物都集中到管底。

（6）向每一个管中加入以下试剂：

成分	用量
5×First-Strand Buffer	2.0 μL
DDT（20 mmol/L）	1.0 μL
dNTP Mix（10 mmol/L）	1.0 μL
PowerScript 反转录酶	1.0 μL
总体积	10 μL

（7）轻轻吹吸混合均匀，稍离心。

（8）在 42℃气浴中保育 1h（如果在水浴或 PCR 仪中完成这一步，最好在盖盖前加入少量的矿物油以避免因水分蒸发带来的体积减小）。

（9）离心管置于冰上以终止第一链的合成。

如果立即进行 PCR 扩增，可以取 2 μL 反转录产物于已预冷的新的 0.5 mL 离心管中，置于冰上，进行下一步操作。如果加有矿物油，注意小心吸取管底液体，避免吸入矿物油。

如果不立即进行下一步操作，第一链产物置于−20℃下，可以保存 3 个月。

2. 双链 cDNA 合成

采用 LD PCR（long distance PCR，长距离 PCR）扩增 cDNA 第一链以获得双链 cDNA，当循环数较多时，可能由于非特异扩增而导致失真，因此，尽可能减少 PCR 的循环数是获得高质量文库的重要一步。扩增的循环数与初始用于合成第一链的 RNA 的量关系密切。用人胎盘总 RNA 为起始材料，条件优化如下：

总 RNA/μg	PolyA+ RNA/μg	循环次数
1.0～2.0	0.5～1.0	18～20
0.5～1.0	0.25～0.5	20～22
0.25～0.5	0.125～0.25	22～24
0.05～0.25	0.025～0.125	24～26

（1）启动 PCR 仪，预热到 95℃。

（2）在 0.5 mL 反应管中加入如下试剂：

成分	用量
First-Strand cDNA	2 μL
Deionized H_2O	80 μL
10×Advantage 2 PCR Buffer	10 μL

成分	用量
50×dNTP Mix	2 μL
5′PCR Primer	2 μL
CDS Ⅲ/3′PCR primer	2 μL
50×Advantage 2 Polymerase mix	2 μL
总体积	100 μL

（3）轻弹离心管，稍离心，使内容物集于管底。

（4）如果必要，加入 2 滴矿物油覆盖住管内混合物，将离心管放入预热（95℃）的 PCR 仪中。

（5）将反应管放入预热好的 PCR 仪中，反应程序为：95℃ 1 min，27 个循环（95℃ 20 s，68℃ 6 min）。

反应结束后，取 5 μL 产物于 1.1% 含 EB 的胶上电泳检测双链 cDNA 分布情况，设置 1 kb DNA Marker。

（6）进行下一步操作或将产物保存于－20℃。

3. *Sfi* Ⅰ 酶切 cDNA

（1）在 0.5 mL 的离心管中加入如下试剂：

成分	用量
cDNA（product of proteinase K digestion）	79 μL
10×*Sfi* Ⅰ Buffer	10 μL
Sfi Ⅰ Enzyme	10 μL
100×BSA	1 μL
总体积	100 μL

（2）混匀混合物，50℃下保育 2 h。

（3）加入 2 μL 1% 的二甲苯青蓝，混匀。

4. 将 cDNA 与 λTripIEx2 载体连接

连接反应中 cDNA 与载体的比例对于转染效率及库中独立克隆的数目至关重要。对于每对 cDNA/载体，这一比例都需要优化。为确保特定 cDNA 所建库的结果最佳，可以设置 3 个使用不同 cDNA/载体比例的平行的反应。

设置对照：取 1 μL Vector，1 μL Control Insert，1.5 μL Deionized H₂O 及其他相关试剂如步骤 2。16℃连接过夜。包装并测定滴度，应大于或等于 10⁷ pfu/ug。

按下表在 3 个 0.5 mL 离心管中加入试剂，轻轻混匀混合物，注意不要产生气泡，稍离心收集内容物于管底。

成分	1st ligation	2nd ligation	3rd ligation
cDNA	0.5	1.0	1.5
Vector（500 ng/μL）	1.0	1.0	1.0
10 Ligation Buffer	0.5	0.5	0.5
ATP（10 mmol/L）	0.5	0.5	0.5
T4 DNA Ligation	0.5	0.5	0.5
Deionized H$_2$O	2.0	1.5	1.0
总体积	5.0	5.0	5.0

16℃连接过夜，准备下一步操作。

5. 连接 DNA 的包装

在大量包装实验中用于包装的 DNA 量为 0.5～5 μg，体积为 5～10 μL。包装效率随 DNA 量的增大而提高，直到最大 DNA 用量(5 μg)。

（1）冰上解冻包装蛋白（注意：每管包装蛋白为 50 μL。在进行测试包装时可分为两个反应，同时 DNA 的用量及体积也按比例下调。优化后的大量反应用 50 μL 体系）。

（2）加入样品 DNA：包装蛋白一解冻，立即加入约 0.5 μg 连接样品 DNA（10 μL 连接产物的一半），轻弹离心管底部几次以混匀。特别注意，不要加入超过 10 μL 的连接产物。设置对照：取 0.5 μg Lambda Positive Control cDNA 加入 50 μL 包装蛋白中，弹离心管底部几次以混匀。特别注意不要加入超过 10 μL 的连接产物。

（3）包装蛋白/DNA 混合物在 22℃（室温）下保育 3 h。

（4）在每个包装混合物（55～60 μL）的离心管中加入 445 μL 噬菌体缓冲液和 25 μL 氯仿（如果是 0.5 μg DNA 加入到终体积为 500 μL，则 DNA 含量为 1 μg/mL），轻轻颠倒离心管使氯仿沉到管底（在氯仿层会形成一层白色的膜）。

注意：包装好的噬菌体保存在 4℃下，7 天内滴度不改变，可以保存 3 周，但滴度要下降几倍。加入明胶使终浓度为 0.01%，DMSO 终浓度为 7%，可以在 -70℃下保存 1 年而滴度不变。可将文库分成小分保存，避免反复冻溶。

6. 原始文库的滴度测定

E. coli XL1-Blue 和 *E. coli* BM25 储存于含 25% 甘油的 LB 培养基中，保存在 -70℃。

（1）取少量（约 5 μL）冰冻细胞划线于加有适当抗生素的 LB 平板上，活化细胞，作为原始划线平板，平板中可以不含 MgSO$_4$，XL1-Blue 用 LB/tet 平板，BM25 用 LB/kan/cam 平板。

37℃下保育过夜，用 Parafilm 膜封好平皿，可在 4℃下保存 2 周。

（2）从原始平板上取一单菌落在 LB/MgSO$_4$ 平板上划线培养，作为工作平板。

37℃下保育过夜，用 Parafilm 膜封好平皿，可在 4℃下保存 2 周。这个平板可以用来提供接种所需要的新鲜菌落，同时也可用作制备新的工作平板。

每 2 周继代一次，以便随时都有新鲜菌落可用。如果觉得工作平板受到污染，可取冻存的菌液重新活化。

测定未扩增文库滴度可以估计文库中独立噬菌体及独立克隆数。大多数情况下，一个文库中如果有 1×10^6 个独立的克隆，就可以代表整个 mRNA 的复杂度。测定滴度还可以确定连接效率和载体包装背景。

将细菌/噬菌体加入溶解的上层琼脂糖中铺平板时，琼脂糖的温度应低于45℃，高于 45℃会杀死细菌；杂铺上层琼脂糖前，琼脂糖平板必须在 37℃下预热且平板表面不得有水珠。揭开平皿盖子并去除盖子中的水珠以干燥平板。使用之前，将琼脂糖平板置于 37℃烘箱中，部分揭开盖子以预热平板（新铺制的平板应在 37℃下预热 10～15 min，预制好保存于 4℃的平板要预热约 1 h，注意平板不宜过于干燥）。

用于噬菌体转导和噬菌斑滴度测定的细菌培养基，应加入 10 mmol/L MgSO$_4$及终浓度为 0.2％的麦芽糖以促进噬菌体的吸附。

（3）从工作平板上挑取一个单菌落，接入 15 mL LB/10 mmol/L MgSO$_4$/0.2％ Maltose 中（用 50 mL 离心管或者 100 mL 三角瓶）。37℃，140 r/min 振荡培养过夜至 OD$_{600}$ 达 2.0。5000 r/min 离心 5 min，去上清，将沉淀重悬浮在7.5 mL LB/MgSO$_4$ 培养基中。

计算好所需要的 90 mm LB/MgSO$_4$ 平板，如上述方法预热干燥平板。

（4）用 $1 \times \lambda$ 稀释缓冲液对包装混合物作适当的稀释。对于未扩增的 λ 包装混合物，一般按 1∶5 到 1∶20 比例稀释比较合适。

（5）在 200 μL XL1-Blue 过夜培养物中加入 1 μL 稀释噬菌体，37℃下保育10～15 min，以便噬菌体吸附在细菌上。

（6）加入 2 mL 融化的 LB/MgSO$_4$ 上层琼脂糖，迅速颠倒混匀后立即铺在37℃预热的 90 mm LB/MgSO$_4$ 培养基上，旋转平板使上层琼脂糖分布得均匀平整。

（7）室温下冷却平板 10 min，以使上层琼脂糖凝固。37℃下倒转培养 6～18 h，不时检查平板，以确信噬菌斑的生长。

统计噬菌斑数并用下面的公式计算滴度

pfu/mL＝噬菌斑数×稀释因子×10^3/铺板体积（μL）

对 3 个连接产物都进行滴度测定，比较滴度的高低，确定最佳连接反应条件。如果滴度都低于 $1 \times 10^6 \sim 2 \times 10^6$，则用最佳滴度反应条件进行重新连接和包装。

7. 原始文库重组率及插入片段大小的确定

从原始文库中随机挑选 50 个单噬菌斑于 100 μL λ 稀释缓冲液中，振荡洗脱，于 4℃ 冰箱中过夜。根据载体 λ TripIEx2 Vector MCS 序列设计检测插入片段大小的引物：

P λ1 5′-AAG CGC GCC ATT GTG TTG-3′

P λ2 5′-AAG TGA GCT CGA ATT GCG G-3′

取 3 μL 洗脱物作为模板，以 P λ1、P λ2 为引物，PCR 检测插入片段大小并估计文库重组率。95℃ 变性 10 min 裂解噬菌体后，再加入 PCR 反应混合物，并按以下程序扩增：94℃ 预变性 4 min；94℃ 变性 1 min，56℃ 退火 1 min，72℃ 延伸 4 min，25 循环；72℃ 延伸 10 min。

8. 原始文库的扩增

（1）原始文库中独立克隆的数目决定在文库扩增中所用平板的数目。通常用 150 mm 平皿扩增 λTripIEx2 为载体的文库，平均每个平皿有 $6 \times 10^4 \sim 7 \times 10^4$ 个克隆或噬菌斑，因此一个 10^6 克隆的文库就需要 20 个平板。

（2）从 XL1-Blue 原初工作平板中挑取一个单菌落，接种到 15 mL LB/MgSO$_4$/Maltose 培养基中，140 r/min，37℃ 下振荡培养过夜至 OD$_{600}$ 为 2.0。5000 r/min 离心 5 min，去上清，重悬于 7.5 mL 10 mol/L 的 MgSO$_4$ 溶液中。

（3）计算好所需要的平板数，按测定滴度中的方法预热干燥平板。

（4）准备好相应数目的 10 mL 离心管，每管中加入 500 μL 过夜培养菌液和足以产生每平皿 $6 \times 10^4 \sim 7 \times 10^4$ 克隆或噬菌斑的原始文库稀释液。

（5）将离心管在 37℃ 水浴中预热 15 min。

（6）每管中加入 4.5 mL 溶化的 LB/MgSO$_4$ 上层琼脂糖（45℃）。

（7）迅速混匀细菌/噬菌体混合物并铺到平板上，转动平皿使琼脂分布均匀平整，平板在室温下冷却 10 min 使上层琼脂凝固。37℃ 下倒置培养 6～18 h，或噬菌斑长到相连接。

（8）每个平皿中加入 12 mL 1×λ 稀释缓冲液，于 4℃ 下放置过夜，噬菌斑都聚集在 1×λ 稀释缓冲液中，这样就形成了扩增文库裂解物。平皿置于脱色摇床上（约 50 r/min），室温下保育 1 h。

（9）将各个平皿中裂解物分别收集于一个灭菌 50 mL 离心管中并编号，就得到由不同亚文库组成的扩增文库。

（10）清除扩增文库中的残余完整细胞及碎片：每个离心管中加入 1/10 体积的氯仿，旋紧盖子并涡旋 2 min，7000 r/min 离心 10 min，上清转入另一个灭菌 50 mL 离心管中，盖紧盖子，4℃ 保存。

（11）测定扩增文库的滴度。

（12）扩增文库可以在 4℃ 下保存 6 个月。加入终浓度为 7% 的 DMSO，分装成 1 mL 小份，于 −70℃ 下可保存 1 年，但要避免反复冻溶。

9. 扩增文库的滴定

（1）从 XL1-Blue 工作平板上挑取一个单菌落接种到 20 mL LB/MgSO₄/ Maltose 培养基（不含抗生素）中，37℃、140 r/min 振荡培养过夜至 OD_{600} 为 2.0。5000 r/min 离心 5 min，弃上清，沉淀重悬浮于 7.5 mL 10 mol/L MgSO₄ 溶液中。

（2）预热、干燥 4 个 LB/MgSO₄ 琼脂平板。

（3）准备好文库稀释液：①吸取 10 μL 扩增文库上清，加入 1mL 1×λ 稀释缓冲液（Dilution 1＝1：100）；②吸取 10 μL 加入 1 mL 1×λ 稀释缓冲液（Dilution 2＝1：10 000）。

（4）取 4 个离心管，按下表加入各个成分（单位：μL）：

离心管	1×Lambda Buffer	过夜培养	Dilution2
1	100	200	5
2	100	200	10
3	100	200	20
4	100	200	0

（5）37℃水浴 15 min。

（6）每管中加入 3 mL 45℃ LB/MgSO₄ 琼脂。

（7）迅速混匀铺平板。

（8）37℃倒置培养至少 6～7 h。

（9）按如下公式计算滴度

pfu/mL＝噬菌斑数×稀释因子×10^3/铺板体积（μL）（稀释因子＝10^4）

（10）成功地扩增文库，滴度约为 10^{10}。

10. 从扩增总文库中检测目的基因

根据本实验室前期工作得到的羊草维生素 E 生物合成关键酶基因 α-生育酚环化酶（TC）、γ-生育酚甲基转移酶（γ-TMT）及羊草果聚糖水解酶（FEH）特异探针序列设计基因特异检测引物 Ptcf-Ptcr 、Ptmtf-Ptmtr 及 Pfehf-Pfehr，检测文库覆盖度。

Ptcf：5′-GGA GTA TAG CAC ACG CCC-3′

Ptcr：5′-GAA CCA GGG GCC TCC GCC-3′

Ptmtf：5′-GAT CTA GTT TGG TCG ATG GA-3′

Ptmtr：5′-CCT TGT ATC ATG AGA GGC AT-3′

Pfehf：5′-GGT GGT AAA CCG GTC ATC AT-3′

Pfehr：5′-CCC TGG TTC GTC CGG TCG GA-3′

3 个特异基因检测都采用 Touch down PCR，并以各自片段克隆质粒为阳性对照，使用相同的扩增条件，即在95℃变性10 min裂解噬菌体，加入PCR反应混合物，并按以下程序扩增：

94℃变性4 min；94℃变性1 min，65～50℃退火1 min（每个循环下降0.5℃），72℃延伸1 min，30个循环；94℃变性1 min，50℃退火1 min，72℃延伸1 min，15个循环；72℃延伸5 min。

（三）EST序列测定

将羊草cDNA原始文库稀释10倍，转染宿主细胞XLI-Blue后倒平板，培养过夜，从中随机挑取噬菌斑用于EST分析。

采用λTriplExZ载体多克隆位点 *SfiI* A端的pTrip5′ sequencing primer (CTCcGAGATcTGGAC) 作为测序引物，即从cDNA的5′端进行测序。方法如下所述。

（1）挑取独立噬菌斑于SM缓冲液中裂解。

（2）转化宿主细胞BM25.8。

（3）从Cb抗性平板中挑取分离好的5～10个克隆，以M13 Reverse和M13 Forword进行Colony PCR，检测有无外源cDNA片段，推测外源cDNA片段的大小。

Colony PCR反应体系：

成分	终浓度	25 μL/管
MQ-water		18.37
10×PCR Buffer	1×	2.5
25 mmol/L MgCl$_2$	1.5 mmol/L	1.5
10 mmol/L dNTPs	200 mmol/L	0.5
M13-Rev. 引物（10 pmol/μL）		1
M13-For. 引物（10 pmol/μL）		1
Taq DNA 聚合酶	0.5 U/25 μL	0.13
DNA 模板		1
总体积		25 ul

反应条件：94℃预变性3 min，94℃变性50 s，50℃退火50 s，72℃延伸4 min，共35个循环，最后72℃ 10 min。设一阳性对照、一阴性对照。

（4）对插入预期大小外源cDNA片段的或Colony PCR阳性的克隆，于LB液体培养基中培养过夜。

（5）采用Promega公司的微量质粒提取试剂盒制备质粒。

（6）再进行质粒PCR进一步检测有无外源插入片段DNA。

（7）经质粒PCR确认外源cDNA片段大小的克隆，穿刺培养后，送北京百泰克生物科技有限公司测序。

（四）羊草过聚糖水解酶基因（*FEH*）的克隆

1. 羊草过聚糖水解酶基因（*FEH*）3′端 cDNA 序列的分离

以羊草叶片、根混合 cDNA 文库为试验材料，根据比对分析结果，获得 *FEH* 基因的 723 bp 序列片段。

上游简并引物设计：根据在 NCBI 上已登录的果聚糖水解酶序列，选取近缘物种（都属于禾本科单子叶植物分支）——小麦（*Triticum aestivum*，登录号 AF030420 和 AJ516025）、水稻（*Oryza sativa*，登录号 AB154521）和黑麦草（*Lolium perenne*，登录号 DQ016297），进行保守区（block）的查找，将得到的几个保守区中最保守的氨基酸序列进行引物设计，根据简并度、退火温度和保守区位置等参数，从得到的引物中选择 1 个引物——FEH3B，其序列为：5′-GATGCCTTTGTGCCAGATAATG-3′。根据真核生物 mRNA 3′端具有 ployA 尾结构的特性，设计了锚定反转录引物 Oligo（dT）primer 下游引物，序列为：5′-GGCCACGCGTCGACTAGTACT$_{17}$-3′。引物由北京奥科生物有限公司合成。

2. cDNA 第一链的合成

1) 变性

以提取的总 RNA 为模板，以 Oligo（dT）为引物（工作浓度为 10 pmol/μL），反应体系见下表，混匀后，70℃温育 5 min，立即置于冰上 10 min。

成分	用量/μL
总 RNA（0.5 μg/μL）	3.0
Oligo-dT（10 pmol/μL）	1.0
无 RNase 水	11.0
总体积	15.0

2) 反转录

向上述离心管中加入下表 PCR 所列成分后混匀，65℃ 5 min，42℃ 45 min，70℃ 15 min，灭活反转录酶，将合成的第一链 cDNA 储存于−20℃，备用。

成分	用量/μL
5×Buffer	4.0
dNTP 混合物（10 mmol/L each）	1.0
RNase 抑制剂（40 U/μL）	0.5
反转录酶（5 U/μL）	1.0
总体积	6.5

3. PCR 扩增

以反转录的 cDNA 第一链为模板进行 PCR 扩增。以 FEH3B、Oligo（dT）primer 为引物组合进行扩增，反应体系按下表进行，反应条件采用热启动 PCR 方式，即：95℃预变性 4 min，升温到 80℃暂停，加入 ExTaq 酶之后，94℃ 30 s，52℃ 40 s，72℃ 70 s，35 个循环；72℃延伸 10 min。反应结束后取 5 μL 扩增产物用 1%的琼脂糖凝胶电泳检测。

成分	用量/μL
无菌水	36.5
10×PCR Buffer	5.0
dNTP 混合物（10 mmol/L each）	1.0
FEH3B（10 pmol/μL）	2.0
Oligo-dT（10 pmol/μL）	2.0
RT 产物	3.0
ExTaq（5 U/μL）	0.5
总体积	50.0

4. 羊草果聚糖水解酶基因（*FEH*）5′端 cDNA 序列的分离

FEH 基因 5′端 cDNA 的克隆，本实验采用 CLONTECH 公司的 SMART™ RACE cDNA Amplification Kit，引物 5′-RACE CDS Prime，SMARTII、Long 和 Short 均为试剂盒自带，它们的序列分别为：

（1）5′-RACE CDS Primer（10 μmol/L）：5′-（T）$_{25}$ VN-3′（N＝A、C、G 或 T；V＝A、G or C）

（2）SMART II A Oligonucleotide（10 μmol/L）：

5′-AAGCAGTGGTATCAACGCAGAGTACGCGGG-3′

（3）10×Universal PrimerAMix（UPM）：

Long（0.4 μmol/L）：

5′-CTAATACGACTCACTATAGGGCAAGCAGT-GGTATCAACGCAGAGT-3′；

Short（2 μmol/L）：

5′-CTAATACGACTCACTATAGGGC-3′

其中，5′-RACE CDS Primer 为反转录引物，SMART II oligonucleotide 为与反转录酶产生的 ployC 配对的引物，Long 和 Short 以不同浓度混合起来作为巢式 PCR 的上游引物，混合引物命名为 UPM。

1）引物设计

根据已克隆到的 *FEH* 的 cDNA 3′端序列，利用 PrimerPrimer 5.0 软件设计合成两条 5′-RACE 实验巢式引物。

FEH5A：5′-CTGAGGATAGATTATGGCAC-3′
FEH5B：5′-CAATACCGCAAAGAAATCCG-3′

2）cDNA 第一链的合成

在 PCR 管中加入下表所示的组分。

成分	用量/μL
总 RNA（0.5 μg/μL）	3.0
5′-RACE CDS 引物（10 μmol/L）	1.0
SMART II（10 μmol/L）	1.0
总体积	5.0

混合均匀，简短离心，在 70℃保持 2 min，马上冰上冷却 2 min，加入下表所示的组分。

成分	用量/μL
5×First-Strand Buffer	2.0
20 mmol/L DTT	1.0
10 mmol/L dNTP	1.0
PowerScript 反转录酶	1.0
总体积	5.0

混合均匀，简短离心，利用 PCR 仪或气浴恒温设备在 42℃保持 1.5 h。

稀释到 100 μL；72℃保持 10 min 灭活反转录酶，产物储存于−20℃。

3）巢式 PCR 扩增 FEH 基因的 5′端

（1）第一轮 PCR 条件：反应体系见下表。PCR 反应条件应用 Touch-down PCR：94℃ 30 s，72℃ 3 min，5 个循环；94℃ 30 s，70℃ 30 s，72℃ 3 min，5 个循环；94℃ 30 s，68℃ 30 s，25 个循环；72℃ 10 min，25 个循环。

成分	用量/μL
Taq 酶缓冲液	5.0
2.5 mmol/L dNTP	4.0
10 mmol/L GSP1	1.0
UMP	5.0
RT 产物	2.5
Taq 酶（5 U/μL）	0.5
ddH$_2$O	37.0
总体积	50.0

（2）第二轮 PCR 条件：由第一轮 PCR 经电泳检测显示可知 DNA 扩增得到

的量特别少，所以将第一轮 PCR 产物稀释 200 倍后进行第二轮 PCR。反应条件为：94℃ 30 s，50℃ 45 s，72℃ 3 min，30 个循环；72℃ 10 min；PCR 扩增体系见下表。

成分	用量/μL
Taq 酶缓冲液	5.0
2.5 mmol/L dNTP	4.0
10 mmol/L GSP2	1.0
Short（2 μmol/L）	5.0
第一轮 PCR 稀释产物	2.5
Taq 酶（5U/μL）	0.5
ddH$_2$O	37.0
总体积	50.0

（3）PCR 产物经 1%琼脂糖凝胶电泳分析后，特异条带的回收、回收产物与 pMD18-T 载体连接、转化、阳性克隆筛选、PCR 鉴定、序列测定均同上。

4）*FEH* 基因全长 cDNA 的克隆及生物信息学分析

（1）采用生物信息学软件 DNAMAN 软件包对测序的 3′端和 5′端核苷酸序列进行分析，并利用 DNAMAN 软件对其分别获得 *FEH* 基因的全长 cDNA。在它们的 cDNA 序列可读框（ORF）两端设计基因全长特异引物，引物序列如下

FEHQ5′：5′-ATGGCSCAAGSKTGGSCCTTCBTC-3′

FEHQ3′：5′-TTAGAGTCAGTGTACTTTTTAC-3′。

（2）总 RNA 的提取及 cDNA 的合成同 3′-RACE。

（3）PCR 扩增。

反应参数：94℃ 4 min；94℃ 30 s，54℃ 40 s，72℃ 2 min，30 个循环；72℃延伸 10 min；4℃保存。

为了确保获得的全序列的保真性，应用 Primer START MHS DNA Polymerase 进行 PCR 扩增，因为高保真酶没有加 A 尾的功能，所以在最后一步 72℃，10 min 时加 *Taq* 酶。

（4）1%琼脂糖凝胶电泳回收特异条带，回收的 PCR 产物与 pMD18-T 载体连接、转化、阳性克隆质粒提取、酶切和 PCR 鉴定，序列测定均同上。

（5）应用 DNAMAN 和 MEGA 3.1 软件进行序列分析及进化树的建立；核酸和蛋白质序列同源性分析应用 NCBI 的 Blastn 和 Blastp 完成。

5）*FEH* 基因表达荧光定量分析

a. 实验材料

羊草萌发 8 周的幼苗及一年生成苗羊草。

（1）分别提取羊草'吉生一号'幼苗（萌发以后生长 8 周的苗）的根、根

茎、叶鞘、叶片 4 种组织的总 RNA，以及成苗（播种大田生长 1 年后的苗）根、根茎、叶片、花梗、茎第 2 节、开花期花序、灌浆期花序、乳熟期花序。进行定量 PCR 实验，分析 *Lc1-FEH* 基因在不同羊草组织的表达模式。

（2）将萌发后正常生长 8 周的羊草幼苗分别进行低温（4℃）、高盐（300 mmol/L NaCl）、干旱（20％PEG）、脱落酸（ABA，100 μmol/L）及水杨酸（SA，10 mmol/L）、碱（75 mmol/L Na$_2$CO$_3$）胁迫处理，并于处理后的不同时间（0、1、3、7、19、11、13、15 天）提取根茎的 RNA。其中，低温（4℃）处理是将植株置于 4℃环境下放置，高盐（处理液为 300 mmol/L NaCl 水溶液）、干旱（处理液为质量 20％PEG 的水溶液）、脱落酸（处理液为 100 μmol/L 脱落酸水溶液）及水杨酸（处理液为 10 mmol/L 的水杨酸水溶液）、碱（处理液为 75 mmol/L 的 Na$_2$CO$_3$ 水溶液）胁迫处理是各种处理液每天浇一次，每盆植株均匀浇入 400 mL，连续浇灌 15 天。分批取材后，进行定量 PCR 实验分析 *Lc1-FEH* 基因在不同非生物胁迫因子条件下的表达模式。

b. 内参基因与 *FEH* 基因的引物设计

FEH 基因引物如下。

Lc1-FEHs：5′-TGAATGGCTACAGTGCTGC-3′

Lc1-FEHas：5′-CCAGTCCACCGTTATTGCC-3′

内标基因 actin 引物如下。

actins：5′-GCCAACAGAGAGAAGATGACC-3′

actinas：5′-ATAGAGGGAAAGCACCGCCT-3′

c. 羊草单链 cDNA 的获得

（1）按下列组分配制反转录 RT 反应液（反应液在冰上配制）。

成分	用量
5×PrimeScript Buffer（for Real Time）	2 μL
PrimeScript RT Enzyme Mix	0.5 μL
Oligo dT Primer（50 μmol/L）	0.5 μL
Random 6 mers（100 μmol/L）	0.5 μL
总 RNA	500 ng
RNase free dH$_2$O up to	10 μL

（2）混匀微离。

（3）反转录反应条件如下：

37℃ 15 min（反转录反应）

85℃ 5 s（反转录酶的失活反应）

d. 荧光定量 PCR

（1）使用 TaKaRa 公司 SYBR Premix EXTaq 试剂，将荧光定量专用 PCR

管置于冰上，按下表所示配制 PCR 扩增体系。

成分	用量/μL
STBRR Premix EXTag TM (2×)	12.5
PCR 前引物 (10 μmol/L)	0.5
PCR 后引物 (10 μmol/L)	0.5
cDNA 模板	5.0
ddH$_2$O	6.5
总体积	25

（2）戴一次性手套小心盖齐顶盖，微离。

（3）在荧光定量 PCR 仪 Stratagene Mx 3000p 上按以下程序进行：95℃ 10 s，然后95℃ 5 s；60℃ 20 s，40 个循环。

（4）在样品扩增的同时制作标准曲线，以实验中不同处理的模板混合样进行系列稀释制作标准曲线。本实验以各个样品的反转录产物混合，对混合的模板进行梯度稀释，每个样品进行管重复，以目的基因和（或）特异引物进行扩增来获得标准曲线，纵坐标为临界循环值，横坐标为稀释浓度的对数值。根据标准曲线所得的线性计算公式，将样品的值代入公式，得到其相对浓度。同一模板中目的基因和持家基因的相对浓度的比值即可作为目的基因的相对表达水平。

e. 荧光定量数据分析

PCR 完成后，在 Stratagene Mx 3000 p 软件上，经自动分析，查看每个基因的扩增情况，导出相应的阈值循环数（cycle at threshold，即 Ct 值），在 Microsoft Excel软件上进行统计分析。以 *actin* 基因为阳性内对照基因，校正 cDNA 模板数。

第二节 研究取得的重要进展

一、cDNA 文库构建

（一）cDNA 第一链合成及 LD-PCR

提取羊草总 RNA，经电泳检测合格后用于下一步文库构建。

采用 SMART 技术构建 cDNA 文库。由于 cDNA 第一链合成量极少，必须经过 16～24 个循环的 LD-PCR 扩增。这一扩增过程的循环数极为重要，如果扩增循环数过少，可能导致 cDNA 量不足，过多则会产生大量小片段，且有增大因 PCR 而产生突变的危险。本实验对循环数进行了优化，发现采用 18 个循环效果最好。5 μL LD-PCR 合成的双链 cDNA，经 1.1% 琼脂糖凝胶电泳检测，结果显示双链 cDNA 片段集中分布在 0.4～3.0 kb，在 0.4 kb、0.6 kb 及接近 1 kb

处有较清晰的丰富带产生（图 10.2）。通常情况下植物 mRNA 相对较短，因此合成的双链 cDNA 是比较完整的，符合建库要求。

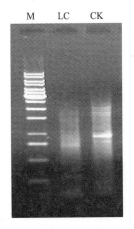

图 10.2　LD-PCR cDNA 电泳检测。M，1 kb DNA 分子标记；LC，羊草 cDNA；CK，人胎盘 cDNA。

Fig. 10.2　LD-PCR cDNA. M，1 kb DNA Ladder；LC，cDNA of *Leymus chinensis*；CK，Human placenta cDNA.

（二）cDNA 的纯化与回收

SMART 技术构建文库的另一关键操作在于通过 CHROMASPIN-400 柱分离纯化目的片段。CHROMASPIN-400 分级分离收集了 16 管产物，每管取 3 μL 经琼脂糖凝胶电泳检测。结果显示，从第 6 管开始出现核酸片段，第 10 管开始出现明显的小片段（图 10.3），因此收集合并 6～9 管的 cDNA 分级产物用于构建文库。

（三）cDNA 文库的质量评价

三个试连接的原始文库滴度分别为 1.6×10^6 pfu/mL、3.1×10^6 pfu/mL、2.7×10^6 pfu/mL，放大连接的原始文库滴度达到 3.9×10^6 pfu/mL。扩增总文库滴度接近 10^{11} pfu/mL。文库插入片段为 0.5～3 kb，1 kb 以上的占 68%（图 10.4），最大片段约为 3 kb（图 10.4 中未显示），重组率达到 98%。

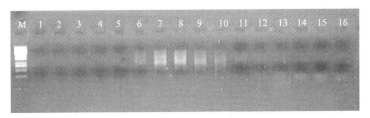

图 10.3　羊草 cDNA 分级分离凝胶电泳检测。M，1kb DNA 分子标记；1～16，各收集物编号。

Fig. 10.3　cDNA fraction of *Leymus chinensis* by CHROMA SPIN-400；M，1 kb DNA Ladder；1～16，Number of each collection.

以羊草 *TC*、*γ-TMT*、*FEH* 基因的特异引物从总文库中分别扩增出了 180 bp、220 bp、170 bp 的带，并与各自的阳性对照相同（图 10.5）。*TC* 与 *γ-TMT* 是羊草中维生素 E 生物合成中的两个关键酶基因，它们的表达量较高；*FEH* 基因是羊草果聚糖水解酶基因，其表达量仅为 10^{-6}～10^{-5} 时，仍能检测到阳性，表明文库的覆盖率很高，足以获得目的基因。以上各指标都表明本试验已获得高质量的 cDNA 文库。

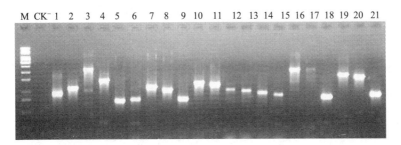

图 10.4 cDNA 文库插入片段大小及重组率检测。M，1 kb DNA 分子标记；CK⁻，阴性对照；1~21，单噬菌斑编号。

Fig. 10. 4 Detection of inserts of the library and the combining rate. M，1 kb DNA Ladder；CK⁻，Negative control；1~21，Number of single plaque.

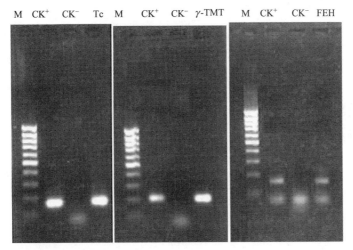

图 10.5 文库特异基因检测。M，100 bp DNA 分子标记；CK⁺，阳性对照；CK⁻，阴性对照；TC，α-生育酚环化酶；γ-TMT，γ-生育酚甲基转移酶；FEH，羊草果聚糖水解酶。

Fig. 10. 5 Gene special detection of the library. M，100 bp DNA Ladder；CK⁺，Positive-control；CK⁻，Negativecontrol；TC，α-Tocophrolcyclase；γ-TMT，γ-Tocophrolmethvl transferase；FEH，fructanexohydrolase.

二、EST 序列的获得与分析

（一）有效 EST 序列的获得

从构建好的羊草叶、根 cDNA 文库中随机挑取克隆进行测序，共获得 597 条 EST 序列，通过初步的去载体序列、低质量序列等处理后，共获得有效长度大于 100 bp 的序列 584 条。有效序列的长度跨度为 103~680 bp，平均有效长度为 449 bp。空载序列和低质量序列有 14 条，占总 EST 序列的 2.38%（14/84）。另外，经统计分析，有效序列的平均质量数 Q 为 36.84，平均 GC 含量为 45.28%。

为了对所测 EST 序列进行质量评估，分别绘制了文库的 EST 质量分布图（图 10.6）。从图 10.6 中可以看出文库的 EST 质量数 Q 大部分集中于 $30 < Q < 45$，表明这些 EST 序列具有较好的质量。对文库所测 EST 序列长度进行统计，可以看出 EST 序列的长度主要集中在 350~650 bp（图 10.6），也表明本实验所测定的 EST 序列具有较高质量。

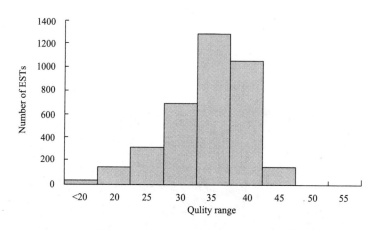

图 10.6　羊草叶、根 cDNA 文库有效 EST 质量分布图。

Fig. 10.6　The quality distribution of EST from cDNA library of *Leymus chinensis*.

（二）EST 序列拼接分析

对普通 cDNA 文库的克隆进行随机序列测定必然会使高丰度表达的转录物来源的 cDNA 序列被多次测到。建库过程中的机械剪切或反转录过程不完全等原因，也会使得同一转录物被分散到不同的 cDNA 克隆中，从而产生另外一种形式的冗余现象。通过片段重叠群分析，可得到彼此各不相同的转录物。利用测序分析软件中的 Phrap 软件对文库所测得的 584 条 EST 序列进行聚类分析和拼接（参加拼接的序列去掉长度小于 100 bp 的 EST，cutoff＝0.05，Q_{13}）后，共获得 451 个非重复序列（UniGene），其中包括 71 个重叠群（Contig）和 387 个独立的 EST（Singlet）。对所有不同 UniGene 序列长度的统计及相应的统计图（图 10.7）进行分析，可以看出本实验的 UniGene 序列长度主要集中在 400~800 bp。

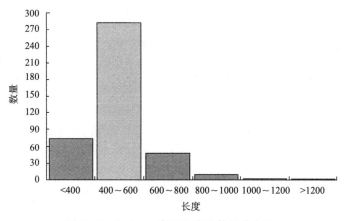

图 10.7　Unigene 序列长度及数量分布图。

Fig. 10.7　The distribution of unigene length and numbers.

（三）基因表达频率与基因表达丰度分析

随机测序所获得的同一基因的 EST 数目可以在一定程度上代表该基因在组织中的表达丰度。其中，表达频率小于 2 的基因可视为低丰度表达基因，2≤表达频率＜5 的基因视为中丰度表达基因，表达频率大于或等于 5 的基因视为高丰度表达基因（于凤池，2003）。羊草叶、根中低丰度表达的基因占独立基因总数的比例为 22.04％；中丰度表达的基因比例为 32.09％；高丰度表达的基因比例为 45.87％。可见，羊草叶、根基因中，低丰度基因比较少，绝大多数为中高丰度表达的基因。植物表达的基因因组织、器官和发育阶段的不同而存在差异，不同 cDNA 文库的基因具有不同的时空和组织特异性，表 10.1 列出了羊草中高丰度表达的基因。从表 10.1 中可以看出，这些高表达基因功能丰富，其中与光合作用代谢和蛋白质相关的 EST 占有很大比例。

表 10.1　羊草中高丰度表达的基因

Table 10.1　The name and annotated function of high expression genes in *Leymus chinese*.

功能注释	EST 个数	置信区间
1,5-二磷酸核酮糖羧化酶/加氧酶大亚基	32	16～56
光系统 IID1 蛋白	28	12～48
叶绿素绑定蛋白	20	9～42
蛋白激酶	18	8～39
放氧增强蛋白	17	2～25
核糖体合成酶小亚基	12	1～22
甲硫蛋氨酸合成酶	10	1～21
果糖合成酶	6	＜18

功能注释	EST 个数	置信区间
核糖体蛋白	4	<14
锌指蛋白	2	<11

　　根据 SWISSPORT 数据库注释的 ACCESSION，将独立基因（unigene）以 Gene Ontology 进行功能分类。将 BlastX 结果中具有已知功能或推测功能的 387 个 EST，根据所参与的细胞过程将其分为九大类：光合作用（photosynthesis）相关基因、蛋白质代谢（protein metabolism and sorting）相关基因、细胞抗性及防御（defense）相关基因、代谢（metabolism）相关基因、信号转导（signal transduction）相关基因、细胞内运输（membrane transport）相关基因、转录相关基因（gene expression and RNA metabolism）、细胞骨架（cytoskeleton）和细胞壁（cell wall）相关基因（图 10.8，表 10.2）。从图 10.8 中可以看出，编码光合作用代谢相关基因的 EST 数量最多，共有 39 个，占有功能描述基因的 2%。在此类基因中，主要是光系统蛋白酶类，可能是本研究取材于叶，其中含有较多的叶绿体的缘故。

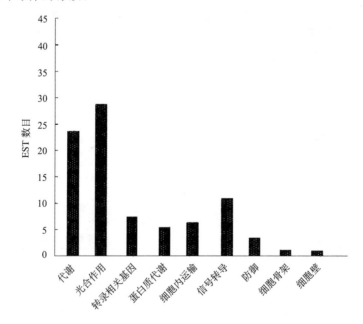

图 10.8　已知功能或具有推测功能的基因分类。

Fig. 10.8　Classification of putative gene functions of the EST from leaf and root cDNA libraries.

（四）羊草 EST 序列同源性比较分析

所有有效序列与 NCBI 的核酸数据库进行 BLAST 比对，30.99%（181/584）的序列显示与已知序列高度的同源性。而与蛋白质数据库进行比对时，共有 358 个 61.27%（358/584）的 EST 与登录在 NCBI 非冗余蛋白质数据库中的蛋白质序列存在相似性。羊草 cDNA 文库共产生 584 个有效序列、387 个 EST序列，分别与已知物种蛋白相似性比较，结果见表 10.3。从表 10.3 中可见，羊草文库蛋白中与水稻蛋白的相似性最高，其次为大麦、小麦等。

表 10.2 羊草文库 EST 比对一览表

Table 10.2 Summary of EST clones from cDNA library of *Leymus chinensis*

分类	EST 条数	非冗余序列
同源于已知转录物	342 (58.57)	197 (51.23)
Oryza sativa	93 (15.88)	71 (18.47)
Hordeum vulgare	56 (9.67)	26 (6.62)
Triticum aestivum	49 (8.40)	19 (4.88)
Zea mays	36 (6.10)	32 (8.19)
Arabidopsis thaliana	31 (5.29)	11 (2.79)
Deschampsia antartica	9 (1.50)	2 (0.52)
Saccharomyces cerevisiae	—	—
其他	67 (11.51)	38 (9.93)
同源于未分类蛋白	224 (38.32)	188 (48.61)
Oryza sativa	74 (12.66)	56 (14.63)
Arabidopsis thaliana	30 (5.18)	29 (7.49)
Secale cereale	6 (1.27)	1 (0.35)
Homo sapiens	9 (1.04)	3 (0.87)
其他	60 (10.24)	33 (8.54)
Novel (not found) 新序列	65 (11.05)	65 (16.72)
合计	584 (100)	387 (100)

表 10.3 功能基因在 GenBank 中的比对结果

Table 10.3 Comparison of homology with function genes deposited in GenBank

名称	长度/bp	功能注释	期望值	数量
光合作用	481	光系统 II 多肽	0.0	3
	574	1,5-二磷酸核酮糖羧化酶/加氧酶大亚基	0.0	11
	539		2e-19	9
	584	光系统 II D1 蛋白	0.0	8
	592	线粒体 26S 亚基	0.0	2

名称	长度/bp	功能注释	期望值	数量
	438	Rubisco 活化酶	0.0	2
	535	叶绿体 NADPH 还原酶	0.0	3
	886	叶绿素 a/叶绿素 b 结合蛋白	3e-48	7
	548		6e-42	1
	681	核糖体蛋白	1e-42	1
	686	叶绿体光系统 II 放氧酶	3e-44	3
	421	天冬氨酸蛋白酶	9e-175	1
代谢	754	3-磷酸甘油醛脱氢酶	0.0	2
	366	磷酸二酯酶	1e-153	1
	912	氨酸羧肽酶类蛋白	0.0	1
	667	小麦谷氨酰胺合成酶	0.0	2
	482	碳酸酐酶	0.0	1
	275	细胞色素还原酶	1e-132	1
	281	丙氨酸转氨酶	5e-126	2
	266	假定的酸性磷酸酶	1e-12	2
	926	维生素 E 环化酶	3e-22	2
	644	果糖-二磷酸醛缩酶	2e-93	2
	506	ATP synthase gamma chain1	2e-44	3
	732	果聚糖水解酶	6e-44	2
	1200	蔗糖果糖基转移酶	1e-14	2
	822	果聚糖果糖基转移酶	3e-12	1
蛋白质代谢和分选	602	蛋氨酸合成酶	1e-91	1
	433	翻译起始因子 1A	0.0	1
	476	起始因子 4Fp82 亚基	2e-17	2
	783	蛋氨酸合酶 2	0.0	3
	1007	翻译延伸因子 1α 亚基	8e-700	3
	434	泛素	6e-177	1
防御	404	聚泛素蛋白	5e-178	1
	740	冷适应蛋白	0.0	1
	734	热激蛋白	2e-80	1
	916	冷调节蛋白	2e-98	3
	313	转录因子	1e-15	1
信号转导	441	锌指蛋白	6e-30	2
	324	ABA 诱导蛋白激酶	2e-19	1
	289	激酶	2e-77	2
	772	钙绑定 EF 手性蛋白	5e-41	2
	745	GTP 绑定蛋白	4e-14	1

名称	长度/bp	功能注释	期望值	数量
	473	丝氨酸/苏氨酸蛋白激酶	9e-31	3
	357	酪蛋白激酶	2e-77	3
	684	亮氨酸蛋白	2e-24	2
	441	蛋白质磷酸化酶	6e-30	2
膜运输	837	膜蛋白	0.0	1
	412	网格蛋白	2e-164	1
	812	硝酸盐转运蛋白	4e-42	1
	289	电离通道蛋白	5e-42	3
	328	AuaporinPIPi	3e-44	2
	473	ATP 依赖钾转运系统	9e-31	1
	472	茉莉酮酸酯诱导蛋白	6e-114 3e-21	2
	721	RNaseS 样蛋白	9e-138	2
基因表达和 RNA 代谢	612	cp31BHv 蛋白	0.0	1
	811	C_2H_2 型锌指蛋白	5e-42	3
	443	亮氨酸拉链蛋白	3e-148	
	321	AP_2	2e-13	1
	732	微管蛋白	0.0	3
细胞骨架	531	纤维蛋白	1e-12	2
	649	假定的纤维素合成酶亚基	0.0	1
细胞壁	342	果胶酯酶	2e-94	2

三、*FEH* 基因的分离及鉴定

（一）3′RACE 扩增羊草果聚糖水解酶基因 *FEH* 3′端

以 cDNA 第一链为模板，*FEH*3B（5′-GATGCCTTTGTGCCAGATAATG-3′）和 Oligo（dT）为引物，扩增羊草果聚糖水解酶基因 *FEH*3′端，PCR 产物电泳结果及测序结果如图 10.9 所示。由测序结果分析可知，该片段长度为 1373 bp，其 5′端的碱基与文库中得到的 750 bp 的片段碱基相一致，表明它们是同一个基因。通过该序列 3′端的多聚 A 碱基，可以判断出克隆的是该基因的 3′端。

（二）5′RACE 扩增羊草果聚糖水解酶基因 *FEH* 5′端

以 Clontech 公司的 SMART TM RACE cDNA Amplification Kit 提供的 5′-RACE CDS Primer 为反转录引物，SMART II oligonucleotide 为与反转录酶产生的 ployC 配对的引物，Long 和 Short 以不同浓度混合起来作为巢式 PCR 的上游引物，

混合引物命名为 UPM。根据 3′-RACE 结果设计下游引物 *FEH*5A：（5′-CTGAG-GATAGATTATGGCAC-3′）和 FEH5B（5′-CAATACCGCAAAGAAATCCG-3′），用它们进行羊草果聚糖水解酶基因 *FEH* 的 5′端巢式 PCR 扩增，扩增反应后得到了单一条带，约为 750 bp，如图 10.10 所示，且其大小与预期的片段相当。将此片段纯化回收，与质粒 pMD-18TVector 连接，筛选阳性克隆，并对阳性菌进行 DNA 序列测定。结果表明，该片段是 *FEH* 基因的 cDNA 5′端部分序列，由此设计扩增全长的上游 *FEHQ*5′：5′-ATGGCSCAAGSKTGGS-CCTTCBTC-3′。

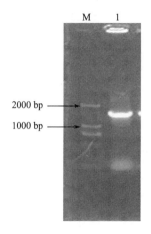
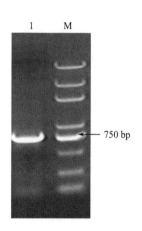

图 10.9　*Lcl-FEH* 基因 3′端 PCR 扩增结果。M. DL2000 Marker；1. *Lcl-FEH* 基因。
Fig. 10.9　The PCR product of 3′ *Lcl-FEH* gene. M. DL2000 Marker；1. PCR product of *Lcl-FEH* gene.

图 10.10　*Lcl-FEH* 基因 5′端 PCR 扩增结果。M，DL2000 Marker；1. *Lcl-FEH* 基因。
Fig. 10.10　The PCR product of 5′ *Lcl-FEH* gene. M，DL2000 marker；1. PCR product of *Lcl-FEH* gene.

（三）羊草果聚糖水解酶基因 *FEH* 全长的扩增

以 5′RACE 及 3′RACE 的测序结果为依据设计引物 FEHQ5′（5′-ATGGCSCAAG-SKTGGSCCTTCBTC-3′）和 FEHQ3′（5′-TTAGAGTCAGTGTACTTTTTAC-3′），进行羊草果聚糖水解酶基因 *FEH* 全长的扩增，得到长度为 2040 bp 的片段，如图 10.11 所示。将得到的片段回收，与质粒 pMD-18-T Vector 连接并转化大肠杆菌 DH5α，在含有 Amp、IPTG 和 X-Gal 的 LB 平板上筛选阳性克隆，通过蓝白斑筛选，对白色菌落进行 PCR 分析，并对阳性菌进行 DNA 序列测定。

（四）*Lcl-FEH* 基因的生物信息学分析

将获得的 *FEH* 基因的全长 cDNA 序列通过 NCBI 网站（http://www.ncbi.nlm.nih.gov/BankIt/index.html）上的 BankIt 工具递交 GenBank，接受号为 FJ178114。利用 DNAMAN 软件对获得的 *FEH* 基因全长 cDNA 序列进行分析，并导出结果，如图 10.12 和图 10.13 所示。所获得的 *FEH* cDNA 全长为 2040 bp，其中包括 1803 bp 完整的可读框（open reading frame, ORF），推测其编码含 600 个氨基酸的多肽；同时包括 237 bp 3′非转译区（3′UTR）及多聚腺苷酸尾。通过 BLASTp 和已知的其他植物果聚糖水解酶的序列分析比对，结果证明实验所获得的 cDNA 是完整的。

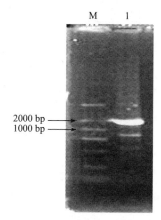

图 10.11　*Lcl-FEH* 全长 cDNA 的 PCR 扩增。M，DL2000 Marker；1：*Lcl-FEH* 基因全长 PCR 扩增结果。

Fig. 10.11　PCR amplification of the complete sequence of *Lcl-FEH*. M，DL2000 Marker；1：The PCR consequence of the complete sequence of *Lcl-FEH*.

（五）*Lcl-FEH* 基因的结构和功能域分析

用 BLAST 服务器（http：//www.ncbi.nlm.nih.gov/BLAST/）中的 proteinblast 对 *Lcl-FEH* 的全长 cDNA 进行生物信息学分析，对编码的氨基酸序列进行结构域分析，结果如图 10.14 所示。获得的该序列全长为 1803 bp（具有自序列表中序列 2 的 5′端第 1～1803 位核苷酸序列），编码由 600 个氨基酸残基组成的蛋白质，氨基酸序列为序列表中序列 1 的氨基酸残基序列，推测其分子质量为 66.8 kDa，等电点 pI 为 5.49。该蛋白质含有 3 个典型的 NDPNG、FRDP 和 ［WEC（V/P）D］结构域，自序列表中序列 1 的氨基端（N）第 72 位～第 76 位氨基酸残基为保守的 NDPSG 结构域，第 196 位～第 199 位为 FRDP 结构域，第 251 位～255 位为 WECPD 结构域。用 Signal3P（http：//www.cbs.dtu.dK/services/SignalP）服务器分析 Lcl-FEH 是具有由 27 个氨基酸残基组成的信号肽，即序列表中序列 1 自氨基端（N 端）第 1 位～第 27 位氨基酸残基，如图 10.15 所示，这一结果表明它是 FEH 家族中的一员。

```
1     ATGGCGCAAG CGTGGGCCTT CCTCCTCCCG GTCCTCTTCT TCGGCTCCTA CGTAACAAAC
61    CTCTTCCTCC CCACCTATGC ATCCAGCCCC CTCTGCAGCG GCGATGGAGG CAGATCCTTC
121   CTCTGCGCAC AGGCTCCAAA GGACAAGGAC CCCTCTCCTG CCAGCACCAT GTACAAGACC
181   GCCTTCCACT TTCAGTCTGC CAAGAACTGG ATGAACGATC CATCTGGACC AATGTACTTC
241   AATGGCATCT ACCATGAATT CTACCAGTAT AACCTCAACG TCCCATTTT TGGTGACATA
301   GTTTGGGGCC ATTCGGTTTC AACAGACCTC ATCAACTGGA TTGGGCTTGG ACCCGCATTA
361   GTACGGGATA CCTCAAGTGA CATAGACGGT TGCTGGACCG GCTCAGTCAC CATTCTGCCT
421   GGTGGTAAAC CGGTCATCAT ATACACTGGT GGCGACATAG ATCAACATCA GGTACAAAAC
481   ATCGCGTTTC CCAAAAACCG GTCTGATCCG TACCTGAGGG AATGGATCAA AGCAGCCAAT
541   AACCCGGTGC TCCGACCGGA CGAACCAGGG ATGAACTCGA TTGAGTTCAG GGATCCGACA
601   ACCGGTTGGA TCGGACCGGA TGGACTGTGG AGGATGGCAG TTGGTGGTGA GCTGAATGGC
661   TACAGTGCTG CACTTTTGTA CAAGAGTGAA GACTTTCTGA ATTGGACAAA AGTTGATCAC
721   CCACTGTATT CACATAATGG ATCCAATATG TGGGAGTGTC CGGATTTCTT TGCGGTATTG
781   CCGGGCAATA ACGGTGGACT GGACCTGTCC GCAGCGATCC CACAAGGCGC CAAGCATGCC
841   CTTAAAATGA GCGTGGATTC CGTTGACAAG TACTTGATTG GGGTGTATGA TCTCAAACGT
901   GATGCCTTTG TGCCAGATAA TGTCATAGAT GACCGTCGGC TGTGGCTGAG GATAGATTAT
961   GGCACTTTCT ATGCTTCAAA TCATTCTTC GACTCGAACA AGGGCAGGAG GATCATATGG
1021  GGTTGGTCTA GGGAGACAGA TAGCCCTTCA GATGATCTTG AAAAAGGTTG GGCTGGACTC
1081  CATACAATCC CCAGGAGAAT TTGGTTAGCC GATGATGGCA AGCAGTTGTT ACAATGGCCA
1141  GTTGATGAGA TCGAGTTCCT TCGAACAAAT GAAATCAACC ATCAAGGACT AGAGCTCAAC
1201  AAGGGAGATC TATTTGAGAT CAAGGAAGTT GACACTTTTC AGGCTGATGT AGAGATAGAT
1261  TTTGAGCTGG CGTCCATCGA TGACGCCGAT CCTTTTGATC CTTCCTGGCT TTTGGACCCC
1321  GAGAAGCATT GTGGGGAAGT GGGTGCATCG GTTCCTGGTG GTATAGGTCC ATTTGGACTT
1381  GTTATTCTGG CCTCCGACAA CATGGAAGAG CACACTGAGG TGTATTTCAG AGTCTACAAG
1441  TTACAGGAAA AGTACATGGT ACTAATGTGC TCTGATCTAA GAAGGTCTTC CATGAGACCA
1501  GATCTGGAGA AACCAGCCTA TGGAGGCTTC TTTGAATTTG ATCTTGCAAA GGAAAGGAAG
1561  ATATCCCTCA GAACTCTGAT TGATCGGTCG GCGGTGGAGA GCTTCGGCGG CGGTGGTAGG
1621  GTTTGCATCA CGTCTAGAGT TTATCCGGCG GTGCTCGCTG ACGTCGGCAG GGCCCACATG
1681  TATGCCTTCA ACAATGGAAG TGCCACGGTC AGGGTGCCAC AGCTCAGCGC ATGGACCATG
1741  AGGAAGGCAC AAGTGAATGT GGAGAAGGGT TGGAGTGCTA TTCAAAACAG AGGATCAATT
1801  TGATTTTCTC GATTCTTTTA TCATTCATGA GCACTGCCTG GCAGAAATAA GGACATTCAA
1861  CAGGAAAAAA TGGCCTGTCA TTTCTTTGAT CTCTAGTATT CATATATTGT AGTTACTTCT
1921  TAGTAAGCCC TTCCCATCTC AGTAATCTAC TTGTATCAAT TTTTATAGAA GTAAAAAGTA
1981  CACTGACTCT AAAAAAAAAA AAAAAAAAAA AAAAAAAAAA TAAAAAAAAA AAAAAAAAAA
```

图 10.12 *Lcl-FEH* 核酸序列。

Fig. 10.12 Nucleic acid sequence of *Lcl-FEH*.

```
1     MAQAWAFLLP VLFFGSYVTN    21    LFLPTYASSP LCSGDGGRSF
41    LCAQAPKDKD PSPASTMYKT    61    AFHFQSAKNW MNDPSGPMYF
81    NGIYHEFYQY NLNGPIFGDI   101    VWGHSVSTDL INWIGLGPAL
121   VRDTSSDIDG CWTGSVTILP   141    GGKPVIIYTG GDIDQHQVQN
161   IAFPKNRSDP YLREWIKAAN   181    NPVLRPDEPG MNSIEFRDPT
201   TGWIGPDGLW RMAVGGELNG   221    YSAALLYKSE DFLNWTKVDH
241   PLYSHNGSNM WECPDFFAVL   261    PGNNGGLDLS AAIPQGAKHA
281   LKMSVDSVDK YLIGVYDLKR   301    DAFVPDNVID DRRLWLRIDY
321   GTFYASKSFF DSNKGRRIIW   341    GWSRETDSPS DDLEKGWAGL
361   HTIPRRIWLA DDGKQLLQWP   381    VDEIEFLRTN EINHQGLELN
401   KGDLFEIKEV DTFQADVEID   421    FELASIDDAD PFDPSWLLDP
441   EKHCGEVGAS VPGGIGPFGL   461    VILASDNMEE HTEVYFRVYK
481   LQEKYMVLMC SDLRRSSMRP   501    DLEKPAYGGF FEFDLAKERK
521   ISLRTLIDRS AVESFGGGGR   541    VCITSRVYPA VLADVGRAHM
561   YAFNNGSATV RVPQLSAWTM   581    RKAQVNVEKG WSAIQNRGSI
601   *
```

图 10.13 Lcl-FEH 蛋白序列。

Fig. 10.13 Protein sequence of Lcl-FEH.

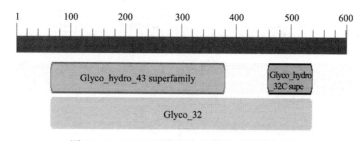

图 10.14　Lcl-FEH 蛋白的结构功能域分析。

Fig. 10.14　Analysis of structure and function domain in Lcl-FEH protein.

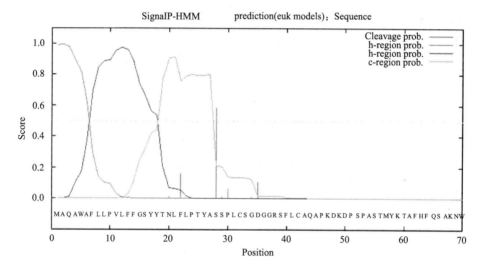

图 10.15　Lcl-FEH 蛋白的信号肽分析。（另见彩图）

Fig. 10.15　Analysis of signal peptide in Lcl-FEH protein.

（六）Lcl-FEH 与植物中其他已克隆的 FEH 类蛋白的氨基酸序列的同源性及系统进化树分析

利用 DNAMAN 软件对 Lcl-FEH 与植物中其他已克隆的 FEH 类蛋白的氨基酸序列（GenBank 登录号分别为 AJ508534、AJ509808、DQ073968、AJ508387）进行同源性分析，如图 10.16 所示，并用 MEGA 3.1 软件对 Lcl-FEH 与植物中其他已克隆的 FEH 类蛋白的氨基酸序列进行系统进化树分析（图 10.17）。同源性分析结果表明，Lcl-FEH 与单子叶植物小麦、大麦和黑麦草细胞壁类酵素酶同源性最高，分别为 89％、87％和 72％。这表明，Lcl-FEH 蛋白在进化过程中属于 IVc 类，与小麦、水稻和黑麦草的亲缘关系较近。

```
Cr 1-FEH    MCSERRV---------KEILGIWVLSLCLVWVQNG------VGVHSSSPTE-------ES
Ta 1-FEH    MAQGWPF-----------FLLVLFSCVSNHLVNG----ERVFLFPQSHK---VSS-IVS
Hv 1-FEH    MAQAWAF-LLPVLVLGSYVTSLFFPSYISNPLCGG-DGGRSLFLCAQAPKDQDPSP-AVS
Lp FEH      MAQAWAFLLLPALALASYASHLLLPAYITTPLCGGGDGARSFFLCAQAPKDQDQDPSPAS
Lc 1-FEH    MAQAWAF-LLPVLFFGSYVTNLFLPTYASSPLCSG-SGGRS-FLCAQAPKDKDPSP--AS
              *.      .*        .           .*  .   .    *   *

Cr 1-FEH    QPYRTGFHFQPPKNWINDPNGPMYFNGVYHLFYQYNPYGPLWGNISWGHSISYDLVNWFL
Ta 1-FEH    KRYRTAYHFQPPKNWINDPNGPMYYNGIYHEFYQYNPNGSLWGNIIWGHSVSTDLINWIP
Hv 1-FEH    TMYKTAFHFQPAKNWMNDPSGPMYFNGIYHEFYQYNLNGPIFGDIVWGHSVSTDLVNWIG
Lp FEH      TMYKTAFHFQPAKNWMNDPSGPMYFNGIYHEFYQYNLNGPIFGDIVWGHSVSTDLVNWIG
Lc 1-FEH    TMYKTAFHFQSAKNWMNDPSGPMYFNGIYHEFYQYNLNGPIFGDIVWGHSVSTDLINWIG
              *. *  .*** ***  .**  * .** ** .. ****   *  *  ****. *  **.**

Cr 1-FEH    LEPALSPKEPYDINGCLSGSATILPGPRPIILYTGQDVNNSQVQNLAFPKNLSDPLLKEW
Ta 1-FEH    VEPAIERDIPSDISGCWTGSATIISGDQPIIIYTGADKENRQLQNIVLPKNKSDPYLREW
Hv 1-FEH    LEPALVRDTPSDIDGCWTGSVTILPGGKPIIIYTGGDIDQHQAQNIAFPKNRSDPYLREW
Lp FEH      LEPALVRDTPSDIDGCWTGSVTILPGGKPVIIYTGGDIDQHQTQNIAFPKNRSDPYLREW
Lc 1-FEH    LGPALVRDTSSDIDGCWTGSVTILPGGKPVIIYTGGDIDQHQVQNIAFPKNRSDPYLREW
              .  **.    ** ** .**  **.    *  .*.*.***    * *.  *** *** .*.*

Cr 1-FEH    IKWSGNPLLTPVD-DIKAGQFRDPSTAWMGPDGKWRIVIGSEIDGHGTALLYRSTNGTKW
Ta 1-FEH    TKAGNNPVIQPVGPGLNASQFRDPTTGWIGPDGLWRIAVGAELNGYGAALLYKSQDFLNW
Hv 1-FEH    IKAPNNPVLRPDEPGMNSIEFRDPTTGWIGPDGLWRMAVGGELNGYSAALLYKSEDFLNW
Lp FEH      IKAANNPVLRPDEPGMNVIEFRDPTTGWIGPDGLWRMAVGGELNGYSAALLYKSEDFLNW
Lc 1-FEH    IKAANNPVLRPDEPGMNSIEFRDPTTGWIGPDGLWRMAVGGELNGYSAALLYKSEDFLNW
              *  .**..  .      ****.* .**** **. .*. *.  . .**** * .    *

Cr 1-FEH    IRSKKPLHFSSKTGMWECPDFYPVTNGDKKGLDTSVQG-NNTLHVVLKVSFNSREYYVIGT
Ta 1-FEH    TRVDHPLYSSNASSMWECPDFFAVLPGNSGGLDLSAEIPNGAKHVVLMSLDSCDKYMIGV
Hv 1-FEH    TKVDHPLYSHNGSNMWECPDFFAVLPGNNAGLDLSAAIPQGAKHALKMSVDSVDKYMIGV
Lp FEH      TKVDHPLYSHNGSNMWECPDFFAALPGNNGGLDLSAAIPQGAKHALKMSVDSVDKYMIGV
Lc 1-FEH    TKVDHPLYSHNGSNMWECPDFFAVLPGNNGGLDLSAAIPQGAKHALKMSVDSVDKYLIGV
              .   .* .*  ..*******  *.*   **.* .*       *  . **.*. ..* .**

Cr 1-FEH    YDPIKDKFSVVTNDFMVSNTQFQYDYGRYYASKSFYDSVNQRRVIWGWVNEGDSESDAVK
Ta 1-FEH    YDLKSDTF-MPDSVLDDRRLWSRIDHGNFYASKSFFDSKKGRRIIWGWNTNETDSSSDDVA
Hv 1-FEH    YDLQRDAF-VPDNVVDDRRLWLRIDYGTFYASKSFFDSKNKNRRIIWGWSRETDSPSDDLE
Lp FEH      YDLQRDAF-VPDNVVDDRRLWLRMDYGTFYASKSFFDSKKGRRIVWGWSGETDSPSDDLA
Lc 1-FEH    YDLKRDAF-VPDNVIDDRRLWLRIDYGTFYASNHSSTRERAGGSYGVGLGRQIALQMILQ
             **   . *         .* ..  .* **. .  .        .    .

Cr 1-FEH    KGWSGLQSFPRSIWLSNNRKQLVQWPVDEILKLRTKQVNITNRELAAGELLKIPSITASQ
Ta 1-FEH    KGWAGIHAIPRTIWLDSYGKQLLQWPVEEIESLRRNEISYQGLELKKGDLFEIKGTDTSQ
Hv 1-FEH    KGWAGLHTIPRTIWLAGDGKQLLQWPVEEIESLRTNEISHQGIELNKGDLFEIKEVDAFQ
Lp FEH      KGWAGLHTIPRTIWLAADGKQLLQWPVEEIESLRTNEINHQGLELNKGDLFEIKEVDAFQ
Lc 1-FEH    KGWAGLHTIPRIIWLADDGKQLLQWPVDEIEFLRTNEINHQGLELNKGDLFEIKEVDTFQ
             ***.*...  ** ***     ***.****.    **.   *  . ****.** **. *..*

Cr 1-FEH    ADVEVSFSLTNLTEIELID-SEVVDPQLLCAQKNVSISGKFGPFGMLILASKNLTEQTAV
Ta 1-FEH    ADVQVDFELTSIDNADTFDPSWLLDVEKQCREAGASVQGGIGPFGLVVLASDNMEEHTAV
Hv 1-FEH    ADVEIDFELASIDDADPFDPSWLLDPEKHCGEAGASVPGGIGPFGVILASDNMMDHTAV
Lp FEH      ADVEIDFELASIDEAEPFDPSWLLDPEKHCGEAGASVPGGIGPFGVILASDNMDEHTEV
Lc 1-FEH    ADVEIDFELASIDDADPFDPSWLLDPEKHCGEVGASVPGGIGPFGVILASDNMEEHTEV
             ***.. *. .   .      .    *.  *   .*.* *** **** .*.** .  ** .*

Cr 1-FEH    FFRVFKGPNKFLVLMCSDQSRSSIAQEVDKSIYGAFLDLDPLHEK-IPLRSLIDHSIVES
Ta 1-FEH    HFRVYKSQQSYMILMCSDPRRSSLRSGMYTPAYGGFFEFDLQKERKISLRTLIDRSAVES
Hv 1-FEH    YFRVYKSQEKYMVLMCSDLRRSSLRPDLEKPAYGGFFEFDLEKERKISLRTLIDRSAVES
Lp FEH      YFRVYKSQEKYMVLMCSDLRRSSLRPGLEKPAYGGFFEFDLAKERKISLRTLIDRSAVES
Lc 1-FEH    YFRVKLQEKYMVLMCSDLRRSSMRPGLEKPAYGGFFEFDLAKERKISLRTLIDRSAVES
             .**.   **.**.***** .***. .   .  .* ** .  **  ***.*** **.***

Cr 1-FEH    FGGEGIACITSRVYPKLAIN-EQAELYVFNNGTQSVTMSTLNAWSMKRAQIVPIG-----
Ta 1-FEH    FGGGGRVCIMARVYPVVLVDDGGAHMYAFNNGSTTVRVPQLRAWSMSRAEHK-------
Hv 1-FEH    FGGGGRVCITSRVYPAVLADVGRAHIYAFNNGSATVRVPQLSAWTMRKAQVNEKGWSAI
Lp FEH      FGGGGRVCITSRVYPAVLANVGRAHIYAFNNGNAMVRVPQLSAWTMRKAQVNEKGWSAI
Lc 1-FEH    FGGRGRVCITSRVYPAVLADVGRAHMYAFNNGSATVRVPQLSAWTMRKAQVNEKGWSAI
             ***  ** .  .*** .       *   ****..   .  ** .** . **.  .  .*.

Cr 1-FEH    ------
Ta 1-FEH    ------
Hv 1-FEH    ------
Lp FEH      ------
Lc 1-FEH    QNRGVI
```

图 10.16　Lc1-FEH 与其他植物果聚糖水解酶氨基酸多重序列的比较。基因的来源和 NCBI 登录号如下：菊苣 1-FEH（Ci1-FEH，AJ242538）；黑麦草（LpFEH，DQ073968）；甜菜 6-FEH（Bv6-FEH，AJ508534）；小麦 1-FEH（Ta1-FEHw2，AJ508387）。

Fig. 10.16　Multiple alignment of the amino-acid sequences of FEH from other plants. The accession numbers in NCBI and sources of FEH areas follows: Chicory1-FEH (Ci1-FEH, AJ242538); *Lolium perenne* (LpFEH, DQ073968); sugar beet6-FEH (Bv6-FEH, AJ508534); wheat1-FEH (Ta1-FEHw2, AJ508387).

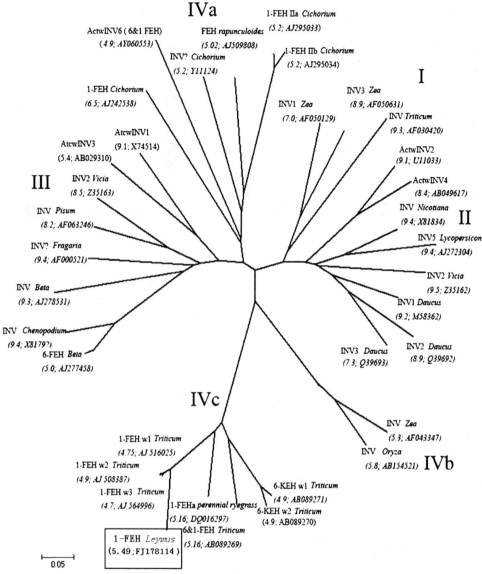

图 10.17　Lc1-FEH 与已鉴定的部分植物果聚糖水解酶分子系统发育进化树分析。

Fig. 10.17　Phylogenetic tree of partial characterization plant FEHs and Lc1-FEH.

（七）Lc1-FEH 基因的组织特异性表达分析

采用荧光定量 PCR 实验获得该基因表达情况的数据，经 Microsoft Excel 计算并制作成该基因相对表达量柱状图，如图 10.18 所示。基因在幼苗、成苗不同组织中的表达存在差异，幼苗中以叶中表达量最低、根茎中表达较高，成苗中花梗的表达量最高。

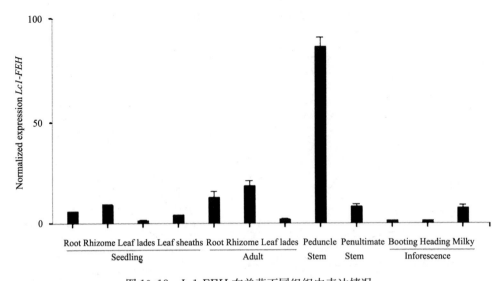

图 10.18 *Lc1-FEH* 在羊草不同组织中表达情况。

Fig. 10.18　Expression analysis of *Lc1-FEH* in different tissues of *Leymus chinensis*.

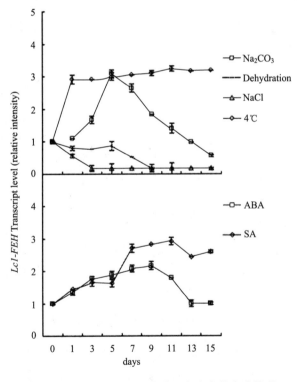

图 10.19　*Lc1-FEH* 在 6 种处理方法中的表达情况。

Fig. 10.19　Expression analysis of *Lc1-FEH* induced by 6 treatments in *Leymus chinensis*.

（八）*Lcl-FEH* 在不同非生物胁迫因子条件下的表达模式分析

采用荧光定量 PCR 实验获得该基因表达情况数据，经 Microsoft Excel 计算并制作成该基因相对表达量折线图，如图 10.18 所示。结果表明，*Lcl-FEH* 在转录水平明显受碱、ABA、SA 及低温胁迫诱导，随着胁迫时间延长，表达量迅速增加，到达最大值后，表达水平逐渐降低，在盐、干旱诱导下的表达量迅速降低（图 10.19）。

第三节　研究结论与讨论

一、羊草根、叶混合 cDNA 文库构建

构建 cDNA 文库的关键是要保证文库的完整性与覆盖度。本实验采用 SMART 技术，构建了高质量的羊草 cDNA 文库。SMART 技术可以以微量的总 RNA（>50 ng）为起始材料，利用反转录酶的 SMART 特性（在 mRNA 反转录结束时会自动在第一链 cDNA 末端添加 3 个 C 的特性），自动地将两端接头同时加在 cDNA 上，避免了 mRNA 的纯化、cDNA 第二链合成、甲基化、接头平端连接等繁琐操作，大大简化了建库程序，并减少 RNA 降解的机会，有效地保证 cDNA 的完整性。羊草 cDNA 文库重组率达到 97%，插入片段最大可达 3 kb，并从文库中检测到维生素 E 生物合成中的关键酶基因 TC、γ-TMT 和对羊草果聚糖代谢有重要作用的 *FEH* 基因。构建羊草 cDNA 文库不仅可以保存羊草的基因资源，而且为克隆羊草维生素 E 代谢、果聚糖代谢途径中的主要基因，并进一步对该代谢途径进行分子调控打下了坚实的基础。用噬菌体直接作模板，以目的基因的特异引物进行扩增，可以检测到强阳性信号，这为用 PCR 对文库进行筛选提供了可能性（Isola *et al.*，1991）。本实验构建的羊草根、叶混合 cDNA 文库特征如下。

（1）成功地构建了羊草 cDNA 文库，原始文库滴度达到 4×10^6 pfu/mL，扩增文库滴度接近 10^{11} pfu/mL，重组率达 97%。

（2）PCR 检测插入片段，均为 0.5~3 kb，1 kb 以上占 68%。

（3）从文库中检测到了 *TC*、γ-*TMT*、*FEH*，文库覆盖度达到要求且为 PCR 筛选文库提供了可能。

二、EST 序列的获得与分析

（一）BlastN 和 BlastX 比对结果差异分析

所有 584 条 EST 序列与 NCBI 的核酸数据库比对时，有 30.99% 的 EST 序列与已知序列有很大的同源性；而与蛋白质数据库进行比对时，有 61.27% 的

EST 序列与已知序列有很大的同源性。这些值都是暂时的，会随着数据库中数据信息的不断增加而增加。核酸比对中，有 53.45% 的序列为未知功能新基因，而蛋白质比对结果只有 11.27% 的序列为未知功能新基因。一些 EST 分析者采用的是 3′端测序并进行分析，他们在进行与数据库比对时，从核酸数据库比对确定新基因的数量少于蛋白质比对获得的数量，他们认为在蛋白质数据库没有明显的同源序列而在核酸数据库中有明显的同源序列，是因为比对序列长度太短，因而造成结果的差异。Michael 等（1986）的研究表明，序列长度越短，与蛋白质数据能比上的、有明显功能的可能性就越低，而本研究大部分是进行的 5′端测序，并且序列的平均长度为 449 bp，这些 5′端序列所包含的非编码区序列相对较短，大部分会包括蛋白质的编码序列，因此与蛋白质数据库有明显同源性的序列要多一些。

（二）Blast 比对情况

从 Blast 比对结果中可以看出，与羊草 EST 比对上的物种最多的是水稻（*Oryza sativa*），占总数的 28.42%，其次是大麦（*Hordeum vulgare*）、小麦（*Triticum aestivum*）等。这个结果反映了 GenBank 数据库中不同植物序列的丰富程度；还有一些非植物序列如酵母、细菌、小鼠等，羊草 EST 序列与其有一定的同源性，表明这些序列可能含有高度保守序列。可以根据羊草不同发育时期的基因表达变化，构建不同发育阶段的 cDNA 文库，进行大规模的测序，从而能够鉴定特异性表达的基因，这样不但可以鉴定出大量的已知基因和未知基因，而且能够定量地显示出每个基因的表达水平。采用该方法既有助于克隆新的基因，又有助于从分子水平上了解羊草发育中的基因表达调控网络。

（三）EST 库所得基因

根据分析发现，本实验所得的基因中。包括以下几种。

1. 与光合作用相关的基因

编码与能量固定有关基因的 EST 有 27 条，其中与光合作用相关的 EST 最多，共有 34 条，主要是 Rubisco 大亚基、叶绿素 a/b 结合蛋白、Oxygen-evolving enhancer protein 放氧复合体，它们也是这次测序中表达丰度比较高的，因为本实验是在羊草生长旺盛的中期取材，此时细胞生长旺盛，光合能力强。

光合作用是植物体最重要的生命活动之一。Rubisco 是决定光合作用同化速率的关键酶，在 C_3 植物中含量极为丰富，约占叶可溶性蛋白的 50%（Chen *et al.*，1998，1999；Dong *et al.*，2001；Thomas *et al.*，2001；Tian *et al.*，2005）。光合作用是决定作物产量最重要的因素之一，作物中 90% 以上的干重直接来源于光合作用。因此，光合作用效率的高低直接关系到作物的产量（Li *et al.*，2002；Cui *et al.*，2005；Hou and Xu，2005）。

叶绿素 a/叶绿素 b 结合蛋白是高等植物主要的捕光天线。LHC II 是类囊体中最丰富的色素复合物，其中的 LHC IIb 差不多含有总叶绿素的 50％、类囊体蛋白的 1/3，它们主要起天线的作用（Döring et al.，1969）。Photosystem II protein D1 和 D2 蛋白是 PSII 反应中心复合体的主要组分，D1 和 D2 蛋白分别由叶绿体基因 psbA 和 psbD 编码，分子质量分别为 32 kDa 和 34 kDa。D1 和 D2 蛋白组成的异源二聚体上结合了 PSII 电子传递所需的辅助因子和色素分子，是进行原初光化学反应及 PSII 电子传递的重要组分（Barry and Babcock，1987；Ke，2001）。

2. 与细胞骨架相关的基因

微管蛋白是真核细胞内普遍存在的由 α 和 β 两种亚基组成的异二聚体蛋白，是微管的组成蛋白质（Döring et al.，1969）。

纤维蛋白（fiber protein）是细胞骨架的重要组成部分。细胞骨架在维持细胞形态、保持细胞内部结构的有序性方面起重要作用。植物的许多生理过程，如极性生长、叶绿体运动、保卫细胞分化、卷须弯曲等也都有细胞骨架的参与。纤维蛋白常聚合在一起，游离的单体很少，它们首先形成双股超螺旋的二聚体，然后再组装成四聚体，最后组装成圆柱状的中间纤维（Ohta et al.，1995）。

3. 与逆境与防御相关的基因

冷适应蛋白是指在冷驯化过程中诱导产生或合成量增加的蛋白质。植物冻害的直接原因是由于冰晶积累及在冻融循环时冰晶的增大，由此对细胞造成机械破坏。但冷激蛋白在低温下对植物的保护作用是直接的，在零下低温时对植物起保护作用（Bush，1995）。冷适应蛋白对生物膜系统起保护作用，具有抗冻和抗脱水活性；当植物受到寒冻时，由于蛋白质三级或四级结构的破坏，使细胞内许多酶和蛋白质的活性发生钝化（Levitt，1980；Marcinska et al.，1996；康国章等，2002）。

热激蛋白（heat shock protein，HSP）是生物受到环境中物理、化学、生物、精神等刺激时发生应激反应而合成的蛋白质，又名应激蛋白，是一类高度保守的蛋白质，普遍存在于原核和真核生物中（Liann and George，1998；Bechmann et al.，1990）。各种因素诱导 HSP 合成，其具有分子伴侣的作用，可起到稳定细胞结构、维护细胞正常生理功能、提高机体响应的适应能力的作用。

4. 与生长发育相关的基因

三磷酸甘油醛脱氢酶在糖酵解及糖异生作用中起着关键作用，它使 3-磷酸甘油醛转变为 1，3-二磷酸甘油醛（Michels et al.，1986）。人们通过比较不同物种该基因核酸或氨基酸序列的异同，对物种进行分类并建立各物种之间的系统发育关系（Holland and Holland，1980；Fothergill，1986；Yanbrough et al.，1987；Katrien et al.，2007）。

生育酚环化酶在维生素 E 的生物合成途径中起重要作用，能催化不同的底物：2-甲基-6-植基-苯醌在生育酚环化酶的催化下生成 δ-生育酚；2,3-二甲基-5-植基-苯醌（DMPQ）在生育酚环化酶的催化下生成 γ-生育酚；2,3-二甲基-5-牻牛儿基牻牛儿基-苯醌（DMGQ）在生育酚环化酶的作用下则生成 γ-生育三烯酚（Pontis，1989）。

5. 与信号转导相关的基因

蛋白质激酶基因在信号转导中起着关键性作用，这类酶能调节代谢、细胞分裂、基因表达和分化等。很多证据表明，蛋白质磷酸化在植物细胞对光、重力、激素、植物光敏素及引发物（elicitor）反应中起作用。此外，萌发、发育进程、细胞伤害、逆境及病毒感染也能使蛋白质磷酸化发生变化，这些信号通过改变细胞内钙水平而发挥作用。蛋白质激酶也可能是细胞内的第二信使（Salts *et al.*，1991，1992）。

6. 与转录调控相关的基因

真核生物编码蛋白质的基因的转录需要一系列复杂的 RNA 聚合酶 II、转录因子及启动子内专门的 DNA 序列之间的相互作用。活化因子是能同 DNA 专门序列结合的蛋白质，与前起始复合物调节所结合的基因的高水平表达有关（Baiges *et al.*，2001）。锌指蛋白是在真核细胞中最普遍存在的核酸结合蛋白，它不仅可结合于 DNA 和 RNA，还能与 DNA/RNA 杂交体和其他锌指蛋白结合，控制生物体中蛋白质的转录和翻译过程（Bouvier-Nave *et al.*，1998）。

7. 与蛋白质代谢相关基因

遍在蛋白，亦称泛素（ubiquitin），是一种高度保守的蛋白质，含 76 个氨基酸残基，能够与需降解的靶蛋白共价结合，从而使得这些蛋白质能够由 26S 蛋白酶体降解。这条蛋白质降解途径对细胞分裂、代谢、免疫反应、细胞凋亡等生命过程都能起调控作用（彭世清，2002），主要作用是降解那些在植物正常生命活动中产生缺陷或折叠不当及半衰期短的调节蛋白（Hershko and Cieehanover，1998）。

Proteasome submit alpha type 6 基因是水解蛋白基因。水解蛋白是蛋白酶的底物（Shen *et al.*，1994；Anderson and Brass，1998），植物细胞核中的蛋白酶通过控制增生和发育组织中的调控蛋白的水平，来调控植株的发育（Genscltik *et al.*，1992）。

8. 果聚糖代谢相关基因

在植物果聚糖代谢中，蔗糖果糖基转移酶（SST），以蔗糖为底物催化以下不可逆的反应过程：把一个蔗糖分子上的果糖基转移到另一个蔗糖分子上，从而形成一个果聚三糖和一个葡萄糖分子。在此反应中，由于果糖基是按 β（2→1）形式转移，生成果聚三糖 1-蔗果三糖，所以催化反应的 SST 又称为 1-SST。SST 已在多种植物上被纯化和定性（Nelson and Spollen，1987；Wagner and Wiemken，1987；Pollock and Cairns，1991；Livingston *et al.*，1993）。果聚糖果糖基转移酶（FFT）催化三糖以上的果聚糖多聚体的合成，既以果聚糖作为果糖基受体，也以果聚糖作为果糖基供体，催化两者之间的果糖基转移，反应是可逆的。FFT 已在小麦和大麦上得到纯化（Carpita *et al.*，1991；Jeong and Housley，1992）。高等植物果聚糖的降解（解聚）是由果聚糖外水解酶（FEH）催化的（Nelson and Spollen，1987），该酶的作用是逐步将果聚糖分子上的末端果糖解离下来，最终留下的蔗糖分子可通过转化酶进一步水解。Henson（1989）曾对大麦茎秆 FEH 进行了纯化和定性。

三、*FEH* 基因的分离及鉴定

（一）利用 SMART 技术获得全长基因

SMART 技术是利用 PowerScript 反转录酶具有的末端转移酶活性，当其反转录到 mRNA 的 5′端时，会自动在新合成的 cDNA 第一链末端加上 3～5 个"C"碱基，而 SMART Oligo 的 3′端具有几个"G"碱基能与之互补配对，从而得到一个反转录的延伸模板，接下来反转录酶以 SMART Oligo 作为新的模板，继续 cDNA 合成至 SMART Oligo 的末端。得到的单链 cDNA 具有完整的模板 RNA 的 5′端，同时还具有一段与 SMART Oligo 序列互补的 SMART 接头。SMART 接头与 GSP 分别作为 PCR 引物，通过 PCR 可以合成大量的双链cDNA，达到扩增 5′端未知序列的目的。

SMART 技术之所以能大大提高获得全长 cDNA 的概率，其原因如下：PowerScript 反转录酶以 mRNA 为模板合成 cDNA 时，在到达 mRNA 的 5′端的真核 mRNA 特有的"帽子结构"，即甲基化的"G"时，会连续在合成的 cDNA 末端加上几个"C"碱基，由于有 5′帽子结构的 mRNA 才能利用这个反应得到能扩增的 cDNA，因此扩增得到的结果就是全长 cDNA，和其他同类 5′-RACE 技术相比，这个技术成功率更高。

这种方法的另一个优点是可以从非常少量的样品中得到大量的高质量的 cDNA，只需要少至 25 ng 的 mRNA 或者 50 ng 的总 RNA 就可以得到高质量、高产量的 cDNA，非常适合与植物次生代谢相关基因的克隆，因为通常情况下这些基因的 mRNA 丰度都比较低。另外，试验中使用的高退火温度引物 GSP1（>70℃），同时结合 touch-down PCR（降落 PCR）的方法，都是增加扩增特异性的有效方法。

（二）影响荧光定量效果的重要因素

成功的引物设计是荧光定量最为关键的一步，理想的引物对只同目的序列两侧的单一序列而非其他序列退火。除了常规引物设计要求外，荧光定量引物的设计特别要在增加引物特异性上下功夫。例如，序列选取应在基因的保守区段，引物需要足够长，一般为 18～24 bp，GC 含量为 40%～60%，T_m 在 55～65℃，且引物之间的 T_m 值相差小于 2℃。为避免基因组的扩增，引物设计最好能跨两个外显子。最后将设计好的引物进行同源搜索，看是否有已知的非特异性扩增，如果有，在之后的条件摸索时就需要更加细心。

除了引物设计特别重要外，还有一些因素会严重影响荧光定量的结果，需要特别关注。例如，引物退火温度一般比引物的 T_m 低 5℃左右，引物浓度一般在 0.1～0.5 μmol/L；引物的纯度要高，并且为了保持其稳定性，最好使用热启动酶，注意反应模板的质量和浓度，注意用品的洁净，防止残余污染。根据引物设计的原始数据，初步设定荧光定量 PCR 的反应条件范围，分别对每对引物进行一定范围的温度梯度实验、浓度梯度实验，由此确立了适合的荧光定量 PCR 反应体系，因此各基因的荧光定量 PCR 反应都获得顺利进行。

另外，荧光定量对操作人员也有一定要求，操作人员应做到：精神集中；佩戴一次性手套防止污染；使用专用的加样器和枪头，防止器械误差；加样用力均衡以防止人为误差；注意保持管洁净，从而使光通道通畅。

（三）高等植物果聚糖的分子生物学

高等植物果聚糖代谢调控是极其复杂的过程，不仅是因为不同植物种类和发育阶段果聚糖代谢存在差异，同时受不同环境条件影响，更因为果聚糖结构多样、聚合度大小不同，受多种果糖基转移酶的调节（Van den Ende et al.，1996）。

Vijn 等（1998）通过比较洋葱 1-SST、6G-FFT 与酸性转化酶氨基酸序列表明，它们之间的同源性分别为 61% 和 63%。此后，Van den Ende 等（2000a）研究发现，1-FEH 与胞壁转化酶（cell wall invertase，CWINV）氨基酸序列的同源性高达 44%～53%，而与液泡转化酶（vacuolar invertase，VACINV）的同源性为 38%～41%，与果糖基转移酶的同源性为 33%～38%。而且，基于果糖基转移酶与转化酶建立的系统进化树表明，1-SST、6-SFT、6G-FFT、1-FFT 与 VACINV 同源性较高，1-FEH 与 CWINV 另成一簇（Vijn and Smeekens，1999；Van den Ende et al.，2000b）。这些生化和分子水平的研究说明，单、双子叶植物分化以前，同一基因的复制导致了 VACINV 与 CWINV 的产生，而果糖基转移酶来自 VACINV 的微小突变。此外，Van den Ende 等（1996）的研究表明，菊芋 1-SST 与 1-FFT 之间的氨基酸同源性达到 61%，1-SST、1-FFT 与番茄 VACINV 之间的同源性也高达 59%。上述这些结果很可能暗示，酸性转化酶与具有转化酶活性的果糖基转移酶之间、FEH 与 CWINV 之间是直系同源（orthologs）关系，而具转化酶活性的果糖基转移酶（包括酸性转化酶）与 FEH（包括胞壁转化酶）是旁系同源（paralogs）关系。

我们从羊草根、茎中分别分离得到果聚糖水解酶基因全长 cDNA 序列，命名为 Lc1-FEH，GenBank 接受号为 FJ178114。Lc1-FEH cDNA 全长 2040 bp，其中包括 1803 bp 完整的可读框（open reading frame，ORF），推测编码含有 600 个氨基酸的多肽。生物信息学分析表明，Lc1-FEH 是植物果聚糖水解酶家族的一个新成员，具有典型的果聚糖水解酶特征性结构域 NDPNG、FRDP 和 [WEC（V/P）D]，以及自氨基端（N 端）27 个氨基酸残基组成的信号肽。系统进化分析表明，Lc1-FEH 与单子叶植物小麦、大麦和黑麦草细胞壁类酵素酶同源性最高，Lc1-FEH 蛋白在进化过程中属于 IVc 类，与小麦、水稻和黑麦草的亲缘关系较近。

第四节　小结与展望

本研究将优良羊草品种'吉生 1 号'的根、叶用于构建 cDNA 文库、EST 文库，并将其作为羊草分子生物学基础理论研究和应用基础研究的切入点，构建羊草发育中叶和根的 cDNA 文库，通过测序后建立 EST 库，分析羊草特异基因及其表达，分离鉴定羊草 FEH 果聚糖水解酶基因。

在本研究基础上，我们认为未来的研究应关注以下几个方面：

（1）构建不同生长时期、不同逆境胁迫的 cDNA 文库，开展大规模测序，获得羊草不同生长时期、各种处理条件下叶片和根的 EST 序列。将测得的序列与本实验室前期所得的羊草叶片、根序列进行比较，开展生物信息学分析。

（2）根据 EST 分析获得的信息，制作由羊草放牧相关基因与羊草刈割处理相关基因构成的基因芯片，用于检测羊草放牧相关基因表达谱分析和不同逆境下羊草基因表达谱分析。

（3）利用新一代测序和转录组学技术手段，从羊草中大量挖掘抗逆基因、克隆基因，并对基因功能进行分析，获得一批有明确功能的基因，为重要作物的抗逆改良提供功能基因元件。

（4）进一步分离鉴定羊草果聚糖代谢相关酶基因，包括 1-SST、1-FFT、6-SFT、6G-FFT 和其他 FEH，鉴定其功能，分析其表达规律，最终提出羊草果聚糖代谢的模型。

（5）结合羊草蛋白质组学研究，并综合其他研究，揭示羊草的代谢模型。

参 考 文 献

陈根云，颜日辉. 1998. 水稻 Rubisco 小亚基前体 cDNA 的克隆及其产物向豌豆叶绿体的运输. 植物生理学报，24（3）：293-299.

陈为钧，赵贵文，顾月华. 1999. Rubisco 的研究进展. 生物化学与生物物理进展，26：433-437.

崔杰，杨谦，徐德昌. 2005. 甜菜叶绿体 rbcL 基因的克隆与序列分析. 作物学报，5：11-13.

董晓丽，周集体，杜翠红，等. 2001. Rubisco 的分子生物学研究. 高技术通讯，12：95-97.

侯爱菊，徐德昌. 2005. 植物高光效基因工程育种. 中国生物工程杂志，25：19-23.

解莉楠，聂玉哲，张晓磊，等. 2007. 盐碱胁迫下羊草消减文库的构建及分析. 分子植物育种，5：

371-376.

康国章, 王正询, 孙谷畴. 2002. 植物的冷调节蛋白. 植物学通报, 19: 239-246.

李碧荣. 1992. 国内 cDNA 文库及 cDNA 克隆的研究概况. 生物工程进展, 12: 53-57.

李卫芳, 王忠, 韩鹰, 等. 2002. 小麦 Rubisco 活化酶的纯化及其活性特性. 中国农业科学, 35 (8): 929-933.

彭世清. 2002. 巴西橡胶树多聚遍在蛋白基因的表达分析. 热带作物学报, 23: 32-35.

于凤池. 2003. 茎特异表达基因 EST 测序分析及 RNA 微阵列验证. 浙江大学硕士学位论文.

余叔文, 汤章城. 1998. 植物生理与分子生物学 (第二版). 北京: 科学出版社: 739-749.

俞曼, 茅矛. 1996. cDNA 文库构建方法新进展. 国外医学遗传学分册, 19: 41-44.

张慧, 董伟, 周骏马, 等. 1998. 果聚糖蔗糖转移酶基因的克隆及耐盐转基因烟草的培育. 生物工程学报, 2: 181-186.

张霖, 牛瑞芳. 2002. cDNA 文库构建方法的进展. 生命的化学, 22: 577-580.

祝廷成. 2004. 羊草生物生态学. 长春: 吉林科学技术出版社.

Adams M D, Kelley J M, Gocayne J D, et al. 1991. Complementary DNA sequencing: expressed sequence tags and human genome project. Science, 252: 1651-1656.

Allona L, Quinn M, Shoop E, et al. 1998. Analysis of xylem formation in pine by cDNA sequencing. Proc Natl Acad Sci USA, 95: 9693-9689.

Anderson I, Brass A. 1998. Searching DNA database for similarities to DNA sequences: when is a match significant? Bioinformatics, 14: 349-356.

Baiges I, Schaffner A R, Mas A. 2001. Eight cDNA encoding putative aquaporins in Vitis hybrid Richter-110 and their differential expression. J Exp Bot, 52: 1949-1951.

Barry B A, Babcock G T. 1987. Tyrosine radicals are involved in the photosynthetic oxygen-evolving system. Proc Natl Acad Sci, 84: 7099-7103.

Bechmann R P, Mizzim I A, Welchw J. 1990. Interaction of folding and assen by events. Science, 248: 850-854.

Bouvier-Nave P, Husselstein T, Benveniste P. 1998. Two families of sterol methyltransferases are involved in the fast and the second methylation steps of plant sterol biosynthesis. Eur J Biochem, 256: 88-96.

Bush D S. 1995. Calcium regulation in plant cells and its role in signaling. Annu Rev Plant Physiol Plant Mol Biol, 46: 95-122.

Carpita N C, Housley T L, Hendrix J E. 1991. New features of plant fructan structure revealed by methylation analysis and carbon13 NMR spectroscoty. Carbohydrate Res, 217: 127-136.

Cooke R, Raynal M, Laudie M, et al. 1996. Further progress towards a catalogue of all *Arabidopsis* genes: analysis of a set of 5000 non redundant ESTs. Plant J, 9: 101-124.

Cui J Z, Zu Y G, Nie J C. 2002. Genetic differentiation in *Leymus chinensis* population srevealed by RAPD markers II. Statistics analysis. Acta Phytoecol Sin, 22: 982-989.

Cui J, Yang Q, Xu D C H. 2005. Study on cloning and sequence analysis of beet *rbcL* gene. Crops, 5: 11-13 (in Chinese).

Döring G, Renger G, Vater J, et al. 1969. Properties of photoactive chlorophyll-a II in photosynthesis. Z Naturforsch, 24: 1139-1143.

Fothergill G L A. 1986. The evolution of the glycolytic path ways. Trends Biochem Sci, 11: 47-51.

Genscltik P, Parmentier Y, Durr A, et al. 1992. Ubiquitin genes are diiaerentially regulated in protoplast-derived cultures of Nicotianasylvesfris and in response to various stresses. Plant Mol Biol, 20: 897-910.

Hendry G F, Wallace R K. 1993. The origin, distribution and evolutionary significance of fructans. *In*: Suzuki M, Chatterton N J. Science and Technology of Fructans. Boca Raton. Fla: CRC Press

Hendry G F. 1993. Evolutionary origins and natural fractions of fructans: a climato logical, biogeographic and mechanistic appraisal. New Phytol , 123 : 3-14.

Henson C A. 1989. Purification and properties of barley stem fructan exohydrolase. J Plant Physiol, 134: 186-189.

Hershko A, Cieehanover A. 1998. The ubiquitin system. Annu Rev Biochem, 67: 425-479.

Hisano H, Kanazawa A, Kawakami A, et al. 2004. Transgenic perennial ryegrass plants expressing wheat fructosyltransferase genes accumulate increased amounts of fructan and acquire increased tolerance on a cellular level to freezing. Plant Sci, 167: 861-868.

Holland J P, Holland M J. 1980. Structural comparison of two nontandemly repeated yeast glyceraldehyde-3-phosphate dehydrogease genes. J Biol Chem, 225: 2596-2605.

Huang Z H, Zhu J M, Mu X J, et al. 2004. Pollen dispersion, pollen viability and pistil receptivity in Leymus chinensis. Ann Bot, 93: 295-301.

Isola N R, Ham H J, Cooper D L. 1991. Screeningr combinant DNA libraries: a rapid and efficient method for isolating cDNA clone sutilizing the PCR. Biotechniq, 11: 580-582.

Jeong B R, Housley T. 1992. Purification and characterization of wheat β (2→1) fructan: fructan fructosyltransferase activity. Plant Physiol, 100: 199-204.

Katrien L R A, Rudy V A, Veerle C A, et al. 2007. Fructan 1-exohydrolase is associated with flower opening in Campanula rapunculoides. Funct Plant Biol, 34: 972-983.

Ke B. 2001. Oxygen Evolution-introduction, Photosynthesis. Dordrecht: Kluwer Academic: 1-41.

Levitt J. 1980. Responses of plants to environmental stress. Chilling, Freezing and Temperature Stresses. New York: Academic Press.

Liann G K, George C T. 1998. Heat shock protein 70 kDa: Molecular biology, biochemistry and physiology. Pharmacol Ther, 80: 183-201.

Liu Z P, Li X F, Li H J, et al. 2007. The genetic diversity of perennial Leymus chinensis originating from China. Grass Forage Sci, 62: 27-34.

Livingston III D P, Chatterton N J, Harrison P A. 1993. Structure and quantity of fructan oligomers in oat. New Phytol, 123: 725-734.

Marcinska I, Biesaga K J, Dubert F. 1996. Effect of vernalization conditions on growth and differentiation of callus from immature embryos and on generative development of regenerated plants of winter wheat. Acta Physiol Plant, 18: 67-74.

Michels P A M, Poliszzak A, Oisnga A, et al. 1986. Two tandemly linked identical genes for the glyceraldehyde-3-phosphate dehydrogease in trypanosomabrucei. EMBOJ, 5: 1049-1056.

Nelson C J, Spollen W G. 1987. Fructans. Physiol Plant, 71: 512-516.

Ohta O, Sugita M, Sugiura M. 1995. Three types of nuclear genes encoding chloroplast RNA-binding proteins (cp29, cp31, and cp33) are present in Arabidopsis thaleana : presence of cp31 in chloroplasts and its homologue in nuclei/cytoplasms. Plant Mol Biol, 27: 529-539.

Okubo K, Hori N, Matoba R, et al. 1992. Large scale cDNA sequencing for analysis of quantitative and qualitative aspects of gene expression. Nat Genrl, 2: 173-177.

Pollock C J, Cairns A J. 1991. Fructan metabolism in grasses and cereals. Annu Rev Plant Physiol Plant Mol Biol, 42: 77-101.

Pontis H G. 1989. Fructan and cold stress. J Plant Physiol, 134: 148-150.

Ren W W, Qian J, Zheng S Z. 1999. A comparative study on genetic differentiation of Leymus chinensis in different geographic populations. Acta Phytoecol Sin, 19: 689-696.

Roover D J, van den Branden K, van Laere A, et al. 2000. Drought induces fructan synthesis and 1-SST (sucrose: sucrose fructosyltransferase) in roots and leaves of chicory seedlings (*Cichorium intybus* L.). Planta, 210: 808-814.

Salts Y, Keingsbuch D, Wachs R, et al. 1992. DNA sequence of the tomato fruit expressed proline-rich protein gene TPRP-F1 reveals an intron within the 3 untranslated transcript. Plant Mol Biol, 18: 407-409.

Salts Y, Wachs R, Gruissem W, et al. 1991. Sequence coding for a novel proline-rich preferentially expressed in young tomato fruit. Plant Mol Biol, 17: 149-150.

Shen B, Carneiro N, Torres-Jerez I, et al. 1994. Partial sequencing and mapping of clones from two maize cDNA library. Plant Mol Biol, 26: 1085-1101.

Shu Q Y, Liu G S, Xu S X, et al. 2005. Genetic transformation of *Leymus chinensis* with the PAT gene through microprojectile bombardment to improve resistance to the herbicide Basta. Plant Cell Rep, 24: 36-44.

Soares M B, Bonaldo M P, Jelene P, et al. 1994. Construction and characterization normalized cDNA library. Proc Natl Acad Sci USA, 91: 9228-9232.

Song B Y, Yang J, Xu R, et al. 2003. Water use of *Leymus chinensis* community. J Integr Plant Biol, 45: 1245-1250.

Thomas C L, Jones L, Baulcombe D C, et al. 2001. Size constraints for targeting posttranscriptional gene silencing and for RNA-directed methylation in Nicotiana benthamiana using a potato virus X vector. Plant J, 25: 417-425.

Thomas R. 1998. Solid Phase cDNA library construction a versatile approach. Nucleic Acids Res, 26: 3451-3452.

Tian C, Wang G C, Yen N H, et al. 2005. Cloning and sequence analysis of the partial sequence of the rbcL from bryopsis hypnoides. Acta Oceanol Sin, 24: 150-161.

Van den Ende W, Michiels A, De Roover J, et al. 2000a. Cloning and functional analysis of chicory root fructan1-exohydrolase I (1-FEH I): a vacuolar enzyme derived from a cell-wall invertase ancestor? Mass fingerprint of the 1-FEH I enzyme. Plant J, 24: 447-456.

Van den Ende W, Michiels A, Van Wonterghem D, et al. 2000b. Cloning, developmental and tissue-specific expression of sucrose: sucrose 1-fructosyl transferase from Taraxacum officinale. Fructan localization in roots. Plant Physiol, 123: 71-79.

Van den Ende W, Van Laere A. 1996. Fructan synthesizing and degrading activities in chicory roots (*Cichorium intybus* L.) during growth, storage and forcing. J Plant Physiol, 149: 43-50.

Vijn I, Smeekens S. 1999. Fructan: more than a reserve carbohydrate? Plant Physiol, 120: 351-359.

Vijn I, Van Dijken A, Lüscher M, et al. 1998. Cloning of sucrose: sucrose1-fructosyltransferase from onion and synthesis of structurally defined fructan molecules from sucrose. Plant Physiol, 117: 1507-1513.

Wagner W, Wiemken A. 1987. Enzymology of fructan synthesis in grasses. Properties of sucrose-sucrose-fructosyltransferase in barley leaves. Plant Physiol, 85: 706-709.

Wang R Z, Gao Q. 2003. Climate-driven changes in shoot density and shoot biomass in *Leymus chinensis* (Poaceae) on the North-east China Transect (NECT). Global Ecol Biogeogr, 12: 249-259.

Wang Y S, Teng X H, Huang D M, et al. 2005. Genetic variation and clonal diversity of thetwo divergent types of clonal populations of *Leymus chinensis* Tzvel on the Songliao Steppe in the west of northeastern China. J Integr Plant Biol, 47: 811-822.

Yanbrough P O, Hayclen M A, Dumn A, et al. 1987. The glycer-aldehyde-3-phosphate dehydrogense gene family in the nematode *Caenocrabditis elegans*; isolation and characterization of one of the genes. Biochem Biophys Acta, 908: 21-33.

第十一章　DREB转录因子的克隆与功能验证

摘　要　目前种质资源的研究已从表型向基因型迅速发展，大批基因的发掘为代谢途径及其基因调控网络的操作提供了新的基因资源和新的手段。在植物中存在着许多与胁迫相关的转录因子，DREB（dehydration responsive element binding protein）是一类特异地识别植物基因启动子中的 DRE（dehydration responsive element）元件并与之发生作用的转录因子，能够启动下游抗逆相关基因的表达。DREB在植物中的过量表达比野生型明显增强植物对低温、盐和干旱等多种逆境的抵抗和适应能力。本研究在高通量测序的基础上结合 RACE（rapid amplification of cDNA end）方法，从羊草中克隆了 *LcDREB3a* 转录因子基因，并对 *LcDREB3a* 在 NCBI 进行了注册（注册号：EU999998）。*LcDREB3a* 的 cDNA 全长 1548 bp，蛋白质序列全长 369 个氨基酸，分子质量为 40 kDa，等电点 pI 为 4.72。亚细胞定位及酵母单杂交实验证明，*LcDREB3a* 是一个典型的 DREB 转录因子。实时定量 PCR 检测显示，*LcDREB3a* 的表达受干旱、低温和盐所诱导。多序列比对结果表明，在 AP2/EREBP 超家族中，*LcDREB3a* 隶属于 A-2 组。在拟南芥中超表达 *LcDREB3a* 可以明显提高抗盐、抗干旱和耐低温的能力。

关键词　DREB；转录因子；逆境胁迫；酵母单杂交；转基因

引　言

植物在复杂多变的环境中生长，逆境胁迫经常发生。干旱、高盐和低温胁迫等是限制植物生长的主要逆境因子，它们影响植物的生长发育，甚至会导致植物死亡，从而严重影响农业生产和生态环境。植物能感受干旱、高盐、寒冷等环境胁迫信号，并通过一系列信号转导途径的作用，诱导与抗逆相关的功能蛋白的表达或调节酶的活性，以适应或抵御逆境胁迫。其中，转录因子对相关基因的表达起关键调控作用，并受信号转导途径的调节。因此，利用转录因子改良植物抗逆性，可以获得较为理想的综合效果，具有理论和实际意义。

在植物体对渗透胁迫作出反应的过程中，存在着多种途径的信号转导，从而对各种功能基因的表达进行精确调控，而多种特异性转录因子参与了这些过程。目前已证明，许多对缺水胁迫的形态和生理的适应都是在植物脱落酸（ABA）和目标基因的激活下控制的。ABA 依赖信号系统主要通过两种途径保护细胞免受干旱胁迫：一种途径是通过对 bZIP 蛋白的激活来调节对干旱的适应；另一种途径需要 MYC 或 MYB 转录因子的蛋白质生物合成，从而激活下游抗逆基因的表达。但是，并不是所有的脱水反应都是由 ABA 来调节的，在脱水反应中还存在着另外的基因表达调节系统。目前已经识别出一种不依赖于 ABA 的途径，对干旱、冷或者其他胁迫都可以作出快速的反应。缺水信号通过传感蛋白传递到 DREB 转录因子，这些转录因子在目标启动子上识别 DRE 反应元件，从而启动下游抗逆基因的表达。另外，在植物中，有几个抗旱基因（如 rdl9、rd21、erd1 等）既不受外源 ABA 的诱导，也不存在 DRE 结合元件，这表明在植物脱水应答反应中还存在第 4 条信号传递途径。这 4 条信号传递途径并不是孤立地起作用，在它们之间存在着许多交叉和重叠，从而形成一个网络。

Yamaguchi-Shinozaki（2005）在分析拟南芥基因 rd29 的启动子区域时发现该区域含有 ABA 应答元件 ABRE，但除去 ABRE 后，该基因同样受逆境的诱导。研究发现，在 rd29 基因的启动子区域含有 2 个 20 bp 的正向重复序列，保留该序列就能使 rd29 基因在逆境胁迫下诱导表达，但对外源 ABA 诱导无反应。进一步通过启动子删减实验和凝胶滞留实验确定了一个与干旱、高盐及低温胁迫应答有关的顺式作用元件，其序列为 TACCGACAT，核心序列为 CCGAC，被命名为 CRT（C-repeat）。随后，在拟南芥许多逆境应答基因的启动子中，如 kin1、rd17、cor6.6 等，也发现了 DRE/CRT 的核心序列，说明 DRE/CRT 顺式作用元件普遍存在于干旱、高盐或低温等逆境应答基因的启动子中。因此，DREB 转录因子对调控逆境应答基因的表达具有非常重要的作用。目前，所克隆的 DREB 转录因子隶属于 AP2/EREBP 转录因子家族。AP2/EREBP 转录因子是特异存在于植物中的一类较大的转录因子，包括与花的发育、细胞增殖、逆境胁迫、ABA 反应、乙烯反应等有关的一系列转录因子，该类转录因子可以特异地结合 GCC-Box（Sakuma et al.，2002）。

DREB 在植物中的过量表达，不仅使一些高盐胁迫应答基因在正常条件下能表达，而且在胁迫条件下这些基因的表达比野生型明显增强，从而提高植物对盐、干旱等多种逆境的抵抗和适应能力。为此，对 DREB 的研究成为近年来植物分子生物学研究领域的一个前沿（Shinozaki and Yamaguchi，2007）。自从拟南芥中鉴定出 DREB 以来（Shinozaki and Yamaguchi，1996），已经成功地从水稻（Oryza sativa）、大豆（Glycine max）、棉花（Gossypium hirsutum）等植物中分离出 DREB 基因（Dubouzet et al.，2003；Huang et al.，2008）。目前，在 Genbank 注册的 DREB 基因已达 250 余个。根据诱导的条件，可以将 DREB 转录因子分为两个亚家族，即 DREB1 和 DREB2。DREB1 的表达被低温胁迫强烈、快速诱导，DREB2 的表达被脱水或高盐胁迫诱导，而且这两种类型的 DREB 都不被 ABA 诱导（Liu et al.，1998）。然而，随着更多植物的 DREB 被鉴定，发现一些 DREB 也可以同时被外源 ABA 和低温诱导表达，如 Gm-DREB2（Chen et al.，2007）和 GhDBP2（Huang et al.，2008）等；而 Os-DREB1D 对干旱、盐碱、低温和 ABA 均不响应（Dubouzet et al.，2003），AtCBF4 对干旱和 ABA 处理响应，但不被低温诱导表达（Haake et al.，2002）。这些结果表明，DREB 所介导的植物对逆境胁迫应答反应中存在着多条信号传递途径，与 ABA 等介导的逆境应答途径形成交叉并构成了一个复杂的信号传递网络。因此，对于 DREB 介导的逆境胁迫应答机制还需要更深入的研究。

羊草是我国抗逆性很强的重要植物资源。作为一种重要的牧草资源，同时又是小麦的野生近缘种，羊草的繁殖生物学、遗传多样性（汪恩华等，2002；孔祥军等，2008a）和生理生态（Wang et al.，2004；Xu and Zhou，2005；Jia et al.，2006；于莹等，2007；王鑫厅等，2009）等方面均有深入研究，并取得了一批重要的研究成果。与种群水平和生理水平的研究相比，目前羊草分子水平的研究才刚刚起步，从分子生物学角度探讨羊草对逆境胁迫的适应机理和抗逆机制的研究还比较缺乏（Wang et al.，2009）。韩国、日本等国都已投入大量资金开展有关羊草重要基因资源挖掘研究（Jin et al.，2006）。在国内，通过运用 DDRT-PCR 技术，从 Na_2CO_3 碱胁迫处理的羊草幼苗中分离到 22 个差异表达的基因片段（孔祥军等，2008b）。通过构建盐碱胁迫的消减文库，获得了与盐碱胁迫相关的基因，如单脱氢抗坏血酸还原酶（MDAR）和脱水素基因蛋白（dehydrin）等（解莉楠等，2007）。

鉴于 DREB 类转录因子基因在植物高盐和干旱等胁迫中的重要作用，以及小麦（Triticum aestivum）等农作物分子设计育种过程中对提高逆境适应能力的迫切需要，近年来，本实验室系统开展了羊草分子生物学研究（Wang et al.，2009）。采用 GS FLX 系统对盐胁迫的羊草转录组进行高通量深度测序，获得 40 万条 EST，拼接的 Contig 数目达 22 026 个，最大 Contig 长度为 4562 bp，大于 500 bp 的高质量 Contig 数有 764 个。初步分析发现，羊草中参与逆境胁迫反应的转录因子家族有：APETALA2/EREBP 家族 96 个、WRKY 家族 233 个、MYB 家族 186 个等。其中涉及 28 个 DREB 转录因子基因序列，初步验证了一个 DREB 转录因子基因（LcDREB3a）的生化功能。该研究将有助于深入理解 DREB 介导的逆境胁迫应答反应机制，从分子水平上分析羊草的耐盐机制。同时，发掘抗逆新基因将为羊草生物多样性保护和遗传育种提供理论基础，也将为小麦等农作物的分子设计育种提供可利用的基因元件。

第一节 研究材料、关键技术和方法

一、研究材料

以羊草 4 叶期幼苗为实验材料，在培养室中种植。种植条件为白天 16 h，温度为 28℃，光照度为 6000～8000 lx；黑夜 8 h，温度为 23℃。

二、关键技术和方法

（一）总 RNA 的提取及 cDNA 合成

将正常生长 8 周的羊草幼苗分别进行不同时间（0、1、3、6、12 和 24 h）的低温（4℃）、高盐（400 mmol/L NaCl）、干旱（20% PEG）、脱落酸（100 μmol/L）处理。分别提取上述不同处理的羊草幼苗的总 RNA，提取方法如下所述。

(1) 羊草幼苗 3～6 棵，约 100 mg，液氮研磨至粉末状，加入 1 mL 的 Trizol，继续研磨，融化后转移至 1.5 mL 离心管中，室温静置 10 min。

(2) 12 000 g，4℃离心 12 min。

(3) 取上清液至一新的 1.5 mL 离心管中，加入 0.3 mL 氯仿，剧烈振荡混匀，室温静置 5 min。

(4) 12 000 g，4℃离心 10 min。

(5) 取上清至一新的 1.5 mL 离心管中，加入等体积的异丙醇，混匀，室温静置 1 min。

(6) 12 000 g，4℃离心 10 min。

(7) 弃上清保留沉淀，加入 1 mL 75% 乙醇清洗沉淀。

(8) 12 000 g，4℃离心 5 min。

(9) 弃上清，保留沉淀，室温晾干 3～5 min。

(10) 将 RNA 溶解于适量的 DEPC 处理过的水中，－70℃保存。

用 PrimeScript™ 1st Strand cDNA Synthesized Kit 试剂盒（TaKaRa 公司）并参照试剂盒说明书的要求，反转录合成其第一链 cDNA。反应体系及反应条件如下：Oligo-dT（10 pmol/μL）1 μL，Total RNA（≤ 1μg）2 μL，dNTP Mixture（10 mmol/L）1.0 μL，5×Buffer 4.0 μL，RNase Inhibitor（40 U/μL）0.5 μL，PrimeScript RTase（200 U/μL）0.5 μL，RNase-free distilled water 11 μL；65℃ 5 min，42℃ 45 min，70℃ 15 min。将合成的第一链 cDNA 储存于－20℃备用。

（二）RACE 法克隆 *DREB* 基因

以上述获得的一链 cDNA 为模板，进行 PCR 扩增。PCR 反应体系为：cDNA 模板、LC1 引物与 Oligo dT-adaptor 各 1 μL，10×Buffer 2.5 μL，dNTP Mixture 2 μL，*Taq* 酶 0.25 μL，ddH$_2$O 12.25 μL。反应条件为：94℃ 预变性 5 min；94℃ 30 s，55℃ 30 s，72℃ 60 s，共 36 个循环；72℃ 延伸 10 min。反应结束后，对 PCR 扩增产物进行 1% 琼脂糖凝胶电泳检测，并对阳性条带进行胶回收。连接 pMD-18T（TaKaRa），转化大肠杆菌 DH5α，送上海生物工程有限公司测序。扩增的引物为

LC1：5′-AGGCATTACGGCCAACAAGAGA-3′

Oligo dT-adaptor 5′-GATTCTGTCCGACGACTTTTTTTTTTTTTTTTT-3′

采用 Promega 公司的 5′RACE 试剂盒并参照试剂盒说明书，反转录合成其第一链 cDNA。反应体系及条件如下：1 μL RNA，1 μL 5′-CDS primer A，1 μL SMART II A oligo，1 μL DTT（20 mmol/L），1 μL dNTP Mix（10 mmol/L），1 μL MMLV Reverse Transcriptase，2 μL 5×First-Strand Buffer，2 μL sterile H$_2$O；70℃ 2 min，冰上 2 min，42℃ 1.5 h，72℃ 7 min。

以获得的第一链 cDNA 为模板进行 PCR 扩增。PCR 反应体系为 1 μL 50× Advantage 2 Polymerase Mix，34.5 μL PCR-Grade Water，5 μL 10×Advantage 2 PCR Buffer，1 μL dNTP Mix（10 mmol/L），1 μL 50×Advantage 2 Polymerase Mix，5 μL UPM，1 μL 引物 R，2.5 μL cDNA 模板。反应条件为：94℃ 30 s，68℃ 30 s，70℃ 60 s，共 40 个循环；70℃ 延伸 10 min。扩增所用引物为

R：5′-TTCGTTCCAGCAGCCCCCAGTCGTCG-3′

UPM：Long（0.4 μmol/L），5′-CTAATACGACTCACTATAGGGCAAG-CAGTGGTATCAACGCAGAGT-3′；Short（2 μmol/L），5′-CTAATACGACT-CACTATAGGGC-3′。反应结束后，对 PCR 扩增产物进行 1% 琼脂糖凝胶电泳检测，回收并纯化 5′RACE 产物，将其连接到 pMD-18T 载体上，连接产物转化大肠杆菌 DH5α 感受态细胞，筛选阳性克隆进行菌液 PCR 鉴定，提取阳性克隆的质粒进行测序，对测序结果进行 BLAST 分析。

利用 Contig 软件拼接得到的 *LcDREB3a* 基因的全长 cDNA 序列，根据拼接结果设计如下引物。

1：5′-GGATCCCCTTTTCTTTCTCCCCTC-3′

2：5′-TTGCCACGGAATTGCATTTTCA-3′

以上述步骤提取的总 RNA 经反转录合成的第一链 cDNA 为模板，进行 PCR 扩增。对 PCR 扩增产物进行 1% 琼脂糖凝胶电泳检测，回收并纯化该产物，将其连接到 pMD-18T 载体上，连接产物转化大肠杆菌 DH5α 感受态细胞，筛选阳性克隆进行菌液 PCR 鉴定，提取阳性克隆的质粒进行测序。

（三）*LcDREB3a* 及其编码蛋白质的生物信息学分析

利用 DNAMAN 和 OMIGA 软件对获得的 *LcDREB3a* 的全长 cDNA 序列进行生物信息学分析。用 SMART 服务器分析 LcDREB3a 的结构域（http：//coot. embl-heidelberg. de/SMART/）。利用 DNAMAN 软件对 LcDREB3a 与植物中其他已克隆的 DREB 类转录因子的氨基酸序列，即 GhDBP2（AY619718）、ZmDBF2（AF493799）、ZmABI4（AY125490）、GhDBP1（AY174160）、OsDREB1A（AF300970）、TaDREB4B（AAX13283）、AtDREB2A（NP_196160）、GhDBP2（AY619718）、ZmDREB2A（BAE96012）、HvDRF1（AAO38209）、OsDREB2（AAN02487）、GmDREB2（ABB36645）、GhDBP3a（DQ224382）、GhDBP3b（DQ224383）、RAP2.1（NP_564496）、HvCBF（AF239616）、OsDREB3（XM_467836）、ZmDBF1（AF493800）和 ScCBF-like（AAF88096）进行同源性分析和系统进化树构建。

（四）组织特异性和胁迫诱导表达分析

将（一）中提取的经干旱胁迫处理的羊草幼苗的根、根茎、叶鞘和叶 4 种组织的总 RNA 进行反转录，合成一链 cDNA，过程详见 PrimeScript™ RT reagent Kit 试剂盒（perfect real time）（TaKaRa Biotechnology Co.，Ltd.，Japan）。以一链 cDNA 为模板进行实时定量 PCR 和半定量 PCR，同时以羊草 Actin 基因作为内标。反应结束后，对半定量 PCR 产物进行 1% 琼脂糖凝胶电泳检测。PCR 条件是：95℃ 10 s；95℃ 5 s，60℃ 20 s，40 个循环。扩增引物为：QF（5′-CAACATC-CAACCACTCCG-3′）和 QR（5′-AGGCTCCAATGGCTCAAAG-3′）。

（五）亚细胞定位

将 *LcDREB3a* 基因的编码区插入到载体 p1302-GFP 的 *Nco*I 和 *Spe*I 酶切位点之间，构成含有 *LcDREB3a* 的重组载体。将重组载体用冻融法转入农杆菌 EHA105，进行拟南芥转化。获得阳性植株后，在激光共聚焦扫描显微镜（Bio-Rad MRC 1024）下观察并照相。

（六）酵母单杂交

将 *LcDREB3a* 的编码区插入到含有 GAL4 结合域的酵母表达载体 pBridge 的 *Bam*HI 和 *Sal*I 酶切位点之间，构成重组载体 *pBridge-BD-LcDREB3a*。将重组载体导入含有 *His3* 和 *LacZ* 报道基因的酵母 AH109 株系（Clontech，CA，Palo Alto）中。将转化的酵母菌在不含 His 和 Trp（SD/-His-Trp）的 SD 培养基上进行培养。

将 *LcDREB3a* 的编码区插入到含有 GAL4 激活域的酵母表达载体 pADgal2.1 的 *Bam*HI 和 *Sal*I 酶切位点之间，构成重组载体 pADgal2.1-*LcDREB3a*。将重组载体导入含有 *His3* 和 *LacZ* 报道基因的酵母 Ym4271 (DRE) 和 Ym4271 (mDRE) 株系 (Clontech，CA，Palo Alto) 中。将转化的酵母菌在不含 His (SD/-His) 的 SD 培养基上进行培养。

（七）拟南芥转化

将 *LcDREB3a* 基因的编码区插入到载 pSN1301 的 *Bam*HI 和 *Kpn*I 酶切位点之间，构成含有 *LcDREB3a* 的重组载体 pSN1301-*LcDREB3a*。将重组载体通过冻融法导入根癌农杆菌 EHA105。采用农杆菌花序侵染的方法进行拟南芥的转化。收集转基因种子并在含有潮霉素 B 抗生素的平板上培养。根据生长状况判断是否为转基因种子。成功转入重组质粒的种子能够在抗性培养基上正常生长出 4 片以上的真叶。非转基因种子不能正常生长，仅能长出 2 片子叶，根的生长也受到严重抑制，一般萌发 10 天后死亡。随后将阳性植株转入土壤继续培养。

第二节　研究取得的重要进展

一、基因克隆及生物信息学分析

在高通量测序基础上，运用 RACE 方法从羊草中克隆了 *LcDREB3a* 转录因子基因 (图 11.1)，并对 *LcDREB3a* 在 NCBI 进行了注册 (注册号：EU999998)。*LcDREB3a* 的 cDNA 全长 1548 bp，蛋白质序列全长 369 氨基酸，分子质量为 40 kDa，等电点 pI 为 4.72。用 SMART 服务器分析 LcDREB3a 的结构域表明，该蛋白质含有一个典型核定位信号序列 RKKRPRR 和一个保守的 EREBP/AP2 结构域，其中保守的 AP2 结构域的第 14 位为缬氨酸，第 19 位为谷氨酸；LcDREB3a 蛋白的羧基端存在一个典型的酸性激活区域 (图 11.1)。

多序列比对结果表明，在 AP2/EREBP 超家族中，LcDREB3a 隶属于 A-2 组。*LcDREB3a* 与单子叶植物小麦、大麦 (*Hordeum vulgare*) 和玉米 (*Zea mays*) DREB 类转录因子的相似性分别为 90%、87% 和 61%，而与双子叶植物拟南芥、大豆和棉花 DREB 类转录因子序列的相似性分别为 36%、27% 和 38%。表明 *LcDREB3a* 与单子叶植物 DREB 类转录因子的相似性较高，而与双子叶植物 DREB 类转录因子的相似性较低 (图 11.2)，而且与大麦和小麦的亲缘关系更近。

```
1     GGATCCCCTTTTCTTTCTCCCCTCCTCCTCCACAACTCGATCTCGACTCGACACCGCGAAGAAATA
67    TATAGGCGACGAGATAGCGAACCCTAGAGCCGAGGCGATCTTCGGATCGGCCATGACGGTCATCA
1                                                         M  T  V  H  Q
133   GATGGAGGCAGCGGCGGCCGCCGCGCTGCCGTATGCGCCCTTCGAGATCCCGGCGCTCCAGCCTGG
6      M  E  A  A  A  A  A  A  L  P  Y  A  P  F  E  I  P  A  L  Q  P  G
199   AAGGAAAAAGCGACCGCGGAGGTCACGTGATGGGCCTAATTCAGTCTCTGAGACGATCAGGCGATG
28     R  K  K  R  P  R  R  S  R  D  G  P  N  S  V  S  E  T  I  R  R  W
265   GAAAGAAGTGAACCAACAACTGGAGCATGATCCACAGGGTGCAAAGCGGGCGAGGAAGCCACCTGC
50     K  E  V  N  Q  Q  L  E  H  D  P  Q  G  A  K  R  A  R  K  P  P  A
331   AAAGGGTTCAAAGAAGGGCTGTATGCAAGGGAAAGGAGGACCTGAGAATACACAATGTGGATTCCG
72     K  G  S  K  K  G  C  M  Q  G  K  G  G  P  E  N  T  Q  C  G  F  R
397   TGGTGTAAGGCAACGAACTTGGGGGAAGTGGGTTGCCGAAATTCGGGAGCCAAATCGGGTCAGCAG
94     G  V  R  Q  R  T  W  G  K  W  V  A  E  I  R  E  P  N  R  V  S  R
463   GCTCTGGTGGGTACGTTCCCCACTGCTGAAGTTGCTGCTCAAGCTTATGATGAGGCAGCCAGAGC
116    L  W  L  G  T  F  P  T  A  E  V  A  A  Q  A  Y  D  E  A  A  R  A
529   AATGTATGGCCCGCTGGCTCGTACCAACTTCCCTCTGCAGGATGCACAAGCTCCTGCTGTGGCTGT
138    M  Y  G  P  L  A  R  T  N  F  P  L  Q  D  A  Q  A  P  A  V  A  V
595   ACCAGCGGCAATCGAAGGTGTTGTACGTGGTGCTTCAGCATCATGCGAGTCTACTACAACATCCAA
160    P  A  A  I  E  G  V  V  R  G  A  S  A  S  C  E  S  T  T  T  S  N
661   CCACTCCGATGTTGCTTCTTCCTCGCATAACAAGCAGCCACAAGCTCAAGCTCCTGAGATCTCATC
182    H  S  D  V  A  S  S  S  H  N  K  Q  P  Q  A  Q  A  P  E  I  S  S
727   CCAGTCAGATGTGCTGGAGTCCACCCAATCAGTTGTGCTGGAGTCCACCCAATCAGTTGTGCTGGA
204    Q  S  D  V  L  E  S  T  Q  S  V  V  L  E  S  T  Q  S  V  V  L  E
793   GTCTGTCAGGCATTACGGCCAACAAGAGACTGTTCCTGACGCTGGCTCAAGCATTGCAAGGAGCAC
226    S  V  R  H  Y  G  Q  Q  E  T  V  P  D  A  G  S  S  I  A  R  S  T
859   ATACGAAGAGGATGTCTTTGAGCCATTGGAGCCTATTTCCAGTTTGCCGGATGGGGAAGCAGACGG
248    Y  E  E  D  V  F  E  P  L  E  P  I  S  S  L  P  D  G  E  A  D  G
925   TTTTGATATTGAAGAATTATTAAGATTGATGGAAGCCGACCCAGTGGAAGTTGAGCCGACGACTGG
270    F  D  I  E  E  L  L  R  L  M  E  A  D  P  V  E  V  E  P  T  T  G
991   GGGCTGCTGGAACGAATTCCAGGATGCTGGAGCCAACACTGGGGGCTCCTGGAACGCCAACACTGG
292    G  C  W  N  E  F  Q  D  A  G  A  N  T  G  G  S  W  N  A  N  T  G
1057  CGTGGAGATGGGCCAACAGGAACCTCTGTACCTGGATGGCTTGGACCAAGGAATGCTGGAGGGCAT
314    V  E  M  G  Q  Q  E  P  L  Y  L  D  G  L  D  Q  G  M  L  E  G  M
1123  GCTGCAGTCGGATTATCCTTACCCAATGTGGATATCAGAGGACCGGGCCATGCACAACCCTGCGTT
336    L  Q  S  D  Y  P  Y  P  M  W  I  S  E  D  R  A  M  H  N  P  A  F
1189  CCATGACGCTGAGATGAGCGAGTTCTTCGAGGGGGTTGTGATTCCTTGCAGCGGCCAAACCATGTCT
358    H  D  A  E  M  S  E  F  F  E  G  L  *
1255  ATGGTGTTTGGTCGGCTCGCCCCTGGGCGTCCGCTGCTGCGTTCCAATGAAGAAGATCAAACGGTG
1321  GACCGGATTGGATTCCTTTGCAGAACTAATAAGCTCCTAGGCTAGTTTTTTGTGCTTCGTTTGTAG
1387  TTCTGTTAGGCATGGGAACTCTTCTCTGTTTCGATGTTCCTTGTGATAAGAAACCTTGATTGTGCA
1453  TCACGATCTTTGGAAGGTTGGAAAAAGAAAATGTGAAAATGCAATTCCGTGGCAAAAAAAAAAAAA
1519  AAAAAAAAAAAAAAAAAAAAAAAAAA
```

图 11.1 *LcDREB3a* 全长 cDNA 和蛋白质的结构。划线区域表示蛋白质的 AP2/EREBP 结构域，方框表示核定位信号区。

Fig. 11.1 Nucleotide and amino acid sequence of the cDNA encoding *LcDREB3a*. The conserved AP2/EREBP domains are underlined, nuclear location sequences (NLSs) are indicated.

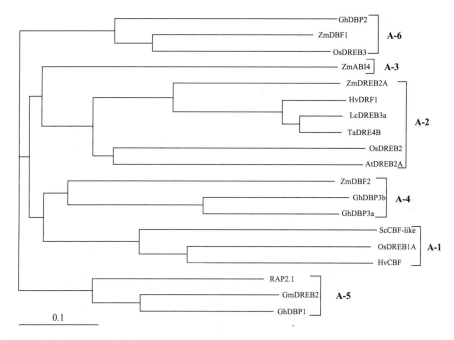

图 11.2　LcDREB3a 与其他已克隆的 DREB 类蛋白质氨基酸序列的系统进化树分析。

Fig. 11.2　Phylogenetic analysis of LcDREB3a with other DREB transcription factors.

二、表达的组织特异性和胁迫诱导表达模式

　　组织特异性表达结果表明，*LcDREB3a* 基因在幼苗的根、根茎、叶鞘和叶 4 种组织中的表达存在差异（图 11.3）。实时定量 PCR 结果显示，*LcDREB3a* 基因对 PEG、ABA、NaCl、低温及刈割等非生物胁迫有响应（图 11.4）。

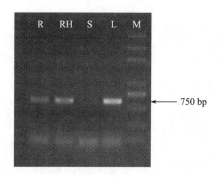

图 11.3　*LcDREB3a* 的组织特异性表达分析。R，根；RH，根茎；S，叶鞘；L，叶。

Fig. 11.3　Expression patterns of *LcDREB3a* in different tissues. R,root；RH,rhizomes；S, sheath；L,leaf.

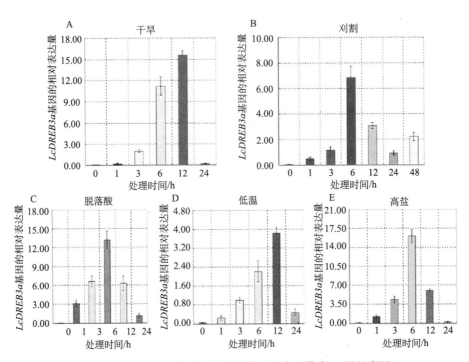

图 11.4 *LcDREB3a* 在不同胁迫条件下的表达模式。（另见彩图）

Fig. 11. 4 Expression patterns of *LcDREB3a* in response to various stress treatments.

三、亚细胞定位和酵母单杂交

亚细胞定位实验结果显示，*LcDREB3a* 定位于细胞核内（图 11.5）。DRE 结合活性和转录激活结果表明，含有 *LcDREB3a* 的酵母菌能在缺陷型培养基上生长，表明 *LcDREB3a* 能够结合到 DRE 元件上并激活下游基因的表达（图 11.6和图 11.7）。

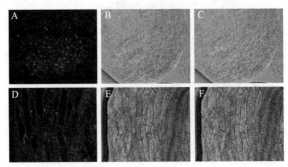

图 11.5 *LcDREB3a* 的亚细胞定位结果。A～C 为 *LcDREB3a* 与 GEP 融合蛋白的定位；D～F 为 GFP 空载体的定位。（另见彩图）

Fig. 11. 5 Subcellular localization of *LcDREB3a*. A ～ C showing the location of *LcDREB3a*-GFP；D～F show the location of GFP.

图 11.6　*LcDREB3a* 的转录激活活性分析。1. pbridge-AtDREB2A；2. pbridge-gal4；3. pbridge-LcDREB3a；4. pbridge。（另见彩图）

Fig. 11.6　Transcriptional activation of LcDREB3a. 1. pbridge-AtDREB2A；2. pbridge-gal4；3. pbridge-LcDREB3a；4. pbridge.

图 11.7　*LcDREB3a* 的 DRE 结合活性分析。1、2. pAD-AtDREB2A；3、4. pAD-LcDREB3a；5、6. pAD-LcDREB3aS1；7、8. pAD

1、3、5、7 为菌株 Ym4271 (DRE)；2、4、6、8 为菌株 Ym471 (mDRE)。（另见彩图）

Fig. 11.7　DRE binding activation of LcDREB3a. 1、2. pAD-AtDREB2A；3、4. pAD-LcDREB3a；5、6. pAD-LcDREB3aS1；7、8. pAD

1、3、5、7：Ym4271 (DRE)；2、4、6、8：Ym4271 (mDRE).

四、拟南芥转化

构建了 *LcDREB3a* 的超表达载体，载体构建流程图如图 11.8 所示。转化拟南芥获得了转基因植物，并且提高了 T_2 代植株的抗逆性（图 11.9）。

第三节　研究结论与讨论

一、*LcDREB3a* 是一个典型的 DREB 转录因子

目前，拟南芥（*Arabidopsis thaliana*）、水稻、玉米、小麦和烟草（*Nicotiana tabacum*）等模式植物的 DREB 转录因子已经逐渐被分离出来。本研究中，我们从多年生禾本科植物羊草中克隆到一个受干旱和盐碱等胁迫诱导的 DREB 转录因子——*LcDREB3a*。*LcDREB3a* 的序列与其他禾本科植物的 DREB 高度相似。通过序列比对，发现 *LcDREB3a* 仅有一个 AP2 保守结构域，其第 14 位和第

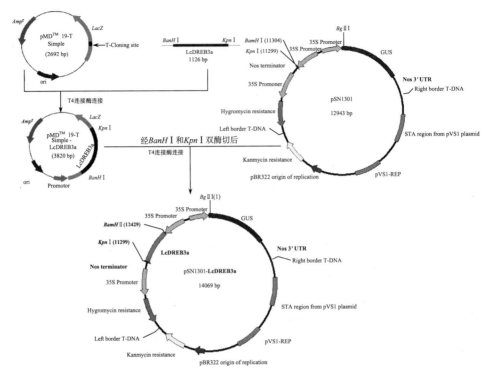

图 11.8 *LcDREB3a* 的超表达载体构建流程。

Fig. 11.8 The construction protocol of *LcDREB3a* over expression vector.

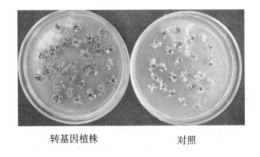

转基因植株   对照

图 11.9 转 *LcDREB3a* 拟南芥的抗性。（另见彩图）

Fig. 11.9 The resistance of transformed *Arabidopsis thaliana*.

19 位分别为缬氨酸和谷氨酸，在特异识别靶基因启动子区的 DRE 元件中起重要作用。根据序列比对，目前所有的 DREB 可以划分为 6 个组：A-1～A-6（Sakuma *et al*.，2002），而 *LcDREB3a* 则归属于 A-2 组。蛋白质结构分析表明，*LcDREB3a* 含有一个核定位信号序列——RKKRPRR，引导 *LcDREB3a* 进入细胞核。亚细胞定位的实验结果证明 *LcDREB3a* 确实可以使融合蛋白 LcDREB3a-GFP 集中分布于拟南芥细胞的细胞核内。酵母单杂交的实验中，含有 LcDREB3a 的酵母菌系可以在缺陷型的培养基上生长，并且在滤纸显色反应实验中可以变蓝色。这说明 *LcDREB3a* 具有 DRE 元件的结合活性和转录激活活性。以上实验结果表明，我们从羊草中克隆的 *LcDREB3a* 是一个典型的 DREB 转录因子。

二、*LcDREB3a* 的时空表达模式

已有的研究结果表明，来源不同的 DREB 具有不同的组织表达特异性和胁迫诱导表达模式。通过半定量 PCR 实验发现，*LcDREB3a* 的表达在羊草各个组织中并不一致，具有组织特异性，其中，在叶中表达量最高，其次是横走根茎和根，而在叶鞘中的表达量最低。

作为典型草原的优势种，羊草可以在干旱、半干旱等恶劣气候条件下生长（Liu and Qi，2004）。为研究羊草能够适应逆境的分子机制，通过实时荧光定量 PCR 的方法对 *LcDREB3a* 在各种胁迫条件下的表达模式进行了分析。结果发现，*LcDREB3a* 在盐、干旱、低温、刈割等胁迫条件下均可诱导表达。在低温条件下的表达量与其他条件下的表达量相比较低，这样的表达模式与 *GhDBP2*（Huang *et al.*，2008）相似，类似于 *ZmDBF1*、*ZmDBF1* 不受低温诱导（Kizis *et al.*，2002）。在 ABA 和低温处理条件下，*DvDREB2A* 都有瞬时的明显提高的表达，但随后又显著下降（Liu *et al.*，2008）。但是，从序列比对的结果来看，这些基因又都划归于不同的亚组。

一般来讲，亚组 A-1 和 A-2 分别包括 DREB1-type 和 DREB2-type 基因，是不依赖于 ABA 信号通路的两个最大的亚组（Liu *et al.*，1998）。特别是 DREB1-type1 基因被认为参与低温胁迫诱导的信号通路，而 DREB-type2 基因主要参与渗透胁迫相关的信号通路（Yamaguchi-Shinozaki and Shinozaki，2005）。然而，随着越来越多的 DREB 被克隆，表达模式出现多样性。例如，CaDREBLP1 归属于 A-1 亚组而且被划归于 DREB-type1，它可以响应盐和干旱处理，却对低温和 ABA 处理不响应（Hong and Kim，2005）。从序列比对的相似性看，OsDREB1D 可以是 A-1 亚组的一个成员，但是它对低温、干旱、盐和 ABA 处理均不响应（Dubouzet *et al.*，2003）。DvDREB2A、WDREB2 和 LcDREB3a 都响应低温、干旱、盐和 ABA 处理，而且它们都归属于 A-2 亚组。这些结果表明，虽然有些 DREB 的序列具有较高的相似性，但是在同样的胁迫条件下却可能发挥不同的作用。

近年来的大量研究表明，在植物体对干旱、盐碱和低温胁迫作出反应的过程中，存在着至少 5 条信号转导的途径，对各种功能基因的表达进行精确调控。其中，有 2 条调控途径是 ABA 依赖型的，另外 3 条是不依赖于 ABA 型的。不同的调控途径间存在着大量的互作和交叉（Yamaguchi-Shinozaki and Shinozaki，2005）。这些结果表明，不管是外源施加还是内源的 ABA，都参与到了非生物胁

迫的响应过程中（Hirayama and Shinozaki，2007）。因此，为了更好地理解 DREB 在胁迫响应过程中的作用，根据 DREB 基因对外源 ABA 处理的响应模式，我们提出将所有的 DREB 基因分为 4 种类型，即 DREB-type1、DREB-type2、DREB-type3 和 DREB-type4（表 11.1）。DREB-type1 包括了大多数归属于 A-1 亚组的 DREB 基因，对外源 ABA 和干旱、盐碱等胁迫均不响应，仅仅对低温有响应；DREB-type2 包括部分归属于 A-2 亚组的 DREB 基因，受外源 ABA 和干旱、盐碱等胁迫诱导表达，但是对低温处理不响应；DREB-type3 的成员组成比较复杂，既有归属于 A-2 亚组的，也有归属于 A-4 和 A-6 亚组的，不仅受外源 ABA 和渗透胁迫处理的诱导表达，对低温胁迫处理也表现出一定的响应表达；而其他的 DREB 基因被划入 DREB-type4，如 *AtABI4* 和 *AtTINY*。

表 11.1　DREB-type 的划分及其对逆境因子响应的转录模式

Table 11.1　DREB types and their transcript response to abiotic stress

DREB 类型	基因名称及 NCBI 注册号	处理因素				亚组
		ABA	干旱	盐	低温	
DREB-type1	*AtDREB1A*（AB007787）	否	否	否	是	A-1
	HvCBF3（AF239616）	否	否	—	是	A-1
	AtCBF2（AF062924）	否	否	—	是	A-1
	OsDREB1B（AF300972）	否	否	否	是	A-1
DREB-type2	*AtDREB2A*（NP_196160）	是	是	是	否	A-2
	GmDREBc（AY244760）	是	是	是	否	A-2
	AtCBF4（AB015478）	是	是	—	否	A-1
DREB-type3	*LcDREB3a*（EU999998）	是	是	是	是	A-2
	WDREB2（AF303376）	是	是	是	是	A-2
	GmDREB2（ABB36645）	是	是	是	是	A-5
	GhDBP2（AY619718）	是	是	是	是	A-6
	GhDBP3（DQ224382）	是	是	是	是	A-4
	ZmDBF1（AF493800）	是	是	是	是	A-6
	DvDREB2A	是	是	是	是	A-2
DREB-type4	*OsDREB1D*（AB023482）	否	否	否	否	A-1
	AtABI4（AAD25937）	是	—	—	—	A-3
	AtTINY（NM122482）	—	是	是	是	A-4
	CaDREBLP1（AY496155）	否	是	是	否	A-1

为更深入理解 *LcDREB3a* 的表达调控机制，通过荧光定量 PCR 对 *LcDREB3a* 在刈割条件下的表达模式进行了分析。结果发现，*LcDREB3a* 可以

为刈割诱导表达。相似地，*CaDREBLP1* 也可以被机械损伤诱导（Hong and Kim，2005）。到目前为止，对 DREB 基因参与机械损伤的信号通路研究仍然很少。一般认为，植物对抗外来的机械损伤主要依赖于植物化学因子（phytochemical），包括花青素（anthocyanidin）和鞣花酸（ellagic acid）等的快速合成，而这些植物化学因子的合成一般会抑制植物的生长（Howe，2004）。作为多年生的羊草，生物量的补偿性生长是羊草耐牧的主要机制。已有的研究表明，与刈割和机械损伤相关的基因可以被系统素（systemin）和茉莉酸（jasmonic acid，JA）上调表达（Howe，2004；Sagi *et al.*，2004）。此外，其他诸如 ABA 和电信号等也被认为参与了植物对机械损伤的响应。在创伤情况下，在植物体的创伤部分和没有创伤部分都含有较多 ABA 和 JA，这表明在植物对创伤的防御反应过程中，ABA 也可以激活下游防御基因的表达。由于 *LcDREB3a* 能够响应 ABA 处理，因此我们推测，羊草在被刈割后，植物体内 ABA 开始积累，由此诱导了 *LcDREB3a* 的表达。然而，刈割本身包括机械损伤、去营养及环境微生物等因素，需要进一步研究这些因子的单独作用及可能的互作过程。

第四节 小结与展望

植物的干旱、高盐及低温胁迫应答途径涉及依赖 ABA 和不依赖 ABA 的信号转导途径。目前，除拟南芥外，已从玉米、小麦、水稻、棉花和大豆等多种植物中分离得到了 DREB 类转录因子，这类转录因子通过与 DRE 元件的相互作用，完成对干旱、高盐或低温胁迫应答基因的激活作用。本研究从羊草中克隆了 *LcDREB3a* 转录因子基因，并将 *LcDREB3a* 注册在 NCBI 中了。*LcDREB3a* 的 cDNA 全长 1548 bp，蛋白质序列全长 369 个氨基酸，分子质量为 40 kDa，等电点 pI 为 4.72。亚细胞定位及酵母单杂交实验证明，*LcDREB3a* 是一个典型的 DREB 转录因子；实时定量 PCR 检测表明，*LcDREB3a* 的表达受干旱、低温和盐等诱导；在拟南芥中超表达 *LcDREB3a* 可以明显提高拟南芥的抗盐、干旱和低温的能力。多序列比对结果表明，在 AP2/EREBP 超家族中，*LcDREB3a* 隶属于 A-2 组；而根据时空表达模式，*LcDREB3a* 属于 DREB-type3。我们的研究表明，植物在逆境胁迫应答反应中存在着复杂的信号传递途径，并且各种胁迫信号传递途径间通过某些共同的组分联系在一起，构成一个复杂的信号传递网络。鉴于羊草的生物学特性，作者认为以下两个方面需要继续深入研究。

（1）羊草中 DREB 其他成员的克隆与功能分析。对基因组已经公布的许多模式植物（如拟南芥和水稻等）的 DREB 亚家族进行分析表明，植物体内的 DREB 亚家族成员众多，结构特点各异，各自功能不同，但又存在交叉。因此，继续克隆和研究羊草体内的其他 DREB 成员，将有助于进一步深入理解羊草适应草原环境的分子机制。

（2）羊草 DREB 选择性剪接多样性与功能进化。包括植物在内的所有真核生物体存在大量的选择性剪接事件，生物有机体运用有限的基因资源，通过选择性剪接产生多样性的结构和功能基因，以适应植物的生长发育及外界环境的变化。随着越来越多禾本科植物的 DREB 基因被克隆，发现目前已经公布的双子叶植物的 DREB 基因均无内含子，也不存在选择性剪接事件；而在已经公布的单子叶植物中，尤其是禾本科植物（如小麦和大麦等）的 DREB 基因或存在内含子，或存在剪接体的多样性。因此，对此类现象的深入研究将有助于更深入地理解禾本科植物的起源和进化。

转基因研究表明，DREB 类基因在植物中的过量表达不仅使一些低温、干旱或高盐胁迫应答基因在正常条件下能表达，而且在胁迫条件下这些基因的表达比野生型明显增强，从而提高了植物对低温、干旱及高盐等各种环境胁迫因子的耐性。以前通过基因工程手段对植物进行抗逆性改良，主要集中于单一基因的遗传转化，虽然这些基因也能提高作物的耐寒性或耐旱性，但不能使植物的抗逆性得到较为理想的综合改良。DREB 因子对一系列抗逆功能基因的转录及对脯氨酸和糖含量的促进作用说明，DREB 转录因子在植物抗逆反应中起着重要作用。这也给人们一个启示：与导入或改良个别功能基因来提高某种抗性的传统方法相比，在提高作物对环境胁迫抗性的分子育种中，改良或增加一个关键转录因子的调控能力可以提高植株多方面的抗逆性（抗旱、抗冻及抗盐）。因此，要想综合改良植物的抗逆性，DREB 类转录因子是迄今为止较为理想的工程基因。因此，该类基因在通过基因工程手段改良农作物或其他一些资源植物，提高它们的抗逆性方面的确具有非常大的优势和应用前景。

参 考 文 献

解莉楠，聂玉哲，张晓磊，等. 2007. 盐碱胁迫下羊草消减文库的构建及分析. 分子植物育种，5：361-366.

孔祥军，梁正伟，刘淼，等. 2008a. 利用 DDRT-PCR 技术分析羊草 Na_2CO_3 诱导基因的表达差异. 中国草地学报，5：37-41.

孔祥军，梁正伟，刘淼，等. 2008b. 羊草种质资源筛选及 RAPD 遗传多样性分析. 生物技术通报，6：110-114.

林祥磊，许振柱，王玉辉，等. 2008. 羊草（*Leymus chinensis*）叶片光合参数对干旱与复水的响应机理与模拟. 生态学报，28：4718-4724.

刘公社，刘杰，齐冬梅. 2003. 羊草有性繁殖性状的变异和相关分析. 草业学报，12：20-24.

刘杰，刘公社，齐冬梅. 2000. 用微卫星序列构建羊草指纹图谱. 植物学报，42：985-987.

刘杰，朱至清，刘公社. 2002. 羊草种质基因组 DNA 的 AFLP 多态性研究. 植物学报，44：845-851.

马红媛，梁正伟. 2007. 不同 pH 值土壤及其浸提液对羊草种子萌发和幼苗生长的影响. 植物学通报，24：181-188.

汪恩华，刘杰，刘公社. 2002. 形态与分子标记用于羊草种质鉴定与遗传评估的研究. 草业学报，11：68-75.

王鑫厅，王炜，梁存柱. 2009. 典型草原退化群落不同恢复演替阶段羊草种群空间格局的比较. 植物生态学报，33：63-70.

吴银明，王平，刘洪升，等. 2008. 分根 PEG 胁迫对羊草幼苗植物量、活性氧代谢及脯氨酸含量的影响. 甘肃农业大学学报，2：114-119.

闫玉春，唐海萍，常瑞英. 2008. 典型草原群落不同围封时间下植被、土壤差异研究. 干旱区资源与环境，22：145-152.

颜宏，赵伟，尹尚军. 2006. 羊草对不同盐碱胁迫的生理响应. 草业学报，15：49-55.

颜宏，石德成，尹尚军. 2000. 碱胁迫对羊草体内 N 及几种有机代谢产物积累的影响. 东北师范大学学报，32：47-52.

于莹，王傲雪，徐香玲. 2007. NaCl 胁迫下羊草生理生化特性的初步研究. 哈尔滨师范大学学报，23：96-99.

张卫东，刘公社，刘杰，等. 2002. 羊草自交不亲和性初步研究. 草地学报，10：287-292.

Agarwal P K，Agarwal P，Reddy M K，*et al*. 2006. Role of DREB transcription factors in abiotic and biotic stress tolerance in plants. Plant Cell Rep，25：1263-1274.

Andrew H P，Daniel S R. 2009. The *Sorghum bicolor* genome and the diversification of grasses. Nature，457：551-556.

Birkenmeier G F，Ryan C A. 1998. Wound signaling in tomato plants，evidence that ABA is not a primary signal for defense gene activation. Plant Physiol，117：687-693.

Chen H，Kuang B J，Wang J J. 1995. Isolation and characterization of a Chinese aneurolepidium cell line resistant to hydroxyproline. Acta Bot Sin，37：103-108.

Chen M，Li Z H，Pu S J. 1988. The observation and research on reproductive characteristics of *Aneurolepidium chinensis*. Res Grassl Ecol，2：193-208.

Chen M，Wang Q Y，Cheng X G，*et al*. 2007. GmDREB2，a soybean DRE-binding transcription factor，conferred drought and high-salt tolerance in transgenic plants. Biochem Biophys Res Commun，353：299-305.

Dubouzet J G，Sakuma Y，Ito Y，*et al*. 2003. *OsDREB* genes in rice，*Oryza sativa* L.，encode transcription activators that function in drought，high salt and cold responsive gene expression. Plant J，33：751-763.

Gutterson N，Reuber T L. 2004. Regulation of disease resistance pathways by AP2/ERF transcription factors. Curr Opin Plant Biol，7：465-471.

Haake V，Cook D，Riechmann J L，*et al*. 2002. Transcription factor CBF4 is a regulator of drought adaptation in *Arabidopsis*. Plant Physiol，13：639-648

Hirayama K，Shinozaki K. 2007. Perception and transduction of abscisic acid signals，keys to the function of the versatile plant hormone ABA. Trends Plant Sci，12：343-351.

Hong J P，Kim W T. 2005. Isolation and functional characterization of the CaDREBLP1 gene encoding a dehydration-responsive element binding factor-like protein in hot pepper (*Copsicum annuum* L. cv. Pukang). Planta，220：875-888.

Howe G A. 2004. Jasmonates as signals in the wound response. J Plant Growth Regul，23：223-237.

Howe G A，Ryan C A. 1999. Suppressors of systemin signaling identify genes in the tomato wound response pathway. Genetics，153：1411-1421.

Huang B，Jin L G，Liu J Y. 2008. Identification and characterization of the novel gene GhDBP2 encoding a DRE-binding protein from cotton (*Gossypium hirsutum*). J Plant Physiol，165：214-223.

Huang B，Liu J Y. 2006. Cloning and functional analysis of the novel gene GhDBP3 encoding a DRE-binding transcription factor from *Gossypium hirsutum*. Biochem Biophys Acta, 1759: 263-269.

Jia B, Zhou G S, Wang Y, *et al*. 2006. Effects of temperature and soil water-content on soil respiration of grazed and ungrazed *Leymus chinensis* steppes, Inner Mongolia. J Arid Environ, 67: 60-76.

Jin H, Plaha P, Park J Y, *et al*. 2006. Comparative EST profiles of leaf and root of *Leymus chinensis*, a xerophilous grass adapted to high pH sodic soil H. Plant Sci, 170: 1081-1086.

Kinkema M, Fan W, Dong X. 2000. Nuclear localization of NPR1 is required for activation of *PR* gene expression. Plant Cell, 12: 2339-2350.

Kizis D, Page's M. 2002. DRE-binding proteins DBF1 and DBF2 are involved in rab17 regulation through the drought-responsive element in an ABA-dependent pathway. Plant J, 30: 679-689.

Liang Y, Diao Y R, Liu G S, *et al*. 2007. AFLP variations within and among natural populations of *Leymus chinensis* in the northeast of China. Acta Pratacult Sin, 16: 124-134.

Liu G S, Qi D M. 2004. Research progress on the biology of *Leymus chinensis*. Acta Pratacult Sin, 13: 6-11.

Liu J, Liu G S, Qi D M, *et al*. 2000. Construction of genetic fingerprints of *Aneurolepidium chinensis* using microsatellite sequences. Act Bot Sin, 42: 985-987.

Liu J, Zhu Z Q, Liu G S, *et al*. 2002. AFLP variation analysis on the germplasm resources of *Leymus chinensis*. Act Bot Sin, 44: 845-851.

Liu L Q, Zhu K, Yang Y F, *et al*. 2008. Molecular cloning, expression profiling and trans-activation property studies of a DREB2-like gene from chrysanthemum (*Dendranthema vestitum*). J Plant Res, 121: 215-226.

Liu Q, Kasuga M, Sakuma Y, *et al*. 1998. Two transcription factors, DREB1 and DREB2, with an EREBP/AP2 DNA binding domain separate two cellular signal transduction pathways in drought-and low-temperature-responsive gene expression, respectively, in *Arabidopsis*. Plant Cell, 10: 1391-1406.

Liu Z P, Chen Z Y, Pan J, *et al*. 2008. Phylogenetic relationships in *Leymus* (Poaceae: Triticeae) revealed by the nuclear ribosomal internal transcribed spacer and chloroplast trnL-F sequences. Mol Phylo Evol, 46: 278-289.

Liu Z P, Li X F, Li H J, *et al*. 2007. The genetic diversity of perennial *Leymus chinensis* originating from China. Grass Forage Sci, 62: 27-34.

Nakano T, Suzuki K, Fujimura T, *et al*. 2006. Genome-wide analysis of the ERF gene family in *Arabidopsis* and rice. Plant Physiol, 140: 411-432.

Narusaka Y, Nakashima K, Shinwari Z K, *et al*. 2003. Interaction between two cis-acting elements, ABRE and DRE, in ABA-dependent expression of *Arabidopsis* rd29A gene in response to dehydration and high-salinity stresses. Plant J, 34: 137-148.

Okamura J K, Caster B, Villarroel R, *et al*. 1997. The AP2 domain of APETALA2 defines a large new family of DNA binding proteins in *Arabidopsis*. Proc Natl Acad Sci USA, 94: 7076-7081.

Pena-Cortes H, Sanchez-Serrano J J, Mertens R, *et al*. 1989. Abscisic acid is involved in the wound-induced expression of the proteinase inhibitor Ⅱ gene in potato and tomato. Proc Natl Acad Sci USA, 86: 9851-9855.

Qi D M, Zhang W D, Liu G S. 2004. *Leymus chinensis* seed viability testing technology. Acta Pratacult Sin, 13: 89-93.

Sagi M, Davydov O, Orazova S, *et al*. 2004. Plant respiratory burst oxidase homologs impinge on wound responsiveness and development in *Lycopersicon esculentum*. Plant Cell, 16: 616-628.

Sakuma Y, Liu Q, Dubouzet J G, et al. 2002. DNA-binding specificity of theERF/AP2 domain of *Arabidopsis* DREBs, transcription factors involved in dehydration-and cold-inducible gene expression. Biochem Biophys Res Commun, 290: 998-1009.

Shan D P, Huang J G, Yang Y T, et al. 2007. Cotton GhDREB1 increases plant tolerance to low temperature and is negatively regulated by gibberellic acid. New Phytol, 176: 70-81.

Shinozaki K, Yamaguchi S K. 1996. Molecular responses to drought and cold stress. Curr Opin Biotech, 7: 161-167.

Shinozaki K, Yamaguchi S K. 2007. Gene networks involved in drought stress response and tolerance. J Exp Bot, 58: 221-227.

Shinozaki K, Yamaguchi-Shinozaki K. 2000. Molecular responses to dehydration and low temperature: differences and cross-talk between two stress signaling pathways. Curr Opin Plant Biol, 3: 217-223.

Shinozaki K, Yamaguchi-Shinozaki K. 2003. Regulatory network of gene expression in the drought and cold stress responses. Curr Opin Plant Biol, 6: 410-417.

Shinwari Z K, Nakashima K, Miura S, et al. 1998. An *Arabidopsis* gene family encoding DRE/CRT binding proteins involved in low-temperature responsive gene expression. Biochem Biophys Res Commun, 250: 161-170.

Shu Q Y, Liu G S, Xu S X, et al. 2005. Genetic transformation of *Leymus chinensis* with the PAT gene through microprojectile bombardment to improve resistance to the herbicide Basta. Plant Cell Rep, 24: 36-44.

Tang M J, Lu S Y, Jing Y X, et al. 2005. Isolation and identification of a cold-inducible gene encoding a putative DRE-binding transcription factor from *Festuca arundinacea*. Plant Physiol Biochem, 43: 233-239.

Tang M J, Sun J W, Liu Y, et al. 2007. Isolation and functional characterization of the *JcERF* gene, a putative AP2/EREBP domain-containing transcription factor, in the woody oil plant *Jatropha curcas*. Plant Mol Biol, 63: 419-428.

Teng N J, Chen T, Jin B, et al. 2006. Abnormalities in pistil development result in low seed set in *Leymus chinensis* (Poaceae). Flora, 201: 658-667.

Wang L J, Li X F, Liu G S. 2009. Improvement of *Leymus chinensis* for drought tolerance by expression of a LEA gene from wheat. Biotechnol Lett, 31: 313-319.

Wang P. 1998. Response of *Leymus chinensis* seedlings to sodium carbonate stress and mitigatory effect of external ABA. Acta Pratacult Sin, 7: 24-28.

Wang R Z, Ripley E A. 1997. Effects of grazing on a *Leymus chinensis* grassland or the Songnen plain of north-eastern China. J Arid Environ, 36: 307-318.

Wang Z W, Li L H, Han X G, et al. 2004. Do rhizome severing and shoot defoliation affect clonal growth of *Leymus chinensis* at ramet population level. Acta Oecol, 26: 255-260.

Weigel D. 1995. The APETALA2 domain is related to a novel type of DNA binding domain. Plant Cell, 7: 388-389.

Wildon D C, Thain J F, Minchin P E M, et al. 1992. Electrical signaling and systemic proteinase inhibitor induction in the wounded plant. Nature, 360: 62-65.

Xu Z Z, Zhou G S. 2005. Effects of water stress and high nocturnal temperature on photosynthesis and nitrogen level of a perennial grass *Leymus chinensis*. Plant Soil, 269: 131-139.

Xue G P, Loveridge C W. 2004. HvDRF1 is involved in abscisic acid-mediated gene regulation in barley and produces two forms of AP2 transcriptional activators, interacting preferably with a CT-rich element.

Plant J, 37: 326-339.

Yamaguchi-Shinozaki K, Shinozaki K. 2005. Organization of cis-acting regulatory elements in osmotic-and cold-stress responsive promoters. Trends Plant Sci, 10: 88-94.

Yang Z G, Du Z C. 1989. A comparative study on relation between photosynthetic rate of *Aneurolepidium chinense* and *Stipa grandis* and air temperature at their different periods of growth. Acta Phyto Sin, 13: 367-371.

Zhang W D, Liu G S, Chen S Y, *et al.* 2004. Molecular cloning, expression and activity assay of thioredoxinh-a gene related to self-incompatibility in *Leymus chinensis*. Acta Agron Sin, 30: 1192-1198.

Zhang Z, Wang S P, Jiang G M, *et al.* 2007. Responses of *Artemisia frigida* Willd. (Compositae) and *Leymus chinensis* (Trin.) Tzvel. (Poaceae) to sheep saliva. J Arid Environ, 70: 111-119.

Zhao W, Chen S P, Lin G H. 2008. Compensatory growth responses to clipping defoliation in *Leymus chinensis* (Poaceae) under nutrient addition and water deficiency conditions. Plant Ecol, 196: 85-99.

Zhou D W, Earle A R. 1997. Environmental changes following burning in Songnen grassland, China. J Arid Environ, 36: 53-65.

第十二章　生物技术在羊草中的应用

摘　要　为了加快野生羊草的驯化和育种，必须开发现代生物技术手段。目前，我们的工作取得如下重要进展。

建立了通过幼胚离体培养加快育种周期的方法。羊草种子的休眠和固有的生命史使得羊草的人工育种周期很长，为了加快育种进程，我们通过幼胚离体培养直接获得萌发的植株，将每个育种周期缩短 1 年。处于不同发育时期的幼胚接种到 MS$_0$ 培养基上，授粉后 11～16 天的幼胚能够全部萌发，其中效率最高的在授粉后 15～16 天。萌发的植株移栽到大田以后成活率达到 100%。通过幼胚培养，在 2 年中可以繁殖 2 代。

建立了羊草高效的再生体系，并研究了影响植株再生的因素。影响植株再生的主要因素为激素配比和基因型。将 3～5 mm 的幼穗和处于不同发育时期的幼胚接种到含有 0～5.0 mg/L 2,4-D 的 N6 基本培养基上。由于外源激素的不同，幼穗的愈伤组织诱导率为 23.53%～100%，幼胚的愈伤组织诱导率为 71.43%～100%。愈伤组织在 N6$_{大}$＋B5$_{微}$＋KT$_{1.0 \text{ mg/L}}$＋BA$_{1.0 \text{ mg/L}}$ 培养基上可以再分化出芽，然后在含有大量元素减半的 MS 培养基上生根。经过自然春化，移栽到大田的植株是可育的。同时发现诱导愈伤组织培养基中 2,4-D 的浓度对于愈伤组织的再分化有很大的影响。

关键词　幼胚；幼穗；再生；离体培养；育种周期

引　言

一、羊草的生物学特性

羊草（*Leymus chinensis*）又称碱草，隶属禾本科赖草属，是欧亚大陆草原区东部的重要草原建群种之一。羊草广泛分布于北温带地区，如俄罗斯、朝鲜、蒙古国，以及中国黑龙江、吉林、辽宁、内蒙古、河北、山西、陕西和新疆等省（自治区）。

羊草是一种重要的牧草资源，在自然生境中以无性繁殖为主，有性繁殖为辅。羊草无性繁殖旺盛，常形成大片纯羊草群落，羊草的耐牧和再生能力很强：春季返青早，生长期限长；夏季茎叶繁茂，质地柔软；秋季秆不硬，可供冬贮。羊草营养价值高，富含蛋白质，其粗蛋白的含量显著高于其他主要禾本科牧草。对黑龙江牧草试验地抽穗期抽样分析结果表明，羊草、无芒雀麦（*Bromus inermis*）、冰草（*Agropyron cristatum*）、多年生黑麦草（*Lolium pe-*

renne）、梯牧草（*Phleum pratense*）的粗蛋白含量分别为 13.35％、12.93％、9.65％、9.20％、5.93％。羊草的另一个优点是适口性好，为各种家畜所喜爱，素有"牧草中的细粮"之称。因此，羊草在发展草原畜牧业方面具有举足轻重的地位。

羊草是多年生根茎型草本植物，主要生长于森林草原和草原带，对不同生境条件表现出很强的适应性。羊草喜生于干燥地区，在沙质地、盐碱地、丘陵地均可生长，是防沙治沙的好植物，在我国退化草地和荒漠化治理方面具有重要的利用价值。

二、生物技术在羊草中的应用

与其他牧草相比，羊草的生物技术研究起步较晚。20 世纪 70 年代初，一些发达国家先后开始了牧草细胞工程的研究。80 年代开始了禾本科牧草鸭茅（*Dactylis glomerata*）（Gray *et al.*，1984；Horn *et al.*，1988）、多花黑麦草（*Lolium multiflorum*）（Dale，1980；Jackon and Dale，1989）、珍珠粟（*Pennisetum glaucum*）（Vasil and Vasil，1981）、象草（*Pennisetum purpureum*）（Haydu and Vasil，1981）、狗牙根（*Cynodon dactylon*）（Ahn *et al.* 1985）的细胞和组织培养技术。我国牧草细胞工程的研究是在 70 年代末开始的，迄今已在无芒雀麦（*Bromus inermis*）、多花黑麦草（*Lolium multiflorum*）、多年生黑麦草（*Lolium perenne*）、碱茅（*Puccinellia distans*）、苇状羊茅（*Festuca arundinacea*）、早熟禾（*Poa annua*）、毛冰草（*Elytrigia trichophora*）、长穗冰草（*Agropyron elongatum*）、偃麦草（*Elytrigia repens*）、中间偃麦草（*Elytrigia intermedia*）、狼尾草（*Pennisetum alopecuroides*）、牛尾草（*Rabdosia ternifolia*）等多种禾本科牧草中取得了进展，建立了花药培养技术、组织培养技术、单细胞和原生质体培养技术、快速繁殖技术、耐盐细胞筛选培养技术、以及外源基因导入技术等。

陈晖等（1995，1996）用组织培养方法筛选获得羊草抗羟脯氨酸（H_{YP}）变异系 HR20-8。他们以羊草幼穗诱导的愈伤组织为材料，虽然没有得到完整植株，但对于选育羊草抗逆品系具有重要价值。

同工酶图谱分析作为较早的分子标记，在许多禾本科牧草构建遗传图谱、区分杂交种、体细胞变异、种群结构分析等方面都得到了应用，而在羊草中仅限于研究其种内分化的问题。卢萍（1990）对内蒙古兴安盟不同地理及生态环境下羊草酯酶同工酶的研究表明，不同地理及生态环境下的羊草种群存在着种内分化。羊草虽随地理生态条件发生不同程度的种内分化，但在总体上却保持着较大程度的一致性（陈世龙，1994；汪敏等，1998）。张丽萍等（1992）对来自同一天然草地上两种叶色的羊草不同器官的过氧化物酶和酯酶同工酶进行分析比较，得出两类羊草叶色的差异只是形态变异的结论。形态上的差异并不一定表现为分子水平上的差异，羊草在同工酶水平上分化可能受多个环境因子的综合影响（汪敏等，1998）。

由于同工酶位点少，在关系紧密的栽培种间缺乏多态性，及其翻译后修饰等因素限制了同工酶在植物育种中的应用。为了更好地探讨羊草种群内杂合度、群体间的遗传距离，以及种群遗传结构与环境之间的相关性等问题，需要在 DNA 水平上应用更先进的分子标记进行研究。

RAPD 标记技术是目前羊草生物学研究中利用较为广泛的分子标记技术。在羊草种质资源的生物学评估方面，汪恩华等（2002）利用分子标记与形态标记对随机抽取的 17 份禾草种质进行了种质评估的比较研究。结果表明，分子标记方法用于羊草种质资源鉴定是可行的。

RAPD 标记技术可应用于对不同地理种群羊草的遗传分化研究。崔继哲等（2001）对松嫩草原灰绿型和黄绿型 2 种叶色类型的羊草 9 个种群 105 个个体进行了 RAPD 分析，在 9 个种群中都检测到了特异性扩增，发现这 2 种种群的10.1％的多态性片段有明显不同。钱吉等（2000）对来自内蒙古不同地区及吉林盐碱地的 5 个样点的羊草 DNA 进行 RAPD 扩增，共计获得 100 个多态性片段。任文伟等（1999a，1999b）以不同地理种群羊草为实验材料，分别从个体、生理、细胞、同工酶及 DNA（RAPD）等水平上，系统研究其遗传分化及对水因子的适应机理，并进行了大量的聚类分析。他们发现，不同地理种群的羊草，其遗传分化的过程比较复杂，在不同层次上表现出不同的适应性反应。

扩增酶切片段长度多态性（amplified fragment length polymorphisms，AFLP）是由 Zabeau 和 Vos（1993）发明的一项 RFLP 与 PCR 相结合的 DNA 指纹技术。Liu 等（2002）用 AFLP 方法对 27 份我国不同地区分布的羊草材料进行了基因组 DNA 多态性分析，8 对 AFLP 引物组合在 27 个不同羊草基因型中共扩增出 537 个条带，说明羊草基因组 DNA 的多态性比较丰富。遗传变异和聚类分析的结果表明，羊草种内有高频率的遗传变异发生，且与地理分布和生态环境密切相关；27 份羊草不同基因型被划分为四大类群，不同类群相互间的遗传距离相对较大，在树状图中表现为较远的亲缘关系。

羊草作为一种优质牧草，如果能够通过基因工程手段对其进一步改良，对于扩大羊草潜在的应用价值具有重要意义。与同一地区的其他物种［如大针茅（*Stipa grandis*）］相比较，羊草并不特别耐旱。随着全球气温的升高、草场的沙，羊草生存面临着严峻的考验。在这种情况下，提高羊草的耐旱性，对草场建设、生态环境保护都有深远意义。已有研究者将小麦的 *LEA* 基因转到羊草中，获得了抗旱性较强的材料（Wang *et al*.，2009）。

第一节 研究材料、关键技术和方法

一、研究材料

在幼胚培养过程中选取‘农牧1号’羊草为实验材料，该品种由内蒙古农业大学通过人工选育而成。1998年，将‘农牧1号’羊草种子播种于中国科学院植物研究所试验地中。

在离体培养中，使用了12种基因型的羊草作为实验材料，其中‘吉生1号’由吉林生物所的王克平惠赠，其他11种材料（C、C-1、C-2、C-3、C-4、C-5、C-6、C-7、W4、Y2、Y7）是本实验室从内蒙古收集到的，于1999年种植在中国科学院植物研究所试验地中。

二、关键技术和方法

（一）幼胚离体培养

1. 植物材料的采集及培养

在2001年和2002年5月收集授粉后11～30天的未成熟种子。将种子先浸在70％乙醇中30 s进行消毒，接着用0.1％ HgCl₂浸泡10 min，随后用无菌蒸馏水冲洗4遍。在超净工作台内，借助双目解剖镜剥出幼胚，把幼胚接种在无激素的MS培养基（Murashige and Skoog，1962）上，让其萌发。培养基中添加5 g/L的琼脂粉，120℃，1.06 kg/cm² 压力下高压灭菌20 min。幼胚接种后先在25℃暗培养2～7天，然后转到光照培养箱中进行培养，每天光照14 h，日光灯提供光照，光照强度为15 lx。最后将发育良好的羊草植株移栽到温室的小盆中。

2. 植物材料的测量及统计分析

剥取不同发育时期的羊草幼胚接种到培养基上，每种处理每次接种50个幼胚，重复3次。其中从每次重复中随机挑取4个幼胚在接种前进行长度测量。幼胚长度是指从胚根的顶端到盾片的末端。植株的高度在离体培养15天之后进行测量。幼胚萌发所需要的时间以幼胚接种到肉眼可见胚根萌发为准。

幼胚在接种后15天能够萌发的被认为是具有生活力的。幼胚的萌发是指胚根开始延长（Corbineau et al.，1991），萌发率（％）＝萌发的幼胚数目/接种的幼胚数×100。移栽2周后统计成活的羊草植株，成活率（％）＝成活的植株/开始转移到盆中的植株×100。成活后的植株直接移栽到试验大田中，每棵苗都在试验小区中单独编号，并且在第3个月和第7个月之后统计每棵植株产生的分蘖数和可育植株的数目。

在幼胚发育早期和晚期都难以将其剥出，寻找最大工作效率，以在相同的时间内得到最多的成活羊草植株，十分必要。最大工作效率用下式计算：

$$P = N \cdot GR$$

式中，P 为最大工作效率；N 为一个熟练的工作人员在 1 h 内剥出的幼胚的数量；GR 为萌发率，指幼胚的萌发数/接种的幼胚数。

（二）羊草离体培养及植株再生

1. 外植体的采集

2002 年 4 月采集 3.0～16.0 cm 的幼穗，2002 年 4 月底至 5 月初采集处于单核期的花药，2002 年 5 月底至 6 月初采集羊草未成熟胚和成熟后 1 年的种子。

2. 外植体的消毒

4 月采集的孕穗期的幼穗完全被叶鞘包裹，用 75% 乙醇将包裹幼穗的叶鞘擦拭几遍，然后小心地将里面的幼穗剥出。当外植体为花药和未成熟胚时，此时的穗已经从叶鞘中抽出，因此将小穗从穗轴全部剥下，先放在 75% 乙醇中洗 1 min，然后在 0.1% $HgCl_2$ 中消毒 12 min，无菌水冲洗 4 遍。

3. 培养基

本文包括 4 种培养基：诱导愈伤培养基、愈伤组织继代培养基、诱导分化培养基和生根培养基，各培养基激素组成及成分见表 12.1。培养基的基本成分是 N6 基本培养基（Chu，1978），蔗糖浓度 30 g/L，琼脂浓度 5～7 g/L，pH 5.8。培养基配好后，120℃灭菌 20 min。

表 12.1　不同培养基激素组成及成分

Table 12.1　The component of various kinds of medium

培养基类别	基本培养基	激素浓度/(mg/L)			生长物质/(mg/L)		
		2,4-D	6-BA	KT	Gln	Pro	CH
愈伤组织诱导	N6	0	—	—	—	—	—
		0.5	—	—	—	—	—
		0.5	—	—	5	—	—
		1.0	—	—	5	—	—
		2.0	—	—	5	—	—
		5.0	—	—	5	—	—
继代培养基	N6	0.5	—	—	5	600	—

培养基类别	基本培养基	激素浓度/(mg/L)			生长物质/(mg/L)		
		2,4-D	6-BA	KT	Gln	Pro	CH
分化培养基	N6 大量元素 B5 微量元素	—	0.5	0.5	5	—	500
		—	0.5	1.0	5	—	500
		—	0.5	1.5	5	—	500
		—	1.0	0.5	5	—	500
		—	1.0	1.0	5	—	500
		—	1.0	1.5	5	—	500
		—	2.0	0.5	5	—	500
		—	2.0	1.0	5	—	500
		—	2.0	1.5	5	—	500
		—	1.0	—	5	—	500
		—	—	1.0	5	—	500
生根培养基	1/2 MS	—	—	—	—	—	—

4. 愈伤组织的诱导

将消过毒的、切成 3.0～5.0 mm 长度的幼穗，在解剖镜下小心地剥出花药、未成熟胚，并切取 1/3 的成熟种子（含有胚部分）接种在含有不同浓度 2,4-D 的诱导愈伤组织的培养基上，25℃恒温，暗培养。4 周后统计结果。

5. 愈伤组织的继代

愈伤组织形成后，将其中一部分愈伤组织转到含有 0.5 mg/L 2,4-D 的培养基上继续培养，每 4 周继代 1 次。

6. 愈伤组织的分化

将其中生长状况良好的愈伤组织切成 0.5 cm 大小，接种到诱导分化的培养基上。25℃恒温，光照强度 15 lx，每天光照 12 h。

7. 试管苗生根

当分化出的芽长至 3.0～4.0 cm 时，转到不含任何激素的 1/2 MS 基本培养基中生根。

8. 试管苗移栽

生根后的试管苗移栽到装有按照 1∶1 比例混合沙土的小盆中，在温室中过渡一段时间，成活后转到试验大田中。

第二节 研究取得的重要进展

一、幼胚离体培养加速育种周期

（一）胚龄对幼胚和未成熟种子萌发的影响

1. 胚龄对幼胚萌发的影响

处于不同发育时期的离体幼胚（表 12.2）接种在 MS 固体培养基上。在 2～10 天的范围内，幼胚开始萌动，胚根开始生长；在 3～13 天的范围内，胚芽开始延伸。图 12.1 和图 12.2 显示了幼胚萌发率、萌发所需要的时间与胚龄之间的关系。离体幼胚的萌发率随着幼胚的发育呈现下降趋势。例如，11～12 DAP（days after pollination，授粉后的天数）、13～14 DAP、15～16 DAP 的幼胚萌发率达 100%，而处于发育晚期的，如 29～30 DAP 的幼胚萌发率只有 21.6%。图 12.2 表明，发育早期的幼胚萌发所需要的时间短，平均只需要 2.5 天。

表 12.2　不同时期羊草未成熟种子和幼胚的外部发育形态
Table 12.2　Morphology of seeds and young embryos of *Leymus chinensis* in different developing stages

授粉后天数/d	种子长度/mm	胚长度/μm	种子发育时期
11～12	2.95	184	乳熟前期
13～14	3.07	203	乳熟早期
15～16	3.46	320	乳熟期
17～18	3.84	354	乳熟期
19～20	4.00	378	乳熟晚期
21～22	4.09	385	乳熟晚期
25～26	4.15	410	腊熟早期
27～28	4.13	427	腊熟中期
29～30	4.20	509	腊熟晚期

注：d 表示授粉后天数。

Note：d means days after pollination

2. 幼胚和未成熟种子在相同发育阶段萌发状况的比较

将处于同一发育时期的未成熟种子和幼胚同时接种在有、无激素的 MS 培养基的培养皿中（图 12.3A），接种后 15 天观察，比较幼胚和未成熟种子之间萌发率的差异。结果如图 12.1 所示，在授粉后 11～16 天幼胚的萌发率达到 100%，而且生长良好（图 12.3B），而未成熟种子的萌发率则随着种子的发育而逐渐降低。授粉 17 天以后的未成熟种子都不能萌发。

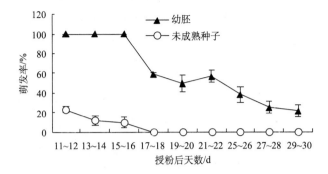

图 12.1　不同发育时期对羊草离体幼胚及未成熟种子萌发的影响。幼胚是从授粉后不同天数的种子中剥出的；萌发率是接种后 15 天统计的结果，每次实验以 20～30 个幼胚为材料，每次实验重复 3 次。

Fig. 12.1　Effect of different development stages on the germination of *in vitro* young embryos and immature seeds of *Leymus chinensis* young embryos were obtained from the immature seeds with different days after pollination. Germination rate was analyzed 15 days after grown，and 20～30 young embryos were used in each assay，three repeats.

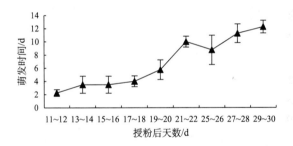

图 12.2　幼胚不同发育时期对幼胚萌发所需时间的影响。

Fig. 12.2　Effect of the developmental stages on the time of immature embryo germination needed.

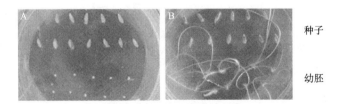

图 12.3　接种在 MS₀ 培养基上的幼胚和种子及其萌发情况。A. 接种在 MS₀ 培养基上的幼胚和未成熟种子。B. 授粉后 15 天幼胚和未成熟种子的生长情况。（另见彩图）

Fig. 12.3　Immature seeds and embryos inoculated on the MS media and their status of gemination and growth. A. The young embryos and immature seeds on MS medium. B. The growth status of young embryos and immature seeds 15 days after pollination.

（二）植株的生长情况

离体胚萌发后，继续生长2～3周，使其发育成完整健康的植株，这些发育良好的植株被移栽到温室中含有沙土的小盆中（沙：土＝1：1），每个小盆栽一棵苗，所有植株全部成活。2～3周后，将所有植株移栽到大田中，经过3个月的生长，每棵植株分蘖出7～10棵分蘖苗（表12.3）。当羊草移栽到盆中以后，其生长就不再受初始羊草幼胚发育时期的影响了。不经过春化处理的分蘖苗一般不抽穗，有时个别抽穗但没有可育花粉。在进行春化处理之前，每棵苗平均有8.33棵分蘖苗，春化后，在第2年的5月平均有6.33棵苗是可育的。可见，羊草植株必须经过一段春化处理的时间，才有部分植株是可育的。

表12.3 羊草植株移栽到大田中以后的生长情况
Table 12.3 The growth characteristics of *Leymus chinensis* after field transplantation

	2001年10月分蘖数	2002年5月分蘖数	2002年5月可育的植株数
最大值	10	115	8
最小值	7	97	4
平均值	8.33±1.53	110.33±5.03	6.33±2.08

注：分蘖数和可育的植株数都是从一棵苗经过几个月的无性繁殖之后获得的。

Note：Both tiller number and the fertile plants number were from one seedling several months after propagation

（三）获得成活植株的最大工作效率的方法

幼胚从未成熟种子中剥离的难易程度取决于幼胚的成熟度。处于发育很早期的幼胚比较小，不容易在未成熟种子中找到；而处于发育很晚的时期的胚乳变硬，种皮和胚等结合在一起很难剥离。因此，我们将一个熟练人员在1h内能够剥出的幼胚数作为一个重要因子考虑，另一个重要因子是萌发率。同时考虑这两个因子，我们可以得到离体胚培养最大的成活率，在一定范围内得到最多的植株。在本实验中最大的萌发率来自授粉后11～16天的幼胚。而种子处于授粉后15～22天时，一个熟练的技术人员在1h内可以剥出约28个幼胚。因此，为了提高工作效率，羊草幼胚离体培养的最佳外植体是授粉后15～16天的种子（长度为3.0～3.5cm）（表12.4）。

表12.4 羊草幼胚离体萌发的最大工作效率
Table 12.4 The maximum work efficiency for the embryo germination *in vitro* condition in *Leymus chinensis*

DAP	GR/%	N.	P
11～12	100.00	18±2	18.00
13～14	100.00	20±2	20.00

DAP	GR/%	N.	P
15～16	100.00	28±2	28.00
17～18	60.00	28±2	16.80
19～20	49.68	28±2	13.91
21～22	56.67	28±2	15.96
25～26	38.50	20±2	7.60
27～28	25.17	17±2	4.25
29～30	21.60	18±2	3.96

注：DAP，开花后天数；GR，萌发率；N，一个熟练的技术工人在1h内可以剥取的幼胚数；P，最大工作效率。

Note：DAP, days after pollination；GR, germination rate；N, The number of young embryos that a skilled worker picked up from seeds in an hour；P, maxium work efficiency，P=GR·N.

（四）幼胚培养在育种中的应用

与传统育种方法相比较，通过幼胚离体培养对于缩短育种周期具有明显效果，这种方法在每个周期可以缩短1年（表12.5）。在自然条件下，成熟的羊草种子具有生理性休眠，它们需要存放1年到几年的时间才能打破休眠。羊草的休眠特性严重影响了其育种进程。2001年5月，我们将供试材料'农牧1号'在大田中分成2个小区，一个小区用来进行传统育种，而另外一个小区用来进行羊草幼胚离体培养育种。在传统育种区，授粉后1个月，可收获羊草种子，然后存放10个月。2002年4月播种，在6月就可以得到正常植株，这些植株很快地以横走根茎进行繁殖，但在2002年羊草的生长期内没有得到可育植株。这些植株经过一段时间的春化处理（从2002年11月到2003年2月），在2003年的5月开花、授粉，这是整个传统育种的周期。在另外一个小区，是用'农牧1号'羊草的离体幼胚来进行育种。2001年6月，在解剖镜下从授粉后15～16天的未成熟的种子中剥出幼胚，接种在MS无激素培养基上，幼胚萌发并发育成正常植株。2001年6月到7月这些植株随后被移栽到小盆中，接着就被移栽到大田中。经过4个月（从2001年11月到2002年4月）的春化处理，羊草在2002年5月开花、授粉，到7月羊草种子完全成熟。因此，通过幼胚离体萌发这种方法，可以在1年中实现一个育种周期，而传统育种，一个育种周期最少需要2年。

表 12.5 两种育种方法的比较

表 12.5　两种育种方法的比较

Table 12.5　Comparison of the two breeding protocols

日期（年·月）	传统育种方法	幼胚培养辅助育种
2001.5	开花，获得可育性植株 Generation 0	开花，获得可育性植株 Generation 0
2001.6	种子成熟阶段	取授粉 15～16 天的幼胚培养萌发
2001.7	种子收获	植株移栽到大田
2001.11	种子处于休眠期	春花处理
2002.4	播种	无性生长
2002.5	进行无性生长，没有可育性的植株	开花，获得可育性植株 Generation 1
2002.6	无性生长	取授粉 15～16 天的幼胚培养萌发
2002.7	无性生长	植株移栽到大田
2002.11	春花处理	春花处理
2003.5	开花获得可育植株 Generation 1	开花获得可育植株 Generation 2

二、羊草离体培养诱导植株再生的研究

（一）影响羊草愈伤组织诱导的因素

1. 不同外植体诱导愈伤组织的差异

　　在本研究中，分别以幼穗、花药、未成熟胚和成熟种子为外植体，其中幼穗和未成熟胚的愈伤组织的诱导频率都很高，成熟种子的诱导频率比较低，而花药没有诱导出愈伤组织（图 12.4）。从幼穗、幼胚和成熟种子诱导的愈伤组织上都得到了再生植株。但是在某些基因型中，从幼穗和幼胚的愈伤组织得到了较高的再生率，而由成熟胚诱导的愈伤组织的再生频率极低。

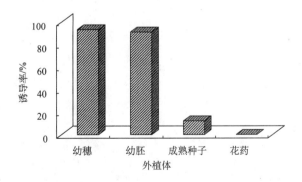

图 12.4　4 种不同外植体愈伤组织的诱导率。

Fig. 12.4　Frequency of callus induction from four kinds of explants on N6 basic medium.

2. 不同浓度 2,4-D 和基因型对羊草愈伤组织诱导率的影响

1）不同浓度的 2,4-D 和基因型对羊草幼穗愈伤组织诱导率的影响

2,4-D 在愈伤组织的诱导过程中是必需的。在 N6 基本培养基上附加 0.5 mg/L、1.0 mg/L、2.0 mg/L、5.0 mg/L 的 2,4-D 培养 5 天后，接种的幼穗外植体在切割处开始膨大，并且在 15 天后形成明显的愈伤组织。3 周后观察，在较低的 2,4-D 浓度下（0.5 mg/L、1.0 mg/L），愈伤组织呈现白色、松散、较黏的状态；而在较高浓度下（2.0 mg/L、5.0 mg/L），愈伤组织的生长状态相对致密。羊草愈伤组织的诱导率取决于供试羊草的基因型和培养基中 2,4-D 的浓度（表 12.6）。实验中所用的 8 个基因型羊草，有 7 个的诱导率在 2,4-D 浓度为 0.5~1.0 mg/L 范围内是随着 2,4-D 浓度的升高而增加的，而在 1.0~5.0 mg/L 的范围内是随着 2,4-D 浓度的升高而降低。然而基因型 C-2 与其他 7 个基因型不同，在 2,4-D 浓度为 0.5~5.0 mg/L 的范围内，其诱导率是随着 2,4-D 浓度的升高而增加的。通常，高浓度的 2,4-D 在愈伤组织诱导方面要比低浓度的效果好。同时，基因型对于愈伤组织的诱导有很大的影响，在所有供试基因型中，当 2,4-D 的浓度为 1.0 mg/L 时基因型 C 的愈伤组织诱导率最高可以达到 97.92%，平均为 90.29%，但是基因型 Jisheng1 的诱导率最高只有 38.60%，平均只有 33.35%。在羊草愈伤组织的诱导过程中，2,4-D 是不可缺少的外源激素，在没有添加 2,4-D 的基本培养基中，外植体没有任何愈伤组织产生。

表 12.6　接种 30 天后不同浓度的 2,4-D 和基因型对羊草幼穗愈伤组织诱导率的影响（单位:%）

Table 12.6　Effects of various concentration of 2,4-D and genotypes on young inflorescence calli induction frequency at 30 days of culture（unit:%）

基因型	2,4-D 浓度						
	0.0	0.5	0.5*	1.0*	2.0*	5.0*	平均
C	0.0	81.4	88.89	97.92	92.31	90.91	90.29
Jisheng1	0.0	23.53	35.42	38.60	36.54	32.65	33.35
C-5	0.0	78.43	86.67	96.55	94.23	83.05	87.79
C-4	0.0	72.00	83.87	100.0	94.74	85.00	87.12
C-3	0.0	82.69	86.27	100.0	93.75	90.91	90.72
W4	0.0	54.69	56.90	78.69	67.80	66.67	64.95
C-2	0.0	46.03	47.62	49.15	61.19	66.67	54.23
C-6	0.0	87.10	91.23	96.61	95.65	95.45	93.21
平均数	0.0	65.73	72.11	82.19	79.53	76.41	

＊培养基中附加了 5 mg/L 的 Gln。

＊5 mg/L Gln is added to the medium.

2）不同浓度的 2,4-D 和基因型对羊草幼胚诱导愈伤组织的影响

以幼胚为外植体诱导愈伤组织共用了三种培养基，且取得了与幼穗类似的结果（表 12.7）。虽然各基因型幼胚愈伤组织的诱导对培养基中 2,4-D 的浓度反应不同，但是如果只从 2,4-D 单因子来看，依然如同幼穗的结果一样，在 2,4-D 浓度为 1.0 mg/L 时，诱导率最高，达到 85.70%。在大多数基因型羊草中，都能高频率地诱导出愈伤组织。但是依然存在差异，其中 C-3 的平均诱导率最高，为 90.91%，而基因型 C-4 相对很低，只有 77.22%。

表 12.7 在接种 30 天后不同浓度的 2,4-D 和基因型对羊草幼胚愈伤组织诱导率的影响（单位：%）

Table 12.7 Effect of various concentrations of 2,4-D and genotypes on young embryos calli induction frequency at 30 days of culture（unit：%）

基因型	2,4-D 浓度/(mg/L)			
	0.5	1.0	2.0	平均数
C	76.19	90.48	80	82.22
Jisheng1	80	85	84.21	83.07
C-3	100	90.91	81.82	90.91
C-4	71.88	72.29	87.5	77.22
C-6	91.67	86.84	81.82	86.77
C-7	80	90.48	90	86.83
Y2	80	85.71	71.43	79.05
Y7	87.10	83.87	81.25	86.77
平均数	83.34	85.70	82.25	

3. 幼胚胚龄对羊草愈伤组织诱导的影响

从图 12.5 可以看出，幼胚的发育阶段对于羊草愈伤组织的诱导也有一定的影响，但在所试各个发育时期并不十分显著，愈伤组织的诱导率基本达到了 80% 以上，授粉后 13～14 天的幼胚的愈伤组织诱导率最高为 93.4%。

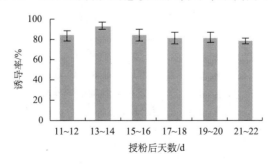

图 12.5 幼胚胚龄对愈伤组织诱导的影响。

Fig. 12.5 The effect of young embryos' age on the calli induction.

4. Gln 对羊草幼穗愈伤组织诱导的影响

由表 12.6 得知，在培养基中附加有机物（如 Gln 等）对于愈伤组织的诱导有利。虽然愈伤组织诱导率在不同基因型之间有较大差异，但是附加 5 mg/L 的 Gln 后，在含有同等浓度 2,4-D 情况下，愈伤组织的诱导频率呈现增加趋势。

（二）影响羊草愈伤组织再分化的因素

1. 基因型和外源生长激素对羊草愈伤组织再分化的影响

1）基因型和外源生长激素对羊草幼穗愈伤组织再分化的影响

挑选淡黄色、瘤状致密的愈伤组织（图 12.6A）转到含有不同浓度生长调节物质（如 KT 和 6-BA）的分化培养基上。10 天后，具有分化能力的绿色芽点（图 12.6B）开始在愈伤组织上出现。2 周之后，绿色芽点分化生长发育成芽（12.6C）。在附加有 KT 和 6-BA 各 1.0 mg/L 的分化培养基上，愈伤组织的分化频率最高，基因型 C 的平均分化频率可达 43.66%。当芽长至 3～4 cm 高时，可

图 12.6 羊草离体培养过程。A. 培养 3 周后，羊草幼穗在含有 2.0 mg/L 的愈伤组织诱导培养基上产生的愈伤组织；B. 愈伤组织转到含有 KT 和 6-BA 各 1 mg/L 的分化培养基上，10 天后在愈伤组织上出现绿色芽点；C. 在分化培养基上培养 2 周后，绿色芽点逐渐分化成芽；D. 在不含激素的 1/2MS 培养基上，在芽的基部长出新根；E. 经过炼苗后，完整的羊草试管苗被移栽到盛有沙土的塑料杯中；F. 经过无性生长，再生植株移栽到大田中，得到可育植株。（另见彩图）

Fig. 12.6 Procedure of tissue culture of *Leymus chinensis*. A. Calli from a young inflorescences cultured on the induction medium containing mg/L 2,4-D 3 weeks following culturing. B. The greenish spots appeared on the compact calli 10 days after transferring onto N6 medium with 1 mg/L KT and 6-BA respectively. C. Shoots were differentiated and developed on the spots 2 weeks after culturing. D. The new roots developed on half-strength MS medium free of hormone. E. After gradual acclimatization, the rooted plantlets were transferred to small pots containing soilrite and sand. F. The regenerants were planted in the field and normal plants were obtained.

转到生根培养基上，进行生根诱导。生根培养基是大量元素减半的 MS 培养基，不含有任何外源激素。2 周后，大量健康的根从羊草芽的基部长出（图 12.6D）。生根的羊草试管苗经过炼苗后被移栽到装有沙土（沙：土＝1∶1）的塑料杯中（图 12.6E），随后再移栽到大田中，经过大田的自然驯化得到一批可育的羊草植株（图 12.6F）。

羊草的分化率由基因型和外源生长物质决定。在所有的供试材料中都得到了羊草再生植株，但是羊草的再生频率在不同基因型之间存在显著差异。基因型 C 有最大分化率，平均分化频率为 43.66%，基因型 W4 的分化率只有 4.17%，其他基因型的分化率在两者之间（表 12.8）。

表 12.8　羊草 8 种基因型愈伤组织的分化率
Table 12.8　The regeneration frequency of 8 *Leymus chinensis* genotypes

基因型	C	Jisheng1	C-5	C-4	C-3	W4	C-2	C-6
平均分化率/%	43.66	10.34	12.82	5.71	6.67	4.17	7.69	9.46

注：培养基为 $N_{6大}+B_{5微}+2,4\text{-}D_{1\,mg/L}+KT_{1\,mg/L}+Gln_{5\,mg/L}+CH_{500\,mg/L}$

Note：medium：$N_{6大}+B_{5微}+2,4\text{-}D_{1\,mg/L}+KT_{1\,mg/L}+Gln_{5\,mg/L}+CH_{500\,mg/L}$

不同外源激素对于愈伤组织分化有着重要影响。在本实验中，用不同浓度的 KT 和 6-BA，以基因型 C-3 为试材，仅从外源激素看愈伤组织的分化率，愈伤组织的最高平均分化率为 8.42%，其培养基成分为在 N6 大量元素和 B5 微量元素的基本培养基上分别附加 KT 和 6-BA 各 1.0 mg/L。高浓度的细胞分裂素会抑制愈伤组织的分化，当在培养基中加入 1.5 mg/L 的 KT 和 2 mg/L 的 6-BA 时，不能从愈伤组织上分化出芽（图 12.7）。

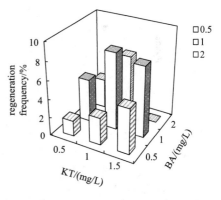

图 12.7　基因型 C-3 在不同激素配比中愈伤组织分化率的比较。

Fig. 12.7　Shoot regeneration frequency of genotype C-3 in different levels of growth regulator components.

2）基因型和外源生长激素对羊草幼胚愈伤组织再分化的影响

处于不同发育时期的各种基因型的羊草幼胚接种到愈伤组织诱导培养基上，3 天左右首先在盾片处开始膨大，出现透明、较松软而黏的愈伤组织，1 周左右开始从胚处产生致密、淡黄色的愈伤组织，部分幼胚可以萌发。图 12.8 是接种 15 天愈伤组织生长情况，愈伤组织诱导出以后，芽的分化、生根、移栽等过程同图 12.6。

图 12.8　幼胚诱导出的愈伤组织。（另见彩图）

Fig. 12.8　Callus inducted from young embryos.

影响幼胚愈伤组织再分化的因素也是基因型和外源激素的配比。首先，外源激素影响幼胚愈伤组织再分化。本实验以基因型 C-7 为材料，分析了两种外源细胞分裂素对愈伤组织再分化的影响。如表 12.9 所示，KT 和 BA 的最佳组合是 KT 1 mg/L ＋ BA 1 mg/L，在这个培养基上的再分化频率为 66.7%，同时发现两种激素结合使用比任何一种激素单独使用的效果好。

表 12.9　外源激素对幼胚愈伤组织再分化的影响（基因型 C7）

Table 12.9　Shoot regeneration frequency of genotype C-7 in different levels of growth regulator components

项目	激素浓度/(mg/L)					
	KT 1	BA 1	KT 0.5＋BA 0.5	KT 1＋BA 1	KT 0.5＋BA 1	KT 1＋BA 0.5
再生频率/%	42.93	39.72	47.93	66.70	43.34	46.93

同幼穗一样，羊草幼胚愈伤组织的再分化在不同基因型之间差异显著。在本实验中，以 8 种基因型的羊草为材料，培养基皆为 $N6_{大}$＋$B_{5微}$＋$KT_{1\,mg/L}$＋$BA_{1\,mg/L}$＋$Gln_{5\,mg/L}$＋$CH_{500\,mg/L}$，基因型 Jisheng1 的再生频率为最高，达 80%，最低的是 W7，其再生频率只有 8.4%（表 12.10）。

表 12.10　基因型对幼胚愈伤组织再分化的影响

Table 12.10　The regeneration frequency of 8 *Leymus chinensis* genotypes

项目	基因型							
	C	Jisheng1	W2	W7	C-3	C-4	C-6	C-7
再生频率/%	75	80	50	8.4	35.8	25	12.5	66.7

注：培养基为 $N6_{大}$＋$B_{5微}$＋$KT_{1\,mg/L}$＋$BA_{1\,mg/L}$＋$Gln_{\,5\,mg/L}$＋$CH_{500\,mg/L}$。

Note：medium：$N6_{大}$＋$B_{5微}$＋$KT_{1\,mg/L}$＋$BA_{1\,mg/L}$＋$Gln_{\,5\,mg/L}$＋$CH_{500\,mg/L}$.

2. 愈伤组织诱导培养基中 2,4-D 浓度对羊草分化的影响

图 12.9 表明，以幼穗为外植体，诱导愈伤组织的培养基中 2,4-D 的浓度对随后进行的分化有显著影响，但不同基因型对此有不同反应。基因型 C 的分化频率随着愈伤组织诱导培养基中 2,4-D 浓度增加而升高，分化率从 21.05% 升高到 100%，平均每块愈伤组织上产生的芽数为 0.22～2.71。基因型 C-5 和 C-4 的

分化频率与基因型 C 有着相同的规律，但是具有较低的分化率。基因型 C-2 只有在培养基中 2,4-D 浓度为 2.0 mg/L 时，才能分化出芽；而基因型 C-6 只有在 2,4-D 浓度为 5.0 mg/L 时才能分化出芽。因此，当愈伤组织诱导培养基中有较高浓度的 2,4-D 时，基因型 C-5、C-4、C-6、C-2 和 C 有较多的再生芽产生，这些结果表明，从愈伤组织诱导培养基获取的外源激素（如 2,4-D）对于羊草分化是必需的。基因型 C-3 和 W-4 对于 2,4-D 的浓度有相反的反应，当愈伤组织诱导培养基中含有高浓度 2,4-D 时，分化率反而降低，即高浓度的 2,4-D 抑制这两种基因型离体培养的器官发生。

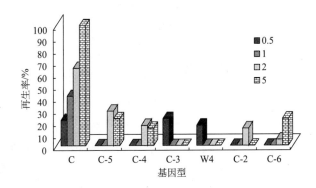

图 12.9　愈伤组织诱导培养基中 2,4-D 的浓度（mg/L）对羊草植株再生的影响。

Fig. 12.9　The effect of concentration of 2,4-D (mg/L) in the inducing medium on the plant regeneration frequency.

3. 愈伤组织继代时间对羊草分化能力的影响

随着继代时间增加，愈伤组织的分化能力逐渐降低，这在植物组织培养过程中是普遍现象（Cai and Butler，1990；Brisibe *et al.*，1994）。为了了解羊草愈伤组织保持再生能力的时间，作者在实验中采用三种基因型的羊草（C、C-3 和 W4）作为供试材料。羊草的愈伤组织在含有 2,4-D 1.0 mg/L 的继代培养基上继代过 0、2、3、4 次（30 天继代一次）之后，将愈伤组织接种在含有 KT 和 6-BA 各 1.0 mg/L 的分化培养基上。所有数据的收集是在分化培养 4 周之后，结果如图 12.10 所示。基因型 C 没有继代时的分化率达到 76.19%，但是继代 2 次之后，分化频率很快下降到 30.95%，当继代 6 次之后就完全丧失分化能力。从基因型 C-3 也得到相同的结果，愈伤组织的分化率从开始的 22.22% 到继代 6 次后完全消失。基因型 W4 的再生频率在整个过程中的分化频率比较低，但是继代 6 次之后仍保留较弱的再生能力。这三种基因型羊草的分化力有一共同点，即随着继代次数的增加，分化能力逐渐下降。

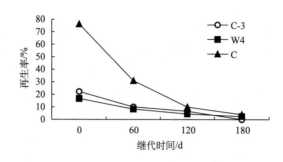

图 12.10　继代时间对分化能力的影响。

Fig. 12.10　Effect of subculture time on regeneration ability of *Leymus chinensis*.

（三）pH 对愈伤组织生长的影响

将愈伤组织接种到含有 0.5 mg/L 2,4-D 的 N6 培养基上，将培养基的 pH 调到 4.0、6.0、7.0、8.0、10.0，30 天后称量愈伤组织的鲜重，计算愈伤组织的相对生长率，相对生长率 ＝（30 天后愈伤组织的鲜重－接种时愈伤组织的鲜重）/接种时愈伤组织的鲜重。结果显示，在 pH4～7 范围内，愈伤组织的相对生长率随着 pH 升高而升高，在 7.0～10.0 范围内随着 pH 升高而降低（图 12.11）。所以对于羊草愈伤组织生长的最适 pH 为 6.0～7.0。两个基因型羊草对于 pH 的敏感性不同，基因型 C-3 对于 pH 不敏感，虽然表现先升高后降低的趋势，但是在 pH 4.0～10.0 的范围内，其相对生长率变化不大，而基因型 Jisheng1 显示了对 pH 有较强的敏感性。

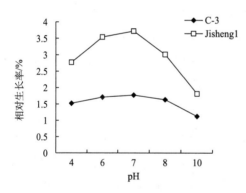

图 12.11　pH 对愈伤组织生长的影响。

Fig. 12.11　The influence of pH on growth rate of callus.

第三节　研究结论与讨论

一、幼胚离体培养可以缩短育种周期

羊草是一种多年生植物，在自然条件下一个时代至少需要 2～3 年，而且必须过一个寒冷的冬季。如何有效缩短育种周期和加快育种进程，是育种工作者需要解决的问题。在本研究中，我们提出通过幼胚离体萌发的方法可以明显加快羊草的育种进程。

决定幼胚离体萌发成功的关键因素是选择合适的幼胚最佳发育时期。Rodrigues-Otubo 等（2000）对禾本科 *Brachiaria* 的研究发现，授粉后 9～12 天的幼胚具有较高的萌发率，达到 85%～100%；授粉后 7～8 天的幼胚的萌发率只有 20%～34.8%。Benech-Arnold 等（1999）发现，大麦品种 'Quilmes Palomar' 和 'B1215' 颖果的萌发率从授粉后 15 天（发育早期）到授粉后 32 天（生理成熟）持续增长。但是我们得到的结果与他们不同，在羊草的发育晚期具有低的萌发率。这可能是由于在发育晚期未成熟的种子和胚中，内源生长抑制物质（如 ABA）的含量远大于内源的拮抗抑制物质（如 GA）。大量文献报道，ABA 在种子休眠和萌发过程中起着很重要的作用（Zeevaart and Creelman，1998）。在实验中我们发现，幼胚的萌发比种子的萌发容易很多，在授粉后 17～30 天，没有种子萌发成植株。抑制性物质（如 ABA）可能存在于幼胚周围的不同结构（如胚乳、外种皮、糊粉层等）中，这一结论在大麦和其他作物及草中也有报道（Corbineau *et al.*，1991；Haydée *et al.*，1995）。

二、羊草高效再生体系的建立

前人关于羊草组织培养的工作已有报道，但未涉及羊草愈伤组织的再生问题（陈晖等，1995，1996）。我们的研究以羊草幼穗和幼胚为外植体，利用离体培养方式成功构建了羊草高效再生体系，为这种优良牧草的选种、育种及转基因的研究工作奠定了基础。

在研究过程中我们发现羊草的再生与诸多因子有关，现简述如下。

（1）外植体的选择对于羊草的再生起着非常重要的作用。在其他禾本科牧草中已经从不同的外植体（幼穗、成熟种子、未成熟胚、花药和叶片）诱导得到愈伤组织并分化成苗（Eizenga and Dahleen，1990；Zaghmout and Torello，1988；Jackson and Dale，1989；Madsen *et al.*，1995；Chandler and Vasil，1984）。本文以幼穗、幼胚、成熟种子和花药为外植体中，只有幼穗和幼胚产生较高的诱导率，并且分化出苗，虽然成熟种子也得到再生植株，但是分化频率较低，而花药没有诱导出愈伤组织，这说明羊草的器官发生与外植体有重要关系。

（2）外源激素在羊草愈伤组织的诱导和分化过程中起着重要作用。2,4-D 在愈伤组织的诱导过程中是必需的，这一结果与其他以幼穗为外植体的牧草相同（Pareddy and Petolino，1990）。当以幼胚为外植体时，幼胚所处的发育时期对愈伤组织的诱导也有一定影响。而在愈伤组织分化过程中，细胞分裂素在分化过程中发挥重要作用，在不同配比的 KT 和 6-BA 培养基上羊草的分化率存在显著差异。在以幼穗和幼胚为外植体时，当 KT 和 6-BA 浓度之和达到 2.0 mg/L 左右时，其分化率较高。在诱导分化的过程中没有出现白化苗，但是 Dalton（1988a，1988b）报道，在进行多年生黑麦草的组织培养过程中有很多白化苗出现，频率高达 80%。我们发现，在含有相同浓度的细胞分裂素的情况下，诱导愈伤组织的培养基中 2,4-D 的浓度对于羊草分化也有很重要影响，也许大多数基因型羊草在细胞分化过程中一定量的内源生长素对于羊草再生是必要的。

（3）基因型也是影响愈伤组织诱导和分化的重要因子。当以幼穗为外植体时，不管是在愈伤组织的诱导还是分化过程中，基因型 C 在所供试的 8 个材料中是最好的，而以幼胚为外植体时所得到的结果与幼穗有所不同。在愈伤组织诱导过程中，C-3 的诱导率最高，在愈伤组织再分化过程中以 Jisheng1 的再生频率最高。Bai 和 Qu（2000）对高羊茅（*Festuca arundincea*）愈伤组织的诱导和分化研究中也认为，基因型是一个很重要的影响因子。

（4）如何长久保持愈伤组织潜在的再生能力是组织培养工作者一直探讨的问题。再生能力的保持是一个好的再生体系的必要条件，前人在这方面做了大量工作。Asano 等（1994）通过改良培养基的成分寻找保持再生能力的办法，他们以匍匐翦股颖（*Agrostis palustris*）和水稻（*Oryza sativa*）为材料，在培养基中添加麦芽糖和乳糖。Vain 等（1989）报道，在培养基中添加 $AgNO_3$ 可以增强玉米胚性愈伤组织的再生能力。在我们的实验中，愈伤组织再生能力的急剧下降给羊草以后的工作带来了很大困难，我们也曾对这一问题进行了探讨，将继代过 6 次的羊草愈伤组织 4℃低温处理不同的天数，现低温处理对于羊草再生能力的恢复没有任何作用。虽然 Hou 等（1997）发现适当时间的低温处理可以显著提高小麦愈伤组织的分化能力。因此，如何保持羊草的再生能力，还需要进行大量探索性工作，如寻找合适的、以成熟种子为外植体的诱导培养基和分化培养基，这样可以随时得到具有较高再生能力的愈伤组织，以克服幼穗和幼胚的季节性限制。

（5）在培养基中，pH 是很重要的因素，它提供给细胞一个合适的生活环境。我们的实验结果表明，适合羊草细胞生长的 pH 为 6.0～7.0。Smith 和 Krikorian（1990）发现，在胡萝卜（*Daucus carota*）的悬浮培养过程中，在无激素的低 pH（pH4.0 左右）培养基中培养时，对于原胚形成是有害的，但是对于原胚的球形胚时期的保持是必需的，pH5.7 有利于后期胚胎的发育。

第四节　小结与展望

通过对羊草幼胚离体培养及再生体系的研究，可以得出以下结论：

（1）幼胚萌发率的高低与羊草幼胚的发育时期有很大关系，处于发育早期的羊草具有高的萌发率，可以达到 100%。

（2）处于不同发育时期的羊草种子的萌发率均比同时期的离体幼胚低很多。

（3）羊草离体培养最大工作效率取决于两方面，一是最大萌发率，二是一个熟练工作人员在 1 h 内能剥取的最大幼胚数。综合这两方面，我们认为，羊草离体培养的最大工作效率发生于羊草授粉后 15～16 天这段时间。

（4）通过传统育种方法，至少需要 2 年时间才能完成 1 个育种周期，而通过幼胚的离体萌发技术可以将每一育种周期缩短为 1 年，从而为羊草育种节省了大量时间。

（5）愈伤组织的诱导主要取决于基因型和培养基中 2,4-D 的浓度。大多数基因型羊草在 2,4-D 的浓度为 2.0 mg/L 和 5.0 mg/L 时能产生高频率、致密的、生长良好的愈伤组织。

（6）羊草再生的最适培养基为 $N6+KT_{1\,mg/L}+6\text{-}BA_{1\,mg/L}$。

（7）再生苗在不含激素的 1/2 MS 培养基上一般容易诱导生根。

种子休眠给育种工作带来很多不便，是长期备受关注的问题，诸多研究找出了加快萌发或者打破休眠的方法，使种子能够正常萌发，而影响羊草胚萌发的因素还不十分清楚，这需要深入研究。

我们以羊草的幼穗和幼胚为外植体建立了羊草高效再生体系，为以后进行遗传操作打下了良好基础。目前遗留的重要问题之一是如何保持愈伤组织的再分化能力，不同的外植体都存在这个问题。

通过羊草幼胚培养缩短育种周期和建立羊草高效再生体系都是为羊草育种和羊草基因功能验证研究建立基础，目前关于羊草基因工程方面的研究还没有很多报道。我们实验室正在对羊草 cDNA 进行大规模测序，已得到了上百万条 EST，抗逆相关基因的克隆和功能验证将为羊草特异基因资源的开发和利用开辟广阔领域，从而为我们改良和应用羊草提供理论依据。

参 考 文 献

陈晖，匡柏健，王敬驹. 1995. 羊草抗羟脯氨酸细胞变异系的筛选及其特性分析. 植物学报，37（2）：103-108.

陈晖，匡柏健，王敬驹. 1996. 羊草细胞变异系 HR20-8 的氨基酸组成水平与脯氨酸合成代谢变化的研究. 西北植物学报，16（3）：208-213.

陈世龙. 1994. 内蒙古东部地区不同类型草原中羊草的同工酶研究. 中国草地，6：47-50.

崔继哲，祖元刚，关晓铎. 2001. 羊草种群遗传分化的 RAPD 分析 I：扩增片段频率的变化. 植物研究，21（2）：272-277.

卢萍. 1990. 羊草脂酶同工酶分析. 内蒙古师范大学学报（自然科学汉文版），2：63-65.

钱吉，马玉虹，任文伟，等. 2000. 不同地理种群羊草分子水平上生态型分化的研究. 生态学报，20（3）：440-443.

任文伟，钱吉，吴霆，等. 1999a. 不同地理种群羊草的形态解剖结构的比较研究. 复旦学报（自然科学版），38（5）：561-564.

任文伟，钱吉，郑师章. 1999b. 不同地理种群羊草的遗传分化研究. 生态学报，19（5）：689-696.

汪恩华，刘杰，刘公社，等. 2002. 形态与分子标记用于羊草种质鉴定与遗传评估的研究. 草业学报，11（4）：68-75.

汪敏，钱吉，郑师章. 1998. 羊草不同地理种群的同工酶研究. 应用生态学报，9（3）：269-272.

张丽萍，陈丽颖，李建东. 1992. 东北松嫩草原羊草的过氧化物酶同工酶及酯酶同工酶的研究. 草业科学，9（2）：49-51.

Ahn B J, Huang F H, King J W. 1985. Plant regeneration through somatic embryogenesis in common ber-mudagrass tissue culture. Crop Sci, 25: 1107-1109.

Asano Y, Ito Y, Ohara M, et al. 1994. Improved regeneration response of creeping bentgrass and japoni-ca rice by maltose and lactose. Plant Cell Tissue Organ Cult, 39: 101-103.

Bai Y, Qu R. 2000. An evaluation of callus induction and plant regeneration in twenty-five turf-type tall fescue (Festuca arundinacea Schreb.) cultivars. Grass Forage Sci, 55: 326-330.

Brisibe E A, Miyake H, Taniguchi T, et al. 1994. Regulation of somatic embryo genesis in long-term cal-lus cultures of sugarcane (Saccharum officinarum L.). New Phytol, 126: 301-307.

Cai T, Butler L. 1990. Plant regeneration from embryogenic callus initiated from immature inflorescence of several high tannins Sorghums. Plant Cell Tissue Organ Cult, 20: 101-110.

Chandler S F, Vasil I K. 1984. Optimization of plant regereratin from long term embryogenic callus cul-tures of Pennisetum purpureum Schum. (Napier grass). J Plant Physiol, 117: 147-156.

Chu C C. 1978. The N6 medium and its applications to anther culture of cereals. In: proceedings of sym-Posium on Plant Tissue Culture. Peking: Science Press: 43.

Corbineau F, Poljakoff-Mayber A, Côme D. 1991. Responsiveness to abscisic acid of embryos of dormant oat (Avena sativa) seeds, involvement of ABA-inducible proteins. Physiol Plant, 83: 1-6.

Dale P J. 1980. Embryoids from cultured immature embryos of Lolium multiflorum. Z Pflanzenphysiol, 100: 73-77.

Dalton S J. 1988a. Plant regeneration from cell suspension protoplasts of Festuca arundinacea Schreb. (tall fescue) and Lolium perenne L. (perernial ryegrass). J Plant Physiol, 132: 170-175.

Dalton S J. 1988b. plant regeneration from cell suspension protoplasts of Festuca arundinacea Schreb., Lolium perenne L. and L. multiflorum Lam. Plant Cell Tissue Organ Cult, 12: 137-140.

Eizenga G C, Dahleen L S. 1990. Callus production, regeneration and evaluation of plants from cultured inflorescences of tall fescue (Festuca arundinacea Schreb.). Plant Cell Tissue Organ Cult, 22: 7-15.

Gray D J, Conger B V, Hanning G E. 1984. Somatic embryogenesis in suspension and suspension-derived callus cultures of Dactylis glomerata. Protoplasma, 122: 196-202.

Haydée S S, Benech-Arnold R L, Graciela K, et al. 1995. Physiological basis of pre-harvest sprouting re-sistance in Sorghum bicolor (L) Moench, ABA levels and sensitiveity in developing embryos of sproud-ing-resistant and usceptible varieties. J Exp Bot, 46: 701-709.

Haydu Z, Vasil I K. 1981. Somatic embryogenesis and plant regeneration from leaf tissues and anthers of Pennisetum purpureum Schum. Theor Appl Genet, 59: 269-273.

Horn M E, Conger B V, Harms C T. 1988. Plant regeneration from protoplasts of embryogenic suspen-sion cultures of orchardgrss (Dactylis glomerata L.). Plant Cell Rep, 7: 371-374.

Hou B K, Yu H M, Teng S Y. 1997. Effects of temperature on induction and differentiation of wheat cal-luses. Plant Cell Tissue Organ Cult, 49: 35-38.

Jackon J A, Dale P J. 1989. Somaclonal variation in Lolium multiflorum L. and L. temulentum L. Plant Cell Rep, 8: 161-164.

Liu J, Zhu Z Q, Liu G S, et al. 2002. AFLP variation analysis on the germplasm resources of Leymus chinensis. Acta Bot Sin, 44 (7): 845-851.

Madsen S, Olesen A, Dennis B, et al. 1995. Inheritance of anther culture response in perennial ryegrass (Lolium perenne L.). Plant Breed, 114: 165-168.

Murashige T, Skoog F. 1962. A revised medium for rapid growth and bio assays with tobacco tissue cul-tures. Physiol Plant. 15 (3): 473-497.

Pareddy D R, Petolino J F. 1990. Somatc embryogenesis and plant regeneration from immature inflores-
cences of several elite inbreds of maize. Plant Sci, 67: 511-219.

Benech-Arnold R L, Giallorenzi M C, Frank J, *et al*. 1999. Termination of hull-imposed dormancy in de-
veloping barley grains is correlated with changes in embrhonic ABA levels and sensitivity. Seed Sci Res,
9: 39-47.

Rodrigues-Otubo B M, Penteado M I D, do Valle C B. 2000. Embryo rescue of interspecific hybrids of
Brachiaria spp. Plant Cell Tissue Organ Cult, 61: 175-182.

Smith D L, Krikorian A D. 1990. Somatic proembryo production from excised, wounded zygotic carrot
embryos on growth regulators-free medium: evaluation of the effects of pH. Ethylene and activated
charcoal. Plant Cell Rep, 9: 34-37.

Vain P, Yean H, Flament P. 1989. Enhancement of production and regeneration of embryogenic type cal-
lus in *Zea mays* L. by AgNO₃. Plant Cell Tissue Organ Cult, 18: 143-151.

Wang L, Li X, Chen S, *et al*. 2009. Enhanced drought tolerance in transgenic *leymus chinensis* plants
with constitutively expressed wheat TaLEA3. Biotechnol Lett, 31 (2): 313-319.

Vasil V, Vasil I K. 1981 Somatic embryogenesis and plant regeneration from suspension cultures of Pearl
Millet (*Pennisetum americanum*). Ann Bot, 47: 669-678.

Zaghmout O M F, Torello W A. 1988. Enhanced regeneration in long-term callus cultures of red fescue by
pretreatment with activated charcoal. Hortic Sci, 23: 615-616.

Zabeau M, Vos P. 1993. Selective restriction gragment amplification: a general method for DNA finger-
printing. European Patent Application No. 0534858 A 1. European Patent Office. Paris.

Zeevaart J A D, Creelman R A. 1998. Metabolism and physiology of abscisic acid. Plant Mol Biol, 39:
439-473.

后　记

早在 1995 年，我国著名科学家、德高望重的李振声院士从我国大农业发展的全局和生态保护的高度审视了饲草科学及其产业发展的重大意义，并建议我们从事羊草研究与开发工作。从此，李院士的教导把我们引上了羊草研究的漫漫长路。多年来，李院士的关心、支持和帮助坚定了我们研究的信念，给予了我们前进的无穷动力。饮水思源，我们对李院士充满爱戴和感激之情！在本书出版之际，李院士欣然题词"开发羊草良种资源，再现草原牧歌美景"。捧读题词，我们深受鼓舞，我们将继续勤奋努力，不辜负李老的希望和嘱托！

在多年羊草研究历程中，在草业研究领域卓有成就且享有盛誉的任继周院士、张新时院士和南志标院士给予了我们很多关心、指导和帮助，使我们受益匪浅。我们羊草研究的每一次进步都倾注了草业界有识之士——洪绂曾、王智才、云锦凤、朱至清、王志远、白书农、李洪杰、陈宝珠等先生的特殊关照和支持，国内外其他众多前辈和同行也从不同角度、不同方面给予了我们有力的支持和帮助，在此也深表感谢！

在过去 16 年艰苦奋斗的岁月里，我们研究团队中的刘杰、齐冬梅、李芳芳、莫结胜、程丽琴、刘辉、张俊英等工作人员和学生，为羊草的研究和开发付出了青春时光和辛勤汗水，没有他们寒来暑往、夜以继日的勤奋钻研和辛苦工作，就没有今天羊草研究的丰硕成果。

参与本书编写的人员有：刘志鹏（写作第一、二章），徐凤霞、汪恩华、张莹、张卫东、李晓峰、陈中岳、陈双燕、王丽鹍、彭献军、刘江淑（分别写作第三、四、五、六、七、八、九、十、十一、十二章）。周庆源花费大量时间对本书进行了组织和编辑统稿。这些作者认真细致、兢兢业业，为编写本书付出了辛勤而卓有成效的努力，在此深表谢意！

传承过去，继往开来，我们研究团队将永远铭记前辈的教导、鼓励和希望，继续扎扎实实地做好羊草的基础研究和产业开发工作。

刘公社

2011 年 3 月 16 日

彩　　图

图2.1 实验田293份羊草。A.灰绿型羊草；B.黄绿型羊草；C.盆栽羊草。

图6.2 羊草花序、小穗和小花照片。A.成熟的花药和柱头同时显露于花序上(花序长约8.5 cm)；B.在花序上，开花后，萎蔫的柱头和散除大部分花粉的花药；C.剥开的小穗显示萎蔫的柱头和开裂的花药；D.剥开的小花显示羽状柱头。

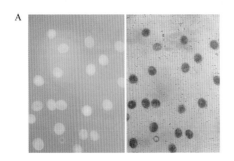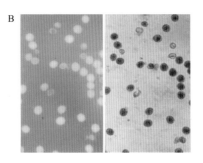

图6.3 羊草花粉活力的测定。A.居群2；B.居群4。具活力的花粉(着色)与无活力的花粉(未着色)。

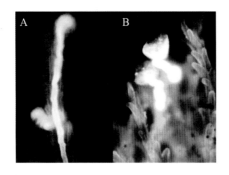

图 6.4 荧光显微镜下观察花粉管(500 ×)。
A. 一个亲和花粉的花粉管延伸至花柱内部；B. 不亲和花粉的花粉管通常是一进入花柱就停止延伸。

图 6.5 荧光显微镜下观察花粉粒的亲和性(500 ×)。明亮花粉管干扰了亲和与不亲和花粉的区分。

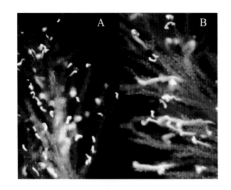

图 6.6 荧光显微观察显示许多花粉管深入或者停滞于柱头表面(500 ×)。A. 多数花粉是不亲和的；B. 大多数花粉是亲和的。

图6.7 荧光显微镜观察显示一个花粉管延伸至花柱中(500 ×)。

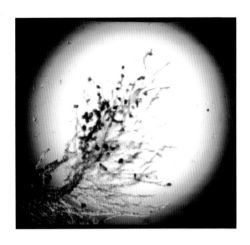

图6.8 50×普通显微镜下观察到的花粉散落在一个羽状柱头上。

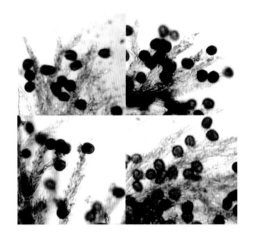

图6.9 花粉柱头的亲和性比较。不同组合的杂交呈现出不同比例的亲和花粉数目。

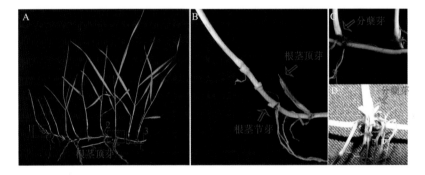

图7.3 羊草无性繁殖器官示意图。A. 无性系全局图;B. A图的第1区域局部放大;C. A图的第2区域局部放大;D. A图的第3区域局部放大。

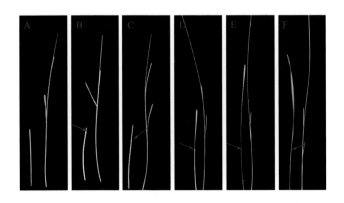

图9.3 刈割处理对羊草生长的影响。A~F分别表示去叶 0 h、3 h、12 h、24 h、72 h、96 h后的生长状态。箭头所示为刈割部位。每个图左边表示刈割处理的植株,右边是对照植株。

彩图4

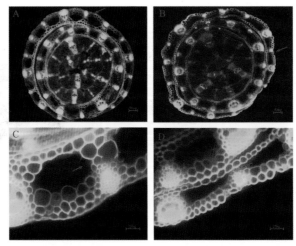

图9.5　羊草叶片横切面。箭头所示的叶鞘中相邻两空腔连接处的细胞。A、C示对照叶片；B、D为刈割处理的叶片。

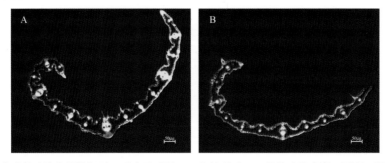

图9.6　羊草成熟叶片中部横切面。反映了对照 (A) 和处理后 (B) 羊草叶片宽度、厚度、卷曲状态的变化，处理后的叶片比对照窄、薄，对照叶片更加卷曲。

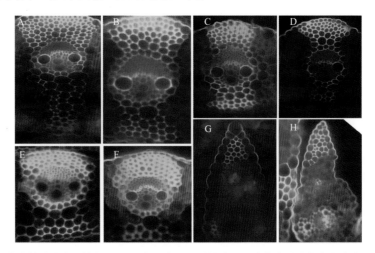

图9.7　示羊草成熟叶片中部横切图，反映了对照和刈割处理后羊草叶片维管束的变化。A、B示对照和刈割叶片大维管束的木质部导管和韧皮部导管；C、D示对照和刈割叶片的厚壁纤维细胞数目；E、F示对照和刈割的小维管束；G、H示对照和刈割再生叶片的表皮细胞。

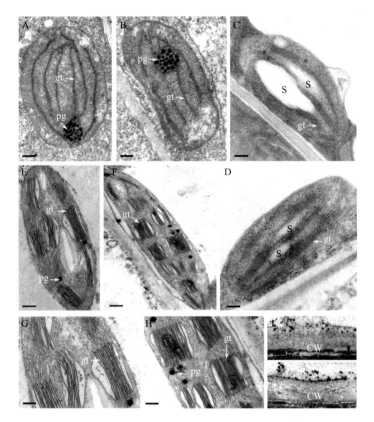

图 9.10 对照叶片与经刈割处理3天后羊草再生叶片不同位置区段叶绿体超微结构变化 (A、B 距叶片基部0.1 cm；C、D 距离叶片基部2.5 cm；E、F 距离叶片基部5 cm)。A、C、E、G、I为对照，B、D、F、H、J为刈割处理材料。s，淀粉；gt，基粒类囊体；pg，质体小球；cw，细胞壁。A~D和G~J中的标尺为 0.2 μm；E和F中的标尺为0.5 μm。

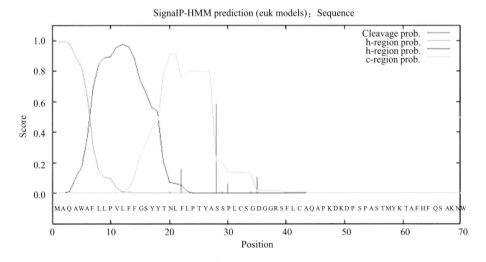

图10.15 Lc1-FEH蛋白的信号肽分析。

彩图6

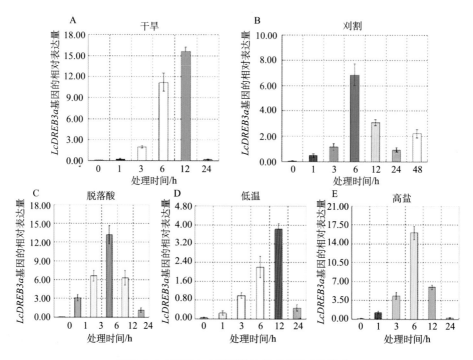

图11.4 *LcDREB3a*在不同胁迫条件下的表达模式。

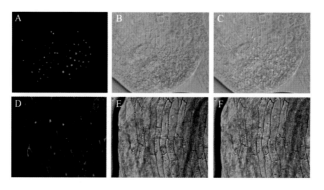

图11.5 *LcDREB3a*的亚细胞定位结果。A~C 为*LcDREB3a*与GEP融合蛋白的定位；D~F为GFP空载体的定位。

图11.6 *LcDREB3a*的转录激活活性分析。1. pbridge-AtDREB2A；2. pbridge-gal4；3. pbridge-Lc DREB3a；4. pbridge。

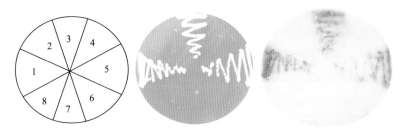

图11.7 *LcDREB3a*的DRE结合活性分析。1、2. pAD-AtDREB2A；3、4. pAD-LcDREB3a；5、6. pAD-LcDREB3aS
1；7、8. pAD. 1、3、5、7为菌株Ym4271(DRE)；2、4、6、8为菌株Ym471(mDRE)。

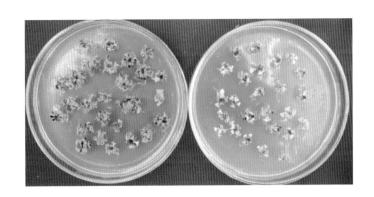

转基因植株　　　　　　　　　　对照

图11.9 转*LcDREB3a*拟南芥的抗性。

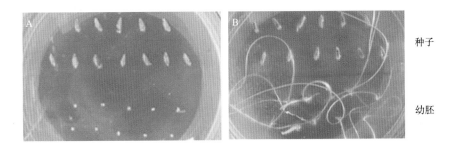

种子

幼胚

图12.3 接种在MS₀培养基上的幼胚和种子及其萌发情况。A. 接种在MS₀培养基上的幼胚和未成熟种子；B. 授粉后15天幼胚和未成熟种子的生长情况。

图12.6　羊草离体培养过程。A. 培养3周后，羊草幼穗在含有2.0 mg/L的愈伤组织诱导培养基上产生的愈伤组织；B. 愈伤组织转到含有KT和6-BA各1 mg/L的分化培养基上，10天后在愈伤组织上出现绿色芽点；C. 在分化培养基上培养2周后，绿色芽点逐渐分化成芽；D. 在不含激素的1/2MS 培养基上，在芽的基部长出新根；E. 经过炼苗后，完整的羊草试管苗被移栽到盛有沙土的塑料杯中；F. 经过无性生长，再生植株移栽到大田中，得到可育植株。

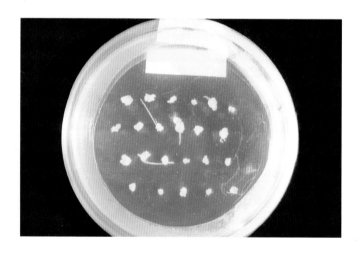

图12.8　幼胚诱导出的愈伤组织。

1998年多伦农牧交错带农牧业可持续发展学术研讨会合影

1996年刘公社（左）、李振声院士（中）和王志远书记（右）在多伦考察

任继周院士（右）和张家骅教授（左）在2010年兰州大学百年讲坛上的合影

2010年洪绂曾名誉理事长（中）、云锦凤理事长（右）和刘公社（左）合影留念

农业部畜牧司司长王智才2010年7月在草原考察